VOUS NE CONNAISSEZ RIEN DE MOI

www.editions-jclattes.fr

Julie Héraclès

VOUS NE CONNAISSEZ RIEN DE MOI

Roman

JC Lattès

Maquette de couverture : Le Petit Atelier.

ISBN : 978-2-7096-7130-9

Première édition août 2023.

À Stéphane

« Les salauds, les saints, j'en ai jamais vu. Rien n'est ni tout noir, ni tout blanc, c'est le gris qui gagne. Les hommes et leurs âmes, c'est pareil… »

Philippe Claudel, *Les Âmes grises.*

Avant-propos

Ce roman s'inspire de faits réels mais ne prétend aucunement être une reconstitution historique. Les dates et les lieux ont été, pour la plupart, respectés mais l'enchaînement des événements est pure fiction.

1

Chartres, 16 août 1944, à l'aube

Dans trois jours, j'aurai vingt-trois ans. Je vais mourir avant. Ils ne me louperont pas. Une balle dans la tête. Le sang gicle comme un geyser et me barbouille les yeux. Le monde devient cramoisi, puis tout noir. Je m'écroule, la gueule fracassée sur le pavé. Petit tas inerte qu'il faudra charrier dans la fosse commune.

Ces visions m'assaillent depuis des jours. Elles dansent la gigue dans mon cerveau, elles me trouent les entrailles. Il n'y aura pas de pitié pour moi. La pitié n'existe pas. La vengeance, oui. Les Allemands ont fusillé ceux de Chavannes comme des chiens en 42. Aujourd'hui, les vainqueurs ont changé de camp. Je n'aurai droit à aucune clémence. La pute du Boche va être butée.

Ça me fait du bien d'imaginer le pire. L'imaginer, c'est comme l'empêcher d'exister. Je me tiens bien droite, assise sur le banc de la table de la cuisine. Il fait sombre. L'électricité a été coupée et le soleil a toujours du mal à pénétrer la pièce. Je les attends. C'est pour ce matin. Plus rien ne les retient. Les Amerloques se sont pointés hier soir. Aucun doute là-dessus, c'est Madeleine qui me l'a dit. Elle sait tout, elle entend tout, Madeleine. « Reste tranquille, tout ira bien, ils vont juste faire déguerpir les derniers Allemands. Tu n'as rien à craindre, ma Simone. » Elle est gentille, ma frangine. Mais je n'écoute jamais ses conseils.

Hier, avant le couvre-feu, des clameurs ont retenti. Elles venaient de la basse-ville. Cris de joie ou cris de peur : j'ai eu envie de savoir. Moi qui me calfeutre depuis des mois, qui prends garde à ne pas respirer trop fort, j'ai déraillé. J'ai collé Françoise dans les bras de Maman et je suis sortie en trombe. Fallait que je respire. Fallait que je voie. C'était peut-être la dernière fois que j'étais libre dans ma ville.

La chaleur du soir m'a grisée. J'ai couru dans les ruelles étroites et pentues, j'ai failli me ramasser dans les marches de la cathédrale, j'ai repris mon souffle le long de l'Eure. J'étais vivante. Arrivée au pont des Minimes, j'ai vu des flammes s'échapper du toit de la collégiale Saint-André. C'est là que les Allemands entreposaient leurs vivres. « Les Chleuhs ont foutu le feu ! » Les gens criaient, galopaient, essayant de sauver des boîtes de conserve, des sacs de farine. Ça sentait le caramel. Paraît que les Allemands brûlaient leurs réserves de sucre, histoire de ne laisser aucune gâterie à leurs ennemis. Paraît aussi qu'ils voulaient faire sauter la porte Guillaume. Dernier barouf. Je suis vite rentrée à la maison. Madeleine m'a accueillie : « Qu'est-ce qui t'a pris ? Il aurait pu t'arriver malheur ! »

Cette nuit, Chartres a crépité. Obus, tirs de mitrailleuse, un vrai champ de bataille. Il y a eu de l'orage aussi. Le tonnerre, les détonations, tout s'est confondu. Je me suis endormie. Vers trois heures du matin, une énorme explosion a fait trembler la maison. Sans doute la porte Guillaume. Françoise a pleuré. Je l'ai prise dans mon lit. Je l'ai bercée. Françoise, ma toute petite, je ne te laisserai pas, je te protégerai, je te le promets.

Ce matin, je suis là, au rendez-vous. Je n'ai pas fui. Pour aller où, de toute façon. Y a que les riches qui peuvent se faire la malle. Moi, je vais payer. Mais, c'est étrange, je n'ai pas peur. Peut-être que je n'y crois pas vraiment.

Je me suis levée tôt, avant le soleil. Je me suis lavé la tête dans l'évier de la cuisine, à l'eau froide. Il me restait un bout de savon Cadum à la lavande. Mes cheveux sentent le propre. J'ai mis un peigne sur le côté, pour les retenir. C'était la coiffure préférée d'Otto. J'ai enfilé ma robe en vichy noir. Celle qui me fait une taille fine. Je l'aime bien, cette robe. Personne ne peut voir qu'elle a été rapiécée vingt fois. Et pour donner le sein à Françoise, elle est pratique. Je n'ai qu'à déboutonner le devant.

Le carillon du couvent des sœurs de Saint-Paul annonce six heures. Je n'ose pas faire de bruit. Tout le monde dort encore à l'étage. Maman, le vieux, Madeleine et Françoise. Leur existence va être bouleversée par ma faute. Mais je ne regrette rien. Ce que la vie m'a donné n'a pas de prix. Personne ne pourra me l'enlever. Même si je meurs ce soir.

Quelque chose bouge sur ma droite. C'est un cafard. Il a jailli du trou de l'évier. Il est gros, gras, même. Connaît pas la disette, cet enfoiré. Il avance à toute vitesse, un virage à gauche, une ligne droite, une volte-face. Ses antennes virevoltent, comme affolées. En temps normal, je l'aurais pourchassé, puis écrabouillé avec ma godasse, jusqu'à entendre craquer sa carapace. Aujourd'hui, je n'ai plus le goût de lui donner la mort. Qu'il continue sa vie de cancrelat.

Je suis prête. Je caresse les veinures de la table. C'est doux, le noyer. Et c'est long, d'attendre. Il faudrait que je mange. Pour prendre des forces. Hier, j'ai fait cuire le reste de pain rassis avec de l'eau et de la gnôle. La mixture est toujours dans la casserole. Épaisse, gluante, noirâtre. Rien que d'imaginer cette bouillie dans ma bouche, j'ai envie de gerber. Tant pis, je garde le ventre vide.

Au moins, j'ai l'impression d'avoir les idées nettes, le ciboulot décrassé. C'est le plus important. Si jamais ils daignent m'écouter, si jamais ils me font l'honneur d'un procès, je saurai quoi dire. Vont pas être déçus. Je leur déballerai tout. Tout depuis le début.

2

Je suis née le 19 août 1921. Dans la maison de mes grands-parents, rue de Beauvais, à Chartres. Au premier étage, troisième porte au bout du couloir, dans la chambre verte. Celle où personne ne dort, celle où je n'ai plus le droit d'entrer.

Maman a souvent dit qu'il faisait très lourd, ce jour-là, et qu'elle avait transpiré comme un bœuf. À croire que c'est le seul souvenir que lui ait laissé mon arrivée au monde. Elle a expulsé un bébé et perdu des litres d'eau. Le reste, bouche cousue. Je ne sais pas si Maman a été heureuse de m'avoir. Je ne sais pas si le vieux était là, s'il lui a tenu la main. Je sais juste que c'était un jour de sueur.

3

Chartres, 16 août 1944, 6 h 15

Tout à coup, dans la rue, des talons claquent. Ce sont eux, je le sais. Ils s'arrêtent, ils montent le perron, ils tambourinent sur notre porte. Je sors d'une longue torpeur. Vite, vite, je passe ma blouse de ménage par-dessus ma robe. Pas besoin d'être trop jolie. Faut juste que mon cœur cesse de battre comme un dératé.

« Au nom de la loi, ouvrez ! » Je tire le loquet. Et là, ils me font face. Deux hommes. En civil. Jeunes. Des fusils en bandoulière. Je ne les ai jamais vus. Le plus maigre porte un cache-œil noir. Il me dit : « Simone Grivise ? C'est bien toi ? » J'ai envie de lui mettre un pain dans l'œil qui lui reste.

Je réponds : « Oui, c'est moi ». Il sourit. Son copain lui décoche une bourrade et me sort, avec une haleine aux relents de rat crevé : « Tu es en état d'arrestation. » Je plaque ma main sur mon nez et j'articule : « Je dois aller chercher ma fille. » L'homme se tourne vers son comparse, puis vers moi : « Non, non, pas de gosse, tu la laisses ici. Mais tes vieux, dis-leur de se magner le cul. »

Madeleine entre dans la cuisine à ce moment-là, avec Françoise dans les bras. Elle s'est pas fringuée, la frangine : robe de chambre en pilou et savates de mémère. Elle souffle comme une phtisique, elle ouvre la bouche, elle veut parler, elle n'y parvient pas, elle secoue ma fille, et, enfin, elle répète : « Ça va aller, là, là, ça va aller… » La comptine n'a pas l'air de ravir les types. Œil-de-pirate lance: «Toi, la grosse, tu la boucles.» Madeleine se tient coite, les yeux brillants. Françoise se met à hurler. Je me précipite. Ma hanche heurte le coin de la table. Je me recroqueville de douleur. Pue-de-la-gueule me saisit par le bras: «On a dit pas de gosse, t'es bouchée ou quoi!» Je me débats, je lui reprends mon bras. Je crie: «Ma fille a besoin de moi! Je dois l'emmener!»

Françoise s'époumone de plus belle. Madeleine me fixe. Il y a du bruit à l'étage. L'escalier geint à l'unisson avec Françoise. Le vieux entre en premier. Il a vissé son béret sur son crâne. Il sait que c'est l'heure du départ. Il a les yeux battus de celui qui a renoncé. Derrière lui, Maman, chignon de traviole, mèche grise qui lui barre le front. Elle a chaussé ses lunettes, comme pour ne manquer aucun détail de la suite. C'est elle qui demande: «Qu'est-ce que vous faites chez nous? Vous n'avez pas le droit de brutaliser ma fille!» L'homme au regard amputé rétorque: «Toi, la mère, tu f'rais mieux de fermer ta grande bouche. Vous êtes tous les trois en état d'arrestation pour conduite antinationale. Vous allez nous suivre.» Maman fige son regard, des soucoupes à la place des yeux, comme si elle n'avait rien vu venir.

4

Maman n'a pas de chance. Elle a épousé un dégonflé, et ça, c'est sa croix. Déjà, sur le cliché du mariage, elle fait la tronche, avec la bouche à l'envers. Et lui, malingre, il disparaît sous le tulle de la robe. Effacé. Mon père. Ça me fout les poils de l'appeler comme ça. Le mari de Maman, je préfère. Ou le vieux, c'est encore mieux.

Pourtant, ce type-là, c'était pas son destin de devenir un paillasson. Il avait des atouts, comme on dit. Madeleine m'a raconté. Il devait reprendre l'épicerie de ses parents, à Paris, avenue des Gobelins. Attention, pas une épicerie de péquenauds, non, non, une boutique de luxe, comptoir en marbre, étagères laquées de blanc, cinq employés. Et ça vendait du thé, du chocolat, des cakes aux cerises confites, de la bouffe de nantis. La clientèle était fidèle, la boîte tournait et ne demandait qu'à prospérer.

« Il aurait pu devenir un Félix Potin, m'a dit Madeleine. Il avait le certificat d'études primaires, il était travailleur et il venait d'épouser Maman pour l'aider à tenir le commerce. » Tout pour réussir, en somme. Mais, premier couac, la guerre. Mobilisation, départ sur le front. Maman reste seule, à Paris, avec Madeleine qui vient de naître et une affaire sur les bras. Le vieux, on sait pas trop ce qu'il fait, polisseur d'obus ou tueur de poux. Un truc de planqué. À l'abri de la mitraille. En 1918, il est vivant. Autour de lui, que des morts. Ses deux neveux, son beau-frère, ses trois cousins : tous tués par la Grande Guerre. Mais lui, rien. Pas même une cicatrice. Il tente d'obtenir une pension. Refusée, car pas de blessures dignes de ce nom. Il quémande une breloque. Refusée, car aucun acte de bravoure à signaler.

Après la guerre, le vieux est prêt à attaquer le reste de sa vie. Deuxième couac : l'épicerie de l'avenue des Gobelins a fait faillite en 1917. Maman a quitté Paris pour s'installer chez ses parents, à Chartres. Et le vieux, bon suiveur, rapplique. Ils s'enterrent dans cette maison de la rue de Beauvais, lugubre, puant l'humidité, couverte de salpêtre, sans salle d'eau, les toilettes dans la cour. Avec, en prime, Bon-Papa et Bonne-Maman sur le dos.

Et, c'est là qu'elles commencent, les réprimandes perpétuelles. Maman sait y faire. « Pourquoi tu restes dans mes pattes ? Tu me donnes mal à la tête à tourner comme ça ! Tu ne peux pas sortir ? Aller au café, comme tous les bonshommes ? Ça me ferait des vacances. » Et Bonne-Maman qui en rajoute une couche : « Mon gendre, nous avions espéré beaucoup de ce mariage. Et le résultat, comment dire… n'est pas à la hauteur de nos attentes. »

Alors, le vieux, la queue basse, il déserte. Il part tôt, revient tard. Il multiplie les petits boulots, rempailleur de chaises, poinçonneur de tickets d'autobus, mécano crasseux. « J'ai cru me marier avec un commerçant parisien, je me suis réveillée avec un prolo de province », dit Maman.

Moi, de mon côté, petite fille prise entre deux feux, je choisis le parti de la plus forte, ça va de soi. Maman paraît tellement sûre d'elle. Un soir, au moment du coucher, je dois avoir sept ans, je tente, tout à trac : « Dis Maman, je crois que ton mari n'est pas vraiment mon père. » C'est sorti comme ça, sans vraiment que j'y réfléchisse. Maman me contemple, déconcertée. Elle fronce les sourcils. Il y a cette marque verticale au milieu de son front, une ride enfoncée dans sa chair. Le signe de la colère. Elle va me mettre une raclée. Elle ne m'a jamais frappée avant, mais, là, je sens déjà la brûlure de ses doigts sur ma joue. J'enfouis mon visage dans mes mains.

Au bout d'un temps très long, j'entends : « Pourquoi tu me dis ça, Simone ? » Je relève la tête, rouvre les yeux. Maman n'a pas bougé, mais la ride de colère a disparu. Légèreté dans ma poitrine. « Ne te fâche pas. C'est juste une impression. » Maman hausse les épaules et je crois apercevoir un semblant de sourire sur ses lèvres. Je n'insiste pas. J'en sais assez.

5

Chartres, 16 août 1944, 6h30

Je n'ai pas d'échappatoire. Je vais les suivre, ces types. Je lance un dernier regard à Françoise. Laisser ma petiote me tord le ventre. Je ne sais pas quand je la reverrai. Je ne sais même pas si je la reverrai. Ne pas pleurer. Ne pas flancher. Madeleine s'occupera de Françoise. J'ai réussi à dégoter deux boîtes de Blédine. Tout ira bien.

« Allez, bougez-vous, on va pas y passer la journée ! » Le canon d'un fusil se plante dans ma nuque. Le métal froid me fait sursauter. Françoise hurle toujours. Les chaises sont bousculées. Un bol tombe de l'égouttoir et se brise sur les tomettes. Le vieux manque de s'étaler. Maman s'agrippe à mon bras, nous nous retrouvons en moins de deux dans notre rue. « On va où ? » ose Maman. « T'occupe la vieille, tu le sauras assez tôt ! » Les deux fumiers font claquer la culasse de leurs fusils. Des fois que nous tenterions une fuite.

Il fait bon dehors. La pluie de la nuit a lessivé les trottoirs. J'aspire à grosses goulées le parfum tant aimé du pavé mouillé. Tout à l'heure, ce sera la fournaise. Une journée idéale pour se dorer aux bords de l'Eure.

Notre rue de Beauvais est déserte. Mais je me doute que derrière chaque rideau, derrière chaque volet, nos voisins prennent leur pied. Pauvres imbéciles, il faut bien qu'ils occupent leur vie miteuse. J'entends d'ici ce que colporte la mère Fruchard, que c'est moi qui ai dénoncé son mari, moi qui ai fait déporter Lambert, l'assureur et Pelletier, le comptable. Et puis quoi, encore. Je sais ce que j'ai fait, je peux me regarder dans un miroir, et si c'était à refaire, je n'aurais aucune hésitation. Otto, mon destin tortueux me menait vers toi. Le reste n'a aucune importance. Otto. Tes mains chaudes sur mon ventre, sur mes hanches. Si seulement je pouvais t'enlacer à nouveau. Je lève la tête. Le ciel est bleu immaculé. Je crois toujours en toi, sainte Bernadette. Même si j'ai été moins fervente ces derniers temps. Pardonne-moi, je réciterai mes prières. Protège Françoise. Et protège-moi.

Nous prenons la rue des Lisses, longeons l'école de mon enfance et sa ribambelle de souvenirs odieux. Nous passons à côté de la prison. Ses hauts murs sales, épais, en pierres de Berchères, me foutent la frousse. C'est peut-être là qu'ils nous emmènent. Un cachot. Avec de la paille et des rats. Nous rasons la porte cochère, massive, inexpugnable. Nos cerbères ne s'arrêtent pas. Ils tracent. Tiens, ils portent tous les deux un brassard FFI à l'avant-bras. Rectangle de tissu bleu blanc rouge dont les fils s'effilochent. Je ne l'avais pas remarqué tout à l'heure. Pourtant, on ne voit que ça. Bons petits patriotes.

« Qu'est-ce que tu fous, toi, à lambiner ? On fait pas une balade de santé. Grouille-toi, l'embochée. » Le cyclope me file un coup de fusil sur les fesses. Je réprime un cri, je serre les mâchoires. Il s'esclaffe. Ce qu'il ne sait pas, c'est que pour moi, embochée, ce n'est pas une injure. Il y a eu un moment, dans ma vie, où je me suis sentie plus allemande que française. Il y a même eu un jour où j'ai vibré en voyant le peuple allemand acclamer son Führer. L'Allemagne allait engendrer un monde nouveau, j'en étais persuadée. Tout ça, c'est vrai. Tout ça, j'y ai cru. Même si c'est loin, maintenant. Je ne suis plus la même. À présent, j'ai trouvé d'autres raisons de vivre.

Autour de moi, mes parents font triste mine. Le vieux a perdu cinq centimètres. Il était déjà voûté. Il est maintenant rabougri. Il marche le nez sur ses chaussures. Maman, elle, trottine d'un bon pas. Mais je sais qu'elle prend sur elle. Quand elle est pâle, c'est que ça ne va pas : soit elle va chialer, soit elle va gueuler. Je détourne les yeux. Ce qui est sûr, c'est que Maman va morfler, la pauvre. Ça me tire les larmes.

Je continue de marcher. Sur notre passage, les roses trémières nous saluent, comme hier, comme si de rien n'était. Indifférentes. Tiges vert charnu. Corolles rose délicat. Elles m'ont toujours sidérée, ces fleurs. Elles parviennent à pousser dans les interstices des pavés, là où il n'y a pas de terre, pas d'eau. Elles créent la vie là où c'est impossible. Je dois faire comme elles. M'accrocher. Garder espoir. Rester vivace.

La bouche à incendie indique la fin de la rue des Lisses. Nous bifurquons à droite et nous nous engouffrons dans la sombre artère du Cheval-Blanc. On dirait que nous sommes en route pour Guéry, mon lycée, qui maintenant fait office de mairie provisoire. C'est là qu'ils doivent s'occuper des Français comme moi. Je n'ai pas envie de poser la question, ça leur ferait trop plaisir. De toute façon, ma langue est comme engourdie. J'ai l'impression de ne pas être là. Que mon corps chemine dans un univers parallèle à mon esprit. Il faut que je me reprenne. Je vais avoir besoin de toutes mes facultés.

Nous passons tout près de l'ancienne maison d'Eva. Porte grenat dissimulée par une glycine. Qu'est-ce que j'ai été heureuse de venir ici. Et qu'est-ce que je l'ai aimée, Eva. Même maintenant, j'ai beau savoir de quoi elle est capable, je ne peux pas m'empêcher de l'admirer. Elle s'est carapatée avec sa fille dès qu'elle a senti le vent tourner. Maligne. Elle est loin à présent. Eva, ses jupes moulantes, ses décolletés vertigineux, sa façon de croiser les jambes, son sourire vermillon, personne ne pouvait résister. Avec Eva, j'ai entraperçu qu'une autre vie était possible, que les femmes n'étaient pas toutes destinées à s'encombrer d'un mari et faire les bonniches jusqu'à ce que mort s'ensuive.

Nous dépassons la maison à la glycine. Soudain, le FFI avec le bandeau pile. « Non, non, pas par là, allons plutôt à la cathé ! » Son acolyte ouvre la bouche, la referme, et obtempère. Nous rebroussons chemin en direction de la ruelle qui mène à la cathédrale. C'est quoi ce revirement. Ils avancent au petit bonheur, on dirait. Ou bien, ils veulent traverser une à une toutes les rues environnantes afin que le quartier entier soit au courant de notre arrestation. Ça doit être ça. Salauds.

J'ai chaud. J'ai deux épaisseurs sur le dos, ma robe vichy et ma blouse. La sueur commence à dégouliner entre mes seins. Ah, merde, mes seins. Si je n'allaite pas dans l'heure, je vais douiller comme une damnée. Mes nichons vont s'engorger, brûlants comme des braises, durs comme des pierres. J'aurais dû réveiller ma Françoise, tout à l'heure. J'aurais dû lui donner la tétée.

Tout à coup, deux détonations. Je n'arrive pas à les localiser. Au-dessus de nous, on dirait. Notre groupe s'immobilise. Pue-de-la-gueule pointe son fusil vers le ciel. Je ne sais pas si je dois courir ou me planquer dans une encoignure de porte. Je croise le regard de Maman. Elle riboule des yeux. Elle s'accroupit sur le trottoir, les mains sur la tête. « Putain, la vieille, qu'est-ce que tu fous ? Allez, bouge-toi le fion ! » Le FFI piaffe devant Maman. Le vieux s'approche, tend une main. Maman se relève, seule. Nous repartons au trot, un énergumène devant nous, un autre derrière.

La cathédrale est maintenant toute proche. Sa présence majestueuse, éternelle, me submerge, comme toujours. Sauf qu'aujourd'hui, je n'ose pas lever la tête vers les flèches. J'ai l'impression que les tirs proviennent des clochers. Nous débouchons sur le parvis de Notre-Dame, vaste étendue recouverte de gravier, sans arbre ni bosquet. On ne peut pas être plus à découvert. À nouveau, des rafales. Plus proches encore. Le FFI devant nous part comme un fou, nous cavalons derrière lui, mes seins ballottent, je n'arrive plus à respirer. Il faut dégager de cette foutue esplanade.

Ça y est, la mairie est en vue. Je vais pouvoir reprendre mon souffle. Mais non, le FFI ne s'arrête pas, il continue, il dépasse la mairie, court encore quelques mètres, traverse la rue. Et là, halte. On dirait que c'est la fin du voyage. Devant nous se dressent les grilles de la préfecture. Noires, luisantes, pointues. Une brève seconde, je vois ma tête, empalée sur ces pics. Je titube, je me cramponne à Maman, nous vacillons, nous nous étalons dans le caniveau.

6

Maman, ma petite Maman, je suis la seule à connaître tes secrets. Pour les autres, tu as toujours été la voisine revêche qui porte la culotte. Pendant la Première Guerre, pendant que ton mari était au front, c'est toi qui as fait tourner, à Paris, l'épicerie familiale. Personne pour t'aider. Tu avais placé ta nouvelle née, Madeleine, chez Bonne-Maman et Bon-Papa, à Chartres. Et tu t'es démenée. Pour négocier aux Halles avec les fournisseurs. Pour régenter les deux employées qui restaient. Pour attirer le chaland, malgré les prix qui flambaient et les denrées qui se raréfiaient.

Cette épicerie parisienne représentait beaucoup pour toi, Maman. C'était la possibilité de continuer l'ascension sociale de ton père, modeste serrurier devenu chef d'une entreprise de vingt ouvriers. C'était aussi une revanche. Tu n'avais pas pu faire d'études. Tes professeurs t'avaient jugée trop médiocre pour obtenir le moindre examen. Tes deux sœurs aînées avaient empoché le certificat d'études primaires. Mais toi, la benjamine, tu avais dû te contenter d'une école ménagère. Coudre, cuisiner et briquer. Voilà ce que tu étais censée faire de ta vie. Ça te foutait la rage. Tu voulais prouver au monde, et à toi-même, que tu en avais dans la caboche. Tu voulais faire fortune. Et te vautrer dans l'oseille. Pour rabattre le caquet à tous les crétins qui n'avaient pas cru en toi.

Mais la vie n'en fait qu'à sa tête: à la fin de la guerre, l'épicerie a été déclarée en faillite. Madeleine m'a dit qu'il y avait eu des choses pas claires, une histoire de balance dont l'aiguille ne revenait jamais sur le zéro. Un tarage défectueux. Dénonciation, enquête, fermeture administrative, liquidation.

Moi, je crois surtout que Maman ne savait pas y faire avec la clientèle. Je l'ai vue à l'œuvre, plus tard, dans la crèmerie qu'elle est parvenue à ouvrir à Chartres. Elle ne souriait jamais. Elle disait à peine bonjour aux imprudents qui avaient le malheur de pénétrer dans la boutique. Quand elle ouvrait la bouche, on avait toujours l'impression qu'elle aboyait. Elle semblait excédée. Les gens l'insupportaient.

Avec moi, Maman n'était pas celle-là. Certes, elle ne me parlait pas. Jamais de mots gentils. Jamais de mots tout court. Juste le strict nécessaire, mange ta soupe, ne te cure pas le nez, va te coucher. Mais ses mains me choyaient. Ses bras m'enlaçaient. Chaque matin, lorsque j'étais petite, elle me coiffait longuement. Elle chantonnait même. À cette époque, j'avais encore les cheveux raides. Au réveil, ils étaient sertis de nœuds. Maman, malgré ses mille tâches à accomplir, prenait le temps de brosser ma longue chevelure brune, en veillant à ne pas tirer, à ne pas m'arracher la peau du crâne. Elle me tressait une natte qui m'arrivait aux fesses. Parfois aussi, elle me confectionnait des macarons, roulés au-dessus de chaque oreille. Je les aimais moins que ma natte, car ils dégringolaient au moment de jouer à la marelle. Mais Maman avait l'air tellement investie dans sa mission que je n'osais pas lui avouer ma préférence.

Quelquefois, je surprenais son regard sur moi et je ne le reconnaissais pas. Rêveur, doux, presque tendre. La ride qui, en temps normal, séparait ses sourcils, était lissée. Au creux de son visage apaisé, je percevais les restes d'une beauté ancienne. Ses yeux en amande, ses pommettes saillantes, ses lèvres pleines, elle avait dû être jolie. Et son regard posé sur moi me transfigurait. Elle m'aimait. Elle n'avait pas besoin de me le dire.

Avec Madeleine, Maman était différente. Tellement différente que j'ai longtemps cru être fille unique. Madeleine trinquait. Maman s'adressait à elle comme si elle était la souillonne de la maison. « Madeleine, tu n'as pas encore fait la lessive, presse-toi ! » ou « Madeleine, la vaisselle est toujours dans l'évier ! » Ma sœur était préposée aux corvées jusqu'à la nausée. Elle ne rechignait pas. C'était comme ça. Moi, avec mes sept ans de moins, j'étais la petite qui ne savait pas faire. Donc, je ne faisais rien.

Même pour les événements à marquer d'une croix, Maman ne nous traitait pas de la même façon. Je me souviens de mes premières règles. J'avais onze ans. Personne n'avait pris soin de me prévenir que cela pouvait survenir. Lorsqu'en me levant, un matin, je vois mon drap rouge, ma culotte rouge, je ne comprends pas que c'est du sang. Et que ce sang vient de moi. Je reste figée un long moment, comme hypnotisée par les taches. Madeleine qui m'appelle pour le petit déjeuner, voyant que je ne descends pas, se ramène dans ma chambre. Elle se met à rire.

— Eh bah ma Simone, t'es précoce dis donc !

— Précoce ? Pourquoi ?

— Moi, je les ai eues à treize ans !

— Quoi ?

— Bah mes règles ! Là, ce que tu vois, c'est le sang de tes règles !

— Quel sang ?

— Bon, arrête de te faire plus bête que tu n'es. Ce n'est pas à moi de t'expliquer de toute façon. C'est à Maman. J'espère qu'elle aura la main plus légère que pour moi, ma petite biche.

Là, j'ai du mal à déglutir. Je marmonne :

— Mais, j'y suis pour rien, Madeleine…

— Je sais bien, mais c'est comme ça que ça se passe. Une bonne gifle et tu n'oublieras pas le jour où tu es devenue une femme.

Alertée par nos voix, Maman surgit. Elle lorgne le drap. Elle me dévisage, s'avance vers moi et saisit mon poignet. Je tremble. Direction, le tub, dans sa chambre. Là, Maman me dépouille de ma chemise de nuit et elle me lave. L'eau chaude sur mon ventre, le gant sur mon pubis. Le tout, en silence. Juste cette phrase : « Tu es une grande fille maintenant Simone. » J'acquiesce, hésitant sur ce qu'il faut en penser, mais tellement ravie d'être récurée comme une princesse. Pour moi, pas l'ombre de la moindre claque.

Lorsque nous descendons, ma sœur termine sa tartine de gelée de coings. Elle me guigne, avec des mirettes exorbitées. Je baisse la tête pour qu'elle ne voie pas mon sourire. Nous ne sommes décidément pas logées à la même enseigne.

Cette différence de traitement, entre Madeleine et moi, me pinçait parfois le cœur. Mais je n'y pouvais rien. Maman devait avoir ses raisons. Je ne cherchais pas à en savoir davantage. Et puis un jour, j'ai compris. C'était un lundi soir, je rentrais de l'école. Le lundi, Maman ne travaillait pas. Elle me préparait toujours un bol de lait pour le goûter. Mais ce jour-là, personne dans la cuisine. Je monte. À l'étage, dans le couloir, un rai de lumière. C'est la chambre verte. Ouverte. Je m'approche : des gémissements, un nez qui se mouche. Je passe la tête dans l'encadrement de la porte.

— Maman ?

— Oui, Simone ?

Maman est assise sur le lit. Elle se tamponne les yeux.

— Tu pleures ?

— Oui, ça peut m'arriver, tu sais. Ça va passer.

— Pourquoi tu pleures ?

— T'occupe pas de ça ma fille. C'est rien, n'en parlons plus.

Entre ses doigts, Maman triture une photographie aux bords dentelés. J'aperçois le portrait d'un homme, en uniforme. Un soldat.

— C'est qui, Maman ?

Elle semble découvrir la présence de cet homme entre nous. Elle le scrute. Les minutes passent. Puis, dans un geste précipité, elle déchire l'image en petits morceaux. J'ouvre la bouche, mais aucun son ne sort. Maman ramasse ce qui reste de la photo, elle renifle une dernière fois, se lève du lit et m'entraîne à l'extérieur.

— Allez, maintenant, ça suffit, Simone, va jouer. Et ne t'avise plus jamais de rentrer dans cette chambre. C'est bien compris ?

Maman referme la porte. L'obscurité du couloir s'abat sur nous. Mais au fond de moi, il y a comme une lumière qui s'est allumée. Un truc auquel j'ai cru pendant longtemps. Ce soldat, sur la photo, Maman l'avait aimé, c'était certain. Il pouvait être son cousin, son neveu. Ce jour-là, j'ai décidé que c'était mon père. Mon père véritable. Maman avait eu un autre homme dans sa vie. Madeleine et moi, nous n'avions pas le même géniteur. Le vieux, c'était le sien. Et le mien, c'était ce soldat au visage flou.

7

À trente-trois ans, en 1926, Maman décide de se sortir de la mouise. Elle opte pour le seul métier qu'elle connaît : commerçante. Elle claque l'héritage de Bon-Papa qui vient de mourir et s'offre une nouvelle crèmerie, à Chartres. Pas n'importe où : rue de la Pie, là où fleurissent les commerces de bouche huppés de la ville. La boutique de Maman se pavane à l'angle de la rue, à côté du boulanger, en face du caviste. Pain, vin, fromage, la combinaison est idéale pour rameuter les clients. Et Maman ne mégote pas sur la façade : grande devanture étincelante, moulures en stuc blanc et une enseigne en lettres dorées qui dit « À la bonne crème ».

Dès le pas de la porte, une odeur de maroilles attaque les narines. Au bout de quelques minutes, le nez s'habitue et ce sont les yeux qui se retrouvent à la fête. Dans la vitrine, des dizaines de frometons se serrent, se poussent, s'escaladent les uns les autres. Chacun rivalise d'élégance : mimolette en robe orangée, vacherin immaculé, crottins de chèvre parsemés de fines herbes, toutes les couleurs s'entremêlent.

Chaque matin, je n'ai qu'une envie : accompagner Maman à la boutique. Madeleine part à l'école, le vieux, au boulot et moi, je suis préposée pour rester à la maison avec Bonne-Maman. Le calvaire. Je n'aime pas cette vieille dame qui ne sourit jamais, qui tricote sans cesse et qui me débarbouille les joues avec sa propre salive. Souvenir écœurant. Elle me fait peur aussi avec ses dictons. « Simone, le pain : mets-le à l'endroit sur la table sinon le diable entrera dans la maison. »

Aux aurores, encore tiède de sommeil, je m'habille dare-dare, et je me presse contre Maman. « Tu es sûre Simone ? Ce n'est pas très marrant pour toi... » Je minaude, tente un sourire. Maman hausse les épaules. Elle brosse et natte mes cheveux. Puis, nous partons toutes les deux dans le calme du petit matin, à l'heure où la nuit hésite à disparaître. La ville dépeuplée nous appartient. Maman file à la conquête de son rêve de fortune et moi, je lui cours après pour rester à sa hauteur. Elle m'a choisie pour être à ses côtés. Je n'échangerais ma place pour rien au monde.

Dans la boutique, les clients sont rares. Je m'assois toujours au fond, sur l'escabeau en bois qui sert à Maman pour atteindre les étagères. J'ai une mission. Classer les étiquettes blanches, bordées de noir, que Maman pose sur les fromages pour indiquer leurs noms. « Voilà l'alphabet, Simone. Ça va t'aider à mettre les noms dans le bon ordre. » Première expérience de la lecture : je décrypte la lettre du début et cherche ensuite si fourme d'Ambert se range avant ou après livarot. Mon index glisse sur la liste de Maman. Une fois que j'ai trouvé, je case l'étiquette au bon endroit, dans une boîte métallique qui a autrefois contenu des petits-beurre.

Un soir, lors du dîner dominical, Maman décrète qu'il est temps pour moi d'entrer à l'école.

— Simone va aller à Sainte-Bernadette en octobre.

À ces mots, le vieux s'étrangle avec sa vinasse. Il articule :

— Sainte-Bernadette ? Mais c'est payant !

Maman lève les yeux au ciel et répond :

— Oui, et alors ?

— Alors, Jacqueline, voyons, tu sais bien qu'on ne roule pas sur l'or !

— C'est sûr qu'avec ta paye, on n'a pas tiré le gros lot !

— Arrête, tu veux bien. Pourquoi Simone n'irait pas à l'école publique, comme Madeleine ?

— Parce que je veux le meilleur pour Simone.

Le vieux grogne un truc incompréhensible. La décision est prise. Je vais bientôt entrer à l'institution Sainte-Bernadette, rue des Lisses, à l'ombre de la cathédrale, à deux pas de la maison, à deux pas aussi de la prison.

C'est une école catholique pour filles. Pour filles de la bonne société d'une petite ville de province. Une ville qui vit au rythme ancestral de son calendrier religieux, avec ses messes, son pèlerinage et sa semaine sainte. En entrant pour la première fois dans la cour de Sainte-Bernadette, je suis toute frémissante. La tristesse de quitter Maman se mêle à l'euphorie de découvrir un monde inconnu. La cour est minuscule, coincée entre une chapelle, deux maisons qui font office de classes et un marronnier aux feuilles jaunies. Une vraie marelle est dessinée sur le goudron. Des filles de mon âge, nattées et serrées dans leur blouse, attendent l'appel des noms. Moi aussi, j'ai revêtu une blouse bleu marine. Sur le col, Madeleine a brodé une jonquille dont je suis fière. Derrière les larges fenêtres, j'aperçois le tableau noir et les pupitres. Toutes ces nouveautés : c'est comme si ma vie allait commencer. Je palpite.

Mais, très vite, ça dérape. Pas pour ce qui est du travail scolaire. De ce côté-là, j'apprends à toute allure. Compter avec le boulier, rien de plus facile. La lecture, au bout de trois mois, c'est dans la poche. Non, ce qui ne va pas, ce sont les pimbêches. Il y en a une surtout, Juliette, museau de fouine. Elle dit que je parle mal. « Dans ta bouche, y a que des gros mots. C'est interdit chez moi. » Lorsque je m'approche, elle prend un malin plaisir à se pincer le nez en beuglant : « Vous ne trouvez pas que ça sent le camembert pourri tout à coup ? » Les autres filles gloussent, je serre les poings, je me retiens de décocher des coups de pied, je lorgne leurs souliers vernis. Moi, j'ai des bottillons craquelés hérités de Madeleine.

Ça ne peut pas continuer comme ça. Faut que je réagisse. Je choisis une tactique moins frontale que la violence pure. L'asticotage. Je dénoue le foulard du colin-maillard, je chipe la lettre du facteur, j'intercepte du pied une corde à sauter en plein mouvement. Ça piaille, ça braille, ça chiale. Et moi, je me gondole. Je suis la reine de la cour, je ne compte plus pour du beurre, les pestes n'ont qu'à aller se faire voir.

Ça ne dure pas. Un midi, avant le déjeuner, la directrice de l'institution me convoque. Sœur Solange, elle s'appelle. En entrant dans son bureau, j'ai une boule dans le ventre. Il ne faut surtout pas que Maman soit au courant, ça lui ferait de la peine, elle a déjà assez de soucis. En même temps, hors de question d'être punie alors que je ne suis pas la seule coupable. Sœur Solange m'apparaît en contre-jour, debout près de la fenêtre. Elle n'a pas mis son voile de religieuse, des mèches folâtrent autour de son visage, elle semble jeune. Elle se tourne vers moi, les mains jointes, me considérant avec les sourcils relevés.

— Simone, vos camarades se plaignent sans cesse de vos chamailleries. Qu'est-ce qui vous passe par la tête ?

Sa voix est douce, je prends confiance.

— Ma sœur, je ne vois pas de quoi vous parlez.

— Simone, allons, je sais que ce n'est pas facile pour vous. Mais vous êtes intelligente. Vous devez comprendre qu'il y a des choses qui ne se font pas.

— Je…

— Je n'ai pas envie de vous faire la morale. Je ne vous demande qu'une seule chose : arrêtez de provoquer des querelles. Tout le monde s'en portera mieux, vous la première.

Je ressors du bureau, légère. Pas de punition, pas de lettre à Maman. Je n'ai retenu qu'un mot, intelligente.

J'abandonne l'asticotage, puisqu'il le faut. J'adopte un nouveau jeu. Un truc encore plus excitant. Lors des récrés, je choisis ma proie avec soin, je m'approche à petits pas, et zou, je soulève une jupe. Les filles glapissent, hésitant entre rigoler ou m'agonir d'injures. Moi, vite, vite, je disparais derrière le marronnier, le cœur vibrant d'être plus que jamais au centre de la cour.

Bien vite, rebelote, un midi, nouvelle convocation dans le bureau de sœur Solange. Ce jour-là, la directrice a mis sa cornette. Elle se tient très droite, assise derrière son bureau. Aucun papier ne dépasse, juste le sous-main en cuir et le plumier métallique. Sœur Solange fronce les sourcils. J'ai les genoux qui flageolent.

— Simone, c'est inadmissible.

— Ma sœur, ce n'est pas ma faute…

— Taisez-vous. C'est grave. La mère de votre camarade Juliette se trouve dans la bibliothèque, elle attend vos excuses.

Une suée me mouille le dos. Je bredouille :

— C'est pas moi qui ai commencé…

Sœur Solange me coupe :

— Peu importe qui a commencé. Nous n'en sommes plus là. Vous avez passé les bornes, Simone. Vous devez vous excuser.

J'imagine la scène, moi, fourmi, obligée de me plier face à une ogresse. Je fais non de la tête. Sœur Solange frappe la table des deux poings.

— Dois-je vous rappeler que Juliette est la fille du directeur de la Banque de France ? Et vous, Simone, vous n'êtes rien.

— Non, non, je ne peux pas !

— Simone, c'est la réputation de mon école qui est en jeu. Si vous ne vous excusez pas, la sanction sera exemplaire.

Sans réfléchir, je crie :
— Je préfère encore ça !

Sœur Solange hoche la tête, l'air accablé. Elle s'approche de moi, une aiguille et un ruban à la main. Elle s'agenouille. Je n'ose plus bouger. Un coup d'aiguille est si vite arrivé. En quelques instants, je me retrouve avec ma jupe soulevée par l'arrière, ma culotte à l'air. Sœur Solange a cousu un bout du ruban au bas de ma jupe et a coincé l'autre bout dans l'élastique d'une de mes nattes.

— Et maintenant, vous allez faire des tours de cour !

La directrice ouvre la porte. C'est l'heure de la récréation, on entend le brouhaha joyeux des jeux. Les sanglots encombrent ma gorge.

— Oh, non, pas ça, je vous en supplie !

J'essaye d'arracher le ruban. Sœur Solange me tord le poignet. Je me dégage, tente une fuite à l'opposé de la porte, je manque de trébucher. La directrice me rattrape par les épaules. Puis, du plat de la main, elle me pousse dans la cour.

En une seconde, tous les regards convergent sur moi, les jeux cessent, le silence s'installe. Sur le perron de la bibliothèque, j'aperçois une femme, très mince, robe en tissu pied-de-poule et capeline assortie sur la tête. Elle me toise. Temps suspendu, chacune retient son souffle. Soudain, sous le préau, un rire éclate. Je sais qu'il va y en avoir des dizaines d'autres. Je ne les entendrai pas. Les pestes ne gagneront pas. Je serai la plus forte. Je refoule mes larmes, j'avance, la tête haute et je fixe les clochers de la cathédrale qui pointent au-delà du mur de l'école. Je me dirige vers eux. Autour de moi, tous les visages hilares sont muets. Je ne marche plus, je flotte, je monte au ciel. Une brise s'insinue entre mes cuisses, fait frissonner l'élastique de ma culotte. C'est agréable.

8

Dans ma famille, personne n'a su. Enfin, je crois. De mon côté, pas un mot. Comme si ça n'avait jamais eu lieu. J'ai continué à aller à l'école, des haut-le-cœur plein la bouche, mais résolue à enterrer ce jour maudit. J'ai cru y être parvenue, quand une calamité m'est tombée dessus. J'ai perdu mes cheveux. Pas deux ou trois, égarés sur l'oreiller. Non, des touffes. Dès que je les brossais, dès que je passais la main dedans : déboisement complet.

Maman s'en aperçoit. Elle s'alarme, elle m'emmène à la pharmacie de la place des Halles. Des poux, la teigne, une pelade, tous les diagnostics sont posés. Je retiens un mot dont la sonorité me plaît : alopécie. Chute des cheveux. J'ai droit à un remède réputé infaillible. « Tu verras, tes cheveux vont repousser encore plus beaux qu'avant », m'assure le pharmacien. Il recommande à Maman de me frictionner le crâne avec de l'huile de ricin tous les soirs au coucher. C'est visqueux. C'est onéreux. Et surtout, c'est inutile. Mes tifs continuent à se faire la belle.

Je me sens affreuse. Maman a beau relever en couronne mes rares cheveux, je sais que je ne peux pas faire illusion. Les filles de ma classe s'écartent sur mon passage. Les moqueries sont murmurées assez fort pour arriver à mes oreilles. « Peau de fesse », c'est leur préférée. Même à la boutique, les clientes, en me voyant, s'oublient et me fixent, bouche ouverte. C'est à cette époque qu'une drôle de boursouflure commence à me pousser à côté du cœur. Une poche remplie de bile, acide. La terre entière me débecte.

Heureusement, j'ai Bernadette. Dommage qu'elle soit morte. Bernadette Soubirous. Dans la salle de classe, entre la carte des massifs montagneux et l'alphabet des majuscules, son portrait, presque grandeur nature, éclipse tout le reste. Chaque jour, je scrute son visage. Malgré son fichu de paysanne, elle a un port de reine.

« Vous savez que sainte Bernadette était comme vous ? a dit un jour notre institutrice, sœur Marie-Claire. Comme vous, c'est-à-dire qu'elle était une petite fille simple qui croyait de toute son âme en la Vierge Marie. Elle avait un cœur pur. Et elle a été choisie. » Ces mots, c'est un éblouissement. Moi aussi, je veux être choisie. Ce n'est pas un hasard si je suis née à Chartres. Ville mystique, ville étape vers Compostelle. Je suis appelée à un destin glorieux, c'est certain. Peut-être que moi aussi, je pourrai avoir des apparitions. Peut-être qu'à moi aussi, la Vierge parlera. Je n'ai plus qu'une obsession : devenir la Bernadette Soubirous de Chartres.

Je me mets à guetter le moindre signe, partout, tout le temps. Je me surprends à reluquer un renfoncement, dans ma rue de Beauvais, idéal pour la venue de la Vierge. Le soir, dans ma chambre, je m'astreins à réciter dix « Je vous salue Marie » d'affilée. Certains jours, après l'école, au lieu de rentrer à la maison, je vais voir Maman à la crèmerie. Mon vrai plaisir, c'est de passer tout près de la cathédrale, et de me sentir microscopique face à l'immensité de l'édifice millénaire. J'aime contempler les deux clochers et avoir l'impression qu'ils tournoient au-dessus de moi. « Ce sont les nuages qui bougent, pas les clochers », m'a expliqué Madeleine. J'aimerais aller à la messe. Mais Maman n'en voit pas l'intérêt. Je me promets qu'un jour, j'oserai entrer dans le saint des saints, j'oserai pousser le portail de la cathédrale.

Un miracle se produit alors. Après six mois d'alopécie, mes cheveux repoussent. Les zones où l'on voit mon crâne se couvrent d'un duvet. D'abord soyeux comme celui des poussins. Puis, il devient mousseux. Il faut me rendre à l'évidence : mes cheveux repoussent avec des boucles. Pas de simples ondulations : de véritables anglaises, rebondies, spiralées. Moi qui ai toujours eu les cheveux raides. Maman est déconcertée. Ces cheveux-là me plaisent. Et surtout, surtout, c'est le signe que j'attends. C'est sainte Bernadette en personne qui vient de me choisir. Je suis sur la bonne voie. Il faut que je continue.

Le printemps s'installe, les arbres se remplument. Il ne me reste plus que quelques mois avant de passer le certificat d'études primaires. J'ai des résultats honorables, sans vraiment travailler. Je suis tout entière accaparée par ma foi balbutiante. Un après-midi d'avril, au lieu de longer la cathédrale, je fais un détour. Je choisis de passer par la rue du Cheval-Blanc, une venelle sombre dans laquelle les toits des maisons ont tendance à se rapprocher pour empêcher le ciel de s'infiltrer. Au bout de la rue, la librairie religieuse, « Aux beaux livres de Notre-Dame ».

En inspectant la vitrine, je suis frappée par le nombre de mouches ratatinées contre les présentoirs. C'est à ce moment-là que je le vois. Modeste, couleur ivoire, presque perdu au milieu des imposants ouvrages d'art religieux. Il s'intitule : *La vie de sainte Bernadette. La confidente de l'Immaculée*. Une gravure représente Bernadette Soubirous dans son habit de religieuse. Elle ne ressemble pas au portrait de la salle de classe. Elle a l'air plus âgée, moins têtue, douce. Ce livre recèle les secrets pour devenir sainte : aucun doute là-dessus. Un besoin impérieux, vital presque, s'empare de mon cerveau. Il me faut ce livre.

J'entre dans la librairie. La porte racle le sol, l'ampoule électrique grésille. À l'intérieur, les bouquins s'empilent sur des tréteaux, à l'envers, à l'endroit, un vrai fatras. Ça sent le papier moisi. Une femme aux cheveux gris, accroupie, se relève. Elle me considère en se grattant la tête avec un crayon de bois.

— Bonjour petite. C'est pour quoi ? Si c'est pour des billets de loterie, je n'ai plus de monnaie.

— Non, non, c'est pour sainte Bernadette.

Je m'avance vers la vitrine pour lui montrer le livre.

— Tuh, tuh, bas les pattes, tu ne touches à rien.

— Je voudrais juste feuilleter un livre.

— Tu as de l'argent ?

— Non, mais je…

— Reviens avec un porte-monnaie alors ! Si c'est le livre sur sainte Bernadette que tu veux, il coûte seize francs.

Du bras, elle m'indique la porte. Je veux répliquer, je rougis, je prends la tangente.

Je reviens à la maison toute pantelante. Savoir qu'il existe, tout près de chez moi, un livre qui peut changer ma vie, m'oppresse. Je n'arrive plus à penser à rien d'autre. Après le dîner, je n'y tiens plus. Au moment où Maman monte pour se coucher, je l'alpague.

— Maman, est-ce que tu serais d'accord pour me faire un cadeau ?

— Un cadeau ? Mais c'est pas Noël !

— Oui, je sais, mais pour une fois… C'est un livre.

— Un livre ? Tu me réclames un livre ?

— Oui, tu es d'accord ? Tu me donnes l'argent ?

— Pas si vite, de quel livre s'agit-il ?

— C'est sur sainte Bernadette.

— Ah un truc de cureton ! Je ne sais pas si ça va te faire progresser en orthographe !

— Maman, c'est important…

— Écoute, je t'offre le livre si, à l'école, tu obtiens une image.

En entendant ces mots, un précipice s'ouvre sous mes pieds. Pour avoir une image, il faut dix bons points. Et pour avoir un bon point, il faut un problème résolu sans faute ou une dictée parfaite ou une conduite irréprochable. Autant le dire tout de suite, les bons points comme les images, ça me passe au-dessus.

— Maman, je n'y arriverai jamais…

— Justement, Simone, pour une fois, tu feras des étincelles à l'école. Que ça serve à quelque chose de payer cette institution. Je sais que tu en es capable.

Je n'insiste pas. Quémander est douloureux. Et je sais que Maman ne change jamais d'avis. Le lendemain, je passe à nouveau devant la vitrine de la librairie, histoire d'éprouver mon envie. Oui, *La Vie de sainte Bernadette* n'a pas bougé. Oui, j'ai la gorge sèche à l'idée que ce livre m'est interdit. Oui, je pourrais rester très longtemps à en détailler la couverture. Mais lorsque la bobine de la patronne s'approche de la vitrine, je déguerpis.

Ma décision est prise. Je me mets à préparer mon certificat d'études avec une ardeur inconnue jusque-là. Dès mon retour de l'école, je m'assois à la table de la salle à manger avec cahiers, plumier, buvard. Et je relis, apprends, recopie. Maman est contente de ce changement. Elle s'en attribue le mérite. J'obtiens un bon point pour la récitation de la fable du moment, « Le laboureur et ses enfants ». Puis un autre pour un problème de mathématiques et de champs de blé. Mes efforts sont récompensés. Bientôt, je pourrai m'acheter le livre convoité.

Un lundi de la fin du mois de mai, sœur Marie-Claire me remet mon huitième bon point. « Félicitations, mademoiselle Grivise ! Il ne doit plus vous en manquer beaucoup pour avoir l'image ! » Ce jour-là, assise à mon pupitre, je rêvasse, les yeux perdus. Il est bientôt midi, le soleil perce dans la salle de classe et éclaire le portrait de sainte Bernadette. Je plonge la main dans ma trousse, et caresse mes bons points, petits coupons rouges en carton souple, promesse d'une révélation prochaine.

Tout à coup, deux rangs devant moi, sur ma droite, Renée, la fayotte de service, ouvre un plumier en fer-blanc. Elle dépose une agate à l'intérieur et j'aperçois ses bons points qui s'entassent. Elle ne doit pas être loin des dix, elle non plus. Normal, toujours à lever le doigt, à parler pour ne rien dire, ça plaît à sœur Marie-Claire. Pourtant, elle n'est pas plus intelligente que moi. Et elle n'est pas la dernière à me dire des vacheries. Elle ne mérite pas d'avoir une image.

La sonnerie assourdissante du déjeuner me lève de ma chaise. Autour de moi, brouhaha, filles qui cancanent, qui se ruent vers la cour. Renée est sortie. Elle a mal refermé son plumier. Sœur Marie-Claire essuie le tableau. Je passe près du pupitre de Renée et chipe au passage un bon point. Ni vu ni connu, je ne fais de mal à personne, je rétablis un peu de justice. Je me précipite au-dehors, les mains moites, le cœur en fête.

Au retour du déjeuner, je regagne la classe parmi les dernières. Je m'assois. Devant moi, le dos de Renée s'agite : chuchotement avec sa voisine, fouille de son casier. Notre institutrice se racle la gorge.

— Mesdemoiselles, votre camarade Renée vient de m'apprendre qu'il lui manque un bon point. Est-ce que l'une d'entre vous sait ce qui a pu arriver ?

Des caquetages ici et là. Sœur Marie-Claire frappe son bureau avec sa règle. Je sursaute.

— Silence, mesdemoiselles ! Un bon point ne se volatilise pas. Il y a une voleuse parmi vous. Nous ne continuerons pas notre leçon, nous ne sortirons pas en récréation, tant que nous ne saurons pas qui a volé un bon point à Renée.

Je me tiens très droite, mon corps entier se rigidifie. Chaque fille est aux aguets. On s'observe, on se jauge. Le moindre mouvement peut être un aveu.

— Mesdemoiselles, j'ai tout mon temps, vous savez. Je souhaite que la voleuse se dénonce ici et maintenant. Nous pourrons ainsi régler le problème entre nous.

Les minutes passent. Ça ricane sous cape. L'air est vicié par une excitation, la transe qui précède le châtiment. Je ne bouge pas, mais j'ai chaud, mon cerveau bout, mes aisselles coulent.

— Mesdemoiselles, si personne n'avoue son forfait, je demanderai à notre directrice d'intervenir.

À cet instant, je tombe. À terre, inerte. Deux claques de l'institutrice ont raison de mon évanouissement. J'ouvre les paupières. Sœur Marie-Claire se penche sur moi, sa couperose à quelques millimètres de mes pupilles.

— Alors mademoiselle Grivise, c'est vous, n'est-ce pas ? Votre pâmoison est un aveu.

Je me débats et je crie de toutes mes forces :

— Non, non, ce n'est pas moi, c'est sainte Bernadette !

9

Chartres, 16 août 1944, aux environs de 7 heures

« Qu'est-ce que vous foutez ? Bougez-vous les miches ! » Je me relève, sonnée. J'aide Maman à se remettre sur ses deux jambes. On aurait bien besoin d'un remontant toutes les deux, prune pour Maman, vin blanc sec pour moi. Le FFI gesticule : « Allez, allez, on se magne ! » Au loin, les détonations continuent. Un relent de cramé flotte dans l'air. Devant, la préfecture nous fait de l'ombre, avec ses trois étages, sa façade crème qui s'étale sur la moitié de la rue et ses dizaines de fenêtres où l'on devine de lourds rideaux écarlates.

C'est donc là que ça va se finir pour moi, à la préfecture. Bon choix des Fifis. C'est là que tout a commencé pour eux : le préfet Moulin, le premier acte de rébellion contre les Allemands, la Résistance. Le canon du fusil me défonce une omoplate. Je suis précipitée vers la porte en métal noir, à droite des grilles. Je foule pour la première fois les pavés de la cour d'honneur.

Ça fourmille dans tous les sens. Uniquement des hommes. Certains ont gardé leur cotte verte de culterreux, d'autres sont en bras de chemise, mais tous arborent leur brassard noué à la va-vite. Tous armés, de bric, de broc, qui un fusil, qui un revolver. J'aperçois même un pistolet-mitrailleur, porté en bandoulière, sur une épaule. Ça parlemente, ça trépigne.

Tout à coup, les grilles noires s'ouvrent. Les pneus d'une Juvaquatre crissent. Je me colle à Maman, de peur de me faire écraser. Une femme, voilette relevée sur le front, trône à l'arrière de l'auto. À travers la vitre, ses yeux fouillent la cour comme s'ils cherchaient un réconfort. Ils s'accrochent aux miens, me dévisagent. Je tourne la tête. Pas de solidarité dans ces moments-là. Chacun pour soi. Moi, je n'ai dénoncé personne. J'ai aimé Otto. J'ai eu Françoise avec lui. C'est tout.

Nous montons les marches qui mènent au perron et traversons un vestibule. Au sol, un dallage en damier noir et blanc. Pas le temps d'admirer. Nous ressortons, nous empruntons de nouvelles marches, cette fois-ci pour les descendre.

Nous parvenons dans une deuxième cour. Plus petite, plus sombre, ceinte de hauts murs, sans aucun vis-à-vis avec la rue. Ici les façades crème ont viré au gris et les fenêtres ont perdu leurs rideaux. Ici, le charivari de la cour d'honneur est assourdi. Il y a toujours des Fifis, pour brasser l'air, mais ils ne trépignent plus, ils furètent. Dans un coin, on ne peut pas les louper, des hommes, des femmes, dix peut-être. Debout, tête baissée, on dirait qu'ils essayent de se fondre dans la muraille. Nous sommes emmenés vers eux. Œil-en-moins libère enfin mon bras. « Contre le mur et pas un geste, les collabos ! »

Je me cale entre Maman et le vieux et masse mon bras endolori. Je reluque les alentours, par en dessous, l'air de rien. Et je le vois. Il est de dos, mais je reconnais sa nuque fine qui m'a tant émue, il y a longtemps. Ses boucles noires, brillantes. Pierre. Je savais que nous nous retrouverions. Je t'ai tellement haï. La bile me brûle l'estomac, elle me remonte dans l'œsophage, je ne contrôle plus rien. Je ferme les yeux, inspire très fort par le nez et tout à coup, je ne peux plus le retenir : je crache un grumeau jaunasse. J'ai la gorge déchirée par l'aigreur, ma salive est immonde, mais je me sens mieux. Je n'ai plus de haine en moi maintenant. Tout ça, c'est du passé.

Pierre s'est retourné. Il scrute les prisonniers du mur, les sourcils froncés. Nos regards s'entrechoquent. Un court instant, les prunelles de Pierre hésitent, roulent à droite, à gauche. Il m'a reconnue. Il se penche vers un comparse. Et là, j'ai du mal à le croire : l'homme à qui Pierre s'adresse, c'est Lucien, un des doriotistes de Guéry. Hier, apprenti milicien. Aujourd'hui, résistant chevronné. Pierre et Lucien échangent un assentiment muet. Ils ont décidé de ne pas me connaître. Je détourne mon visage, je détourne mon corps, rien à foutre, ils ne m'intéressent plus.

Les deux FFI qui sont venus nous arrêter ce matin, montent la garde à présent. La femme de la voiture nous rejoint. Sa voilette pendouille, ses cheveux défaits lui battent les reins mais sa robe beige lui prend la taille à la perfection. Elle a dû lui coûter bonbon. La femme s'approche de moi. Elle pue la transpiration.

Tout à coup, le vieux est pris d'un sursaut. Il jappe, comme un fou : « Vous n'avez pas le droit de nous parquer comme ça ! Cette arrestation est illégale ! Ma famille n'a rien à se reprocher ! » Maman et moi écarquillons les yeux. Notre garde-chiourme réplique : « Rien à se reprocher, mon cul, oui ! Attends un peu, tu vas piger ! » Il balance un coup de crosse dans le ventre du vieux. Celui-ci se ratatine contre le mur, en hoquetant. Il ne dit plus un mot. Il me ferait presque pitié, tiens.

Je ne vois plus ni Pierre ni Lucien. Volatilisés. De l'autre côté de la cour, trois hommes viennent d'être amenés. Ils ont les mains attachées dans le dos. Un attroupement se forme autour d'eux. Même nos gardes nous délaissent, trop intéressés par ce nouveau spectacle. Ces trois hommes me disent quelque chose. Au moins deux d'entre eux. Ah, je sais : ils étaient affiliés au Parti populaire français. J'ai dû les croiser à la réunion à laquelle je m'étais rendue, place Billard. Ce ne sont pas des têtes pensantes, juste des petites mains. Ils ne risquent rien, eux. Quelques gifles, au pire.

Autour des trois hommes, des éclats de voix brisent le ronronnement ambiant. Un échalas moustachu vocifère :

— Alors Tadieu, c'est bien cette ordure qui t'a dénoncé ?

— Oui, oui, c'est lui. Mais baisse ton arme quand tu me parles.

— Eh, tu me donnes pas d'ordres, d'accord ? Si c'est lui qui t'a balancé, tu dois le descendre, cet enfoiré ! Tiens, prends mon flingue !

L'homme aux mains menottées gémit. Le dénommé Tadieu, frêle garçon imberbe, secoue la tête de droite, de gauche.

— Arrête, on ne descend pas les gens comme ça !

— Tu te débines ! T'es sûr que t'es des nôtres ?

— Arrête de faire le con. Tu veux être comme eux ? Du sang plein les mains ?

— T'as pas de couilles, c'est tout ! Regarde comment on crève les collabos !

Tadieu n'a pas le temps de s'interposer. Une, deux, trois balles sont tirées dans la tête du présumé traître. Quasiment à bout portant. Il s'écroule. Le tireur continue de canarder. Le corps mort tressaute à chaque balle. La femme à la voilette hurle et son cri résonne dans mes tempes, dans ma gorge, dans ma poitrine. Nous nous pelotonnons à terre. Je me bouche les oreilles. Maman m'entoure les épaules de son bras. Je n'entends plus rien. J'entrevois le sang de l'homme couler entre les pavés, se mêler à la poussière, devenir noir. Je tremble comme je n'ai jamais tremblé de ma vie.

10

Ma petite effronterie à l'encontre de sainte Bernadette a échauffé la directrice. Cette fois-ci, elle fait venir Maman. Elle la menace de me renvoyer. « Un vol, cela peut être pardonné. Mais un blasphème, c'est une insulte à notre institution. » Néanmoins, les deux femmes conviennent que la publicité d'un renvoi ne serait bonne pour personne. Ni pour la crèmerie ni pour Sainte-Bernadette. « Votre fille finira l'année ici. Elle passera son certificat d'études. Mais l'an prochain, nous ne la reprendrons pas. »

Pour moi, c'est l'aubaine. Quitter cette école de bigotes sadiques et de pestes friquées, c'est tout ce que j'attends. Impossible de ne pas voir là, l'intervention de sainte Bernadette. J'en suis certaine, elle me protège. Je prépare mon certificat, dans un état proche de l'exaltation. Je l'obtiens. Et pas avec des notes de petite joueuse. 10 en calcul, 10 en histoire et 9 en composition française. Les bonnes sœurs de Sainte-Bernadette peuvent aller se rhabiller.

Un instant, j'ai cru que la prochaine étape serait pour moi l'école publique. Mais ce n'est pas l'idée de Maman. « Tu n'y penses pas, tu vaux tellement mieux que ça ! » Maman a décidé de m'inscrire dans une autre institution religieuse, le pensionnat Saint-Pierre. La poisse.

Je me serais bien opposée, mais, avec Maman, impossible d'en placer une. Pour couronner le tout, Saint-Pierre, c'est à perpète, dans les méandres de la basse-ville. Il faut se fader toutes les marches derrière la cathédrale, descendre une ruelle qui plonge à pic, franchir un pont décati. À quelques mètres de l'école, il y a la rue du Massacre. J'imagine une Saint-Barthélemy, des têtes décapitées, des hommes écartelés, des enfants égorgés, des flots de sang se versant dans l'Eure. Bref, je vais à Saint-Pierre comme si c'était l'abattoir.

« Ne t'inquiète pas, je suis sûre que tu vas te plaire », tente Madeleine. Ma sœur sait de quoi elle parle : depuis un an, elle y officie comme institutrice remplaçante. « Tu verras, c'est beaucoup plus grand que Sainte-Bernadette, il y a deux cours, un potager et même des géraniums dans les jardinières. »

Je regarde ma sœur et son air de fleur bleue avec des yeux incrédules. Si les géraniums constituent son meilleur argument, j'ai de quoi me biler pour la suite. Je n'ai aucune envie de revivre les vexations de Sainte-Bernadette. C'est alors que je prends une décision. D'accord, j'irai à Saint-Pierre. Mais je ne parlerai à personne. Je n'aurai qu'une idée fixe : étudier. Pour réussir. Pas question pour moi de vendre des fromages.

À ce moment-là, la crèmerie vivote. Chaque année est plus mauvaise que la précédente, Maman s'enferre dans son humeur aigre et le vieux reste sa première cible. « Trouve une solution, remue-toi, c'est pas possible de laisser sa famille s'enfoncer dans la panade ! » Ma sœur, qui reverse tout son salaire d'enseignante à Maman, n'échappe pas non plus aux invectives. « Tu ne pourrais pas te trouver un bon parti, histoire de nous aider un peu plus ? » Maman n'oublie pas le gouvernement : « Les politiques, tous des vendus ! Il nous faut un homme fort, quelqu'un qui rétablisse les vraies valeurs et qui relance le pays ! » Je suis la seule à passer au travers de la tornade. Jamais Maman ne me hurle dessus. Après l'école, je me réfugie dans ma chambre pour en entendre le moins possible. Je suis à l'abri, au dernier étage, avec pour compagnons les toits verts de la cathédrale. Et je boulonne dur : mes devoirs sont devenus ma raison de vivre.

Comme prévu, à Saint-Pierre, je ne fais aucun effort pour me lier avec les autres élèves. Toutes ces filles, en plus d'avoir l'arrogance de l'argent, sont bêtes comme leurs pieds. Aucun intérêt. Je suis là pour cravacher. Latin, grec ancien, anglais, allemand : mes matières préférées. Surtout l'allemand. Je sais le déplaisir que je cause au vieux lorsque je récite mes verbes irréguliers à tue-tête. Il a cette langue en horreur. Cela me la fait aimer plus que de raison.

« Ta prof d'allemand m'a fait des compliments sur toi. Bravo ! me félicite un soir ma sœur, alors que nous rentrons à la maison. Si tu continues comme ça, tu pourras avoir ton brevet supérieur, comme moi. » Nous sommes en plein dans l'ascension de la rue la plus raide de Chartres. Je ne réponds pas. Je fais l'essoufflée, Pas envie de dire à Madeleine que je n'ai aucune envie de devenir comme elle, de trimer toute la journée pour mes parents. Pas le courage non plus de lui avouer que je vise le bachot, que le brevet supérieur, c'est bien gentil, mais juste une étape.

Madeleine continue : « En revanche, il y a un point que tu dois améliorer. » Ma sœur s'arrête au milieu de la rue et déclame, sans que je lui demande rien : « C'est ton comportement qui est parfois un peu… solitaire. Il faut que tu t'ouvres aux autres, Simone. Tes camarades ont forcément de belles choses à t'apporter. Autrui est une source de découvertes inépuisable ! » Madeleine fait de grands gestes, ses pupilles pétillent, elle se croit au théâtre. Moi, je tourne la tête à gauche, à droite : pas envie qu'on prenne ma frangine pour une agitée du bocal. Heureusement, pas un chat autour de nous.

Alors, ce soir-là, je dévisage ma sœur. D'où lui sortent ces mots, ce lyrisme. Elle qui est plutôt du genre petite souris grise, attentive à ne jamais déranger personne, elle ne se ressemble pas. Pour la première fois, je trouve que son embonpoint lui va bien. Elle n'est plus grosse, mais gironde. Ses formes, gracieuses. Ses joues, rosies et rebondies. Ses cils, maquillés, légèrement, juste ce qu'il faut pour les faire paraître plus longs. Et puis, elle sourit. Je crois que c'est ce qui change le plus son visage. Elle n'est plus une vieille fille en devenir, mais une jeune femme au bord de l'éclosion. Elle a trouvé un truc, un sens, un but, c'est évident. Je me promets de découvrir son secret.

Espionner Madeleine. C'est ma nouvelle lubie. Je note dans un calepin les détails de sa vie. Les lundis, mardis, mercredis et vendredis, elle va à l'école, avec moi. Le soir, elle prépare le dîner, fait la vaisselle et lit dans son lit. Le jeudi, elle emprunte des livres à la bibliothèque. Parfois, le jeudi également, elle se rend au ciné avec Mireille, une collègue, institutrice remplaçante comme elle. Le dimanche, elle s'enferme dans sa chambre pour préparer ses cours. Mon calepin me tombe des mains. La vie de ma sœur, c'est la barbe.

Pourtant, Madeleine continue sa mue. À la maison, tout en mettant le couvert, elle chantonne : « Parlez-moi d'amour. Redites-moi des choses tendres... » Même Maman, tout entière accaparée par ses problèmes de trésorerie, s'en aperçoit : « Tu es bien joyeuse. Tout fout le camp, la crèmerie se casse la gueule, et toi, tu pousses la chansonnette... »

Sur le chemin de l'école, Madeleine me prend par le bras et me confie qu'il n'y a rien de plus agréable qu'un rayon de soleil sur sa joue. Elle vire complètement godiche. J'ai envie de la secouer, je me contente de lui demander comment s'est passée sa journée. Et là, j'ai droit à un baratin sur son boulot. « Tu ne peux même pas imaginer comme c'est gratifiant de constater que mes élèves apprennent et s'enrichissent grâce à moi. J'avoue que je suis fière, même si ce n'est pas un sentiment très catholique ! » Elle rit de sa petite audace. Je vois ses doigts danser devant sa bouche, comme pour cacher une joie indécente. Elle est touchante. Elle dit qu'elle a trouvé sa voie, qu'elle enseignera toute sa vie, que c'est un métier-passion. J'acquiesce, dubitative. Après tout, peut-être me suis-je gourée. Peut-être que ma sœur est juste contente de sa petite vie.

Je change d'avis lorsque je le surprends. Ce regard furtif. C'est à Saint-Pierre, au moment de la récréation. Madeleine assure la surveillance de la cour. Moi, j'attends que ça passe, un bouquin à la main, indifférente aux autres filles, indifférente aux jeux que je juge stupides. Et, brusquement, alors que je lève le nez de mon livre, je comprends. Ma sœur, le temps d'une microseconde, vient d'échanger une œillade avec un des ouvriers qui travaillent à la réfection du dortoir. C'est donc ça. Un homme. Madeleine doit être amoureuse. Sans savoir tout ce que ce mot implique, j'en suis toute chavirée.

Dans les jours qui suivent, je cherche à en savoir plus. Je n'ose pas demander à Madeleine. Jamais elle ne se confierait sur un sujet pareil. Alors j'observe, pendant les récréations, les allées et venues des ouvriers. L'homme qui plaît à ma sœur est le chef du chantier. Il donne les ordres, a une prestance, les autres obéissent. Plutôt jeune, avec une moustache et des cheveux noirs. Il a une drôle de fossette au menton qui le rend original, différent.

Un mardi en fin d'après-midi, après les cours, je suis attablée, comme d'habitude, dans la salle des professeurs. J'ai l'autorisation exceptionnelle de faire mes devoirs ici, et non à l'étude, car je suis sœur d'une enseignante. J'attends que Madeleine finisse de remettre sa classe en ordre.

Ce soir-là, j'ai mis un point final à ma version latine depuis longtemps. Je feuillette mon Gaffiot. L'horloge sonne six heures. La directrice, sœur Gabrielle-de-Marie, ne va pas tarder à revenir des vêpres. Je n'ai aucune envie de me trouver nez à nez avec cette vieille chouette. Toujours à me poser des questions vicieuses: «Tout va bien à la maison? Et la première communion, c'est pour bientôt? Je ne vous vois pas à la messe le dimanche, vous allez dans quelle paroisse?» Non, non, pas possible de subir ça. Que fabrique Madeleine, c'est agaçant à la fin. Ma sœur m'a formellement interdit de me rendre dans sa classe. «Tu ne dois pas circuler dans l'école à cette heure-là. Tu attends que je vienne te chercher. Sinon, sœur Gabrielle-de-Marie ne permettra plus que tu restes dans la salle des profs.»

Personne ne me verra. J'ouvre la porte, trottine dans le couloir en veillant à ce que chacun de mes pas soit étouffé, débouche sur le perron et me retrouve sous le préau. Pas l'ombre d'une élève ou d'une institutrice.

Je traverse la cour, le cou dans les épaules. Tout au fond, sur la gauche, se trouve la salle d'études pour les pensionnaires. Heureusement, je n'ai pas besoin de passer à côté pour retrouver ma sœur. Je longe le potager en me retournant sans cesse pour vérifier que je ne suis pas suivie, et là, bim, je tombe sur Mireille, la collègue de Madeleine. Je baisse la tête, ça va barder. J'attends la remontrance. Mais rien ne vient. Je zyeute l'institutrice. Sa bobine a viré au rouge écrevisse. Sur l'épaule, elle porte un sac qui dégueule de patates. Mireille, index à la verticale sur sa bouche, me signifie que je dois la boucler. Je hoche la tête, tout en déglutissant. Je passe mon chemin, Mireille aussi. Enfin, j'arrive dans la deuxième cour, celle des grandes.

Je fonce jusqu'à la classe de Madeleine, située en face du réfectoire. Je me pends à la poignée, mais impossible d'ouvrir, la porte est verrouillée. Bizarre. Ma sœur ne serait jamais partie sans moi. J'inspecte les alentours. Les autres classes ont l'air closes, elles aussi. Il n'y a que le réfectoire qui est ouvert. Dans un coin, la statue de Saint-Pierre, main levée, semble vouloir me mettre en garde. C'est alors que j'entends des voix en provenance de la classe de Madeleine. Je lève les yeux, les fenêtres sont ouvertes. Mais elles sont trop hautes pour que je puisse mater quoi que ce soit. J'entreprends d'aller chercher un tabouret dans le réfectoire. Je l'escalade. Et là, je les vois.

Madeleine et l'homme. Son amoureux. Ils s'embrassent. Ma sœur est de dos. L'homme semble dévorer ses lèvres. Ça fait des bruits de succion. Je souris. Je ne m'étais pas trompée. Madeleine n'a plus de secret pour moi. Les mains de l'homme caressent les reins de ma frangine, s'accrochent à ses fesses, les malaxent. Je fais ma voyeuse, en équilibre sur mon tabouret, accoudée sur le rebord de la fenêtre. Je suis vaguement consciente que je n'ai rien à faire là, mais je ne parviens pas à partir. Je ne veux manquer aucun détail. Au détour d'un baiser, l'homme chuchote quelques mots dans le cou de ma sœur. Elle recule.

— Non, tu es fou. Je ne peux pas faire ça…

— Mais si Madeleine. Pour me faire plaisir…

— Non, je n'ai pas envie.

— Toutes les femmes le font.

— Peut-être, mais pas moi et sûrement pas ici, tu te rends compte ?

— Allez, ne fais pas ta mijaurée.

Le ton s'est durci. Il ne chuchote plus. Il donne un ordre. Madeleine tente un repli vers la porte en faisant non de la tête. Tout à coup l'homme la tire par le bras. Puis il appuie sur son épaule pour la forcer à s'agenouiller. Madeleine gémit. D'une main, l'homme la retient à terre. De l'autre, il déboutonne son pantalon et le baisse. Je ne vois plus que ses paluches, elles s'emparent de la tête de ma sœur, lui tirent les cheveux. Plus un son ne sort de Madeleine.

Je veux partir, je veux m'enfuir. Mais je ne parviens pas à détourner les yeux. Je fixe cette main qui se soulève par intermittence. Je vois les paupières de l'homme se fermer, sa fossette se contracter. Je ne vois plus ma sœur, elle n'est plus qu'un petit tas écrasé, recroquevillé.

Mon cœur tressaute, j'ai du mal à respirer, j'ai le vertige. Sous mes pieds, le tabouret valdingue. Je crois que je lâche un cri. Je me retrouve les quatre fers en l'air. Vite, vite, je me relève. Et je cours, je cours, je traverse toute l'école en moins de deux. À bout de souffle, j'ouvre à toute volée la porte de la salle des profs. Enfin, le silence. Dans mon cerveau, un vrai foutoir.

Je me laisse glisser contre le mur, la tête entre les mains, les fesses à même le sol. Faut que je réfléchisse. Ce que j'ai vu, là, je ne sais pas trop ce que c'était. Une chose est sûre, Madeleine ne voulait pas que ça arrive. Je me mets à parler toute seule : « Madeleine, Madeleine, mais qu'est-ce qu'il t'a obligée à faire… » Tout à coup, du bruit, au fond de la salle. Je suis aussitôt sur pied. Et je la vois. Sœur Gabrielle-de-Marie. Elle est revenue de ses vêpres. Elle s'approche, au ralenti, elle croise les bras sur son ventre et me dit, rictus accroché aux lèvres : « Que se passe-t-il donc, ma petite Simone ? Vous paraissez bien contrariée. Racontez-moi tout. »

11

Lorsque je vois la face mielleuse de sœur Gabrielle-de-Marie, je me fige. Ma bouche se cadenasse. Puis, très vite, Madeleine arrive, un poil haletante.

« Veuillez excuser mon retard, ma sœur, j'avais beaucoup de travail ce soir. J'espère que Simone ne vous a pas dérangée. » La vieille bique bougonne, vexée sans doute de n'avoir pas réussi à m'extorquer la moindre historiette.

Madeleine m'entraîne vers la sortie. Je n'ose pas la regarder. Ce soir-là, nous rentrons côte à côte, sans parler, hantées par la même scène. Un truc s'est cassé. Un truc a trépassé. Pour Madeleine, ses rêves de jeune femme, ses illusions à l'eau de rose. Pour moi, l'insouciance de l'enfance. Le souvenir du mouvement cadencé de la tête de Madeleine me poursuit, se colle sur ma rétine, me file la nausée.

Dans les semaines qui suivent, il ne se passe rien. Je crois que tout est enterré, je me persuade que rien n'est arrivé. Je me jette dans mes leçons, pour m'abrutir, ne pas penser. Les bonnes notes, les félicitations et les tableaux d'honneur tombent dans mon escarcelle. Les autres filles parlent dans mon dos, bande de jalouses. Les professeurs me citent en exemple, grand bien leur fasse. Je sais pourquoi je bosse et cela seul compte.

À la même époque, il y en a un autre aussi qui fait des siennes. Et qui me détourne de mon obsession pour ma sœur. Cet autre, c'est mon corps. Il a choisi d'éclore. Une pierre pousse dans chacun de mes nichons. Elles roulent sous mes doigts, elles enflent à vue d'œil. Mon pubis, jusque-là blond et velouté, se mue en un triangle velu et noir. Mes guiboles se couvrent d'un pelage charbon. Et mes fesses, mes hanches, mes cuisses, tout s'élargit, sans que je demande rien. Mes jupes me boudinent, mes chandails me compriment. À la maison, personne ne semble s'apercevoir du changement. À l'école, les autres filles ont encore des poitrines plates et des genoux cagneux. Je suis encombrée par ce nouveau corps et ne veux pas qu'il me gêne. Je décide de manger moins : finies les mouillettes beurrées, à bas le calendos. Faut que je stoppe l'emballement de la machine.

Un mercredi soir, sur le chemin du retour à la maison, sur les pavés du pont Bouju, mon monde se fissure. Comme ébranlé par la réplique d'un séisme que j'ai voulu oublier. Madeleine me dit d'une voix tremblotante :

— C'est la dernière fois que nous faisons la route ensemble, Simone.

— Quoi ?

— Je suis renvoyée. Saint-Pierre, c'est fini pour moi.

— Renvoyée ? Mais, mais… pourquoi ?

— Ce serait trop long à t'expliquer.

— Tu crois que j'peux pas comprendre ?

— Simone, je t'en prie, n'insiste pas.

— Mais c'est injuste. Je suis sûre que c'est cette peau de vache de mes deux !

— Ne parle pas comme ça, Simone. C'est ma vie, pas la tienne. Je n'ai jamais eu de chance, de toute façon.

— Arrête de dire n'importe quoi ! La chance, faut la prendre ! Tu vas pas te laisser faire, elle n'a pas le droit de te virer !

— Simone, tu ne sais pas de quoi tu parles…

Les reniflements de ma sœur, ses larmes qui gouttent entre ses cils, son air bovin, tout m'insupporte. La secouer jusqu'à ce qu'elle se révolte, voilà ce dont j'ai envie. Hurler, frapper, exploser. Je fiche un grand coup de pied dans la pile du pont. Je récolte une douleur fulgurante. Un long gémissement sort de ma gorge. Madeleine me serre. Ma colère tombe. Mais pas ma haine. La petite boule de pus au creux de mon cœur vient de gonfler d'un seul coup. Il faudrait que je sois bien couillonne pour ne pas piger pourquoi Madeleine est remerciée. Ce que j'ai vu, quelqu'un d'autre a pu le voir. Et a pu en parler. Après, c'est une histoire de rumeur: ça se répand, ça s'amplifie et ça foudroie. Sauf que Madeleine n'est coupable de rien du tout.

Le soir, à table, impossible de louper les yeux pochés de ma frangine. J'espère que Maman va questionner, s'apitoyer, engager une bataille. Rien de tout cela. Aucune remarque. Sauf pour constater que le potage de navets n'est pas assez salé. Je prends les devants:

— Maman, il faut qu'on parle...

Madeleine m'implore en écarquillant les yeux:

— Simone...

Maman la coupe:

— Laisse, Madeleine. Oui, Simone, tu as raison, il faut qu'on parle. Je recule ce moment depuis trop longtemps. Mais il faut que je vous le dise: la crèmerie est dans une très mauvaise passe. Je ne sais pas si je vais pouvoir continuer.

Nous échangeons, Madeleine et moi, un coup d'œil circonspect. À côté de moi, Bonne-Maman lape sa soupe. Le vieux interrompt, à quelques centimètres de sa bouche, la cuillerée qu'il s'apprête à enfourner. Maman, quant à elle, est déjà lancée dans une tirade disparate:

— C'est à cause de la crise. Ici, en France, tout est pourri. Il faudrait une grande lessive pour nous débarrasser de toute cette vermine!

Maman parle de plus en plus fort. Son auditoire, nez baissé, attend que ça lui passe. Et Maman, de plus belle, continue :

— Au moins en Allemagne, ils ont trouvé la solution. Un chef, un vrai chef, qui sait rassembler derrière lui son peuple et qui donne du travail à tout le monde !

Là, le vieux, en ancien combattant qui essaye de se respecter, maugrée. Cela dynamite l'arrière-train de Maman qui se lève pour clamer :

— Je vomis la France !

Le vieux ose :

— Calme-toi Jacqueline !

— Je me calme si ça me chante, d'accord !

Bonne-Maman conclut :

— Tu as raison, Jacqueline. Ton père aurait dit la même chose. La France ne vaut plus rien aujourd'hui.

Le dîner est fini. Nous débarrassons. Personne ne s'aperçoit que je n'ai avalé aucune gorgée de soupe. Personne ne fait attention au visage ravagé de Madeleine. Ce soir-là, pendant un temps qui me paraît très long, à travers la cloison de nos chambres, je l'entends chialer, ma frangine. Je ne peux pas la laisser dans la dèche. Elle ne mérite pas ça.

Le lendemain, c'est un jeudi. Pas d'école. Nous nous retrouvons, Madeleine et moi, coincées avec Bonne-Maman. Celle-ci s'est mise près du poêle, dans la cuisine et elle compte les diminutions de son tricot. Faut surtout pas l'interrompre. Dehors, il pleut des trombes. Je tente, en claquant la langue, l'air enjoué :

— Madeleine, si on allait à l'Excelsior ?

La figure de ma sœur est encore toute chiffonnée de son chagrin de la veille. Elle me répond, lasse :

— Non, je n'ai pas envie. Et puis, avec la pluie...

— Bah justement, on sera à l'abri ! Allez, viens !

Ma sœur soupire.

— Non, Simone, s'il te plaît.

— Va voir ta copine Mireille, alors ! Il faut que tu te changes les idées !

— Mireille est partie. Elle est rentrée en Bretagne.

— Ah bon ? Mais pourquoi ?

À ce moment-là, je suis interrompue par Bonne-Maman :

— Si vous ne savez pas quoi faire, je vais vous en trouver, moi, de l'occupation ! Il y a les toilettes à récurer !

Je me tourne vers Madeleine. Clin d'œil. Ma frangine sourit, enfin. Ni une, ni deux, nous attrapons nos cirés. Je crie à l'adresse de Bonne-Maman :

— On s'en occupera plus tard ! À tout à l'heure !

Elle n'a pas le temps de répondre. Madeleine et moi partons comme des flèches au cinéma du centre-ville, rue Noël-Ballay. L'Excelsior. En arrivant, nous sommes douchées par la pluie, mais ravies d'avoir joué un bon tour à Bonne-Maman. Sur le fronton du ciné, l'affiche du film *Mayerling*, avec Charles Boyer et Danielle Darrieux, occupe toute la place. Dans le hall, au milieu de la queue, au milieu des relents de chien mouillé, Madeleine me sermonne :

— Hier, j'ai eu peur que tu parles à Maman de mon renvoi. Tu ne dois rien lui dire. Elle a déjà assez de soucis.

— Faudra bien qu'elle le sache.

— Je lui dirai une fois que j'aurai trouvé une autre place.

— En cours d'année, tu crois que c'est possible ?

— Non, c'est fini pour moi l'enseignement. Je ne veux plus être remplaçante. Et pour être titulaire, il aurait fallu que j'aie le bac.

— Quoi ? Je croyais que c'était ta passion, ta vie ?

— J'ai changé d'avis.
— Tu vas faire quoi ?
— Peu importe, des ménages s'il le faut.
— Madeleine, c'est pas possible !
Ma sœur hausse les épaules. Ça me fait bouillir.
— Écoute, Madeleine. Il faut lui dire la vérité à sœur Gabrielle-de-Marie. Toi, tu n'y es pour rien.
— Quelle vérité ? Y a rien à dire. C'est comme ça. Point.

Nous pénétrons dans le cinoche. Salle immense, écran dissimulé derrière un épais rideau noir à franges dorées, fauteuils en velours émeraude pour les premiers rangs, bancs bien durs pour les derniers. L'ouvreuse saisit nos billets, les déchire et nous installe dans le fond : mal au cul assuré. Lorsque les lumières s'éteignent, je prends le bras de Madeleine et l'entraîne vers les fauteuils moelleux de devant. « Chut », fait un raseur. Nous nous enfonçons dans nos sièges. Les actualités commencent. Cette voix entêtante, faussement joyeuse, qui nous raconte ce qui se trame dans le monde. Et surtout, ces images qui semblent venues d'une autre planète. La préparation des Jeux olympiques de Berlin.

Des milliers de partisans galvanisés. Des visages éperdus d'amour. Des enfants en uniforme, heureux de marcher au pas. Des gymnastes en costume blanc formant une immense croix gammée humaine. La musique de Wagner. Maman a raison. La France est miteuse et pourrie. L'Allemagne est grande et belle. J'ai les doigts qui me démangent. Autour de nous, des spectateurs sifflent, tapent du pied. Je n'y tiens plus, j'applaudis. Au début, pas très fort. Puis, comme une dératée. Madeleine m'enfonce ses ongles dans le bras. J'étouffe un cri.

Les lumières se rallument, c'est la fin des actualités. Autour de nous, des visages bien moches nous zyeutent. Je me mords les joues pour ne pas rigoler. Ma sœur me fait les gros yeux. Les lumières s'éteignent à nouveau, *Mayerling* peut commencer. Madeleine, bouche ouverte, semble fascinée par l'histoire d'amour. Moi, j'ai du mal à croire à toute cette dégoulinade de serments. Comme si on pouvait mourir d'amour. À la fin de la séance, une fois que nous sommes sorties de la salle, Madeleine m'attrape par la manche.

— Qu'est-ce qui t'a pris Simone ?

— Oh, c'est bon, on va pas en faire un fromage. Avoue que c'était marrant de les faire bisquer !

— Bof, on aurait pu se faire mettre dehors.

— Et pourquoi ? On n'a pas le droit d'avoir une opinion ? Moi, j'ai trouvé ça grandiose Berlin. Pas toi ?

— Je sais pas, ça ne m'intéresse pas vraiment. Je voulais voir Danielle Darrieux, c'est tout.

Dehors, il ne pleut plus. Madeleine tire un peu la tronche. Moi, je me sens tout à coup remplie d'une ardeur et d'une assurance à toute épreuve. Comme si les Jeux de Berlin déteignaient sur mon humeur. Demain, c'est décidé, j'irai défendre la cause de Madeleine auprès de sœur Gabrielle-de-Marie. Pas question d'être toujours la pauvre petite victime.

Le jour suivant, à l'heure de la récréation, la main déterminée, je toque au bureau de la directrice de Saint-Pierre. Pas de réponse. Où est-elle, cette fouille-merde. C'est vraiment bête, je me sentais pleine d'audace.

Elle n'est pas là. J'enfile le couloir en sens inverse. Le long du mur, des pinceaux et des pots de peinture blanche gisent, abandonnés. Sans doute les restes du chantier du dortoir. Ultime souvenir de cette ordure qui a causé la perte de ma sœur. Fossette démoniaque.

C'est de lui aussi que je devrais me venger. De lui et de la vieille chouette. Une idée germe dans ma caboche.

Le lendemain, c'est samedi, je suis levée avant la maisonnée. Je m'habille, je descends l'escalier sur la pointe des pieds et je me faufile dehors en catimini. Je prends le chemin de l'école. Le jour est en train de se lever, le ciel prend des teintes saumon, je suis en nage. J'arrive dans la rue du Puits-Berchot, c'est presque la campagne, les haies fleuries bordent les jardins. Vers le milieu de la rue, il y a une porte vermoulue. Les pensionnaires de Saint-Pierre la connaissent bien, cette porte. Située à l'arrière de l'école, elle n'est jamais fermée à clé, elle permet de se tirer en douce. Je la pousse, elle couine, je me retrouve dans le potager de Saint-Pierre.

Le samedi, à cette heure-là, il n'y a aucun risque de croiser le moindre pékin. Les pensionnaires ont regagné leurs pénates et tout le monde sait que sœur Gabrielle-de-Marie retourne chaque vendredi soir dans son couvent du Perche. Je fais le dos rond, j'avance à pas menus, pas de risque inutile. J'ai le cœur qui bat dans ma gorge. Sous le préau, j'essaye de pousser la porte pour accéder au couloir. Fermée. Merde. J'y avais pas pensé, à cette porte-là. Pas question de renoncer. Je fourre mon poing dans mon mouchoir et j'assène un coup dans la vitre de la porte. Le verre se brise sur le carrelage. Je passe la main et tire le verrou. Ça pique, ça saigne, je n'ai pas de temps à perdre.

Vite, je m'engouffre dans le couloir, vite, je m'empare du premier pot de peinture, vite, je le traîne dans la cour. Il pèse un âne mort. Je l'ouvre, la peinture blanche gicle sur mes bottines, j'essuie avec mon mouchoir plein de sang. Je verrai ça plus tard. J'enfonce le pinceau dans le pot. Je touille, on dirait de la crème fraîche. Les effluves chimiques me rappellent à l'ordre. Je ressors mon pinceau, les poils dégoulinent. J'hésite. C'est peut-être la connerie de ma vie. Une flaque se dessine à mes pieds. Personne ne saura que c'est moi. Et j'aurai fait la nique à ceux qui ont jeté Madeleine comme une malpropre.

Je me lance. Tout doucement d'abord. Je caresse les murs, la langue entre les dents, comme Maman quand elle coupait ses frometons. Le rendu est merdique, les murs ne sont pas lisses. Sur les volets, c'est mieux, ça glisse. J'accélère le rythme. Un, deux, cinq volets. Je badigeonne à qui mieux mieux. Plus je trace, et plus le dessin est symétrique. Je m'attaque aux piliers du préau. Je barbouille dans tous les sens. C'est comme si je dansais.

Tout à coup, un couinement. La porte du potager. Je suis saisie. Je lâche mon pinceau. Je cours aux toilettes, me cache derrière la porte. J'écoute. Mon palpitant résonne dans mes tempes. J'espère que je ne vais pas mourir d'une crise cardiaque. Mes mains tremblent. Ma jupe et mes bottines sont maculées de peinture.

Un pas alerte. Je ne vois pas encore à qui il appartient. Il semble s'arrêter en constatant mon forfait. Pas de cris. L'alarme n'est pas donnée. Le pas avance encore un peu. Je risque un œil dans l'entrebâillement de la porte. C'est une femme. On dirait Mireille. Oui, c'est bien elle. Bizarre, je croyais qu'elle était partie. Elle roule des yeux, à droite, à gauche et se précipite sous le préau, elle disparaît dans le couloir. J'en profite pour me tirer des WC. Je me faufile jusqu'au potager, sors par là où je suis entrée, je remonte à la maison, dans une transe pas possible. Je parviens jusqu'à ma chambre sans croiser personne. Je me déshabille, fourre mes nippes tachées dans mon armoire et me remets au lit. Je souris comme une gourdasse. J'ai réussi mon coup.

Le lundi matin, au moment d'aller à l'école, Madeleine me tend *La Dépêche d'Eure-et-Loir*. « C'est pas la peine d'aller à Saint-Pierre aujourd'hui Simone, c'est fermé ! Regarde, c'est pas croyable ! » J'arrache le journal des mains de ma sœur. Les lettres s'entremêlent devant mes yeux. Enfin, je parviens à lire, dans un encart à gauche : « Des croix gammées et un cambriolage au pensionnat Saint-Pierre. La suite page 4. »

Je tourne les feuilles et j'avale l'article d'une traite. « Une enquête est diligentée à partir d'aujourd'hui pour arrêter le ou les coupables de ces actes odieux. La cour principale de l'institution religieuse a été recouverte de croix gammées. Un tiroir du bureau de la direction a été vandalisé. Les dix mille francs qu'il contenait se sont volatilisés. Les swastikas seront nettoyés dans la journée. Les cours pourront reprendre dès mardi. » Trop d'informations. Mes yeux se brouillent, je me rattrape à la table de la cuisine.

— Du calme, ma Simone, c'est juste une journée d'école buissonnière pour toi.

— Oui, oui, je sais.

— Quelle mauvaise réclame pour Saint-Pierre, quand même…

Je m'assois. Être dans le journal, j'en demandais pas tant, mais ça leur fait les pieds. Pour le vol, je pige pas. Faudrait pas qu'on remonte jusqu'à moi. Madeleine cesse de ranger les bols. Elle s'assoit en face de moi.

— Tu sais, petite sœur, tu avais raison.

— À propos de quoi ?

— Sœur Gabrielle-de-Marie. Elle n'est pas honnête. Maintenant, je peux te le dire. Elle a viré toutes les professeurs remplaçantes en disant qu'elle n'avait plus de quoi nous payer. Et là, j'apprends qu'elle avait dix mille francs dans son bureau ! C'est bien fait pour elle.

— Ah, c'était pour ça…

La tête me tourne. Madeleine continue :

— Et j'ai ma petite idée sur la coupable… Mireille. Elle volait des légumes, elle a très bien pu piquer l'argent !

— Je me sens pas très bien, Madeleine. Je vais aller me recoucher.

— Oui, t'es toute blanche… Va te reposer.

12

L'année suivante, Madeleine réussit à convaincre Maman de me changer d'établissement. Un soir, je surprends une conversation. Je suis dans l'escalier, prête à sortir aux toilettes. Maman et Madeleine se trouvent dans la cuisine.

— Il faut que Simone aille à Guéry, Maman. C'est le meilleur lycée pour obtenir le bac. C'est important pour elle.

— Je sais, arrête de me dire ce que je dois faire. Mais je n'ai pas les sous. La crèmerie va vraiment mal.

— Maman, nous ne pouvons pas faire ça à Simone. Elle va dépérir. Elle qui ne mange déjà pas beaucoup.

— T'as qu'à payer, toi, t'as l'argent depuis que tu te pavanes aux PTT!

Un silence. Puis la voix de Madeleine. Ma sœur chérie, me sauve la mise, si ce n'est la vie:

— C'est d'accord, Maman. Je paierai.

C'est ainsi que je suis entrée à l'institution Guéry. Appellation véritable: Institut du Cœur immaculé de Marie. Un lycée niché dans le plus beau quartier de Chartres, au pied de la cathédrale, en face de la préfecture. Aller à Guéry, c'est s'introduire dans le saint des saints de la bourgeoisie chartraine. Fils et filles de médecins, de gros céréaliers, de notaires. Ici, on cause sorties au théâtre, fins de semaine à Trouville, étés sur la Côte d'Azur. Le tout, couronné d'une pensée dominante, conservatrice et catholique. Dans ce décor, j'aurais pu me sentir vilain petit canard. Mais pas du tout : j'ai été heureuse à Guéry.

C'est là que j'ai rencontré Colette. Tout de suite, j'ai su qu'elle était différente, pas comme les pimbêches que j'avais connues. Le jour de la rentrée, en septembre 1936, le destin nous a assises l'une à côté de l'autre. « Tu connais *Le Chien des Baskerville* ? » Voilà sa première question. Rien à fiche de mon nom, de la profession de mes parents ou du nombre d'hectares que possède ma famille. Pleine de méfiance, je fais non de la tête. Colette sourit, découvrant des dents de devant prodigieusement écartées. « T'as de la chance. Je te le prêterai. Tu verras, ça fait peur, c'est captivant. » Une lumière s'allume dans ma cervelle, je viens enfin de comprendre de quoi il est question.

J'examine cette fille en coin. Rousse. Virant sur le brun. Une frange épaisse, hirsute, qui lui tombe sur les yeux. Sur son visage s'emmêlent des taches de son et des boutons rougeoyants. Sa blouse, fripée, est constellée de traces marronnasses, plus ou moins douteuses. La dernière lessive ne date pas de la veille. Dingue de venir au lycée attifée comme une pouilleuse. Je n'aurais pas osé. Elle, elle s'en cogne, elle sourit tout le temps. Elle m'entraîne dans ses papotages sans tralala, l'air de rien, comme si on avait été au bac à sable ensemble. Sa bonne humeur déborde. Cette fille sent la joie.

Nous sommes devenues inséparables, Colette et moi. Dissemblables, mais inséparables. Je ne sais pas pourquoi elle m'a choisie. Le hasard d'une rentrée. Moi, je sais pourquoi je ne veux plus la quitter. Avec elle, j'envoie balader l'artifice, je peux être moi. Sans être rabrouée, sans être jugée. Cette fille m'apaise.

Colette, c'est une tronche. Elle connaît des bouquins dont personne ne m'a jamais causé. Ni l'école ni Madeleine. C'est grâce à Colette que j'ai découvert Arsène Lupin, Sherlock Holmes et Hercule Poirot. Plaisir de m'immerger dans des enquêtes alambiquées.

Et là où Colette me cloue complètement le bec, c'est en maths. Notre prof, Mlle La Salle, portrait fané de la vieille fille mal embouchée, nous impose des séances de calcul mental. À chaque début de cours. « Sortez vos ardoises. 55 multiplié par 300. » Premier coup de règle. Cinq secondes pour réfléchir. Deuxième coup de règle : « Levez vos ardoises. » Les chiffres s'embrouillent dans ma tête, mes oreilles bourdonnent, mes mains ont la tremblote. Tout ça, pour bien souvent écrire une bêtise.

Colette, elle, jamais aucune hésitation et toujours la bonne réponse. Je suis tentée de lorgner son ardoise. Mais faut faire vite, car Mlle La Salle traque les tricheuses. Une élève surprise à copier se prend, en pleine poire, un bout de craie envoyé depuis le tableau. Notre prof ne loupe jamais sa cible. Heureusement, s'il y a un truc que je maîtrise, ce sont les coups d'œil par en dessous. Cahin-caha, je me dépatouille. Je parviens toujours à décrocher la moyenne en calcul. Mais je préfère de loin les disciplines littéraires, composition française, allemand : là, je fais des étincelles. Colette aussi, du reste. Coude-à-coude pour la place de première. Mais attention, sans rivalité. Colette est à dix mille lieues de ça. Et moi, au fond, je sais qui est la plus douée de nous deux.

— Tu sais, plus tard, je voudrais devenir biologiste et faire de la recherche sur les maladies incurables, me lâche un jour Colette.

Nous venons de disséquer une grenouille, j'ai encore devant les yeux l'image du cœur qui palpite. Je réponds :

— C'est pas vraiment un métier pour les femmes…

Colette, qui range sa paillasse, s'arrête net et me dit avec un ton un peu plus aigu que d'habitude :

— Et Marie Curie, t'en fais quoi ? Double prix Nobel quand même !

— Oui… mais c'est une exception.

— À nous de prouver le contraire ! Et toi, Simone, tu veux faire quoi ?

Là, je suis prise au dépourvu. À part le bachot, je n'ai jamais formé aucun vœu pour l'avenir. Je donne à Colette la première idée qui me vient.

— Je veux être libre.

— Libre ? C'est beau, ça !

— Je veux pas être comme ma mère ni comme ma sœur. Je veux choisir ma vie.

— Eh bien ! Tu vois que toi aussi, tu es révolutionnaire ! Je le savais ! À nous deux, on va changer le monde !

Colette rit. Je ris de la voir rire. Comme elle, je veux y croire. Mais au fond, je ne suis pas très sûre de moi.

Lorsque Colette m'invite pour la première fois chez elle, je crois tomber à la renverse. Elle habite rue Chanzy, le repère cossu de Chartres. Les « Chanzy-Lysées », disent ceux qui n'y vivent pas. Je savais donc que ce ne serait pas miteux. En arrivant devant chez Colette, je prends conscience de l'infirmité de mon imagination. Une grille monumentale en fer forgé et tarabiscoté. Un parc à la pelouse nette, rien ne dépasse, pas une fleur, pas une feuille. Au fond, un véritable château, en briques rouges. Tout ça, à moins d'un kilomètre de chez moi, de ma lugubre rue de Beauvais,

À l'intérieur, un labyrinthe : je ne savais pas qu'on pouvait se perdre chez soi. Des pièces à la pelle, dont la fonction m'échappe pour certaines. Il y a la salle de jeux, la lingerie, le fumoir, le petit salon, le grand salon et des chambres en veux-tu en voilà.

Malgré mes quinze ans, j'ai une furieuse envie de jouer à cache-cache. Mais pas question de montrer que je suis impressionnée. Colette évolue dans cet univers avec un air détaché. En même temps — je m'en suis aperçue par la suite —, elle n'occupe réellement que deux pièces. Sa chambre. Et les cabinets de toilette du dernier étage. Là, dès qu'on entre, des piles de livres et d'illustrés manquent de s'écrouler. Colette me dit : « Ici, c'est ma cachette. J'y reste des heures sans que personne ne me dérange. Ici, je peux me retrouver avec moi-même. » J'acquiesce, sans vraiment comprendre.

Le soir, après ma première visite chez Colette, Maman me dit, la mine narquoise :

— Alors Simone, l'après-midi a été bonne ?

— Oui ! Colette a une maison… Tu ne peux même pas t'imaginer !

Là, Maman crache entre ses dents :

— Tu prends ta mère pour une ignare ? Tu crois que je le vois pas d'ici, le tableau ? Femme de chambre, gouvernante et jardinier, non ?

— Non, pas du tout.

Je ne veux pas en entendre plus. Je prends la poudre d'escampette, direction ma chambre. Maman se met en travers de mon chemin, juste devant les premières marches qui mènent à l'étage.

— Et son père, qu'est-ce qu'il fait, son père ? Je parie qu'il n'est pas rempailleur de chaises, lui !

— Colette m'a dit qu'il faisait des affaires.

— Ah ! Des affaires ! On sait ce que ça veut dire !

Maman ricane tellement qu'elle ne s'aperçoit pas que je suis montée. Dans ma chambre, j'enfonce ma tête dans mon oreiller et je pousse des cris étouffés. Maman ne peut pas toujours tout salir. Elle ne comprend rien. Elle ne sait pas voir le bien. Je ne veux pas être comme ça. Je veux croire à la beauté de la vie. Comme Colette.

Colette a teinté ma première année à Guéry de fantaisie, d'aspirations plus grandes que moi. Avec elle, j'échappe à l'atmosphère sinistre qui règne à la maison. J'ai besoin de Colette. Pourtant, dès cette première année, je sais qu'il existe des écueils sur lesquels notre relation pourrait se fracasser.

Les garçons, d'abord. Pour Colette, le sexe opposé n'existe pas. S'apprêter, se coiffer, ça lui passe au-dessus. Elle a, du reste, toujours un corps de petite fille. À l'inverse, j'ai une conscience aiguë de mes formes. Je sais ce qu'elles peuvent provoquer, je me doute de leur pouvoir et je vois dans le regard de certains hommes que je ne suis plus une enfant.

À Guéry, pour la première fois, je suis dans une institution mixte. Enfin, avec chacun sa classe, chacun sa cour, chacun son réfectoire. Les deux sexes sont séparés. Sauf à la sortie du lycée, et à la bibliothèque. Les fenêtres de l'infirmerie sont aussi un bon poste d'observation. J'ai souvent des maux de ventre terribles pendant ces années-là. C'est plus fort que moi. Lorsque je me pointe, l'infirmière me dit : « Tu vas avoir tes règles, va t'allonger, ça va passer. » Elle me laisse en plan dans une piaule encombrée de trois lits de camp et parfumée à la Javel. Aucune envie de me coucher. Je m'installe près de la fenêtre et je lorgne la cour des garçons. J'en repère un, je m'invente une rencontre fortuite et je suis partie à échafauder une histoire.

Si je confiais ce genre de divagations à Colette, elle me rirait au nez, aucun doute. Je garde ces premiers émois pour moi. Je sais aussi que la prudence s'impose : je ne veux pas vivre la même déconvenue que ma sœur. Mais je me crois à l'abri. Je suis allée à bonne école. Jamais, un amour honteux ne pourra s'abattre sur moi.

En plus des garçons, y a un autre sujet dont vaut mieux pas qu'on parle. Je m'en suis aperçue rapidement.

Un jour, nous attendons que l'heure sonne, assises sur un muret, dans la cour. Je dis à Colette :

— Je t'annonce aujourd'hui que j'ai trouvé mon modèle.

— Un modèle ?

— Oui, pour toi, Marie Curie, c'est ton modèle. Tu l'admires, tu aimerais devenir comme elle, non ?

— Oui, je l'admire, mais de là à avoir un modèle...

— Bon, peu importe. Moi, la femme que j'admire s'appelle Magda Goebbels.

Je veille à bien détacher les syllabes, attentive à l'effet que je vais produire. Colette chavire du muret comme si elle venait de recevoir une torgnole. Elle tourne lentement son visage vers moi. Ce que j'y vois stoppe mon élan. Des yeux agrandis, clignotants. Une sorte d'effroi. Elle me parle d'une voix très basse, presque un chuchotement.

— Je crois que tu ne te rends pas bien compte de ce que tu dis, Simone.

— Pourquoi dis-tu cela ? Je parie que tu ne sais même pas qui est Magda Goebbels !

— Je croyais que tu voulais être libre, Simone.

— Oui ! Plus que jamais ! Et Magda Goebbels est un emblème de liberté. Elle est partie de rien. Elle est maintenant la première femme du IIIe Reich ! Grâce à son intelligence, elle participe à la renaissance de son pays !

— Ouvre les yeux, Simone. Cette femme est sous la domination d'un parti, sous la domination des hommes de ce parti.

— Non, elle a choisi d'être ce qu'elle est.

— C'est une fanatique. Elle est l'esclave d'une idéologie. Peut-être la pire des idéologies.

— Tu te trompes. Je me suis renseignée.

— Oui, j'aimerais tellement me tromper.

— Mais bien sûr ! Un pays tout entier ne peut pas prendre une mauvaise voie !

— Si seulement…

Colette tire une tête que je ne lui ai jamais vue. Ce n'est pas de la condescendance à mon égard, je ne le supporterais pas. C'est une tristesse, une vraie tristesse, celle qui peut vous noyer. Un instant, je crois qu'elle pleure. Je ne comprends pas.

La cloche retentit. Je fais celle qui a confiance en ses croyances, mais je n'en mène pas large. Ce jour-là, je sens que Colette a une longueur d'avance sur moi. Elle n'est pas la jeune fille candide que je croyais. Elle connaît des choses que j'ignore. Mais, par fierté, je ne veux pas en savoir davantage. Mes certitudes me tiennent debout, me font avancer. Je ne peux pas les remettre en question. Je décide de ne plus aborder ce genre de sujets. Nous nous en tiendrons aux livres policiers. C'est ce qui nous a réunies, après tout.

13

Une après-midi, je rentre du lycée, je marche vite, car il fait un froid de gueux. On doit être au début de 1937, je porte le gros manteau en laine piquante que m'a refilé Madeleine. J'arrive devant la maison et là, surprise : les volets de la cuisine sont fermés. Étrange. En plein jour.

Pourtant, je sais que Maman est là, elle ne bouge plus depuis que sa crèmerie a fait faillite, quelques semaines plus tôt. Et il y a Bonne-Maman aussi à la maison. D'ailleurs, ça doit pas être de la tarte pour Maman parce que la vioque, faut se la farcir. Elle est toute menue, toute grise — des cheveux aux charentaises — mais elle a du coffre. « Ici, c'est chez moi. Et chez moi, je fais la loi. » Voilà ce qu'elle nous serine, la Bonne-Maman. Pour faire simple, sa loi, c'est claquer le moins d'oseille possible. Quitte à bouffer les épluchures des carottes et à défaire les ourlets de mes jupes lorsque je prends trois centimètres.

J'introduis la clé dans la serrure. Pas besoin de tourner, ce n'est pas verrouillé. Je pénètre dans la cuisine, j'y vois rien, je pousse l'interrupteur, l'ampoule clignote. Ça schlingue le beurre rance, comme d'habitude. Dans l'évier, un bol, avec un reste de café au lait. J'ouvre la porte qui mène aux étages. « Maman, t'es là ? » Je crie aussi fort que je peux. Personne ne répond. Je me retourne vers la cuisine. La lumière artificielle m'insupporte : je fonce ouvrir ces satanés volets. Le jour s'infiltre, timidement, il éclaire le carrelage fendu par endroits, le tapis élimé jusqu'à la corde, le bahut auquel il manque un tiroir. Il y a du salpêtre sur le mur, à côté de la fenêtre : le sol est couvert d'une poudre blanchâtre. Encore un truc pour lequel Bonne-Maman ne voudra pas dépenser un kopeck.

Tout à coup, du bruit. Ça vient du couloir, celui qui mène à l'arrière-cour. Un pas traînant : Maman paraît dans l'embrasure. Elle a les yeux rougis. Elle empeste l'eau de Cologne, à croire qu'elle vient de se renverser le flacon dessus.

— Ah, c'est toi, Simone.

Maman s'avachit sur le banc de la cuisine.

— Qu'est-ce qui se passe, Maman ? T'es malade ?

— C'est fini, Simone.

Et là, chose pas croyable, Maman plante sa tête dans ses mains et se met à chialer, comme une môme, avec des larmes, des sanglots. Je ne parviens plus à articuler un mot. Maman, si forte, si sûre d'elle, ce n'est pas possible. Entre deux reniflements, elle me dit :

— C'est Bonne-Maman. Je ne sais pas quand c'est arrivé, cette nuit sans doute. Ce matin, quand je suis allée la voir pour l'aider à sa toilette, elle était déjà glacée. Elle est morte comme ça, sans prévenir… Elle était en pleine forme pourtant. Un cœur de jeune fille avait dit le toubib… Je comprends pas…

Pour être honnête, à ce moment-là, une petite flamme s'allume au fond de ma tête. La vie sans Bonne-Maman, c'est le panard assuré. Finies les jérémiades. Enterrées les petites réflexions vicieuses. En plus, elle va nous laisser son bas de laine, trente mille francs au moins, c'est Madeleine qui me l'a dit. Je réprime un sourire.

J'installe mes fesses à côté de celles de maman, sur le banc. J'enroule mon bras autour de son cou. Je m'en veux un peu de ne pas partager son chagrin. J'essaye de trouver une phrase pour la réconforter, mais ça sonne faux, j'peux pas. Maman va vite aller mieux, elle a de la ressource.

Contre toute attente, après les obsèques, Maman sombre dans une sorte de léthargie. Plus de crèmerie pour se lever le matin, plus de Bonne-Maman pour s'obliger à faire bonne figure. Le vide. Le linge s'entasse dans le panier. Le dîner, la vaisselle, c'est Madeleine qui se les coltine. Il n'y a qu'une seule chose à laquelle Maman s'adonne. Ça lui prend du temps. Et sans doute aussi pas mal de fric. À n'importe quelle heure, elle se faufile dans notre arrière-cour. Elle s'enferme dans les cabinets. Puis, elle revient, les yeux toujours un peu plus vitreux, le pas toujours un peu plus lourd. Le tout dans des vapeurs d'eau de Cologne. Pas besoin d'un dessin pour piger son manège : Maman picole.

En revanche, à table, pas une goutte de vin. Maman grogne même contre le vieux qui verse en douce du rouge dans son reste de soupe. « Comme les ploucs, tu me dégoûtes ! » dit-elle. Et lui, comme à son habitude, il baisse encore plus le menton dans son assiette. Il se grouille de finir de boulotter pour aller se terrer dans sa chambre. Le lendemain, il s'esquive à l'aube pour ne pas croiser la patronne. Il a dégoté un nouveau boulot : mécano, dans un garage à Lèves. Il a les mains et les ongles noirs, dégueulasses.

Madeleine aussi déserte. Elle travaille tout le temps. Du moins, c'est ce qu'elle raconte. Je ne suis pas allée vérifier, mais en tout cas, ce qui est sûr, c'est qu'on se voit moins, on se parle moins. À la fin de chaque journée, lorsque le lycée est terminé, je n'ai aucune envie de rentrer, de me retrouver seule avec Maman et son visage empâté, dans cette cuisine funèbre.

Mon échappatoire, c'est la maison de Colette. Toujours fourrée chez elle. Avec un prétexte bien trouvé : turbiner pour le lycée. Chez Colette, c'est lumineux. Les fenêtres sont d'immenses baies vitrées ouvertes sur le jardin, les arbres, le ciel. Chez Colette, ça sent bon. Il y a toujours un morceau d'encens qui brûle ici ou là dans une soucoupe et qui répand dans la pièce des effluves de patchouli.

La mère de mon amie passe ses journées devant son chevalet, une palette et un pinceau dans chaque main. Autour d'elle, sur les murs de son atelier, des aquarelles aux tons bleus et verts et violets. Des lacs enchantés, des forêts mystérieuses. À même le sol, les toiles s'amoncellent et voisinent avec des piles d'ouvrages d'art. Sur une table, des dizaines de godets de couleurs, des pinceaux de plusieurs tailles, des palettes bariolées. Un capharnaüm joyeux.

C'est étrange pour moi de voir une femme peindre. À Guéry, on nous a parlé de Rembrandt, Vermeer, Monet, Renoir. Une tripotée d'hommes. À croire que les femmes ne savent pas tenir un pinceau. J'en ai fait la remarque à Colette. Elle m'a répondu : « S'il n'y a pas plus de femmes artistes, ce n'est pas parce qu'elles ont moins de talent. C'est parce que les hommes ne nous donnent pas la possibilité de créer ! Mais ça va changer, j'en suis sûre ! » Peut-être a-t-elle raison. Je ne me suis jamais creusé les méninges de cette manière.

En attendant, je suis un peu envieuse. Colette ne se rend pas compte de la chance qu'elle a. Sa mère est toujours pomponnée, du rouge sur les lèvres, du rimmel sur les cils. Sous son tablier de peintre, elle porte des pantalons et des chandails colorés. J'ai jamais vu ça chez moi, cette manière de s'attifer. Et puis, surtout, la mère de Colette est souriante. Elle m'accueille avec des « Bonjour Simone ! Comment vas-tu ? Tu as faim ? Tu veux goûter ? » Quand elle me cause, je lutte contre l'envie de me retourner pour m'assurer qu'il n'y a pas derrière moi une autre Simone à qui elle pourrait s'adresser. Je ne suis pas habituée à la sollicitude d'une mère.

Un soir, en revenant de chez Colette, je rentre dans la cuisine et là, pour la énième fois, je croise le regard vide de Maman. Je n'en peux plus. Je veux retrouver ma mère, celle d'avant, celle qui se bougeait, celle qui avait un semblant d'espoir.

Je me rue dans l'arrière-cour, je m'enferme dans les cabinets. On dit cabinets, mais en fait c'est plutôt un appentis avec, dans un coin, des toilettes, et dans les autres coins, un fatras d'objets : une bassine pour la lessive, un vélo rouillé, une collection de cagettes posées en équilibre les unes sur les autres. Sur une étagère sont alignées des dizaines de bouteilles vides qui empestent le lait caillé. Et faut être miro pour ne pas voir que derrière, y a tout plein de bouteilles pleines. Et pas remplies avec du lait, celles-là. Je les sors, les compte. Que des liqueurs. La mirabelle, couleur miel ; la cerise, on dirait du Mercurochrome ; la poire, translucide. Vingt-trois bouteilles au total. Une fortune. C'est là que passe le pognon de Bonne-Maman.

Tout à coup, la poignée des cabinets s'énerve, puis ça tape sur la porte. Je sursaute.

— Simone, c'est toi ? T'as bientôt fini ? Je voudrais y aller.

Je ne réponds pas. Madeleine continue de taper. Faut que je range le bazar que je viens de foutre.

— Simone, t'as un problème ?

Je déverrouille la porte, Madeleine manque me tomber dans les bras.

— Qu'est-ce qui se passe Simone ?

Madeleine m'examine, puis elle aperçoit le foutoir de bouteilles posées sur le sol.

— Qu'est-ce que tu fabriques ?

— Je me demande pourquoi je l'ai pas fait avant.

— C'est à Maman, c'est ça ?

— Bah oui, à qui d'autre?

— Tu ferais mieux de les ranger. Elle va pas être contente si elle découvre que tu y as touché.

— Je m'en fous. T'en as pas ras le bol, toi, de la voir se soûler?

Je prends une bouteille, la débouche, hume l'alcool, et, très vite, je me précipite vers les toilettes et vide le contenu dans la cuvette. Ma jupe en est tout éclaboussée.

— Simone, t'es complètement folle!

Madeleine a la main devant la bouche et les yeux exorbités. Mais je vois bien qu'elle rit. Alors, moi aussi, je me marre. Je ferme la porte à clé. Je prends une deuxième bouteille, la tends à Madeleine. Et c'est là que nous commençons notre ballet: moi qui débouche, Madeleine qui vide. Et qu'est-ce qu'on se gondole. L'odeur d'alcool empuantit les cabinets. Madeleine a les joues rouges. La tête me tourne. En quelques minutes, plus une seule goutte de tord-boyaux. Tout dans les chiottes. Vite, nous replaçons les bouteilles vides sur l'étagère et rentrons à la maison en pouffant.

Ce soir-là, le dîner est gai: Madeleine et moi faisons la conversation à nous deux. Quant à Maman, pas un mot, aucune allusion aux bouteilles. Elle fait comme si de rien n'était. Je comprends que nous ne pourrons pas la sauver.

14

Dès que nous avons un temps mort, nous allons nous planquer à la bibliothèque du lycée, Colette et moi. Enfin, bibliothèque… Une salle, au dernier étage, trois tables rondes et branlantes, des étagères à échardes et quatre ou cinq dizaines de bouquins rangés à la va comme j'te pousse. Sans oublier, Mlle Lodi, l'indéboulonnable reine des lieux, ses culs de bouteille qui lui font des yeux énormes et sa voix de fausset toujours menaçante : « Je vous renvoie à l'étude, si vous continuez de parler ! »

Colette et moi, on a trouvé la parade : un dico bien en vue, un cahier bien ouvert et on papote par bouts de papier échangés sous la table. Quand on a épuisé toutes nos discussions, on lit, on rêvasse. Assez souvent, le soleil se coule par les vitres et nous chauffe la nuque. Le pied, quoi.

Jamais foule dans cette bibli. Cinq, six filles, pas plus. Alors, la fois où deux élèves masculins franchissent le seuil, il y a un silence plus épais que le calme habituel. Et quand les deux gars s'installent à notre table, là, je m'accroche à ma chaise, des deux mains. Faut que je me calme : j'ai le cœur qui saute et la salive qui a du mal à passer. Je me mords les lèvres, histoire de les avoir bien rouges, c'est plus joli. Colette, elle, continue à lire, indifférente. Par-dessus les pages de mon bouquin, je les reluque, les deux intrus. Ils ont le droit de se pointer ici, c'est même le seul endroit du lycée où la mixité est tolérée. Mais la coutume ne veut pas de mélange. Chacun de son côté.

Eux, a priori, ils n'en ont rien à secouer de tout ça. Ils ne se doutent pas que tout près d'eux, dans ma poitrine, c'est le souk. Ils parlementent à voix basse. L'un est blond, raie sur le côté, cheveux bien plaqués, genre fils à papa. Son copain est plus petit, brun, avec trois poils de moustache qui noircissent sa lèvre supérieure. C'est surtout lui qui palabre, le blond se contente d'acquiescer. De quoi peuvent-ils bien causer. J'ai la furieuse envie qu'ils s'aperçoivent de ma présence, qu'ils me parlent. Ce serait vraiment trop bête qu'ils se soient assis là, juste à côté de nous, et qu'il ne se passe rien. Faut juste que je trouve un truc pas trop con à dire.

Et là, je crois rêver, Colette met sa bouche en cul de poule et assène aux deux gars, un « Chuuuuut, pas si fort ! » comme si elle se prenait pour la mère Lodi. Je me sens virer au rouge écarlate, je plonge le nez dans ma lecture. Les deux amis stoppent net leur discussion et nous dévisagent tour à tour. J'aimerais être sous terre. Puis, Colette, toute guillerette, continue, en chuchotant : « Pour discuter, il vaut mieux le faire par écrit. Comme ça. » Elle déchire une feuille de son cahier, écrit trois mots et tend son papier au type blond. Celui-ci le prend, le lit, et sourit.

J'enrage, je voudrais que ce soit à moi qu'il sourie. Je ricane, histoire de me donner une contenance. Le garçon brun se lève et murmure à son copain : « Viens, on y va. » Son acolyte ne répond pas, il est en train d'écrire. Il plie le bout de papier, se lève lui aussi et, l'air de rien, en passant, dépose le mot sur le cahier de Colette. Ils sont partis. On est toutes les deux, là, à contempler comme deux godiches le vestige de leur présence.

Colette s'empare de la feuille, la déplie. Je colle ma chaise à la sienne pour mieux voir. « Rendez-vous chez moi ce soir à partir de dix-sept heures, 12 place Billard. On pourra discuter… » Je lève la tête, je clignote des yeux. Y a quelque chose, dans mon ventre, qui frémit. C'est nouveau, indéfinissable.

La cloche sonne la reprise des cours. Nous remballons nos affaires. Dans l'escalier, j'attrape Colette par la manche :

— C'est incroyable, on est invitées, c'est la première fois !

— Bof, ça ne me dit trop rien. Ces deux types, ils ne me reviennent pas.

— Quoi ? Mais Colette, tu vas pas me laisser tomber !

Colette s'arrête, me regarde, surprise. Je continue :

— On restera pas longtemps, mais au moins, on va voir comment c'est. Je t'en supplie !

— Bon, d'accord, mais c'est vraiment pour te faire plaisir.

Le soir, après les cours, direction la place Billard, en plein centre-ville, à deux rues de la cathédrale. Je prends le bras de Colette, elle rechigne un peu, je rigole toute seule, je suis légère comme jamais : j'imagine déjà me lancer sur une piste de danse…

Au numéro 12, je sonne. Un homme, jeune, binoclard, l'air sévère, nous toise :

— Vous venez pour la réunion ?

— Euh, la réunion ?

À ce moment-là, le blond de la bibli se pointe.

— Laisse, ce sont mes invitées !

Nous entrons dans un salon, décoré comme un musée, tapis épais, meubles astiqués, cadres dorés. Des fauteuils et chaises sont installés au centre de la pièce, en rond. Il y a déjà pas mal de monde, des garçons surtout, quelques filles. J'en connais certains de vue, ils sont à Guéry, dans les classes supérieures à la nôtre. Ça fume, ça discute. Nous suivons notre hôte.

— Installez-vous là, on va bientôt commencer. Au fait, moi, c'est Antoine. Et vous ?

Nous déclinons nos prénoms. Antoine ajoute :

— Et mon pote de ce matin, c'est Lucien. Il est là-bas.

Antoine pointe le doigt en direction d'un groupe de trois ou quatre types en pleine discussion. Colette fait la moue. Moi, je me sens cruche tout à coup. Antoine s'esquive. On pose notre postérieur sur le devant des chaises. Au bout de quelques instants, la voix d'Antoine résonne.

— Bonjour à tous, bonjour aux nouveaux. Alors, j'ai de très bonnes nouvelles. J'ai vu mon cousin, celui de Bordeaux. Ça marche fort pour lui. Il a réussi à mettre sur pied une section pour les jeunes. Il y a beaucoup d'adhésions. Ils organisent des manifs. Il faudrait vraiment qu'on fasse la même chose, ici à Chartres…

Un gros coupe la parole à Antoine.

— Et pourquoi une section pour les jeunes ? On peut pas être encartés directement dans le grand parti ?

— Mercier, tu sais bien que non, personne n'est majeur ici.

— Ouais, mais section pour les jeunes, ça fait un peu garderie pour mômes ! On a les mêmes idées que Doriot, non ? On veut nettoyer le pays !

Ça fuse alors de tous les côtés.

— Dehors Blum ! Dehors les Youpins !

— À bas les cocos !

— Les métèques, à la mer !

À côté de moi, Colette s'agite. Elle me file un coup de coude dans les côtes. Je lui décoche une grimace. Antoine hausse la voix.

— Calmez-vous, on est tous d'accord sur le fond. Maintenant il faut s'organiser pour agir. On peut pas toujours ressasser et ne rien faire !

Applaudissements. Brouhaha. C'est le moment que choisit Colette pour se lever d'un bond, manquant de faire valser sa chaise. Sans un mot. Sans un regard pour moi. Elle me laisse en plan, comme une gourde. Pourquoi elle se braque, comme ça. Pas question de jouer les petits toutous, je reste. Colette se faufile entre les chaises et disparaît, pour de bon.

Une fille de dernière année questionne :

— Antoine, pourquoi veux-tu avoir des femmes dans ta section ? On n'a même pas le droit de vote, alors, à quoi on sert ?

— On a besoin de toutes les bonnes volontés.

Le dénommé Mercier intervient :

— On trouvera bien à t'occuper !

Des huées mêlées de rires accompagnent sa sortie. Antoine reprend.

— C'est bon, Mercier. Ce qu'il faut savoir, c'est que notre section, ce sera une sorte de microsociété. On organisera des sorties en bivouac, des bals, des compétitions sportives. Le but, c'est aussi de vivre des moments forts, tous ensemble.

Ovation. Moi-même, je suis prise par la ferveur ambiante et me mets à battre des mains. Je croise le regard d'Antoine. Il me sourit. Je me sens bien, à ma place. Soudain, la pensée de Colette me rattrape au galop. Je cesse d'applaudir. Je vais partir moi aussi. Lorsqu'Antoine a fini de parler, lorsque l'alcool commence à circuler, je choisis de m'éclipser. En rentrant à la maison, j'ai le cœur tiraillé. Fierté d'avoir été repérée par un garçon qui pense comme moi. Déception à l'idée que Colette ne partage pas mon engouement.

Le lendemain, Colette me prend à part et me dit, d'une voix de cérémonie qui ne lui ressemble pas :

— Simone, on ne peut pas faire comme s'il ne s'était rien passé. Si tu as un peu de respect pour moi, tu ne peux pas côtoyer ce genre d'élèves.

— Pourquoi ? On dirait qu'ils t'ont fait la dernière des vacheries.

— Tu sais ce qu'ils défendent ?

— Oui, la régénération. Une France nouvelle et fière. Je ne vois pas où est le mal. Ils disent tout haut ce que beaucoup pensent tout bas.

— Mais Simone, tu ne vois pas qu'ils détestent les Juifs !

— Pourquoi tu me parles des Juifs ?

— Simone, tu ne sais pas que je m'appelle Colette Klein, que mon père est juif, que ma mère est juive, que je suis juive ?

Colette a les yeux brouillés par les larmes. Je suis tétanisée par son ton, par la teneur de ses propos, par ma propre cécité. Oui, c'est vrai : je n'ai jamais fait le rapprochement entre les Juifs et Colette. Pour moi, les Juifs, c'est une entité abstraite.

— Mais Colette, tu n'as rien à voir avec tout ça. Ce n'est pas toi qu'ils détestent. Ce sont les Juifs qui viennent d'arriver, ceux qui croient que tout leur est dû et qui volent les richesses de la France. Tu ne crois pas ? Ta famille, elle est là depuis toujours. Elle est française avant d'être juive.

Colette me regarde, incrédule. Elle hausse les épaules. Je sens qu'elle m'échappe. Je sais ce qu'il me reste à faire. Je promets alors à celle qui est mon amie de ne plus jamais revoir cet Antoine et sa bande de copains.

15

J'en veux à Colette. Pour ses beaux yeux, je suis peut-être passée à côté d'une occasion unique de vivre un moment grandiose. En échange, même pas un merci. Au contraire, j'ai l'impression qu'elle me fait la tronche. Elle rit moins, elle paraît soucieuse. Ça m'apprendra à ne pas me faire confiance. Plus jamais personne ne me dictera ma conduite.

À plusieurs reprises, je croise Antoine aux abords du lycée. À chaque fois, j'ai droit à un sourire complice. Je détourne invariablement la tête. J'ai fait un choix. Même si ce choix est merdique, pas question de jouer les girouettes. J'ai ma dignité.

En attendant, j'étouffe. J'ai seize ans, je suis en deuxième année de lycée et il ne se passe rien. Ma vie me semble d'un ennui mortel, toujours à voir les mêmes trognes : Maman qui s'embourbe, Madeleine qui trime comme une bonniche, le vieux qui rase les murs. Ras-le-bol, faut que ça pète.

Y a qu'un seul truc qui me fait lever le matin : réussir mon bachot. C'est mon point lumineux. Une fois que je l'aurai décroché, à moi la vraie vie. Je pourrai gagner ma croûte, je serai libre. En attendant, je mets les bouchées doubles pour engranger les félicitations. Je suis toujours dans les trois premières de ma classe, quelle que soit la discipline. Mais je ne veux pas simplement être bonne élève, je veux être brillante. Comme Colette, qui possède une pensée singulière et qui n'hésite pas à le faire savoir. Moi, je me considère comme une besogneuse.

Jusqu'au jour où Mme Saraud, notre professeur d'allemand, change la donne.

« Mesdemoiselles, j'ai corrigé vos explications du texte de Rilke et je dois dire que j'ai eu une belle surprise. L'une d'entre vous a su faire preuve d'une analyse d'une rare finesse. Il s'agit de Simone Grivise. Bravo à vous Simone. Je vous ai mis 18. »

La classe se tait. Faut dire qu'avec Mme Saraud, avoir un 15, c'est le bout du monde. Alors 18, c'est du jamais vu. Tous les regards sont braqués sur moi, je suis comme en lévitation au-dessus de ma chaise. Un sourire s'empare de mes lèvres, mes poumons se gonflent, mon cœur s'immobilise. Mme Saraud me tend ma copie en me fixant comme si elle ne m'avait jamais vue. Tout à coup, je me sens vivante. J'ai comme une bouffée de tendresse pour tout ce qui m'environne, la peinture écaillée du mur, les rugosités de mon bureau, les grincements de ma chaise. Tout me paraît émouvant ; tout me semble à sa juste place. Je saisis ma copie. À l'encre rouge, Mme Saraud a noté : « Excellent devoir, continuez ainsi. » Je lève les yeux vers ma professeure : elle est déjà passée à une autre élève. Le moment de grâce s'est évanoui.

En sortant du cours, alors que je suis avec Colette, Corinne Brugnon, une bêcheuse de première, m'alpague :

— Alors, la Simone, elle est contente ?

— Tu me parles sur un autre ton !

— Ouh, madame s'y croit déjà ! C'est vrai que tu fais partie des élues maintenant. Tu vas pouvoir intégrer la société secrète de la dame Saraud !

— Quoi ?

— Oh, tu fais celle qui ne sait pas ? C'est-y pas mignon !

— Mais arrête, de quoi tu parles ?

— Renseigne-toi, Momone. Parce que maintenant, tu as le fameux sésame !

Corinne Brugnon part dans un rire tonitruant. Je me tourne alors vers Colette.

— Qu'est-ce qu'elle a voulu dire ? Une société secrète ?

— Laisse tomber Simone, elle te fait marcher, elle est jalouse, c'est tout.

J'ai suivi le conseil de Colette. Du moins, en apparence. Car tout au fond de moi, je veux que Corinne Brugnon ait raison, qu'il y ait une suite à mon 18. Je ne veux pas en rester là. Je veux que Mme Saraud continue à voir en moi une élève douée, une élève digne de ses conseils, de son attention. Je veux qu'elle me sourie, qu'elle me parle. Je deviens une fayotte accomplie, toujours au premier rang, toujours le doigt levé. Tout, plutôt que de redevenir une fille parmi les autres. C'est vital. Comme si ma prof m'avait tourné la tête.

Jusque-là, mes enseignantes ne m'ont pas laissé de souvenirs impérissables. Un vrai défilé de coincées du cul. Mme Saraud, elle, est tellement différente. La quarantaine, cheveux noirs coupés à la Louise Brooks, robes bouffantes et cintrées, escarpins vernis. Lorsqu'elle entre dans la salle de classe, elle exhale un parfum à la fois délicat et entêtant — Shalimar m'a dit Colette —, elle fait claquer ses talons sur l'estrade et elle s'assoit sur son bureau. Avec elle, impossible de roupiller, on a toutes les yeux tournés sur ses jambes, de longues jambes fines voilées de bas couleur chair qu'on imagine en soie.

Mme Saraud porte une alliance, mais les rumeurs du lycée colportent qu'elle est veuve. Que son mari est mort quelques années après la guerre. Qu'il a respiré du gaz moutarde et que ses poumons n'ont pas supporté. J'ai du mal à y croire. Comment enseigner l'allemand alors même que son époux a clamsé à cause des Allemands ? Voilà le genre de questions connes que je me pose. Je suis jeune, je n'ai rien compris. Aujourd'hui, je sais que Mme Saraud aimait l'allemand, aimait l'Allemagne. Et cet amour-là n'avait rien à voir avec la guerre ni avec les hommes.

Avec elle, l'allemand, ce n'est pas enchaîner les versions et les thèmes. Bien souvent, notre manuel est relégué au fond de notre casier. « *Les Souffrances du jeune Werther*, *Faust* ou *Guillaume Tell*, je pense que vous connaissez par cœur. » À la place, Mme Saraud nous lit Franz Kafka, Stefan Zweig, Thomas Mann : des écrivains que je me mets à vénérer. Elle a une manière de déclamer la prose qui me fout les poils. Après la lecture, elle nous distribue le texte qu'elle a recopié à la main. Il sent l'alcool, car il est passé entre les presses du duplicateur du lycée. Certaines filles détestent cette odeur. Mal à la tête, elles disent. Moi, au contraire, je raffole du vertige que me provoque la respiration de ces textes allemands.

Et y a pas que les écrivains. « L'Allemagne est par excellence la patrie des grands musiciens », dit Mme Saraud. Elle nous fait écouter Bach, Beethoven, Brahms. J'avoue que la musique classique, ça me fait bâiller. Mais l'idée de mettre un disque en classe m'excite, c'est tellement inhabituel, comme un plaisir interdit. C'est la première fois que je vois un gramophone. Celui de Mme Saraud est petit, tout de bois vernis. Il se ferme et se transporte comme une valise. Une étiquette est collée sur le côté : « La voix de son maître », avec un fox-terrier qui dresse l'oreille devant un pavillon plus gros que lui. Aujourd'hui, dès que je l'aperçois, ce petit clébard, je replonge direct en cours d'allemand.

Grâce à Mme Saraud, je découvre que l'allemand est une langue vivante. Jusqu'à présent, elle était pour moi un autre latin. Une langue qui s'écrit, qui se traduit, et point. Mme Saraud, elle, nous parle en allemand. Grosse surprise. Je m'aperçois que je ne sais pas encore prononcer certaines diphtongues, la honte. Je me rends compte que l'allemand recèle des sons qui n'existent pas en français, double honte. J'ai un retard de dingo. Mais je suis déterminée à le combler.

Cette année-là, je décide que je ne m'arrêterai pas au bac. Je passerai le certificat d'aptitude à l'enseignement. Et pourquoi pas la sainte agrégation. Je veux enseigner l'allemand. Enseigner, c'est la promesse d'exercer une profession intellectuelle, une profession grâce à laquelle mon intelligence sera reconnue. Ce sera aussi une façon de venger Madeleine. Et puis, peut-être que je pourrai aller visiter l'Allemagne, découvrir Berlin, Munich, voir de mes yeux une messe nationale-socialiste, applaudir sans retenue.

Sans le vouloir, Mme Saraud m'encourage dans ce choix. Elle dit souvent que nous faisons peut-être partie de ses dernières élèves, que bientôt l'allemand ne sera plus enseigné, que chaque année les effectifs fondent un peu plus, que c'est une langue mal-aimée. Et moi, j'ai une toquade naturelle pour tout ce que les autres n'aiment pas.

Les semaines s'égrènent. J'attends toujours un signe, mais rien de rien. Le néant. Je suis en train de retomber dans une sorte de lassitude morose. Jusqu'à ce fameux soir.

Il est dix-sept heures. Mon cours de grec, le dernier de la journée, vient de se terminer. Colette n'est pas avec moi. Elle est absente. Ça lui arrive de plus en plus souvent. Je sais pas trop ce qu'elle trafique, elle me dit rien.

Je laisse les autres élèves s'éparpiller et remonte le couloir, d'un pas lent, pour atteindre la sortie. Je passe devant la classe de Mme Saraud, tourne la tête vers la porte vitrée, et là, mon œil morne se réveille. Mme Saraud semble en pleine discussion avec une élève brune, aux longs cheveux raides. Elle lui sourit même.

Une vague de déception me submerge. Pourquoi elle. Pourquoi pas moi. Je fais demi-tour. Je me planque tout au bout du couloir, dans le renfoncement d'une autre salle de classe. J'attends. Enfin, elles sortent. Elles rient, parlent fort. Je me retiens de foutre des coups de poing dans les cloisons de ce bahut de merde. Je serre tellement les dents que j'en ai mal à la mâchoire. Mme Saraud et son élève trottinent, descendent l'escalier, passent devant la loge, se retrouvent dans la rue. Moi, je les suis, de loin. Sur le trottoir, elles ne se quittent toujours pas. Elles font route ensemble. C'est qui cette élève. Une première année, sans doute. Elle a l'air minuscule. Je les filoche. Aucun risque qu'elles me voient. Elles ont l'air tout accaparées par leur bavardage.

Elles tournent à droite, direction la cathédrale. Elles traversent le parvis, longent le portail sud et bifurquent encore à droite, dans une rue si étroite que je suis certaine qu'il est possible de toucher les deux murs en même temps, en écartant les bras. Rue aux Herbes, dit le panneau. Je m'approche. À l'autre bout, les deux femmes s'arrêtent puis disparaissent, comme aspirées. J'avance, je veux savoir. À l'endroit où elles se sont volatilisées, il y a une porte. Une grosse porte en bois vert, enfoncée dans la façade. Sur le mur, trois sonnettes sont incrustées. Sur l'une d'elles est indiqué : « Famille Saraud ».

Alors, c'est ça, la société secrète. Mme Saraud fait venir ses meilleures élèves chez elle. Pour des cours, sans doute. Oui, c'est ça, des cours particuliers. Et moi, que dalle. Moi, je ne suis qu'une crétine à qui on ne propose jamais rien. Je rentre à la maison, mon cartable pèse une tonne, la vie est une injustice crasse. Cette fille, je la déteste. Qu'est-ce qu'elle a de plus que moi, bordel. Ma petite poche de bile, celle qui est près du cœur, est en train d'enfler. Je ne peux pas en rester là. Lorsque j'arrive devant mon perron, ma décision est prise.

Le lendemain, à la fin du cours d'allemand, je m'approche du bureau de Mme Saraud. J'ai le cœur qui bat un peu plus vite que d'habitude.

— Madame, puis-je vous parler?

— Oui, bien sûr, Simone. Que se passe-t-il?

J'attends que la dernière élève se soit tirée et je demande:

— J'aimerais prendre des cours particuliers.

— Des cours particuliers?

Mme Saraud ouvre les yeux en grand, comme si elle était surprise. Je reprends:

— Oui, j'aimerais beaucoup continuer à progresser en allemand.

— C'est tout à votre honneur, Simone. Mais je ne donne pas de cours particuliers…

Elle rit maintenant, elle se moque de moi. Je sens une boule dans ma gorge, je ne peux plus parler, il faut que je parte, avant que ce soit la déconfiture totale. J'esquisse un pas vers la sortie.

— Attendez Simone, ça a l'air d'être très important pour vous, ces cours particuliers…

Elle ne rit plus, elle me fixe, l'air incrédule. Je hoche la tête pour dire oui.

Elle continue:

— Vous êtes une élève très prometteuse et c'est vrai qu'avec des cours supplémentaires, vous pourriez, par exemple, améliorer votre prononciation.

À ce moment, je lâche un:

— Oh oui, j'aimerais tellement !

— Bon, écoutez, je n'ai jamais donné de cours particuliers, mais ça ne veut pas dire que je ne peux pas le faire ! Laissez-moi le temps d'y réfléchir. Vos parents sont d'accord, bien sûr ?

— Oui, oui.

— Enfin, je veux dire d'un point de vue financier également ?

— Euh… oui, oui.

Merde, j'avais pas pensé à ce détail. Mais je suis tellement contente, je suis sûre que Mme Saraud va accepter, alors le reste, c'est de la gnognote. Le soir même, une fois que tout le monde est couché, je toque à la chambre de Madeleine. Et j'entre. Elle est en chemise de nuit, en train de lire, allongée sur son lit.

— Madeleine, j'aurais besoin d'un peu de fric…

— De l'argent, Simone, essaye de parler comme une jeune fille, pas comme un charretier !

— Bon, tu peux m'en passer ?

— Ça dépend. Combien veux-tu ?

— J'sais pas encore. C'est pour des cours particuliers.

— Des cours particuliers ? Attends, Simone, je veux bien être gentille, mais ne me raconte pas de bobards, d'accord ?

— C'est la vérité. Je voudrais prendre des cours avec ma prof d'allemand.

— Pourquoi ?

— Pour… être la meilleure.

— T'es bizarre, quand même. C'est Colette qui t'a mis cette lubie dans la tête ?

— Pas du tout, Colette n'a rien à voir là-dedans. Tu veux bien me dépanner, alors ? Parce que Maman, c'est même pas la peine que je lui demande.

— Oui, c'est sûr… Bon, écoute, je veux bien t'aider, mais d'abord tu dois me jurer quelque chose.

— Quoi ?

— Jure-moi que derrière tout ça, il n'y a pas une histoire avec un garçon.

— Un garçon ? Mais, pas du tout, alors là, vraiment pas ! Je jure tout ce que tu veux.

— Bon, tu as l'air sincère, c'est d'accord, je vais te les payer, tes cours particuliers, mais faut pas que ce soit trop cher quand même.

— Oui, merci Madeleine. C'est vraiment chic !

Dans un élan improvisé, je saisis la main de ma frangine et l'embrasse. J'aimerais lui dire que je l'adore, qu'elle est mon ange protecteur. Mais y a rien qui sort. Pas l'habitude des mots doux. Alors, bien vite, je m'écarte. Sur le seuil de la porte, j'ajoute :

— Madeleine, si j'étais à ta place, je me serais fait la belle depuis des lustres. Pourquoi tu restes ?

Ma sœur se redresse sur son oreiller et me murmure :

— Devine…

— Bah, je sais pas justement.

— Cherche.

— À cause de moi ?

— Dans le mille ! Allez, laisse-moi lire maintenant !

Quelques jours plus tard, tout est arrangé. Mme Saraud accepte de me recevoir chez elle tous les jeudis après-midi, pendant une heure. Le prix : 20 francs par mois. Madeleine trouve ça correct. Je confie ma veine à Colette. Elle me gratifie d'un « C'est bien », comme si elle n'en avait strictement rien à cirer. Peu importe, rien ne pourra amoindrir mon immense fierté : je vais vivre un tête-à-tête avec Mme Saraud.

Le jeudi suivant, à quatorze heures tapantes, je sonne à la porte de la rue aux Herbes. Une fenêtre s'ouvre dans les étages. Je lève la tête. Personne.

Juste une voix de petite fille qui demande :

— C'est pour quoi ?

— Je suis Simone Grivise. Je viens pour mon cours…

— Oui, oui, monte, c'est au deuxième !

La fenêtre crisse en se refermant. Je pousse la porte, elle est ouverte. Je m'aventure dans un escalier en colimaçon. Sur le deuxième palier, une fille aux longs cheveux me dit bonjour. Il fait sombre, je ne la distingue pas bien. Nous entrons dans l'appartement.

— Ma mère est au téléphone, elle vient te chercher dès qu'elle a fini !

Là, j'ai un coup au cœur en reconnaissant les longs cheveux raides. Ce sont ceux que j'avais pris en filature, l'autre soir. La fille de première année…

— Au fait, moi, c'est Alice !

Je détourne les yeux, impossible de sortir un mot. J'ai tout à coup très chaud.

— Tu peux enlever ton manteau et t'asseoir là, ma mère n'en a plus pour longtemps.

La fille disparaît dans les profondeurs de l'appartement. Moi, je n'ai qu'une envie : reprendre l'escalier en sens inverse et me tailler vite fait. Je ne sais plus du tout ce que je suis venue foutre ici. Quel flan, cette société secrète.

Je jette un œil autour de moi. Petit vestibule. Papier bleu pâle au mur, banquette en velours bleu roi dans un coin, miroir en pied face à moi. Qu'est-ce que je suis moche, avec mes cheveux frisottés et mes joues couleur brique. Je recule et heurte un guéridon. Un cadre manque de se fracasser. Je le rattrape de justesse. Je le replace. C'est une photo. Un homme jeune, très brun, aux yeux clairs. Il ne pose pas, il ne regarde pas l'objectif, il fait la moue. Ses cheveux volent au vent. Derrière lui, on dirait la mer. Mon corps se fige dans la contemplation de ce portrait. Je ne sais pas encore que cet homme s'appelle Pierre et qu'il défigurera ma vie. La porte du salon coulisse, Mme Saraud paraît :

— Bonjour, Simone, je vous laisse me suivre ?

16

Chartres, 16 août 1944, aux environs de 10 h 15

Plus aucune trace de l'exécution. Ils ont traîné par le bras ce qui restait de l'homme. Sa tête a rebondi sur chaque pavé, j'ai cru qu'elle allait se détacher. Ils ont planqué le cadavre dans les toilettes attenantes à la cour. Son sang s'est comme évaporé, effacé par le piétinement des semelles. Ce matin, il était vivant. Maintenant, crevé.

Mes jambes ont encore la tremblote. Mais je suis debout. Penser très fort à Otto. Mon amour, grâce à toi, je sais que la bonté existe en ce monde. Tu n'aurais jamais permis qu'on abatte un homme de cette manière, quels que soient les trucs ignobles qu'il ait pu commettre. Otto, guide-moi, comme tu l'as toujours fait.

Je lève la tête et cherche les deux autres miliciens, ceux qui ont été amenés avec leur pote, tout à l'heure. Devant moi, toujours beaucoup de va-et-vient, des croix de Lorraine par-ci, des drapeaux tricolores par-là. Et que je te charrie des fusils dans une brouette. Et que je te distribue le bazar. « Des cartouches, qui veut des cartouches ? Et les brassards, vous les avez foutus où, putain ? » Ça y est, je les vois. Ils sont en face, alignés sur un autre pan du mur de la cour. Poings liés, visages baissés, pantalons trempés. On dirait qu'ils essayent de se replier le plus possible, pourvu qu'on les oublie. Pauvres abrutis, vous croyez qu'ils vont vous épargner : ils ont déjà tué, ils continueront.

Autour de moi, le vieux est toujours affaissé dans un angle. Petite chose. Maman, elle, s'est redressée. Elle me colle, je sens la moiteur de son bras, les soubresauts de sa poitrine. On sait pas ce qu'on attend, mais on attend. D'autres femmes nous ont rejoints. Il y en a une, avec son petit tablier blanc, on dirait qu'ils l'ont cueillie dans un hôtel alors qu'elle faisait les lits. Y en a une autre, elle s'est renversé un pot de peinture sur la goule et elle a mis une jupe deux fois trop courte. Toutes se tiennent bien droites, la tête haute, le menton en avant. Comme moi, comme Maman. Y a que la bourgeoise à la voilette qui n'en finit pas de couiner. Ça sanglote, ça gémit, ça m'énerve. T'as foutu ta dignité aux chiottes, ou quoi.

On est toutes dans le même bateau, faut assumer. On a baisé avec des Allemands. C'est vrai. Ça fait pas de nous des criminelles, bordel. Je voudrais le crier, je voudrais qu'un tribunal m'entende. Je sais que c'est trop demander par les temps qui courent. Si je meurs, s'ils me brûlent la cervelle, au moins, j'aurai la conscience sereine. Je n'ai rien à me reprocher. Tout ce que j'ai fait, je le referais, et plutôt deux fois qu'une. J'ai aimé, j'ai été aimée, ma vie peut cesser.

Ce qui me fait le plus mal, c'est Françoise. Je l'ai quittée ce matin comme une voleuse. Pas eu le temps de te dire combien je t'aime, mon trésor. Je voudrais te serrer une dernière fois contre moi. Sentir ton petit corps chaud blotti sur mon épaule. Respirer ta peau toute neuve. Mais il ne faut pas que je pense à toi. Sinon, je vais chialer. Et puis penser à toi, qu'est-ce que ça me fait mal aux seins. À croire que mes nichons sont reliés direct à mon cerveau. Ils durcissent de minute en minute. J'ai trop de lait. Ça va déborder.

On poireaute. Alignés comme des cons le long de ces façades lépreuses. Il n'y a pas d'air. Heureusement, les murs de la cour nous protègent du cagnard. On entend un ronflement, quelque part au loin. Un avion sans doute. Américain ? Allemand ? Personne ne sait. Les têtes se lèvent. Mais le rectangle de ciel reste obstinément limpide. Alors chacun retourne à ses occupations. Pour nous, c'est attendre. Et sentir la mort prochaine s'insinuer dans chacun de nos pores. Pour les autres, ceux qui ne se sont pas trompés de camp — ou qui ont retourné leur veste à temps —, c'est gesticuler, parlementer. Ils ont tous la même dégaine. Clope au bec, béret enfoncé sur le crâne et fusil en bandoulière. Une armée à deux balles.

Je n'en peux plus d'attendre. Qu'on en finisse, merde. Tout plutôt que ces élancements dans ma poitrine. Mon lait est monté, il imbibe mon soutien-gorge, il ne va pas tarder à faire une auréole sur ma blouse. J'ai mal. J'ai chaud, j'ai des bouffées de chaleur. Il faudrait que je boive. Je n'ose pas demander, pas question de me faire remarquer. Je me concentre sur les pavés. Inégaux, certains sont carrés, d'autres, rectangles. Crasseux, ils sont recouverts d'une pellicule grisâtre. Je suis sûre qu'avec de l'eau chaude et du savon noir, j'arriverais à les récurer.

Tout à coup, ça s'agite en face. Le vieux se redresse. Tous les yeux se tournent dans la même direction. Les deux gars de la milice ont l'air de subir un interrogatoire. Y a trois Fifis plantés devant eux. Dont le tueur de tout à l'heure. Une beigne dans la gueule, un cri ; un coup de crosse dans le bide, un autre cri. Les deux miliciens se sont agenouillés. On dirait qu'ils supplient. Impossible d'entendre ce qu'ils disent. Trop loin. Trop de cohue. Et à côté de moi, la radasse à la voilette renifle comme une demeurée.

Les Fifis relèvent les prisonniers, les empoignent par les bras. Ils pointent leur canon entre leurs omoplates. Peu à peu, le silence s'installe dans la cour. Personne ne veut louper le spectacle. Les deux miliciens avancent, guidés par les mitraillettes. Ils ne prennent pas la direction de la sortie. Le connard, celui qui a la gâchette facile, s'excite tout seul, il fait tournicoter son pistolet autour de son index, il se croit en plein western. Ivre, de puissance, de sang. Cow-boy de mes deux.

Ils tournent le dos à la sortie. Mais où vont-ils, nom de Dieu. Ah oui, les toilettes. Ça y est, on ne les voit plus, ils sont bouclés dans les urinoirs. Dans la cour, plus un bruit. On n'entend plus que de vagues détonations, au loin, très loin. Plusieurs minutes s'écoulent. Même la bourgeoise retient son souffle. J'en oublie mon mal de nichons. Brusquement, un, deux, trois, quatre coups de feu trouent le silence. Ça résonne. C'est fini. Les trois assassins ressortent, l'air de rien, comme s'ils venaient d'aller pisser. Je ferme les paupières. Ma langue est pâteuse, ma salive a un goût âcre.

« Maintenant, on va s'occuper de vous les salopes ! Ça va être votre fête ! » J'ouvre les yeux. Le tueur s'approche de nous. Il a remisé son flingue dans son froc, ça lui fait une bosse sur le devant, dans d'autres circonstances, ça m'aurait fait marrer. Il s'approche encore, il est tout près. Tête d'ivrogne, écarlate, bouffie. Autour de moi, plus personne n'ose bouger, les corps sont pétrifiés, les yeux, aimantés aux gesticulations du soûlard.

« Alors, mes jolies, par qui on commence ? » Il s'esclaffe. On voit ses dents, bien blanches, bien coupantes. Elles tranchent avec sa face rubiconde. D'autres brassards tricolores le rejoignent. Ça ricane, ça mate. On est au marché aux bestiaux. Un frisson se propage dans mon dos malgré la chaleur. Il va nous canarder, rien ne le retient. Où est Pierre, putain. C'est un salaud, mais pas un meurtrier. Il faut qu'il revienne, qu'il arrête ça, on va toutes y passer.

« Alors, paraît qu'il y en a une qui a ouvert ses cuisses aux Chleuhs et qui a pondu un chiard ? C'est laquelle ? »

Il nous sert un sourire de vicelard. Ses copains continuent à se gondoler. Parmi les femmes du mur, aucune ne moufte, qu'est-ce qu'il croit, ce connard.

« Alors, c'est qui ? Faut bien qu'on commence ! » Il hurle maintenant ; il vire au violet. À ce moment-là, Maman fourrage pour saisir ma main. Je ne veux pas la lui donner. Je retire mes doigts d'un mouvement sec. Trop tard. Le connard m'a vue. Je viens de signer mon arrêt de mort.

« Ah, c'est toi ! Viens donc ici. T'es mignonne, dis-moi ! Les Boches ont eu raison de t'engrosser ! Mais maintenant, va falloir payer ! Amène le baquet, Fayard. Et la chaise, aussi. »

Tout va très vite. Je suis empoignée par les épaules et assise de force dans un baquet d'eau glacée. Le froid me saisit, s'infiltre dans ma robe, dans ma culotte, me brûle presque. Je réprime un cri : ne rien leur montrer. « Ça, c'est pour te refroidir la chatte, des fois que t'aurais encore le feu au cul ! » Puis, les mains me soulèvent à nouveau, me pelotent le corsage au passage et me poussent sur une chaise.

Un type m'attache les poignets par-derrière. Maman hurle : « Ma fille, laissez ma fille tranquille ! » Puis, plus rien : elle vient de se prendre un coup de poing dans la mâchoire. Dans mon dos, des paluches saisissent ma tête et la retiennent en étau. Qu'est-ce qu'ils foutent. Je ne peux plus bouger.

Le connard s'approche de moi, me postillonne dessus. C'est bizarre, je n'entends plus ce qu'il vocifère, mes oreilles ne font que bourdonner. Il est armé d'une sorte de bâton, au bout rougeoyant. On dirait du feu. Je tente de me lever. Des mains m'agrippent, me forcent à me rasseoir. L'autre s'agite devant moi avec son tisonnier incandescent. À ce moment-là, une image se superpose dans mon cerveau. Une femme, l'héroïne d'un roman américain : *La Lettre rouge*[1].

La lance danse devant mes yeux. Orange, jaune, aveuglante. Cette femme avait été condamnée à porter sur sa poitrine un A, symbole de son adultère, symbole de son humiliation. Comment s'appelait-elle déjà. Il ne va pas me crever les yeux, ce fils de pute. Je baisse mes paupières le plus fermement possible. Mais c'est dans mon front qu'il enfonce son dard. Au début, je ne sens rien. Je vais bien le trouver, ce nom. Et puis le feu déboule. Il irradie dans chaque os de mon crâne, dans chaque parcelle de mon cerveau. Ma tête brûle. Je veux crier. Mais rien ne sort. J'ouvre les yeux. Les mains me lâchent. Maman accourt. Je me sens partir. Ça y est, je me souviens de son prénom. Hester. Je suis la nouvelle Hester. Je m'écroule.

— Putain, qu'est-ce qui se passe ici ? C'est quoi ce cirque ? À quoi tu joues, Dupuis ?

La voix de Pierre. Elle me fait revenir à moi. Mon corps est tout entier concentré dans mon front. Mon cœur bat dans mon front. J'ai une torche à la place de la tête.

— Bah quoi, on se faisait juste une petite mise en bouche !

Le gros connard s'est transformé en môme qui vient de faire une connerie. Pierre tape du pied :

— T'as vraiment rien dans le crâne. On avait dit, les cheveux ! Rien que les cheveux ! Tu comprends ce que ça veut dire ?

L'autre grommelle. Pierre continue :

— Maintenant, détache-la. Et fais ce que je te dis.

---

1. *La Lettre rouge* est un roman américain de Nathaniel Hawthorne, publié en 1850 (titre original en anglais : *The Scarlet Letter*), et aujourd'hui plus connu sous le titre *La Lettre écarlate*.

Le connard retire la cordelette qui maintenait mes mains. Je me lève. Je titube. Mon front, quelle horreur. Maman me soutient. Je sens le regard de Pierre. Je n'ose pas encore l'affronter. Cette marque, je vais la garder à vie. Défigurée, je suis défigurée. Ma jupe trempée me colle aux cuisses, ma blouse est pleine de lait. Je lève les yeux. Pierre s'est détourné. On dirait qu'il repart. Non, il ne peut pas me laisser comme ça.

— S'il vous plaît, je dois aller chercher ma fille!

Surtout ne pas le tutoyer. Personne ne doit soupçonner que nous nous connaissons. Pierre se retourne. J'implore:

— Ma fille a trois mois! Si je ne l'allaite pas, elle peut mourir, il fait tellement chaud! Je vous en prie...

Je suis prête à me traîner devant lui s'il le faut. Serrer Françoise dans mes bras: y a que ça qui compte. Pierre me toise, méfiant. Je continue:

— Je fais juste un saut chez moi. J'habite à côté. Je vais la chercher et je reviens. Donnez-moi un garde pour m'accompagner. Je vous en supplie!

Pierre jette un œil à ses hommes, autour de lui. Tous semblent attendre sa réponse. Quelques secondes passent, puis Pierre articule:

— D'abord, le coiffeur.

17

C'est l'été 1938. J'ai seize ans, bientôt dix-sept. J'ai fini l'année en fanfare, avec des notes à tomber dans toutes les disciplines, y compris en mathématiques. Je caracole, première de la classe, devant Colette. Et depuis que je prends des cours particuliers chez Mme Saraud, je suis comme auréolée d'un prestige. Toutes les autres filles sont au courant grâce à radio-Guéry. Et plus personne ne m'emmerde. Corinne Brugnon fait mine de lever les yeux au ciel lorsque je passe près d'elle. Je ne suis pas dupe : elle est complètement verte, la gonzesse.

Ça pourrait aller, il fait beau, c'est la quille, les magnolias embaument lorsque je traverse le Clos Pichot. Mais ça ne va pas. Colette s'est tirée dans sa maison de campagne du Perche, dans un patelin au drôle de nom, la Bazoche-Gouet. Elle n'a même pas émis l'idée de m'inviter.

J'ai devant moi un long tunnel de trois mois : coincée rue de Beauvais, entre Maman qui n'en finit pas de déblatérer et le vieux qui encaisse les piques sans broncher. La joie, quoi. Et puis, il y a un nouveau truc qui m'obsède. Mais ça, impossible d'en parler à qui que ce soit. Maman, jamais de la vie, plutôt m'ouvrir les veines. Madeleine, toujours à l'eau de rose : elle ne peut pas comprendre.

Je veux faire l'amour. Voilà mon idée fixe. Parfois, j'ai peur de me faire écraser par une bagnole et de mourir sans l'avoir fait. J'ignore ce que ça veut dire exactement, mais faut que je le fasse. Mon entrejambe est comme lesté d'un poids gênant. La bande de garantie, faut qu'elle saute.

Attention, pas au coin d'un bois, avec le premier venu. Pas du tout : je veux le faire avec un type digne de ce nom, un type qui me plaît. Ça court pas les rues, je sais. Mais je veux y croire.

Le 14 juillet 1938, jour de bal, je suis prête à passer à l'attaque. J'ai enfilé une robe presque neuve, prêtée par une fille qui bosse dans le même bureau que Madeleine, aux PTT. Ma frangine m'a confectionné un chignon sophistiqué : toutes mes boucles ramenées en banane sur le haut de mon crâne, du front jusqu'à la nuque. J'ai gagné deux ans en vingt minutes. Même Maman s'en aperçoit. Elle se fend d'un conseil : « Madeleine, tu serviras de chaperon pour ta sœur. Faudrait pas qu'il lui arrive des bricoles. » Vers quatorze heures, nous sommes parées. Direction, la caserne des pompiers, en centre-ville, près de la mairie.

Cour immense, planquée entre deux immeubles. De l'extérieur, on ne peut pas soupçonner que ça soit si grand. Ce jour-là, la caserne est pleine à craquer : des uniformes bleu roi, des saucisses grillées et de la valse musette. Au fond, sur une estrade, deux accordéonistes se démènent, coudes levés, yeux fermés. Et devant eux, des danseurs, en veux-tu en voilà, des couples s'enlacent, d'autres tournicotent, et les plus audacieux s'aspirent consciencieusement les lèvres.

Madeleine me prend par la main. « Viens, il y a François. Il travaille avec moi. » Elle m'entraîne. Je broie quelques escarpins au passage, personne ne m'engueule, c'est jour de fête. Le collègue François écrase deux grosses bises sur les joues de ma frangine, elle pouffe, il la prend par la taille, elle se laisse faire, elle rougit. François est haut, mince, cheveux couleur foin. Pas trop moche. « Ah, voilà la petite sœur ! » Clin d'œil pas discret à Madeleine, puis il me dit : « Je vais te présenter mon frère. Il est là-bas, à la buvette. » Il pointe son index vers une vareuse bleue et des petites fesses sanglées dans leur futal. Je palpite. Les uniformes ont le don de me chavirer.

On s'approche, Madeleine a lâché ma main pour prendre celle de François. On contourne des chaises et des filles aux yeux fardés. Les accordéons entament une polka débridée. Ça y est, on atteint la table qui fait office de buffet. Le frère pompier se trouve juste devant nous, toujours le dos tourné, en train de se faire servir une mousse. Je prends une grande inspiration pour essayer de ralentir mon cœur. François tape sur l'épaule de son frangin.

— Jacquot, je te présente Madeleine qui travaille avec moi. Et voici sa petite sœur.

Lentement, la vareuse se retourne. Au premier coup d'œil, je ne vois que ça : ses dents. Jaunes. Surtout les canines. J'ai le temps de bien les détailler, il n'a pas l'air pressé de rabattre ses babines.

— Bonjour. Et comment qu'elle s'appelle la petite sœur ?

Ouh là, ça fait longtemps qu'on ne m'avait pas parlé à la troisième personne. Un truc de plouc. Je recule, il s'avance vers moi, les dents toujours à découvert. Je lui donne mon prénom, histoire de faire diversion. Il s'avance encore, il est juste devant moi, il sent la bibine à plein nez.

— Elle veut boire, la Simone ?

Il me souffle au visage un relent infect. Mettre les voiles, voilà ce que je veux. Je cherche Madeleine des yeux. Elle est là, tout près, trop occupée à ricaner et à mettre des petites tapes sur la main baladeuse de son jules. Je fais non de la tête, je ne veux pas boire. Je bloque ma respiration.

— Ah, je sais, elle veut danser, la d'moiselle !

Je tourne la tête vers la piste : oui, j'adore ça. D'autant que les musiciens se sont mis à la mazurka. Mais avec lui, ça va pas être possible. Pourtant, il saisit mon bras, m'emmène vers les danseurs et il se colle à moi, se dandine contre moi. Son odeur fétide, ses dents pourries. J'ai mon repas qui me remonte dans la gorge. Je me recule, je me détache de lui.

— Qu'est-ce qui se passe ?

Il se passe que je fous le camp. Je joue des coudes, je me faufile entre les couples, je laisse Madeleine à ses minauderies, j'abandonne ce couillon au milieu de la piste. Le pompier, très peu pour moi. Ma première fois mérite mieux que ça.

Ce soir-là, Madeleine ne me pose pas de questions pour savoir pourquoi j'ai pris la tangente. Elle n'a que François à la bouche. « Il est beau, il est gentil, je crois que je lui plais. » Et blablabla. Ce soir-là, avant de m'endormir, gros coup de mou. Pourquoi ça ne marche pas pour moi. Pourquoi j'ai droit qu'à des nases. Et puis, soudain, comme une illumination, je repense à la photo, chez Mme Saraud. Celle du vestibule, celle que j'ai lorgnée tous les jeudis, avant les vacances. Le jeune homme brun au regard pensif. Lui, j'en suis persuadée, il sent le vétiver et il n'a pas les dents gâtées. C'est lui que je veux.

Lorsque l'été s'achève enfin, lorsque la rentrée sonne, je n'ai qu'une hâte : retourner chez ma prof. Ce serait mentir que de dire que c'est l'amour de l'allemand qui me fait apprécier mes cours particuliers. Certes, j'aime cette langue, mais j'aime surtout me rendre rue aux Herbes. Un moment de pure douceur. Je raffole du salon, cocon douillet avec vue imprenable sur la cathédrale. Autour de moi, un piano lustré, une armoire normande, un fauteuil à bascule et des poutres apparentes. Dans ce décor, j'adore voir arriver Mme Saraud, café à la main, ses pieds nus glissant sur le parquet, sa façon émerveillée de me parler encore et toujours de Rilke, son écrivain fétiche. Parfois, elle se penche vers moi et je m'emplis les poumons des effluves de son Shalimar. Mais ce que je préfère, c'est le rituel du vestibule. Là, je patiente, je me désape et surtout, je m'approche du portrait.

À chaque fois, un nouveau détail accroche mon attention. Ses lèvres boudeuses. Ses longs cils. Son regard lointain. Ce garçon est mon plus fol espoir.

18

En décembre 38, un cataclysme s'est abattu. Un cataclysme que j'aurais pu anticiper. Mais faut croire qu'à cette époque, j'avais de la merde dans les yeux. J'étais trop occupée à languir après le portrait d'un inconnu. Pourtant, il y en a eu, des appels du pied. Je me souviens de ce jour d'octobre, après la Toussaint. Nous étions à présent en troisième année de lycée, toujours dans la même classe, Colette et moi. Nous nous mettions à côté par habitude, mais l'amitié s'effilochait. Et ce jour-là en particulier, Colette tirait une de ces gueules. Lors du premier intercours, je lui demande :

— Qu'est-ce que t'as Colette ?

— Rien, pourquoi tu dis ça ?

— J'sais pas, t'as l'air de porter le poids du monde sur tes épaules.

Colette s'arrête, me regarde bien en face.

— Le monde va mal, Simone.

— Toujours tes grands mots… Qu'est-ce que t'en as à fiche du monde ? Tu peux pas juste vivre pour toi ?

Colette se remet à avancer. Je la suis. Elle me confie :

— J'aimerais bien, tu sais, mais il y a des moments où ce n'est pas possible de vivre juste pour soi. Nous sommes menacés. La guerre n'est pas loin.

— Mais qu'est-ce que tu racontes ? Et les accords de Munich, t'en fais quoi ? Grâce à eux, la paix est sauvée.

— Pour combien de temps ?

— Pour toujours, pas de doute là-dessus. Personne ne veut la guerre.

— J'aimerais avoir ton optimisme, Simone.

Nous sommes parvenues devant notre salle. Fin de la discussion. Colette a cessé de rire et moi, je regarde ailleurs. Jusqu'à ce fameux mois de décembre où Colette a disparu. Elle n'est plus venue au lycée. Ça lui était déjà arrivé de s'absenter deux ou trois jours. Je ne me suis pas inquiétée tout de suite. Mais au bout de deux semaines sans la voir, y avait un truc qui clochait. Fallait que je réagisse.

Un soir, après les cours, je me rends rue Chanzy et me plante devant la grille de la baraque de Colette. Le sentier en gravier a été ratissé, les plates-bandes, bêchées. Quant à la maison, elle semble me fixer de toutes ses fenêtres aux volets grands ouverts. Rien n'a changé. Pourtant, quelque chose me chiffonne, je ne sais pas quoi. Je sonne. Ah oui, le bruit : il n'y en a plus. Pas de voix, pas de rires, pas de vie. À part le dring de la sonnette qui se propage du portail jusqu'à l'entrée et qui résonne dans mes tympans. Je reste longtemps à appuyer, à appuyer encore, mais personne ne vient m'ouvrir. Plusieurs soirs de suite : à chaque fois, même topo. Je demande à Madeleine d'appeler chez Colette depuis une cabine des PTT. « La ligne n'est pas coupée, mais personne ne décroche », me déclare ma frangine.

Elle est où, bordel, Colette. Dans le Perche, peut-être. Dans sa maison de vacances. Mais je n'ai pas l'adresse. Et surtout, elle ne m'a pas prévenue, pas un mot, pas une lettre, rien, comme si je comptais pour du beurre, comme si notre amitié n'avait été qu'une fumisterie. Y a bien quelqu'un qui doit savoir. À Guéry, ils doivent être au courant. Ils ne vont pas laisser s'évaporer leurs élèves.

Le lundi suivant, j'entre dans le bureau des services administratifs du lycée. La surveillante est nouvelle. Grande, lunettes avec chaînette, et une voix de nez pincé :

— Colette Klein, Colette Klein, non, désolée, je n'ai pas ce nom dans ma liste.

Je manque d'air tout à coup. Je m'accroche des deux mains au rebord du bureau.

— Mais, c'est pas possible. Elle est élève ici, avec moi, dans ma classe.

Ma voix tutoie les aigus. La mégère lève un sourcil et me sort :

— Elle est peut-être partie avant que je n'arrive. Ma liste est mise à jour au début de chaque mois.

Là, c'est plus fort que moi, j'éclate :

— Partie ? Partie ? Comment ça, partie ? Ça veut dire quoi ?

— Pas sur ce ton, mademoiselle ! Veuillez quitter ce bureau à présent.

— Non, je ne bouge pas de là.

— Plaît-il ?

— Je veux voir le directeur.

— Le directeur ? Non, mais pour qui vous prenez-vous ?

— Je ne bougerai pas avant de savoir où est Colette Klein.

— Le directeur ne reçoit pas les élèves pour ce type de motif.

— Pour quel motif alors ?

— Mademoiselle, vous cessez tout de suite. Sinon, c'est le blâme.

La sonnerie me rappelle à ce moment-là que l'intercours est terminé. Qu'est-ce que je suis censée faire. Foutre une baffe à cette grognasse. Ça ne va pas me ramener Colette. Je sors en claquant la porte. Les gens peuvent disparaître comme ça, sans laisser aucune trace, et il faut continuer à vivre comme si rien n'était arrivé, comme si Colette n'avait jamais existé. Non, pas question.

Il faut que je sache, quitte à faire le guet devant chez elle. Tous les soirs de ce mois de décembre, crochet rue Chanzy. Je passe, je repasse, bravant les températures polaires et le vent glacé. Les volets sont toujours ouverts. Deux semaines s'écoulent et ma patience paye. Un samedi, je vois un homme entrer chez Colette. Il a l'air pressé.

— Monsieur, monsieur, attendez !

L'homme se retourne tout en continuant à triturer la serrure de la grille. Il a les mêmes yeux que Colette, très noirs, perçants.

— Bonjour monsieur, excusez-moi, je suis Simone Grivise, une amie de Colette et je n'ai plus de nouvelles…

— Vous faites erreur, je dois y aller.

L'homme claque la grille derrière lui et remonte l'allée à grandes enjambées. J'empoigne les barreaux et je crie :

— Monsieur, où est Colette ? Je vous en prie, je dois savoir…

Il ouvre la porte d'entrée, il va disparaître dans les entrailles de l'énorme baraque. Je n'ai pas trente-six possibilités. Je me mets à beugler, une sorte de râle sorti du fin fond de ma gorge. L'homme sursaute, se retourne et revient en courant vers moi.

— Chut, taisez-vous, voyons.

Il regarde à droite, à gauche, comme si des gros bras allaient surgir, comme s'il avait quelque chose à se reprocher. Je cesse mon beuglement.

— Colette, où est-elle ?

— Chut, pas ici, venez.

Je le suis. Nous entrons dans la maison que j'ai tant aimée. C'est sombre. Les volets de l'arrière sont clos. Ça sent le renfermé. Par une porte entrouverte, j'aperçois le salon : les fauteuils sont recouverts de draps blancs. Nous restons face à face, dans l'entrée, juste devant le grand escalier.

— Alors, c'est vous Simone. Colette m'a parlé de vous. Si vous êtes son amie, vous ne pouvez pas crier comme ça, en pleine rue, devant chez elle. Cela pourrait nuire à sa famille, vous comprenez ?

— C'est vous, sa famille ?

— Peu importe. Est-ce que vous comprenez ce que je viens de vous dire ?

— Vous êtes son père, j'en suis sûre…

L'homme me coupe, en haussant la voix :

— Oui, je suis le père de Colette. Et maintenant, vous allez me promettre de ne plus revenir ici !

Il articule chaque syllabe, comme si j'étais une demeurée.

— Où est-elle ?

— Colette est partie. Avec sa mère.

— Partie ? Comment ça partie ? On ne part pas comme ça, sans prévenir !

— Disons qu'elles sont à l'abri, si vous préférez. Maintenant, vous allez rentrer chez vous. Colette sera de retour quand la situation le permettra.

— Mais que se passe-t-il ?

— Mademoiselle, lisez-vous les journaux ? Avez-vous su ce qu'il vient de se passer en Allemagne ?

La voix du père de Colette se casse lorsqu'il prononce le mot « Allemagne ». Il détourne les yeux. Silence. Je ne sais pas quoi répondre. Puis, brusquement, il met une main sur mon épaule et murmure :

— Une nuit d'horreur absolue. Les synagogues incendiées, les magasins juifs saccagés et…des assassinats… contre les Juifs. Nous n'avons plus de nouvelles de mon frère, l'oncle de Colette.

— Mais, monsieur, cela n'a rien à voir avec la France…

Le père hoche la tête et me dit :

— Mieux vaut partir le plus loin possible quand on s'appelle Klein.

Je baisse le visage, pas certaine de bien comprendre. Je me dirige vers la porte d'entrée.

— Attendez, Simone. Colette a laissé une lettre pour vous. Je ne pensais pas vous la remettre. Mais puisque vous êtes là…

Il remue les papiers du buffet et me tend une missive que je lui arrache presque. Je sors. Dans la rue, je ne peux pas attendre : je déchire l'enveloppe.

« Chère Simone, ne m'en veux pas, je n'ai pas pu faire autrement. Je suis certaine que tu comprendras. Si tu lis cette lettre, c'est que tu t'es inquiétée de moi et je t'en suis reconnaissante. J'en profite pour t'écrire ce que je ne t'ai jamais dit : je suis heureuse de te connaître et d'avoir partagé tant de bons moments avec toi. Je souhaite de tout cœur que nous puissions nous revoir bientôt. En attendant, continue à être la meilleure en classe, garde le cap sur tes rêves et ne te trompe pas de chemin. Pense à moi. Je serai ta lumière dans la nuit. Je t'embrasse. Colette. » Je froisse la lettre : Colette m'a abandonnée.

En rentrant à la maison, ce jour-là, je suis montée direct dans ma chambre et j'ai asséné un coup de poing sur mon bureau. Mon porte-plume a rebondi. Même pas mal. Un autre coup de poing dans le mur, encore un autre sur ma porte et encore un autre dans le mur. Une déferlante. Lorsque je me suis arrêtée, j'ai cru que mes phalanges étaient en miettes. Mais au moins, j'avais réussi à déplacer la douleur. Elle n'était plus dans ma tête.

Je me suis affalée sur mon couvre-lit. J'ai hurlé dans mon oreiller. Colette, tu n'avais pas le droit. Tu n'aurais pas dû me laisser, comme ça, sans me prévenir. Ah oui, il y a la lettre : plus minable, tu meurs. Je n'en crois pas un mot, ce n'est pas toi qui l'as écrite, je ne reconnais même pas ton écriture. Non, la vérité, c'est que tu n'en avais rien à foutre de moi. « Pas la peine de le lui dire, elle ne comprendrait pas. » Voilà ce que tu as dû penser. Je savais que notre amitié était dans une mauvaise passe. Mais au moins, je croyais que cette amitié avait existé. En fait, que dalle, du vent. Quelle conne.

J'ai les yeux secs. Ma poche de bile a repris ses aises. Gonflée, suintante. Sans Colette, qu'est-ce que je vais devenir. Plus personne pour me raisonner. Plus personne pour me guider. Sans elle, je vais plonger ; Guéry n'est peuplée que de filles envieuses ; j'échouerai à mes examens ; je deviendrai soûlarde comme Maman.

Dans les mois qui suivent, je repasse des dizaines de fois rue Chanzy. Je ne recroise jamais personne. Un jour, une chaîne, énorme, brillante, a été installée sur la grille du portail de la maison de Colette. Puis, la pelouse n'est plus coupée, les volets sont tous fermés. Encore plus tard, un panneau « À vendre » est apposé sur la porte d'entrée.

Où es-tu à présent, Colette. Loin, très loin de Chartres. Peut-être as-tu embarqué sur un paquebot destination New York. J'aime t'imaginer devant la statue de la Liberté. On dit qu'elle est couleur vert-de-gris, comme les toits de notre cathédrale.

19

Sans Colette, je ne suis plus grand-chose. Heureusement, il y a Mme Saraud. Il y a mes cours du jeudi. Chaque semaine, je pénètre dans le vestibule de la rue aux Herbes avec la même délectation. Chaque semaine, je jette un œil enamouré au jeune homme ténébreux posé sur le guéridon.

Mme Saraud m'accueille toujours avec un air de ne pas y toucher qui rend ses rares compliments encore plus précieux. Une fois, elle me dit : « Vous avez bien progressé Simone. Je pourrai sans doute vous présenter au concours général. » D'un seul coup, la pièce devient plus lumineuse. Je me retiens de me jeter au cou de ma professeure. J'aime tout chez elle. Son vouvoiement d'un autre temps. Sa main gracieuse lorsqu'elle parle en agitant son porte-cigarettes. Sa façon de déclamer les textes telle une tragédienne. Il n'y a que sa fille que je n'aime pas. Alice, cette vipère.

Un jeudi, alors qu'elle vient de me laisser patienter dans le vestibule, Alice revient sur ses pas et me surprend en train de lorgner de trop près le fameux cadre.

— Il est beau, hein ?

Je me redresse et fais un bond en arrière.

— Euh, pardon ?

— Mon frère, là, sur la photo ! Il est magnifique, non ?

Alice se rapproche de moi, m'examine bien en face. Je n'avais jamais remarqué, mais elle a une peau lisse, sans aucun bouton. Une perfection translucide.

— Alors, tu ne dis rien ?

— Je ne vois pas de quoi tu parles…
— Arrête, toutes les filles sont folles de lui !
— C'est ton frère ?
— Ah tu vois qu'il t'intéresse !
— Mais non, arrête avec ça !

Tout à coup, j'ai chaud, j'étouffe, je voudrais qu'elle se barre.

— Ma pauvre, tu mens mal, tu es devenue écarlate !

Elle rit, elle découvre une rangée de petites dents, bien blanches, bien alignées. Puis, elle se ravise, l'air sérieux.

— Attention, il n'est pas pour toi. Inutile de t'imaginer quoi que ce soit.
— Je ne m'imagine rien du tout.

Cette fille, si c'était pas celle de Mme Saraud, je lui aurais déjà craché ses quatre vérités. Sale petite bêcheuse snob. L'injure me démange la langue. Je me cramponne à une chaise, je serre très fort le dossier, pour m'empêcher d'ouvrir la bouche. Et voilà qu'elle continue :

— Bon allez, je vais être gentille, je vais te faire des confidences.

Là, sans que je demande rien, Alice se met à jacasser. Il s'appelle Pierre. Il a dix-neuf ans. Il est pensionnaire au lycée Louis-le-Grand, à Paris, et prépare le concours d'entrée à Polytechnique. Il est brillant. Elle ne le voit pas souvent. Il travaille beaucoup. Il ne revient presque plus à Chartres. Elle aurait sans doute continué à tout déballer si sa mère n'était pas arrivée. « Bonjour Simone. Vous venez ? Alice, tu n'as pas des devoirs à terminer ? » Je suis Mme Saraud pour ma leçon d'allemand. Entre deux traductions, je passe l'heure à échafauder une rencontre. Pierre, un jour tu poseras les yeux sur moi, ce n'est qu'une question de temps.

Mai et juin 39 se passent. Je suis gaie, j'ai de l'espoir. Je dégote des bas dans l'armoire de Maman. Madeleine me paye une mise en plis chez le coiffeur. Dans la rue, certains hommes me sourient. Je virevolte. Pas besoin de me retourner pour savoir que ces mecs me matent le cul. Ça m'enchante. Je me sens puissante. Colette n'est plus là, ça me fait toujours un pincement au creux du ventre lorsque j'y pense, mais pas question de pleurnicher. Faut avancer.

Brusquement, je suis rattrapée. Par les événements. L'été 39 arrive et le monde tourne plus vite. Les tractations internationales s'emballent. Les journaux parlent de Dantzig, du « problème polonais », du jeu des alliances. J'ai du mal à suivre. J'ai l'impression que des vociférations contradictoires dégueulent de tous les côtés. Avec pour litanie la guerre, l'Allemagne, Hitler. Et encore la guerre.

Je ne veux pas y croire, ce n'est pas possible. Un accord doit être conclu. Ma jeunesse, ils n'ont pas le droit de la foutre en l'air. Maman aussi gueule : « On se trompe d'ennemi ! Ce sont les bolchéviques qu'il faut abattre ! » Il fait chaud cet été-là : le soleil tape sur les têtes. Juillet et août n'en finissent pas de crépiter. L'embrasement est proche. Le 1er septembre, la mobilisation générale est décrétée. Le 3 septembre, nous sommes en guerre contre l'Allemagne. C'était annoncé. Je suis sonnée.

20

La guerre. C'est la guerre. Le mot est partout, dans la TSF du voisin Fruchard, à la une de *La Dépêche d'Eure-et-Loir* sur laquelle Madeleine écosse ses haricots, dans la bouche du boulanger de la rue de Pie. Je crois un instant que le cours de nos vies va être chamboulé. Je suis sur mes gardes. Ce n'est pas nécessaire. Il ne se passe rien. Ou si peu. Les hommes en âge de combattre sont partis. Je n'en connais pas, ça me fait une belle jambe.

En octobre 39, quatrième rentrée à Guéry. Cette année-là, c'est du lourd : première partie du bachot en juin, avec latin, grec et histoire-géographie. Première étape vers la liberté. À Guéry aussi, la guerre est invisible. Rien n'a bougé : la blouse obligatoire ; les intercours bruyants ; la voix geignarde de Mlle Lodi. Tout est rigoureusement pareil. Sauf que Colette n'est plus là. Vide abyssal qu'aucune autre fille ne pourra jamais combler, je le sais. Colette, c'est Colette.

Le seul événement notable que la guerre a provoqué — et ça me fait bisquer —, c'est le dépeçage des vitraux de la cathédrale. En trois jours, paf, plus aucun vitrail. Déménagés, cachés, y a pu rien à voir. Pour les protéger des bombardements, soi-disant. En attendant, pas la moindre bombinette. Et à la place des vitraux, des verrières réputées incassables, couleur pisse, une horreur. Notre-Dame de Chartres défigurée.

Quelques jours après la rentrée des classes, je comprends que la guerre sera peut-être une belle aubaine pour moi. « Faut toujours voir le verre à moitié plein », me dit Madeleine. Et mon verre à moi, il s'appelle Pierre. Car oui, grâce à la guerre, Pierre est de retour chez lui. À demeure, rue aux Herbes. Finie la pension, interrompues les études.

Le premier jeudi, j'aperçois un vélo, dans le cagibi, sous l'escalier en colimaçon. Je ne sais pas encore que c'est le sien. Je grimpe les marches, Mme Saraud m'ouvre : elle me demande de patienter. Elle disparaît dans le salon. Je surprends alors une conversation. Enfin, non, je ne surprends pas : ça parle fort et il faudrait être bouchée pour ne pas entendre.

— Je ne peux pas y retourner, pas dans ces conditions.

C'est lui. Ça y est, c'est mon jour. Ne pas trembler. Je vérifie ma tête dans le miroir : les cheveux lâchés, c'est nettement mieux que le chignon. Mme Saraud répond :

— Pierre, je ne comprends pas. Tu es en train de gâcher ton avenir. Avoir réussi l'X et y renoncer, c'est impensable…

— Il faut que j'aille me battre, maman, c'est l'honneur de notre pays qui est en jeu.

— Te battre, mon chéri ? Arrête de divaguer. La guerre n'a pas besoin de toi. Et puis, tu n'as pas l'âge.

— Maman, je ne peux pas me croiser les bras. Je vais devancer ma mobilisation.

— Mais Pierre, tu sais ce que font les soldats en ce moment ? Ils écoutent Maurice Chevalier, ils jouent au football et ils plantent des rosiers sur la ligne Maginot ! C'est à ça que tu aspires ? Sois raisonnable mon chéri ! Tu seras appelé à un grand destin, mais sûrement pas à tenir un fusil !

— Maman, je vous respecte beaucoup, mais permettez-moi de vous dire que je ne suis pas d'accord.

Et là, Pierre pénètre dans le vestibule. Je sursaute. Il lève les yeux vers moi, je crois qu'il me sourit — je n'en suis pas certaine — et il sort. Il me laisse là, pantelante. Mon cœur, ma respiration, mes pensées, tout s'accélère. Un joyeux foutoir. Je me laisse tomber sur la banquette. Peu de temps après, Mme Saraud vient me chercher pour notre cours. Pas la peine d'ergoter : je ne suis pas très concentrée. Mme Saraud, non plus, du reste, puisqu'elle ne s'aperçoit pas que je plane à trois mille, loin, très loin de mon texte d'allemand et de ses chausse-trapes.

Je ne l'ai entraperçu qu'une fraction de seconde, mais je peux déjà affirmer que la photo du guéridon ne ment pas. Cheveux épais, yeux bleu clair, regard pénétrant, voilà ce que j'ai eu le temps de voir. Et ses fringues aussi, chemise blanche, pantalon un peu court qui découvre ses chaussettes. La mode de Paris. À des années-lumière de celle de Chartres.

À partir de ce jeudi-là, je guette le vélo du cagibi. S'il est là, mon cœur se gonfle. S'il n'est pas là, mes jambes pèsent tout à coup une tonne : difficile de monter les marches pour atteindre mon cours. Dans tous les cas, je m'apprête. Chaque mercredi soir, je m'applique un masque à la crème Tokalon, pour avoir une peau parfaite, un ovale bien dessiné. Je ne possède que trois ou quatre robes, mais je les agrémente d'une broche ou d'un foulard. J'aimerais déposer au creux de mes oreilles quelques gouttes de Chanel. Mais le parfum, faut pas rêver, c'est hors de prix. Tant pis. Un récurage au tub et au savon Palmolive fait l'affaire.

Pendant ces quelques mois de la fin de l'année 39, la vie me semble légère. Il me suffit d'entendre sa voix, entre deux portes ou à travers une cloison, pour que ma journée soit joyeuse. Quand il m'adresse un « Bonjour » dans le vestibule, c'est ma semaine entière qui devient une fête. Plus godiche, ça n'existe pas. Mais rien ne me fait douter, c'est ça le pire. Même Alice, cette peste, ne peut avoir raison de ma mièvrerie. Pourtant, elle y va pas avec le dos de la cuillère. Une fois, elle m'accueille avec sa voix mielleuse de petite fille modèle :

— Tu sais, je vois bien ton manège avec mon frère.

— De quoi tu parles ?

Ma voix commence à trembler.

— Il faut que tu arrêtes de minauder. Mon frère ne peut pas s'intéresser à toi...

— Je ne vois pas ce que tu veux dire.

Là, je chevrote carrément.

— Ouvre les yeux, ma pauvre ! Je ne veux pas être méchante. Je te dis ça pour ton bien. Nous ne sommes pas du même monde, toi et nous.

— Je te rappelle que je paye mes cours à ta mère.

Et bing, prends-toi ça dans les dents. Alice lève les yeux au ciel.

— Mais ça n'a rien à voir avec l'argent ! C'est au-delà de ça, justement ! C'est là que tu n'as rien compris. Nous n'avons pas la même culture, la même histoire, la même façon de voir le monde. Tu n'es pas des nôtres. Et tu ne pourras jamais en faire partie. Mon frère n'est pas pour toi.

— Je n'ai jamais dit que ton frère me plaisait.

J'ai une de ces envies de foutre une torgnole à sa face de greluche.

— Arrête ! Tes simagrées se voient à des kilomètres ! Même lui l'a remarqué !

— Je ne vois pas de quoi tu causes !

— Tiens, regarde, ce vocabulaire que tu utilises. « Causer ». Tu penses que c'est élégant ? Tu auras beau suivre tous les cours particuliers de la terre, tu ne pourras jamais t'extraire de ta vulgarité.

Là, impossible de répondre. Je cherche un mot bien senti, mais tout se confond : je suis sèche. Elle, elle en a encore plein la bouche :

— Si tu continues à tourner autour de mon frère, tu souffriras.

Elle me plante là. Et moi, je mets un point d'honneur à ne pas écouter son conseil. Pauvre fille que je suis.

Ça s'est passé le 11 janvier 1940. Un jeudi, bien sûr. Je suis emmitouflée dans le manteau que Madeleine vient de me dénicher à la Croix-Rouge, tout en velours noir et col en fausse fourrure. J'ai mis des bas en laine, bien opaques. Je marche à pas menus, me méfiant du verglas qui prend ses aises au hasard des trottoirs. Le ciel est d'un blanc cotonneux. « Un temps à neige », a dit Maman lorsque je suis sortie de la maison, ma sacoche sous le bras.

Pensée magique : si je ne croise personne sur le parvis, c'est qu'il sera chez lui. Gagné, pas un chat. Et maintenant, s'il me suffit de dix pas pour parvenir rue aux Herbes, c'est qu'il me parlera. Encore gagné, c'est mon jour de chance. Je pousse la porte du bas. Le vélo est fourré sous l'escalier. Je gravis les marches deux par deux. Arrivée au deuxième palier, je suis tout essoufflée. Je sonne.

Des pas se rapprochent de l'autre côté. La porte racle le sol en s'ouvrant. Ça me tire les poils, je serre les mâchoires. Et là, c'est lui, devant moi, comme une apparition. Tout à coup, je me décrispe, tout mon être flageole.

— Salut. C'est pour le cours ?

— Bonjour. Oui, je suis une élève de…

— Oui, de ma mère, je sais, on s'est déjà vus. Mais rentre, on va pas rester sur le palier.

Il claque la porte derrière nous. Il se souvient de moi. La lumière m'éblouit. Il est tout près, je respire son odeur, un peu poivrée, enivrante. Il est grand, il me dépasse d'au moins vingt centimètres. Il me regarde droit dans les yeux. Je suis comme étourdie.

— Simone, c'est bien ça ?

— Oui, Simone Grivise. Et toi ?

Là, il éclate de rire. Il a les mêmes dents que sa sœur, une réclame pour dentifrice. J'ai une suée dans le cou.

— Allez, Simone, on va pas se raconter des histoires, tu sais très bien quel est mon prénom !

Je me mords la langue. J'acquiesce. Je zyeute la porte du salon. Je m'attends à voir surgir d'un moment à l'autre Mme Saraud ou Alice. Pierre reprend :

— Bon, ma mère a dû emmener ma sœur en urgence chez le médecin. Donc, pas de leçon pour toi aujourd'hui.

— Ah, d'accord, je vais repartir alors.

Je suis incapable de bouger, comme si mes pieds étaient vissés au parquet. Pierre me sourit et dit :

— Tu peux rester un peu si tu veux. Il fait froid dehors. Tu as l'air frigorifiée. On en profitera pour faire connaissance…

Là, je lâche, du tac au tac :

— D'accord.

Je sais tout de suite que j'ai répondu trop vite, que j'aurais dû faire celle qui hésite, qui se fait prier. Mais je suis dans l'incapacité de simuler quoi que ce soit. Son sourire, ses yeux bleus parsemés d'éclats d'or, ses poils qui sortent de sa chemise, tout me chavire. Il hoche la tête, toujours souriant.

— Viens alors, ne perdons pas de temps ! Je connais une manière efficace de se réchauffer !

À cet instant, j'aurais dû me tirer. Mais c'était trop tard, j'étais ferrée. Pierre saisit ma main. Ses paumes sont moites. Je frémis. Il m'embarque.

Nous traversons le salon, main dans la main, lui devant, moi derrière. J'ai le tournis, je ne parviens plus à penser. Mon genou heurte le tabouret du piano. Un cri jaillit de ma gorge. Pierre se retourne, il ne sourit plus. Je baragouine que tout va bien. Nous prenons le couloir qui mène aux chambres. En deux secondes, nous nous retrouvons dans celle de Pierre. Il ferme la porte. Ça schlingue la chaussette sale. On n'y voit pas grand-chose, les volets sont à moitié fermés. Pierre ne lâche pas ma main. Il m'attire vers lui.

— Alors, ma sœur m'a dit que tu en pinçais pour moi ?

— Non, enfin, je…

— Allez, arrête de faire des manières ! Je les connais bien les filles comme toi !

Sa phrase résonne dans ma tête, comme un écho. Il se trompe. C'est sa salope de sœur qui lui a dit des horreurs sur mon compte. Il faut que je lui dise. Je ne suis pas celle qu'il croit. Les mots s'emmêlent, ma langue s'embourbe. Sa bouche se rapproche de la mienne. Ses yeux ont changé : agrandis, fixes, comme ceux des daurades sur l'étal du poissonnier. Faut vraiment que je lui parle avant qu'il ne soit trop tard.

Pierre me prend par la taille et appuie ses lèvres sur les miennes. Je sens sa langue s'immiscer en moi, comme un serpent rugueux qui chercherait son chemin. Pierre malaxe mes seins tout en continuant à me poignarder la bouche. Puis, il se décroche et me murmure : « Tu es vraiment mignonne, Simone ». Cette déclaration, hors de son contexte, aurait constitué le bonheur suprême. Ici et maintenant, elle devient une sentence. À partir de là, mes souvenirs se brouillent. La chambre elle-même devient brumeuse. Je ne fais plus un geste, je suis tétanisée.

Pierre m'attrape par les épaules, me fait pivoter pour que je lui tourne le dos. Il me pousse contre son bureau. Il me retire mon manteau, soulève ma jupe, baisse ma culotte. Il se colle contre mes fesses. Et me déchire. D'un coup sec. Je ne crie pas. Je ne peux pas. Je ne suis plus là. Le vide. Il m'écrase. Mon bassin heurte en cadence le rebord du bureau. Chaque secousse m'écartèle. Ma tête va et vient au-dessus des livres éparpillés sur le sous-main. Un manuel d'arithmétique danse contre ma poitrine. Je ferme les paupières. Je fais de l'apnée.

Brusquement, il s'arrête, s'écarte de moi et pousse une sorte de râle. C'est fini, je me rhabille, je n'ose pas le regarder, je me sauve. Je traverse l'appartement comme je peux, me cognant aux meubles, poussant les portes. Je me retrouve en bas de l'immeuble, rue aux Herbes, là où quelques instants auparavant, j'étais encore pleine de mes pensées magiques. Je m'adosse contre le mur, le trottoir tangue dangereusement.

À présent, la neige commence à tomber. J'ai chaud, je sue de tous les pores de ma peau. Entre mes jambes, une meurtrissure. Et mes hanches sont endolories comme si elles avaient été rouées de coups. Faut que je me taille. Je remonte la rue à tout petits pas, comme une vieille et longe le portail sud de Notre-Dame. Un haut-le-cœur me saisit. J'éclabousse les marches de la cathédrale d'une bile jaunâtre.

Je ne sais pas trop où aller. Pas chez moi. Pas tout de suite. J'entre dans le jardin de l'évêché. Hagarde. C'est ça, faire l'amour. Je comprends mieux pourquoi Maman refuse d'ouvrir son lit au vieux. La douleur s'installe entre mes cuisses, lancinante, palpitante. Je comprends mieux pourquoi Madeleine ne semble pas pressée de se marier. Des lumières me trouent les yeux, je titube, je déboutonne mon manteau. L'air glacé me pénètre et me garde debout.

Dans le jardin, personne. Je m'assois sur un banc. Devant moi, la vieille ville s'étale, indolente et silencieuse. Les toits se couvrent de poudre blanche et la fumée s'envole des cheminées. Au fond de mes entrailles, un brasier s'est allumé. Il me dévore. Je suis en nage. Ce n'est pas la fièvre. Ce n'est pas la colère. C'est la honte.

Impossible de ne pas repenser à la position qui était la mienne sans avoir envie de hurler. Je ne suis qu'une torche de honte. Je voudrais disparaître, devenir ce flocon qui virevolte et qui s'écrase. Je me déteste, je me dégoûte. Je vais me jeter du haut du clocher. Mourir pour ne plus penser. Je me redresse, je lève les yeux vers la cathédrale et je le vois. Tout là-haut, sur le toit : l'ange-girouette semble me regarder. Sa main droite étendue au-dessus du vide m'offre sa bénédiction.

Je me laisse retomber sur le banc. Le froid s'est insinué sous mon manteau. Je grelotte maintenant. Des larmes coulent sur mes joues. Je les éloigne, agacée. Il faut que je voie clair en moi. Ce qui vient de se produire, je l'ai cherché, je l'ai voulu. Inutile de me voiler la face. « Une fille comme toi », cela signifie une putain. Oui, je suis une putain.

Une putain heureuse, même. Je dois reconnaître ma chance. Pierre Saraud, le bel étudiant parisien, m'a vue, m'a désirée, m'a prise. C'est une fierté. J'ai été capable de faire naître chez lui une ardeur effrénée. Il s'est engouffré dans ma virginité avec un tel élan. Il faudrait que je sois conne pour regretter quoi que ce soit.

Transie, je me lève. Sur le banc que je viens de quitter, une traînée rouge colore le bois. Bientôt, elle sera recouverte par la neige. Encore plus tard, elle aura imbibé les rainures et ne sera plus qu'une vague tache brune. D'autres filles viendront s'asseoir dessus. Sans se douter qu'elles écrasent de leur postérieur les vestiges de mon enfance.

21

J'y suis retournée. Je n'ai pas pu m'en empêcher. C'était plus fort que moi. Et pas qu'une fois. Des dizaines de fois, entre janvier et juin 40. Je ne peux même pas les compter. Y retourner, c'était ma façon à moi de conjurer ce qui s'était passé la première fois. Il ne s'est rien passé de mal puisque je reprends le chemin de la rue aux Herbes.

Chaque jeudi, Pierre s'arrange pour me coincer près du cagibi à vélos, dans l'escalier ou encore sur le palier. Il me chuchote un jour, une heure, où je peux venir, car il sera seul. À chaque fois que je sens son souffle dans mon oreille, une vague de chaleur me submerge. Son odeur, mélange de sueur et de savon, me rend dingue. Je suis désirée par ce jeune homme si parfait. L'élue, oui, c'est ça, je suis l'élue.

Je voudrais le crier sur les toits : « je fais l'amour avec Pierre Saraud, je fais l'amour avec Pierre Saraud. » Je voudrais le confier à Madeleine. Mais elle va m'emmerder avec ses conseils et m'assommer avec ses questions. Alors, je la boucle. Et j'honore mes rendez-vous secrets.

Avant chacune de nos retrouvailles, je frotte mes cuisses au gant de crin. J'applique du khôl sur mes paupières et dépose de l'eau de lavande sur mes boucles. Lorsque l'heure approche, mon souffle s'accélère. La fierté d'être attendue par Pierre se mêle à l'angoisse de tomber nez à nez avec Mme Saraud. Ou pire, avec sa fille. Excitation de faire un truc interdit. Sensation incroyable d'être vivante.

Lors de chaque rencontre, le rituel est le même que la première fois. Sa chambre, son bureau, ma jupe retroussée, ma culotte baissée sur mes cuisses. Je veux croire que l'amour se passe toujours ainsi. La tendresse, les caresses, foutaises. Que des conneries pour vendre des livres et des films. Et faire rêvasser les dindes. Je repense à Madeleine. Elle aussi a dû affronter la violence du désir d'un homme. Mais moi, j'ai la chance que Pierre soit un homme de grande valeur, intelligent, cultivé. Pas un ouvrier en maçonnerie. Pas un employé des PTT. Moi, j'ai tiré le gros lot.

Un samedi après-midi d'avril, alors que je m'apprête à sortir en douce pendant la sieste de Maman, Madeleine m'alpague dans la cuisine.

— Tu vas où ma Simone ?

Envie folle de lui cracher le morceau.

— J'ai un rencart, si tu veux savoir.

— Oh, oh, j'en étais sûre ! Apprêtée comme ça, avec ton rouge à lèvres, tu ne peux pas aller à la bibliothèque !

Madeleine rit et quand elle rit, elle passe toujours sa main devant sa bouche, comme pour se cacher.

— C'est qui ? Je le connais ?

— Non, impossible que tu le connaisses. Je m'empêche d'ajouter qu'il n'est pas du même monde minable que nous.

Ma sœur insiste :

— Allez, dis-moi quand même, tu sais que je suis une tombe !

Alors, sans trop réfléchir, je saisis la perche.

— C'est le fils de ma prof d'allemand.

Ma sœur ouvre grand les yeux.

— Whaou, pas mal, ma Simone, un fils de prof ! Il doit être bien éduqué et aux petits soins pour toi, non ?

— Oui, il est parfait.

Et là, piquant un fard, ma frangine lâche d'un trait :

— Et vous en êtes où exactement ?

— On discute beaucoup.

— Vous discutez ?

— Oui, de mes études, des siennes, de notre avenir.

— Bien, bien. Ça a l'air sérieux, dis donc. Je suis contente pour toi ! Tu pourrais peut-être me le présenter ?

— Te le présenter ? T'es tarée ou quoi ?

C'est sorti tout seul. Ma sœur se fige. Puis, les yeux baissés, elle dit :

— Oui, tu as raison, je pourrais te faire honte.

— Mais non, c'est pas ça Madeleine…

— Si, si. François, mon collègue, m'a laissée tomber comme une chaussette sale. Il dit que je suis trop grosse et que… Mais je n'ai pas envie de te parler de ça. Je suis heureuse pour toi. Et je sais que tu as la tête sur les épaules. Tu ne te laisseras jamais embringuer dans une histoire qui ne te plaît pas. Tu te rappelles le bal des pompiers ? Pauvre Jacquot, tout penaud, abandonné sur la piste de danse !

Ma frangine se marre. Ça sonne faux. Je me force à sourire.

Ce jour-là, en parlant à Madeleine, je sens, fugitivement, que je suis peut-être en train de me gourer. Que mon histoire d'amour n'est pas si belle. Je secoue vite la tête pour rejeter cette idée. Il y a pourtant mille détails qui clignotent.

Cette façon que Pierre a de ne jamais vraiment me regarder. Cette volonté farouche de maintenir notre liaison secrète — même Alice n'a l'air de se douter de rien. Cette absence de dialogue entre nous : nous avons une seule et unique chose à faire ensemble et ce n'est sûrement pas entamer une conversation. Et ces discours belliqueux dont il rebat les oreilles de sa mère : Pierre n'a aucune envie de rester à Chartres, il veut aller au combat. À la première occase, il se tirera, loin de moi.

Tous ces indices me narguent, mais je ne veux pas les voir. Je ne pense qu'à ses mains sur mon dos, sur mes cuisses, sur mes fesses. La façon qu'il a de m'attirer à lui, de me prendre par la taille. Je veux croire que je suis aimée. Par l'homme le plus brillant qu'il m'ait été donné de rencontrer. Ce sentiment seul compte. Plus rien d'autre n'a d'importance. Même mon bachot est relégué au fin fond de mes tiroirs. Je continue à étudier, mais en automatique. Pierre occupe toute la place. Je n'ai qu'une crainte : qu'il soit mobilisé.

Ça aurait pu continuer longtemps comme ça. Mais la guerre est venue s'en mêler et a mis une belle pagaille. Le dimanche 19 mai 40, un hurlement déchire le ciel chartrain. La sirène. Nous sommes en train de croûter dans la cuisine. Des patates pas trop cuites, si je me souviens bien. Nos gestes se suspendent, fourchettes planant au-dessus de nos assiettes, yeux levés vers le plafond. C'est Madeleine qui réagit la première.

— Un bombardement ! Les Boches nous attaquent ! Vite, la cave des voisins !

Madeleine se précipite vers la porte, je saute du banc, le vieux sur mes talons. La voix de Maman nous rattrape.

— Pas question d'aller chez ces connards.

La sirène continue à nous trouer les tympans. Je vocifère :

— Maman, c'est pas le moment ! Tu préfères crever ?

— Oui, qu'elle me répond.

On se regarde, Madeleine et moi. Soudain, le vieux prend la parole :

— Allons à la crypte. On sera protégés.

Cette fois Maman daigne lever ses miches de sa chaise. Nous quittons notre cuisine au pas de charge, direction la cathédrale.

D'autres Chartrains ont eu la même idée. On s'engouffre comme des fous à l'intérieur de Notre-Dame, on se signe à la va-vite, superstition oblige, et on oblique vers la droite, dans l'escalier qui mène à la crypte et aux souterrains. Au début, j'y vois que dalle. Mais tout de suite, je sens. Une odeur insoutenable. La merde, ça pue la merde. Je respire par la bouche. Y a des gosses qui chialent, y a des catarrheux qui crachent leurs poumons. Dans un renfoncement, des bougies ont été allumées. Les flammes se tortillent et diffusent une lueur vacillante. Peu à peu, mes yeux s'habituent : la crypte est bondée de dizaines de têtes, de corps, certains sont assis à même le pavé, d'autres, carrément allongés le long des murs.

« Ce sont les réfugiés », me chuchote Madeleine. Comme si je n'avais pas compris. Ça fait quelques jours qu'on ne parle que de ça, à Guéry. Depuis que les Allemands ont lancé leur offensive dans le Nord, paraît que les civils se carapatent et se jettent sur les routes en direction du Sud. Quand ils n'en peuvent plus de marcher, ils font des haltes là où l'on veut bien les accueillir. Tout à coup, un grondement assourdi, mat, résonne dans ma poitrine. Les bombes. Je les avais presque oubliées. Mouvement de foule. On s'enfonce dans les entrailles de Notre-Dame, comme si ça pouvait nous protéger. Nos têtes se rapprochent du plafond. Et ça schlingue encore plus, je pensais pas que c'était Dieu possible. Je vais clamser asphyxiée.

Autour de moi, plus trace de ma famille. J'appelle : « Maman ? Madeleine ? » J'entends à peine ma propre voix dans cette foutue porcherie. Pas question que je reste ici. Tout plutôt que cette puanteur. Je préfère encore mourir, la tête explosée. Je remonte à contre-courant le flot de réfugiés. Les bombes continuent de tomber, là-haut, là-bas, au loin. Je distribue des coups de coude, j'écrase des pieds. Ça grogne à qui mieux mieux. Rien à foutre.

Soudain, une main, petite et souple, s'accroche à mes doigts. Je me retourne. Une fillette, immobile, me fixe. Elle a des cheveux d'or ramenés en tresses autour de sa tête. On dirait une couronne. Ou une auréole. Je m'arrête. Elle en profite pour caler sa main dans la mienne et bouge les lèvres. Je ne comprends pas. Je m'approche. Autour de nous, les vagues continuent de se déverser. Nous sommes bringuebalées de-ci, de-là. « Je veux aller voir la Vierge noire. Emmène-moi. » Voilà ce qu'elle me dit quand sa main se détache. Je tente de la rattraper, je vois une dernière fois ses yeux, agrandis. Et puis plus rien. La foule l'a aspirée. Je reprends mon chemin en sens inverse. Enfin, je parviens à l'escalier. Je remonte les marches deux par deux. Ça y est, la terre ferme. Enfin, je retrouve la nef de Notre-Dame. Le bombardement semble se rapprocher, comme si les avions survolaient le centre-ville. Rien à secouer, je ne retournerai pas dans cette marée de merde humaine.

Ma cathédrale est déserte. L'absence de vitraux la rend moins sombre. Le soleil s'immisce dans les interstices des verrières. Il éclaire le noir des murs, des piliers. Ce noir, c'est la suie des millions de cierges qui brûlent depuis des siècles. Je m'aventure sur le dallage du labyrinthe. Plusieurs fois, j'ai vu des pèlerins le parcourir à genoux, les yeux fermés, la bouche marmonnant des prières. Je bifurque sur la gauche. Les avions semblent s'éloigner. Je me réfugie près de la Vierge noire. Je m'assois sur un prie-Dieu. Et là, dans un recoin sombre : la petite fille de tout à l'heure, comme figée dans l'observation de la statue, les sourcils froncés. Comment a-t-elle fait pour arriver avant moi.

Dehors, on dirait que les bombes ont cessé de pleuvoir. La fillette semble en adoration. Alors, lentement, moi aussi, je tourne les yeux vers la Vierge, son sourire tranquille, éternel. Son enfant, comme un trophée. Je me surprends à réciter avec ferveur le « Je vous salue Marie ». Et je conjure la sainte Vierge de ne pas mobiliser Pierre. Je le lui ordonne, presque. À cet instant, y a que ça qui compte. Pierre. Pierre avec moi. Pierre en moi. Amen.

22

Putain, le mois de juin 40, je m'en souviendrai. Et pas en bien. Les sirènes, les avions, les bombes, tout ce bordel : ça a continué. Le matin, l'après-midi, le soir, la nuit : pas d'heure pour ce raffut. À chaque alerte, le vieux déguerpit je ne sais où, dans la cave des voisins ou dans les immondices de la crypte, il a le choix.

Maman, Madeleine et moi, on ne bouge plus d'un iota. Ça a beau gueuler là-haut, pas question de se déranger, de courir comme des lapins, de se cacher comme des cloportes. Faut être con pour croire que les Allemands vont bombarder la ville. Ils n'en ont rien à foutre de nos bicoques. Leur cible, c'est la base aérienne, bien loin de toute habitation. Là-bas, y a les avions bien sûr, mais aussi les réserves de carburant, les munitions, un tas de trucs autrement plus stratégiques que les civils.

Un soir, vers dix-huit heures, on est toutes les trois dans la cuisine. Le vieux n'est pas rentré. J'ai ouvert la fenêtre en grand. L'air est chaud, annonciateur d'un été torride. Mais je m'en fous de la météo : j'essaye de capter les nouvelles qui sortent de la TSF du voisin. A priori, ça sent le roussi pour nous, malgré la voix martiale du commentateur. Les Allemands continuent à avancer, Paris va tomber.

Tout à coup, une explosion fait trembler toutes les vitres. Je ferme la fenêtre, réflexe dérisoire. La sirène se déclenche et perfore nos oreilles. Impossible de parler, impossible de s'entendre. Je me retourne. Madeleine est figée, elle vient de laisser tomber un bocal de tomates. La sauce est étalée en étoile sur le carrelage. On dirait du sang mêlé à des bouts de chair. Maman crie un truc, je ne comprends pas, j'imagine que ça doit être : « Mais qui m'a foutue une fille aussi empotée ! »

Je prends Madeleine par le bras, la force à s'asseoir avec moi sur le banc. Elle secoue la tête comme une vieille. En face de nous, Maman a repris son jeu de tarot et se tire les cartes, imperturbable. À croire que l'espoir fait encore partie de sa vie. La sirène hurle toujours, à l'unisson d'une pétarade lointaine.

Ma sœur se serre contre moi, elle tremble. Je ferme les yeux. Ça va passer. La fin du monde va s'arrêter. Peu à peu, les détonations s'amenuisent, la sirène cesse. J'entrouvre les paupières. Maman est toujours affairée avec ses cartes. Elle n'a pas tiré la Faucheuse aujourd'hui. Il fait sombre à présent. Je me lève pour entrebâiller la fenêtre. On dirait qu'un nuage noir s'est abattu sur la ville. Une odeur âcre me prend à la gorge, mélange de brûlé et d'essence. Je tourne vite fait l'espagnolette. Madeleine s'est levée. Elle toise Maman avec un regard fixe.

— Il faut qu'on parte.

Sa voix est grave et déterminée, pas comme d'habitude. Maman hoche la tête, un chouïa surprise. Puis, très vite :

— Arrête de dire des âneries grosses comme toi.

— Maman, c'est dangereux.

— Est-ce qu'on est mortes ? Non ! Alors, nettoie le pavé, et que ça saute !

— Maman, c'est toi qui vas sauter si tu continues à t'entêter.

Là, Maman tombe des nues, bouche pendante. Madeleine, sûre d'elle comme je ne l'ai jamais vue, explique avec fermeté :

— C'est suicidaire de rester. Il y a eu des morts au quartier des Filles-Dieu. À Dreux aussi. Trente-quatre, il paraît.

Maman tente de lui couper la parole. Madeleine continue, la voix un peu plus forte.

— Et même si on ne meurt pas sous les bombes, les Boches arrivent, ils vont bientôt envahir Paris. Dans quelques jours, ils seront à Chartres. Tu crois qu'ils vont nous faire la fête ? Moi, je crois plutôt qu'ils vont nous violer ou nous envoyer dans des bordels à soldats.

Là, elle en fait trop. Je m'interpose :

— Tu exagères Madeleine. Tu colportes des rumeurs de merde. Les Allemands sont des gens civilisés. Ils ne nous feront aucun mal.

Madeleine me lance des yeux furibards.

— Je sais très bien pourquoi tu dis ça, Simone. Tu ne veux pas quitter Chartres, toi non plus.

Là, je suis épatée. Bravo pour la clairvoyance. Oui, pour rien au monde, je ne quitterai ma ville. Je ne veux pas être loin de Pierre. Tant qu'il est là, je reste. Maman me zyeute. Hors de question de lui dire la vérité. Je crie :

— Je veux rester pour le bac. Cette année, c'est le bac. Je ne peux pas le louper !

Madeleine prend un air affligé :

— Mais Simone, il n'y aura pas d'épreuves cette année, ouvre les yeux. Guéry va fermer. Qui pense à organiser le bac alors que le pain va bientôt manquer ? Tous les gens sensés sont en train de fuir…

Elle n'a pas tort. Presque toutes les filles de ma classe se sont tirées. Beaucoup de profs aussi. Mais ça ne changera pas ma décision : je ne partirai pas. Je tente :

— C'est bien beau de vouloir partir, mais pour aller où ?

— Au sud.

— Mais on ne connaît personne, on dormira où ?

— Dans les granges, dans les fermes. La solidarité joue à plein.

— Arrête Madeleine, c'est du chacun pour soi, comme toujours.

Maman intervient :

— Si tu veux partir, je t'en empêche pas, ça fera une bouche de moins à nourrir. Mais moi, je ne bougerai pas de chez moi. Pas question de laisser ma maison aux pillards !

Madeleine regarde Maman, l'air résigné. Ses épaules se voûtent. Elle est redevenue la Madeleine de toujours. Celle qui ne choisit pas sa vie, qui la subit. Elle ne partira pas. Pas sans moi, pas sans Maman.

Et puis, brusquement, le 17 juin, coup de théâtre dans notre cuisine. Qu'est-ce qu'on a eu raison de ne pas décamper comme tous ces trouillards. Ce jour-là, le vieux héros de Verdun chevrote dans le poste TSF du père Fruchard : « C'est le cœur serré que je vous dis aujourd'hui qu'il faut cesser le combat. » Cœur serré, parle pour toi, moi je bondis au plafond, je ris, je revis. Cette fois, impossible que Pierre parte. Il ne pourra pas aller au front : il n'y a plus de front. Merci sainte Vierge. Merci Pétain. Merci les Allemands. Une fois n'est pas coutume, j'embrasse Maman, qui se laisse faire et qui maugrée : « Bah dis donc, ça te met en joie l'armistice ! » Madeleine est assise, un sourire las sur les lèvres et des aiguilles à tricoter entre les mains. Vieille fille avant l'heure, ma sœurette. Je l'embrasse aussi, pas de jalouse. Elle me chuchote, d'une voix pleine de fatalisme : « Je sais bien pourquoi tu es contente… »

Ni une, ni deux, je file rue aux Herbes. Peut-être que Pierre ne le sait pas encore. Je serai la première à lui annoncer la bonne nouvelle. Je trépigne et souris au moindre passant. Le soleil est haut dans le ciel. Pas un nuage. Juste une brise pour gonfler ma jupe. C'est jour de fête. Fin de la guerre, fin des bombes, fin des emmerdes. Lorsque j'arrive devant la porte, le vélo de

Pierre est posé dans l'embrasure, prêt à partir. Je me précipite. J'enfile à toute valdingue les deux étages. Et là, sur le palier, je freine des quatre fers. La porte de l'appartement des Saraud est grande ouverte. Des éclats de voix. Une conversation qui a l'air houleuse. Je n'ose pas entrer dans le vestibule. Je me planque sur le palier, dans l'ombre de la porte, et écoute, le souffle court, le cœur battant. Pierre clame de sa belle voix grave :

— Maman, permettez-moi de vous dire que vous n'avez pas pris la mesure de la situation. Les Allemands vont occuper notre pays ! C'est ça que signifie l'armistice !

— Pierre, tu vois toujours le mal partout, mon chéri. Faisons confiance. Le Maréchal nous a déjà sauvés une fois. Il n'y a pas de raison qu'il se trompe.

— Il n'a plus toute sa tête ! Il est quasiment sénile !

— Pierre, s'il te plaît, modère ton langage, je t'en prie !

Mme Saraud monte dans les aigus. Je me recroqueville, me fonds dans le mur. Je ne veux pas en perdre une miette. La voix de Pierre vibre : il essaye de se contenir.

— Je ne serai jamais allemand, Maman.

— Personne ne te demande de devenir allemand. Et après tout, ce ne serait pas si terrible. Pierre, tu es si jeune. La vie m'a appris que tout est préférable à la violence de la guerre, aux bombes, aux massacres.

— Non, avec le respect que je vous dois, je ne peux pas accepter cela. La liberté mérite que l'on se batte pour elle !

— Tu es tellement innocent !

Mme Saraud émet un petit rire moqueur.

— Maman, votre ton est insupportable ! Je vais me battre, sachez-le !

— Te battre ? Mais les combats sont finis !

— Non, ils ne font que commencer. Maman, vous ne pouvez pas me retenir. Je repasserai demain chercher mes affaires.

Mme Saraud se met à crier :

— Mais où vas-tu, mon Dieu ?

— Chez des amis. Il faut qu'on avise.

— C'est qui ces amis ?

— Vous ne les connaissez pas. Et par les temps qui courent, il vaut mieux que vous en sachiez le moins possible. À demain.

À cet instant, Pierre sort de chez lui en trombe, claque la porte. Il me voit. Il manque même me tomber dessus tellement il est pressé. J'espère un sourire, une parole au moins, un bonjour, un tout petit bonjour, un murmure de bonjour. Mais rien. Il ne s'attarde pas, me pousse même, pour atteindre plus vite l'escalier. Il cavale. Et moi, je reste là, la bouche ouverte, les bras ballants, dans la pénombre du palier. Il y a quelques minutes, la vie me semblait regorger de promesses. À présent, il n'y a qu'une seule chose qui surnage : je ne suis rien pour lui. Juste une « fille comme ça. » Une fille qu'on trousse et qu'on abandonne dans le caniveau.

Le soir, je n'ai pas envie de penser, ça fait trop mal. Je tente de m'abrutir le cerveau avec du Tite-Live. Faut que je bûche, il ne me reste que ça de toute façon. Le bac va avoir lieu, dans trois semaines. Il a été maintenu malgré les événements. Mais c'est qu'il est revêche, ce ciboulot : impossible de lui dicter sa conduite. Le visage de Pierre, le dédain de Pierre, le départ de Pierre, tout ça me hante et s'immisce entre les lignes de ma version. À un moment, Madeleine m'appelle pour dîner. Je lui aboie depuis ma chambre : « J'ai pas faim. Mangez sans moi. »

Une demi-heure plus tard, le pas lourd de ma frangine dans l'escalier et son doigt grassouillet qui toque à ma porte. Vraiment pas envie de causer. « Je bosse, Madeleine. » Ma sœur entre dans ma chambre, s'assoit sur mon lit et prend une mine contrite qui a le don de m'agacer.

— Je vois bien que ça va pas, ma Simone. T'étais toute joyeuse cette après-midi et maintenant tu fais une tête d'enterrement.

Je sens les larmes me picoter le nez. C'est qu'elle pourrait me faire chialer. Je bredouille :

— Non, ça va pas. Mais j'ai pas envie d'en parler.

— Oh, tu n'as pas besoin de parler, Simone. Tu sais, je ne suis pas aussi bête que j'en ai l'air. J'ai bien compris ce qu'il t'arrive. Tu as été voir ton jules et il te laisse te débrouiller toute seule, c'est ça ?

Je fais oui de la tête. Impossible de sortir un mot : j'ai les larmes au bord des cils. Madeleine continue son monologue :

— Ah, ils sont bien tous les mêmes ! Je m'en veux, tu ne peux pas savoir. Je n'ai pas joué mon rôle de grande sœur, j'aurais dû te mettre en garde. Mais tu avais l'air si heureuse. Et puis, je pensais que c'était un gars bien…

Là, je ne retiens plus rien, déluge sur mes joues. Madeleine se lève et m'enlace les épaules. Je me laisse faire, ça fait du bien.

— Ne t'inquiète pas, je suis déjà passée par là. Je vais t'aider à trouver une solution. Je connais une personne de confiance.

J'essuie mes yeux barbouillés. Je pige que dalle.

— De qui tu parles ?

Madeleine murmure à mon oreille :

— Une faiseuse d'anges, pardi.

Je repousse ma frangine, elle fait trois pas en arrière, elle vacille un instant, puis se stabilise. Je brame :

— Non, tu te trompes, qu'est-ce que tu racontes, bordel ?

Je m'arrête net. J'ai le souffle coupé. Madeleine hoche la tête, avec l'air de la fille qui a compris la vie.

— Je connais ça aussi. Mais ça sert à rien de se voiler la face. Depuis combien de temps n'as-tu pas eu tes affaires ?

Je ne réponds pas. J'ai la tête qui tourne. Elle continue :

— Ça fait trois mois. Simone ! Je suis bien placée pour le savoir. C'est moi qui fais la lessive, c'est moi qui lave tes serviettes souillées tous les mois. Tu ne les nettoies jamais correctement.

Je fixe ma sœur. Une douleur fulgurante m'enserre la poitrine. Je ne peux plus respirer. Je ferme les yeux. Et je tombe dans un précipice, noir, sans fond.

23

Enceinte. Grosse. Pleine. Comme une vache qu'on aurait ensemencée. Je me tourne dans mon lit, sur le ventre, sur le dos. Impossible de trouver la bonne position. Quelle conne. Je savais que cela pouvait arriver. Mais j'ai éludé la possibilité, je l'ai rangée dans un coin de ma tête et je l'ai oubliée. Je suis si jeune, presque une môme. Une môme ne peut pas enfanter. Je n'ai même pas été foutue de voir les symptômes. Pourtant je les ai tous : seins gorgés de sève, estomac comme un lance-pierre qui expulse tout ce qui a le malheur de s'y trouver et, bien sûr, arrêt de mes règles. De la merde dans les yeux, de la merde dans le crâne. Et un haricot dans le ventre.

Qu'est-ce que j'ai chaud. Je me lève et entrouvre ma fenêtre. L'air est doux, la nuit est claire. Un parfum de chèvrefeuille se mêle aux miaulements d'une chatte. Les bombardements, la sirène, tout ça semble déjà du passé. Peut-être qu'au fond, je voulais que ça arrive. Peut-être que j'ai tout fait pour que ça arrive. Et peut-être que c'est une bonne chose. Peut-être que Pierre me verra différemment. Peut-être qu'il restera. Non, non, non, faut que je laisse tomber cette lubie. Il n'en a rien à foutre. Strictement rien à foutre. Il ne pense qu'à se tailler. Alors un gosse, ça lui passe au-dessus de la tête.

Je me penche sur le rebord de la fenêtre, j'appuie mon abdomen sur le dormant et décolle mes pieds du sol. En bas, le trottoir me fait de l'œil. Moi non plus, j'en ai rien à secouer. Un mioche, ça veut dire que je ne pourrai pas continuer mes études, que je ne pourrai jamais être professeur, que je me condamne toute seule à la même vie que Maman. En pire, même. Car elle, elle est mariée. Moi, je serai fille-mère, la honte suprême. Non, c'est impossible. Je n'en veux pas.

Un coup de reins vers l'arrière et je me retrouve les fesses sur le plancher. Ça suffira pas pour faire passer le gosse. Je me recouche. J'aimerais bien faire comme si je ne savais pas. Mais dans quelques mois, si je ne fais rien, ce sera trop tard. Je ne peux pas laisser le temps filer.

Je remonte le drap sur mon visage. Ne plus penser. Dormir. Madeleine m'a dit qu'elle m'aiderait. « Quelle que soit ta décision. » Une crème, ma frangine. Mais ce n'est pas à elle de me soutenir, bordel de merde. Je me dresse sur mon séant. C'est à lui de m'aider, c'est lui, le père. Il doit prendre ses responsabilités. Je cale ma tête sur l'oreiller. Demain, j'irai lui parler. Il faudra bien qu'il m'écoute. Mes yeux se ferment, le sommeil arrive. Avec tout ça, il ne faut pas que j'en oublie mon bachot. C'est mon avenir, ma bouée. Je rêve d'océan. L'eau tourbillonne, je me débats, je ne veux pas me noyer, je ne me noierai pas.

Le 18 juin 40, aux aurores, je suis postée sur les marches de la cathédrale, avec en ligne de mire la porte de l'immeuble des Saraud. Il a dit à sa mère qu'il reviendrait. À moi de ne pas le louper. J'ai vérifié : son vélo n'est pas dans le cagibi. Il va venir. Faut juste que je sois patiente. J'ai pris le *De Natura Rerum* pour réviser, mais impossible de piger un traître mot de Lucrèce aujourd'hui. Pas assez dormi. Oreilles qui bourdonnent. Le soleil progresse sur les marches. Des moineaux pépient, là-haut, juchés sur les saints qui ornent le portail de Notre-Dame. Ça va être une belle journée.

Toujours personne en vue. J'ai les fesses ankylosées. Faut que je me dégourdisse les jambes. Je descends de mon promontoire. Quelques pas en avant, volte-face, quelques pas dans l'autre sens. Y a deux serveurs du café du Cloître, à l'angle de la rue, qui sont en train de retirer les volets de leur devanture. Ça fait un bail qu'il était fermé, ce café. Signe que la vie reprend. Me regardent en coin, les deux types. Faut dire qu'à cette heure-là, y a pas grand-monde pour déambuler devant la cathédrale. Vont croire que je fais le trottoir. Je retourne vite fait à mes marches, je me blottis dans un coin, la tête dans mes genoux, les bras serrés autour des mollets.

Vers dix heures, une Citroën Rosalie couleur bleu nuit vient se garer dans la rue du Cloître-Notre-Dame. Le moteur s'éteint. Qu'est-ce qu'elle fiche là, elle me bouche la vue. Tout à coup, la portière passager avant s'ouvre, Pierre saute sur le trottoir et se dirige à toute vitesse vers sa maison. Je me lève. Trop vite : j'ai des croissants brillants qui dansent devant les yeux. Lorsque je retrouve mes esprits, Pierre a disparu. Pas eu le temps de l'apostropher. Je n'ai plus qu'une seule chance de lui parler : au moment où il va ressortir de chez lui. Si je laisse passer cette chance, je sais que je ne le reverrai plus avant un très long moment.

Je descends les marches, les jambes toutes molles, je passe devant la Citroën. J'essaye de lever le nez, de paraître la plus détachée possible. Je sens qu'au moins trois paires d'yeux m'observent. Alors, je tourne la tête vers la bagnole et je sors mon plus beau sourire. Le conducteur me fait un signe de la main. Je me faufile rue aux Herbes. Je fais le pied de grue devant la porte. Faudrait pas que Pierre soit trop long, sinon, ça va devenir louche.

Ça y est, j'entends son pas dans l'escalier. Mains moites, bouche sèche et mon cœur qui se met à faire des embardées dans ma poitrine. Pierre est devant moi, une valise à la main. Je lui barre le chemin, les bras croisés. Je ne parviens pas à sortir un mot, ma langue est toute pâteuse.

— Simone ? Mais qu'est-ce que tu fais là ?

Pierre me dévisage un instant. Puis, sans attendre ma réponse, il fait mine de faire un pas sur le côté. Je m'interpose.

— Pierre, je dois te parler.

— Simone, j'ai pas le temps.

Il me contourne, je lui cours après, saisis son bras. Il le reprend comme si je le dégoûtais. Il daigne s'immobiliser. Alors, je n'hésite plus :

— Tu vas où ?

— Je sais pas encore. Et puis, ça ne te regarde pas.

— Mais pourquoi tu pars ?

— T'es pas au courant ? L'armistice ? Les Boches ? Ça ne te dit rien ?

— Si, mais je ne vois pas le rapport avec ton départ…

— Bon, je peux rien pour toi ! Allez salut.

Il repart. Le moteur de la Rosalie s'ébroue. Je suis en train de le perdre.

— Attends, j'ai quelque chose à te dire…

— Quoi ? Grouille ! La voiture m'attend.

— Ne pourrait-on pas aller chez toi ? C'est vraiment très important.

— Mais tu comprends rien ma parole ! Tu vois pas que je m'en vais ? Arrête avec tes conneries. De toute façon, y a ma mère, à la maison.

Alors je me jette à l'eau. Comme ça, en pleine rue, devant cette bagnole qui pète et qui cahote.

— Pierre, je suis enceinte.

— Enceinte ?

Cette fois, il me fixe. Toute son attention est concentrée sur moi, ses sourcils se rejoignent, ses pupilles se dilatent. Je m'affole :

— Mais ne t'inquiète pas, je ne vais pas le garder. Ce serait une erreur de le garder, n'est-ce pas ?

— Garder quoi ?

— Notre enfant !

— Un enfant ! T'es dingue ou quoi !

— Tu croyais quoi ? Il fallait s'y attendre.

— Tu déraillles, ma pauvre. J'ai toujours pris mes précautions. Je n'ai rien à voir avec ça. Bon, maintenant, pousse-toi, je dois y aller.

— Pardon ?

— Dégage, c'est plus clair ?

— Tu peux pas me traiter comme ça ! Tu es un homme d'honneur !

— C'est toi qui me parles d'honneur ? Toi, la fille qui m'a aguiché pendant des semaines ? Tu étais bien contente de te faire tringler ! Avec combien d'autres types comme moi, tu as baisé ? Je vais sauver mon pays, moi. Et toi, tu peux aller te faire voir.

Il part. Il me laisse. La portière claque. La Rosalie crachote, puis vire dans la rue des Changes. Bientôt, plus un bruit. À part ses foutus moineaux qui continuent de piailler comme si de rien n'était. Je reste sur le trottoir, quelques instants. Pétrifiée.

Je pourrais m'effondrer, hurler. Je préfère serrer ma clé si fort dans ma poche que le métal s'imprime dans ma chair. Je sens sourdre en moi une énergie inconnue. J'ai un goût de sang dans la bouche. Je ne me laisserai pas piétiner. Il a été content de me trouver. Maintenant, il doit accepter les conséquences. Je vais me venger.

Alors, ce 18 juin 40, je décide de ne pas rentrer chez moi. Je monte les marches jusqu'à l'appartement de Mme Saraud. Je sais que je ne dois pas remettre cette entrevue. Si j'attends, je n'oserai plus. Si j'attends, ma colère faiblira.

J'appuie le doigt sur la sonnette. Dans la seconde, Mme Saraud m'ouvre, comme si elle était derrière la porte. Déception dans ses yeux : elle attendait quelqu'un d'autre. Elle reste en travers de l'embrasure. Elle dit :

— Ah, c'est vous, Simone… Que voulez-vous ? Nous ne sommes pas jeudi…

Elle fait mine de refermer sa porte. Je me lance, d'une traite :

— Je ne viens pas pour les cours, madame. Je viens vous parler de Pierre.

Là, elle sursaute. Elle s'accroche des deux mains à la poignée.

— Pierre ? Vous savez quelque chose ?

— Oui, je…

— Entrez, entrez, dites-moi ce que vous savez !

Dans le vestibule, je ne peux pas m'en empêcher, je jette un œil sur le portrait du guéridon.

— Alors, Simone, vous savez où Pierre veut partir ?

— Non, pas précisément…

— Mais alors que savez-vous ? Je suis folle d'inquiétude !

Mme Saraud éclate, de grosses larmes sautent de ses yeux. Je tente :

— Oui, je vous comprends…

— Non, vous ne pouvez pas comprendre ! Vous n'avez pas d'enfant. L'amour d'une mère surpasse tout.

— Justement, madame Saraud, il faut que je vous dise…

— Oh, plus rien n'a d'importance tant que je ne le saurai pas en sécurité !

— J'attends un enfant, madame Saraud.

Elle me regarde, sans avoir l'air de comprendre. Je baisse les yeux et murmure :

— Le père, c'est Pierre, madame.

— Pierre ?

— Oui, votre fils, Pierre.

Elle cligne des yeux, comme si tout à coup la lumière l'aveuglait. Elle se penche vers moi et me parle tout près du visage. Sa bouche se contracte à chaque syllabe :

— Tu divagues, ma petite Simone. Je ne comprends rien à tes inepties. Maintenant, tu vas sortir de chez moi et ne plus jamais revenir.

C'est un cauchemar. Je vais me réveiller. Elle ne peut pas me traiter comme ça, pas elle. Je bégaye :

— Mais, madame Saraud, je, je… j'attends votre… Je suis de votre famille maintenant…

Elle m'interrompt d'un ton dur :

— Ça suffit, Simone. Ne me parle pas de famille. Les gens comme toi, on leur donne la main et ils se croient autorisés à toutes les grossièretés. Nous n'avons plus rien à nous dire. Adieu, Simone.

La terre me semble tout à coup instable, je me retiens au guéridon. Je cherche mes mots, ceux qui pourraient encore la convaincre, mais je ne trouve pas, tout se mélange. Mme Saraud a ouvert sa porte en grand. Non, je ne veux pas partir. Pas tout de suite. Pas comme ça. Une tête bouge dans mon champ de vision, sur la gauche, dans le salon. Alice est là, cette pétasse a tout entendu. Je vois d'ici son sourire de petite vicieuse. C'est insupportable. Je prends la tangente. La porte claque dans mon dos. Je suis seule sur le palier.

Tout en moi se contracte. Mes poings, mon ventre, mes mâchoires. Ma boule de pus a atteint un niveau jamais égalé. Ce n'était plus une boule, mais un abcès, prêt à se déverser et à engloutir ces salopards. Tel fils, telle mère. J'aurais dû me méfier. Mais vous ne perdez rien pour attendre. Ma vengeance vous anéantira.

24

Personne ne se soucie de cet enfant. Moi la première. Je n'en veux pas. Je ne le garderai pas. Ce n'est même pas encore un enfant. Tout juste un asticot. Le soir de ce 18 juin 40, après le dîner, je me glisse dans la chambre de Madeleine. Elle est en train de se brosser les cheveux. Sa piaule est la jumelle de la mienne. Mêmes fleurettes bleues sur le mur. Même petit plumard de quand on était gamines. Y a que les étagères qui ne sont pas garnies pareil. Chez moi, des livres. Chez Madeleine, une collection de poupées en porcelaine. Elles me scrutent de leurs yeux peints. Je préfère leur tourner le dos.

Un, deux, trois, je prends une goulée d'air et je sors le morceau :

— Tu sais comment on fait, pour avorter ?

Madeleine cesse son mouvement de brosse et me fixe, avec le même air bovin que ses poupées. Elle secoue ses cheveux et me dit :

— Ah, tu as décidé. Tu es sûre de toi ?

— Oui.

— Ce n'est pas sans risques. Tu peux… devenir stérile.

— Je sais. Je peux en mourir, même. Mais je préfère ça. Tout plutôt que cette grossesse.

Madeleine opine du chef.

— Je comprends. Bon, alors, il y a les aiguilles à tricoter. Mais ça, c'est la méthode des pauvres. Le mieux, c'est d'aller voir quelqu'un.

— Quelqu'un ? Non, non, personne ne doit savoir ce qui m'arrive.

— Simone, je te parle d'une avorteuse, là. Elle n'en a rien à faire que ce soit toi ou une autre. Ce qui compte pour elle, c'est l'argent.

— Ah, il faut payer pour ça?

— Eh, tu crois quoi, ma Simone! Chacun fait son beurre avec ce qu'il peut offrir! Mais ce n'est pas un problème, ne t'inquiète pas. Je payerai.

— D'accord, merci Madeleine. Sans toi, je ne sais pas comment je ferais.

— Tu me remercieras plus tard.

— Tu l'as déjà fait, toi?

— Ça fait mal, oui, si c'est ça que tu veux savoir.

— Mal? Je m'en fous que ça fasse mal. Je veux juste redevenir comme avant.

Madeleine a alors un geste étonnant: elle me serre contre elle. Pas une simple accolade, non. Une étreinte de tout son corps vers le mien. Et pas durant une seconde volatile, c'est un enlacement qui semble ne jamais devoir se terminer. Au début, je suis surprise, je me raidis, je retiens mon souffle. Puis, Madeleine me caresse le dos. Et c'est comme si tout se détendait en moi. Je respire ses cheveux. Un parfum léger de lavande envahit mon cerveau. Je sens monter les larmes que j'ai refoulées depuis si longtemps. Je me laisse aller, et ça fait un bien fou. Madeleine me berce à présent. « Là, là, ne t'inquiète pas, je serai toujours là pour toi. » Nous restons unies pendant un temps qui me semble une éternité.

Lorsque nous nous dégageons, nous sommes un peu gênées. J'ai le visage baigné d'eau salée. Madeleine a les yeux striés de veinules de sang. Je n'ai plus besoin de lui poser la question: elle aussi a connu dans sa chair le bouleversement qui est le mien. Ma sœur de souffrance. À cet instant, je ne sais pas pourquoi, je pense à mon bachot. Plus que dix jours. Il faut à tout prix que je révise. Je dis à Madeleine:

— Je vais attendre d'avoir passé le bac avant de faire quoi que ce soit.

Madeleine lève les sourcils:

— Ah, non, petite sœur. Pas question. Il faut faire ça au plus vite. Plus tu attends, et plus il risque de s'accrocher.

Dès le lendemain, au matin, nous voilà sur la route de Thivars. Il fait un temps superbe. Nous allons faire une promenade à vélo. C'est ce que nous avons annoncé à Maman. Elle n'a rien trouvé à redire. Pourtant, la plus petite étincelle de bon sens lui aurait dicté de nous interdire de sortir. C'est le pire moment pour envisager une balade. Certes, grâce à l'annonce du Maréchal, les avions allemands ont, semble-t-il, cessé de pilonner. Finies les sirènes, terminés les largages de bombes. Mais les routes ne sont pas sûres, encombrées de fuyards. Des pères, des mères, des marmots, des vieux, des infirmes, des soldats, des religieuses, des chiens, des vaches. Tous frappés par la même épidémie: la débandade.

Bien vite, nous nous retrouvons coincées dans une colonne qui avance au ralenti. Impossible de pédaler. Nous mettons pied à terre et essayons de nous faufiler entre les autos, les chariots, les brouettes. Le soleil se croit en plein mois d'août et tape dur sur les méninges. Pas d'ombre, pas d'eau, j'ai la gorge desséchée. Certaines familles emportent une batterie de casseroles, d'autres, une cage à oiseau sans oiseau, d'autres encore ont entassé des matelas et des oreillers. Des vies entières bringuebalent à la va-comme-je-te-pousse, harnachées sur des carrioles de fortune.

Il y a du monde dans les deux sens. Ceux qui partent, ceux qui rentrent. Ceux qui croient encore que la fuite est d'actualité; ceux qui ont compris qu'ils ne risquaient rien à retourner chez eux. Nous nous trouvons au beau milieu de ces deux flots, abruties par un vacarme entêtant. Ça s'invective autour d'un radiateur en surchauffe ; ça sanglote à cause de parents perdus ; ça vagit, car il fait soif. Le monde commence à valser autour de moi. Et les odeurs de sueur, de pisse, de peur, me retournent les boyaux. Faut pas que je tourne de l'œil. Pas ici, pas maintenant. Je m'accroche de toutes mes forces à mon guidon.

Tout à coup, au milieu des visages hagards, je la vois. La fillette de la cathédrale. Je la reconnais tout de suite. À cause de ses cheveux. De longs cheveux blonds qui caressent son visage. Elle est assise à l'arrière d'une charrette, les jambes ballantes, un poupon dans les bras. Elle me sourit. Je ne sais pas si c'est une poupée ou un vrai bébé qu'elle tient. Elle me fait un signe, j'essaye de m'approcher, le cou tendu, pour mieux voir. Et là, je m'empêtre les jambes, je tombe la tête la première et m'écrase sur ma bicyclette.

« Simone, reviens ! » Trois claques de Madeleine ont le don de me ressusciter fissa. Ma frangine me relève. J'ai le genou râpé par le goudron. « Allez, c'est rien, juste des égratignures », me rassure Madeleine. Je regarde autour de moi. Nous sommes dans le fossé. La charrette, la fillette : volatilisées. Et sur la route, toujours le même défilé de tronches exténuées, poussiéreuses, en nage. Je murmure :

— Madeleine, je ne peux pas y aller. Je crois que c'est une erreur.

— Mais qu'est-ce que tu racontes ? Tu ne peux pas changer d'avis comme ça. On n'a pas fait tout ce chemin pour rien. Regarde, on est déjà à Thivars.

Ma frangine me colle mon vélo dans les mains. Elle ajoute :

— Allez, c'est normal d'avoir peur. Mais tout va bien se passer.

— Non, c'est pas ça, Madeleine. Je n'ai pas peur. C'est que…

Ma sœur me sert une mine pleine de pitié. Je déteste ça. Je voudrais lui parler de la fillette et de son bébé. Lui dire que c'est un signe. Mais elle va me rire au nez. Alors, je renonce. Et je me laisse embarquer. Parfois, ça fait du bien de ne plus décider.

Nous quittons la grand-route et prenons un chemin de traverse. « Tu te sens de remonter sur ton vélo ? » me demande Madeleine. Je fais oui de la tête, malgré mes jambes mollassonnes. La foule s'est évaporée, nous sommes seules à présent, au milieu des champs, en pleine Beauce. Au loin, dans notre dos, les clochers de Notre-Dame. Les blés sont hauts et drus. Ils se font dorer par le soleil. J'aspire l'air à grosses lampées. Le raffut a cessé de tambouriner dans mes oreilles. Sur le bas-côté, des mûres sauvages encore roses me lorgnent. Il faudra revenir les cueillir à la fin de l'été. Je pose mes fesses sur ma selle et je suis Madeleine.

Ça y est. Meslay-le-Grenet. Notre village terminus. Je regarde ma montre : ça fait quatre heures qu'on est parties. Quatre heures pour quinze bornes, difficile de faire plus lambines. Les rues sont désertes. Les volets sont fermés. Pas un bruit, à part le gémissement de nos roues. Je pédale jusqu'à la hauteur de Madeleine.

— Ils se sont tous barrés ici. Si ça trouve, elle aussi…

— Non, non, impossible. Elle est trop pingre pour abandonner sa ferme.

Nous passons devant la mairie. Un type est en train de décrocher les drapeaux bleu blanc rouge du fronton. Nous parvenons sur une grande place au centre de laquelle un pauvre arbre tout chétif fait le guet. Derrière lui se trouve l'église, nous la contournons pour prendre la rue du cimetière. Madeleine freine. Nous posons nos vélos contre un mur, passons un portail, entrons dans une ferme. Madeleine s'avance jusqu'au perron et tire la cloche de l'entrée. J'ai l'impression que le carillon résonne dans tout le village. De la grange, une voix crie : « J'arrive ! » Nous nous approchons, et là, tout à coup, devant nous, se pointe une petite femme ronde comme un tonneau. Dans une main, elle tient un couteau. De l'autre, elle étrangle un poulet qui se débat.

— C'est pour quoi ?

Elle a un ton geignard. Tout en parlant, elle inspecte les alentours. Moi, je ne peux pas détacher mes yeux de ce poulet qui gigote dans tous les sens. Des plumes volettent autour de lui. Madeleine se fait le plus aimable possible :

— Bonjour madame Lejean. Nous sommes désolées de vous déranger. On vient parce qu'on a un pépin.

— Un pépin ? Je ne vois pas de quoi vous parlez. Rentrez chez vous. J'ai à faire.

Elle disparaît dans sa grange. Je m'apprête à retourner à nos vélos. Madeleine me retient par le bras. Nous attendons. Au bout de quelques minutes, la mégère revient, sans son poulet. Sur son tablier, une giclée sanguinolente. Lorsqu'elle nous aperçoit, elle fronce les sourcils.

— Vous êtes encore là ? Je vous ai dit de foutre le camp.

Madeleine supplie :

— Madame Lejean, vous ne me reconnaissez pas ? Je suis Madeleine Grivise. Je viens pour ma sœur. J'ai les quatre cents francs.

Madeleine sort de son soutif une liasse de billets. La faiseuse d'anges nous détaille. Puis, elle s'approche et débite, tout bas :

— Je ne pratique plus d'opérations. C'est trop dangereux maintenant. Je risque la prison. Partez, vous allez me faire avoir des bricoles.

Elle monte les quelques marches de son perron. Madeleine se précipite derrière elle :

— Je vous en prie, s'il vous plaît. Je peux vous donner plus si vous voulez. Combien voulez-vous ? Cinq cents ?

La femme fait non de la tête. Madeleine continue les enchères :

— Cinq cent cinquante ? Six cents ?

La fermière coupe ma sœur :

— Mille.

— Mille ?

— C'est à prendre ou à laisser.

Madeleine soupire. J'ai très envie de repartir. Puis, sans que j'aie le temps de réagir, ma frangine chuchote :

— D'accord pour mille.

Là, la porte s'ouvre en grand et la fermière nous pousse à l'intérieur. Elle tend la main pour récupérer l'oseille. Madeleine compte ses billets et les lui remet. La vieille les recompte et les planque dans sa poche de tablier. « Je fais ça pour vous rendre service. Après, on ne se connaît plus, je ne vous ai jamais vues. » Madeleine acquiesce. La mégère ajoute : « On va faire vite, car mon mari peut revenir des champs à tout moment. Et ça ne lui plaît pas trop, ces histoires de bonne femme. »

Moi, je suis là, frissonnante malgré la chaleur. Je ne sais pas trop ce que je dois faire. Je ne sais pas trop ce qui va m'arriver. J'aurais dû demander des détails à Madeleine. Autour de moi, une vaste pièce qui doit servir de cuisine, de salle à manger, de salon. Au milieu, une table massive, avec un banc de chaque côté. Sur la table, des carottes, leurs fanes et leurs épluchures. La femme pousse ses légumes au bout de la table. J'ai le temps d'apercevoir ses mains. Des doigts courts et dodus dont l'un est saucissonné par une alliance. Des doigts qui savent dépouiller les lapins, égorger les poules. Et fourrager dans les tréfonds du ventre des femmes. J'ai toujours cette envie de me tirer.

— Allez, installe-toi ! On perd pas de temps.

La fermière n'a pas un regard pour moi. Elle allume sa gazinière et met de l'eau dans une casserole. L'horloge sonne quatre coups et le clocher de l'église lui répond, comme un écho.

— Je m'installe où ?

— Sur la table pardi, pas dans mon lit !

— Sur la table… mais si votre mari arrive ? Je serai en plein milieu de la pièce…

— Eh faut savoir ce que tu veux, ma petite ! Magne-toi, c'est tout !

Je vois rouge. Envie de tout envoyer au diable. Pour qui elle se prend, cette vieille conne. Madeleine enlace ma taille, m'entraîne vers la table : « Allez, ça va bien se passer. » Je me dégage. Oui, je vais le faire. Parce que je n'ai pas le choix. Je grimpe sur le banc et m'allonge sur la table, la tête à moitié dans les carottes. Madeleine s'assoit à mes côtés. Elle me chuchote : « Il faut que tu enlèves ta culotte, Simone. » Je ferme les yeux, je m'exécute. Sous mes fesses, le bois de la table. Rugueux. Humide et collant. J'ouvre à nouveau les yeux. Du plafond, pend un attrape-mouches. Des dizaines d'insectes se sont fait prendre au piège. Des mouches, ça c'est sûr, mais aussi des papillons, des moustiques et quantité de guêpes. Leurs cadavres virevoltent au-dessus de moi, au gré des courants d'air. Je tourne la tête sur le côté. Qu'est-ce qu'elle fabrique, la fermière. Elle est toujours plantée là, à surveiller sa maudite casserole. L'eau bout à présent, avec un tintement familier. Tout à coup, elle apostrophe ma sœur :

— Vous avez le savon ?

— Oui, oui. Il m'en restait un morceau, dit Madeleine.

— Passez-le-moi !

Madeleine sort de sa poche un bout de savonnette de Marseille. Produit rare par les temps qui courent. Mme Lejean le saisit. Dans l'évier, elle attrape un couteau. Elle en essuie la lame sur son tablier. Ça fait une traînée couleur carotte qui se marie avec les zébrures rouges de tout à l'heure. Elle passe le métal brillant devant ses yeux et me jette un regard de sadique. Elle va m'ouvrir le ventre ou quoi. Malgré moi, je tremble. Madeleine prend ma main dans la sienne. Je ne la retire pas.

La vieille est retournée à son fourneau. Elle épluche le savon au-dessus de l'eau bouillante. Les copeaux tombent en pluie avec un bruit de clapotis. Voilà qu'elle touille maintenant. Comme si c'était la soupe du soir. Elle ordonne : « Faut que ça refroidisse un peu. »

Elle se dirige vers son buffet et en sort un long tuyau noir. Au centre du tuyau, un renflement, comme une poire. Elle place l'extrémité dans l'eau savonneuse et appuie sur la poire. Elle pompe et l'eau gargouille. Brusquement, elle cesse et se tourne vers moi. J'enfonce mes ongles dans la paume de Madeleine. Ma sœur réprime un couinement. La fermière s'approche et aboie : « Allez, écarte les cuisses, sinon, ça va pas être possible. » J'obtempère, je fixe la danse macabre des insectes crucifiés sur le tue-mouches et je sens l'embout du tuyau me transpercer le ventre. Elle me fait mal, cette sale brute, elle me déchiquette, elle me brûle. Madeleine pose sa main sur ma poitrine. À présent, l'eau tiédie gonfle mes entrailles. J'ai froid au plus profond de moi. Que fait Pierre à cet instant. Je veux qu'il pense à moi, qu'il souffre avec moi.

— Rhabille-toi, c'est fini.

— Déjà ? dis-je.

— Oui, pressez-vous de filer maintenant. Et vous n'oubliez pas, on ne se connaît pas, vous ne parlez de moi à personne, c'est bien compris ?

— Et s'il y a des complications ? demande Madeleine.
— Y en aura pas. Adieu !

J'enfile ma culotte en quatrième vitesse. La vieille n'a pas besoin de nous pousser vers la sortie. Nous nous précipitons dans la cour. Nous attrapons nos vélos.

— Ça va ? Tu vas pouvoir rouler ? me demande Madeleine.

— Oui, t'inquiète pas.

Ma frangine hoche la tête, un brin méfiante. Mais c'est vrai, je n'ai plus mal. Juste de l'eau qui me dégouline entre les cuisses. Nous passons le portail. Le soir s'installe. La chaleur est tombée. Il fait bon. Dans la rue, nous croisons un homme en cotte de paysan. Il nous regarde d'un drôle d'air. Nous appuyons le plus fort possible sur nos pédales. Nous prenons des chemins caillouteux, pour éviter la grande route et sa populace.

Je dis : « Merci Madeleine. » Elle me répond : « Attends, ce n'est pas fini. » Sur le moment, je ne la crois pas. Pour moi, le plus dur est passé. Grave erreur. Je ne suis pas délivrée. Bientôt viendra le moment de douiller.

25

Le lendemain matin, avant d'aller au boulot, Madeleine m'interdit de me lever et de sortir. « Tu m'entends, Simone ? Sous aucun prétexte. » Voilà ce qu'elle me serine, la frangine. Paraît que je suis brûlante, paraît que j'ai la fièvre. « Tu as déliré toute la nuit, tu ne t'en souviens pas ? » Je fais non. Pas envie de lui raconter que j'ai encore devant les yeux un fœtus affublé d'une tête de poulet. Il me fixe et sa pupille s'agrandit, s'agrandit. Il va m'aspirer. Me dévorer. Je secoue mes cheveux. Le fœtus se disloque.

Il faut à tout prix que j'aille à Guéry. Les cours ont repris. Ce sont les derniers avant le bac. Mon bachot, ma première partie de bachot, il faut absolument que je révise. Il ne me reste que ça. Latin, grec, histoire et géographie. Si je ne révise pas, si j'échoue, j'en mourrai. Elle ne peut pas comprendre, Madeleine. Elle se contente de si peu. Mais moi, je n'en veux pas, de sa vie de merde.

Je me lève. Je me sens bien. Parfaitement bien. Elle me raconte vraiment des conneries, ma sœur. Tout à l'heure, elle m'a débité aussi : « Ça peut arriver à n'importe quel moment. Ne panique pas. Dès que j'ai une pause, je viens te voir, je suis à cinq minutes. » Foutaises pour m'empêcher de travailler. Sur mon bureau, j'attrape mon Malet-Isaac, *Naissance du monde moderne*. L'histoire, c'est là que j'ai fait les plus grosses impasses. Je glisse le bouquin dans ma sacoche. Je retire ma chemise de nuit trempée. Tant pis pour le débarbouillage. J'enfile ma jupe bleu marine et mon corsage à col Claudine. Je farfouille dans mon armoire pour mettre la main sur des socquettes. Y en a pas. Pas grave, j'irai pieds nus dans mes richelieus.

Je suis prête, je pose la main sur la clenche, j'ouvre la porte et là, au moment de m'avancer dans le couloir, un poignard me perfore les reins. Je me casse en deux, je m'affaisse sur les genoux, avec un bruit sourd qui se répercute dans l'escalier.

— Qu'est-ce qui se passe ?

C'est Maman qui crie depuis la cuisine. Je reprends mon souffle. La douleur est partie, aussi vite qu'elle est venue. Je réponds :

— Rien, ça va !

— Tu es sûre ? Attends, je monte.

Oh non, voilà qu'elle se ramène. Je me lève au ralenti. Je m'appuie contre le mur. Un frisson me parcourt l'échine. Maman est devant moi. Elle tangue légèrement. Elle a dû entamer la journée avec un truc costaud.

— T'es toute pâlotte, ma fille. Tu te sens pas bien ?

Je marmonne :

— Mais si, tout va bien, Maman. Je vais au lycée, je vais être en retard.

— Mais regarde, on dirait que tu trembles…

C'est vrai que je ne parviens pas à maîtriser ce foutu frisson.

— Oui, j'ai dû attraper froid hier.

— Froid ? Par cette chaleur ?

Maman s'approche et m'envoie son haleine alcoolisée en pleine figure. Ça a le don de me fouetter le cerveau. Je dis, très vite :

— Oui, j'ai eu très chaud. Et après, j'ai pris froid.

— Bon, bon, tu sais que je préfère éviter d'appeler le toubib. À chaque fois, il m'en coûte un bras.

— Oui, Maman, ça va aller. Je file à Guéry.

Nous sommes là, toutes les deux, dans le couloir. Elle, à me zyeuter, la bouche ouverte. Moi, à me mordre les joues, car je sens la douleur qui afflue à nouveau. Qu'est-ce qui nous arrive, Maman. Je ne peux plus bouger. Je sais que tu n'es pas dupe, Maman. J'attends que ça passe. Tu vois que je souffre, que ce n'est pas un simple rhume et pourtant tu avales mes mensonges. Que s'est-il passé, Maman. Ça y est, ça reflue, c'était pas si terrible que ça. Maman s'écarte de mon chemin. Je m'engage dans l'escalier. Je parviens dans la cuisine. Je respire un grand coup et sors dans la rue. Je fais trois ou quatre pas, mais, à nouveau, je suis paralysée, la douleur me prend en tenaille.

— Simone, t'es tombée sur la tête ou quoi ? Qu'est-ce que tu fabriques ?

Madeleine. Je l'avais pas vue se pointer. Elle a couru, elle souffle comme un veau. Elle me prend par les épaules. En moins de deux, je me retrouve dans la cuisine. Maman a disparu, sans doute aux cabinets. Madeleine me tire par la main et m'entraîne dans ma chambre.

— Qu'est-ce que qui t'a pris ?

— Faut que j'aille en cours.

— Non, tu n'es pas en état.

Là, je n'ai plus la force de la contredire, ma sœur. Elle délace mes chaussures et me colle au lit tout habillée. J'ai mal. Je me laisse envahir par ce supplice.

— Simone, il faut vraiment que tu m'écoutes. Tu ne dois pas sortir. Tes cours, ça passe après. Tu dois attendre que ça se fasse. Ça peut prendre plusieurs heures.

Je ne peux plus parler. Je me blottis sous mon drap. Ma sœur continue :

— Je dois retourner au bureau. Après, j'irai chez le pharmacien, voir s'il n'a pas un médoc contre la douleur.

Madeleine passe la main sur mon front. Puis, plus rien. Je suis à nouveau seule. Pelotonnée avec mon calvaire. La petite chose, au fond de moi, veut sortir. Elle va crever, c'est ma faute, c'est l'eau savonneuse qui la tue. Je suis désolée. Je n'avais pas d'autre solution. Je te tue, mais c'est pour ton bien. Pierre. Je te hais. Et avec toi, tous les hommes et leur sexe tout-puissant. Jamais plus, je ne me ferai avoir. Jamais plus.

Bientôt, les vagues se succèdent de manière rapprochée. Et m'écartèlent à chaque fois un peu plus. Je n'ai plus le temps de reprendre mon souffle. Chaque spasme m'envoie dans un monde de souffrance inédit. Je m'enfonce. C'est pour maintenant. La petite chose est là, au creux de mon pubis, prête à être expulsée.

Je tire le drap hors de mon lit. Je le jette sur le plancher et je m'accroupis. Je pousse. Je ne peux pas m'empêcher de pousser. Je sens un glissement hors de moi. Un truc visqueux tombe. Je ne veux pas regarder. Je sais que si je regarde, je n'oublierai jamais. J'attends que tout soit sorti. Mais tout ne peut pas sortir comme ça. Malgré moi, j'entraperçois le cordon violet entre mes jambes. On dirait le tuyau qu'a enfoncé en moi la fermière. Je m'effondre, face contre le sol.

Lorsque je me réveille, Madeleine est là. Je suis allongée à même le plancher. Je me soulève. Un édredon est posé sur moi. Je jette un œil dessous : le sang a séché et noirci mes jambes, le cordon a disparu. Madeleine hoche la tête comme pour me dire : « Oui, c'est moi qui l'ai coupé. » Je veux me lever pour réviser. Ma sacoche, où ai-je mis ma sacoche. Je me redresse, tente de m'asseoir. « Attends, il faut que je nettoie ton lit », me dit ma sœur. Et là, à côté de la porte, je le vois : mon drap.

Roulé comme un paquet, imbibé de mon sang, il est méconnaissable. Madeleine suit mon regard. Elle s'apprête à me parler. Je secoue la tête de gauche et de droite: je ne veux rien savoir. Je me bouche les oreilles. Madeleine comprend. En deux temps, trois mouvements, elle refait mon lit, me passe un gant sur les jambes, et me remet au pieu. Puis, elle s'empare du paquet et quitte ma chambre. Je m'endors de fatigue.

Plus tard, dans la soirée, Madeleine m'apporte un bouillon verdâtre dans lequel nagent trois bouts de pain. Elle me dit qu'elle a réussi à se débarrasser du drap. Je ne pose pas de questions. Madeleine me demande comment je me sens. Là encore, pas envie de répondre. Pour dire quoi. Que mon entrejambe est une plaie béante. Madeleine continue:

— Tu sais, Simone, dans le drap…

Là, je saisis la main de ma frangine.

— Non, s'il te plaît, ne me dis rien.

— D'accord, d'accord, calme-toi. Je voulais juste te dire que je pense que tu n'auras pas besoin d'aller à l'hôpital pour un curetage. Les choses se sont faites proprement.

— Proprement? Et tout ce sang?

— C'est normal, ça. Mais, tu n'as plus de fièvre, tu vas bien.

— Bien? Tu veux rire? Je ne me suis jamais sentie aussi mal.

— N'exagère pas. Tout s'est bien passé, l'enfant ne s'est pas accroché.

— Mais je ne voulais pas connaître tout ça, c'était une torture…

— Tu sais, tu n'es pas la première, tu ne seras pas la dernière. Ça fait partie de la vie des femmes.

— Quoi? Mais non, tu peux pas dire ça! On peut pas se résigner à la souffrance!

Madeleine hausse les épaules et s'en va à petits pas. Ma sacoche. Elle est restée là, bien sagement, sur mon bureau. Je me lève, je vacille, je récupère mon Malet-Isaac. Jamais, je ne renoncerai, moi. Je ne serai plus une petite victime, qu'on violente, qu'on injurie et qu'on abandonne. J'irai jusqu'au bout de mes rêves, mon bac, l'allemand, les études, le professorat. Et ma réussite sera ma première vengeance. Tout au fond de moi, ma boule de pus s'est changée en boule de feu. Comme un truc qui m'irradie de l'intérieur. Qui me porte.

Début juillet, je me présente aux épreuves. Il fait très chaud. Les chaises des salles d'examen sont clairsemées : une grande partie des candidates s'est barrée. Moi, je suis là, dans un état vaseux. Je me souviens à peine des sujets, du déroulé des compositions, de la tronche des examinateurs. Je sais juste que j'ai serré les dents et que j'ai noirci mes copies de toute ma hargne.

Mi-juillet, les résultats tombent. Des notes incroyables ; une moyenne de 16,45. Je suis une des meilleures candidates de l'académie. J'écrase une tripotée de candidats masculins. Je vous fais la nique, à tous. À toi aussi, Pierre. Je suis admise en terminale. L'année prochaine, je passerai la dernière partie du bachot. Après, à moi la liberté.

26

Chartres, 16 août 1944, 10h30

Rien à foutre : qu'ils me les coupent, les cheveux. Qu'ils me ratiboisent le crâne. Si ça peut les faire jouir. Bande de dégénérés. Tout ce qui compte, c'est que je retrouve Françoise. Pierre me l'a promis. Il me doit au moins ça. Après tout ce qu'il m'a fait endurer. Je sais qu'il respectera sa promesse. Françoise. Qu'est-ce qui m'a pris d'accepter de te laisser. Tu dois pleurer à l'heure qu'il est. Mon bébé. Ma toute petite. Et Madeleine qui va paniquer de ne pas me voir revenir. Pourvu qu'elle m'attende à la maison, qu'elle ne se mette pas en tête de venir me chercher ici.

Tiens, le v'là, le coiffeur. C'est qu'il traîne la patte, l'artiste. Faut pas se presser, surtout. Béret noir, cravate noire et blouse blanche, comme la mienne. Nous sommes raccords. La cour entière nous zyeute. Les discussions s'évanouissent. Vous allez connaître votre heure de gloire, monsieur le raseur. Il s'approche. Mais je le connais, c'est un vrai coiffeur. Il passait souvent dans notre rue. Il travaillait à la prison, juste à côté de chez nous. Il fait une mine d'âne battu, comme si c'était lui qu'on allait tondre. Mais si tu savais, mon vieux, ce que ça me passe au-dessus. Fais ton boulot, qu'on en finisse. Les cheveux, je m'en fous. Ça me fera jamais aussi mal que cette satanée brûlure au front. Je passe la main sur ma plaie. Ma peau est bouillante, suintante, gondolée. Putain, il m'a pas ratée, ce Dupuis de mes deux. Je dois être horrible.

Rebelote, des mains m'assoient à nouveau sur la chaise. Bas les pattes, vous n'avez pas besoin de me tenir, vicelards de première. Le coiffeur se penche sur mon côté droit. Dans sa main, des ciseaux. Les lames miroitent au soleil. Elles se dirigent vers ma tête, pénètrent mes boucles, doucement. Elles frôlent mon crâne. Le métal froid me fait sursauter. Et, dans un claquement, les lames coupent. Au début, c'est lent, comme une cérémonie pleine de retenue. Et puis, plus ça va, plus il s'excite, le coupe-tifs. Il tire, il arrache, il mutile à qui mieux-mieux. Mes anglaises tombent, une à une, comme une pluie duveteuse.

Autour de moi, la cour tout entière retient son souffle, subjuguée par le spectacle. Au loin, on entend des cris, des clameurs, des explosions. Mais, ici, pas un pet. Y a que le claquement des ciseaux qui entame le silence. J'ai baissé la tête, mais je sais que je suis le centre de toutes les attentions. Ces paires d'yeux braquées sur moi. Je les emmerde. Ils n'auront pas ma dignité. Mon corps est là, dans cette cour minable. Mon esprit est parti, dans des contrées connues de moi seule.

Otto. Ton sourire. Ta façon de me regarder lorsque je rentrais dans ta chambre d'hôpital. À chaque fois, j'avais l'impression que ton visage s'illuminait. Sensation incroyable d'être aimée. Toi, tu n'étais pas comme tous les autres. Toi, tu as été ma chance, tu es le père de ma fille, tu es toute ma vie.

« Eh, la salope, c'est pas le moment de pioncer ! » Dupuis, le FFI assassin, me secoue l'épaule. Il se baisse, ramasse mes cheveux et me les flanque sous le nez, voudrait me les faire bouffer. Stoïque, je ne moufte pas. À ce jeu-là, je peux être très forte, espèce de raclure. Ça l'énerve encore plus : « Alors, poule à Boches, on fait moins la maligne ! C'est fini le temps où tu te faisais ramoner la cheminée ! »

Des rires lubriques résonnent autour de nous. Ça le met en joie, l'animal. Il trépigne, il cherche dans sa petite cervelle quelle torture supplémentaire il pourrait m'infliger. Je sens que le regard de Pierre, derrière nous, le tient en respect et l'empêche de déraper. Je sais que, s'il le pouvait, il me mettrait une vraie dérouillée. Sa haine est palpable, sans limites. Pourtant, il ne me connaît pas. Il ne sait rien de moi. Tout à coup, il me tend un miroir. Je détourne les yeux. Mais des mains s'abattent sur mes joues. J'ai le temps d'apercevoir mon reflet : mes cheveux sont tailladés d'un côté, et encore pendants de l'autre. Grotesque. Autour de moi, ça s'esclaffe à se faire éclater la panse.

Les ciseaux reprennent leur besogne. L'acier des lames m'entaille la peau. Je retiens mes cris. Des gouttes de sang coulent sur mon front, se mélangent à ma sueur, dégoulinent dans mes yeux, puis parviennent sur mes lèvres. Goût à la fois métallique et salé. J'ai chaud. Et mes nichons, qui recommencent à palpiter. Je les avais oubliés ceux-là. Ils sont gonflés, douloureux. Ils continuent à répandre leur lait dans mon corsage. Tout à coup, les ciseaux cessent de claquer. Le coiffeur s'éloigne. J'attends le signal pour me lever. Françoise, mon amour, j'arrive.

Le coiffeur revient, cette fois-ci armé d'un engin que je n'ai jamais vu. Il me pose son truc sur le crâne. Et clac, clac, clac : une caresse coupante qui parcourt chaque parcelle de ma tête, qui rase tout ce qui dépasse. Et il passe, il repasse, et ça n'en finit pas, comme si ça servait à quelque chose d'égaliser. Allez, le coupe-tifs, arrête de faire du zèle. On a compris que tu savais la manier, ta tondeuse. Les dernières touffes rejoignent leurs sœurs, sur le sol. Tapis velu qui se mêle à la poussière. Je sens que j'ai la tête lisse. Je ne veux pas toucher. Pas maintenant.

À nouveau, le miroir sous mes yeux. Cette fois, je regarde. Mon visage s'est transformé en tête d'obus. Avec fusée éclairante sur le front. Mes tortionnaires applaudissent. Je souris. Ça ne plaît pas. Alors j'ai droit à un mollard dans la nuque. Je m'essuie. Ma manche devient jaunâtre. Ça ne me dégoûte même plus. Les insultes continuent : « Alors la truie, c'est fini la belle vie ! Avec ta tête de fesse, tu pourras plus mettre aucun zob dans ton pieu ! » Toujours la même rengaine. Sont pas très inventifs, ces cons.

Je tente d'apercevoir Maman. Je me penche. Oui, elle est toujours là, avachie le long du mur. Mais j'y crois pas... Je me frotte les yeux, des fois que j'aurais une hallucination. Oui, c'est bien ça : le vieux enserre les épaules de Maman. Et Maman qui se laisse faire... Je croyais qu'elle ne supportait pas qu'il la touche. Elle doit être bien désespérée. Au bout du rouleau, ma pauvre petite mère. Ou bien, c'est moi qui, depuis le début, n'ai rien compris à leur relation.

À côté de Maman, la bourgeoise à la voilette a dû se pisser dessus. Sa robe a changé de couleur, le beige a viré au marron. J'aperçois aussi la jeune, celle qui ressemble à une femme de chambre, avec son tablier propret. Elle se tient bien droite, contre le mur. Elle regarde loin devant elle. Pas de larmes, pas de supplications. Elle me plaît, elle me donne du courage. Moi aussi, je suis forte. Plus forte que tous ces ploucs qui croient qu'ils vont réussir à m'humilier.

Je suis toujours plantée sur ma chaise. J'hésite à lever mes fesses. Derrière moi, ça discute : « On aurait dû la mettre dans la cour d'honneur. Tout le monde aurait pu se rincer l'œil. » Je suis trop loin pour percevoir les réponses. Je comprends juste que ma coupe faite en catimini manque de panache pour certains. La voix continue: « Si, si, va y avoir du monde, toute la ville veut faire la fête. Pas de discussion, les prochaines, on les tond en place publique. » Je comprends que je viens d'échapper à l'humiliation de la vindicte populaire. Ça me fait une belle jambe. Au fond, je m'en fous. C'est comme mes cheveux, je m'en fous. Je les ai déjà perdus une fois. Et quand ils ont repoussé, ils étaient plus beaux qu'avant. Je ne désire qu'une seule chose : retrouver ma Françoise.

Je n'y tiens plus, je me lève.

— Et qu'est-ce que tu fous la collabo ? Tu bouges pas.

Toujours ce Dupuis, il a vraiment rien d'autre à foutre que de me faire chier. Je tente :

— Il faut que j'allaite ma fille. Je dois y aller ! Vous me l'avez promis !

— On n'a rien promis du tout, tu la moules.

Deux Fifis viennent me rasseoir de force. Je me retourne. Je cherche Pierre des yeux. Il est le chef. Il est ma seule chance. Ah, ça y est, je le vois, près de l'entrée. Il est en pleine discussion avec certains de ses congénères. J'essaye de lui faire un signe. Le Fifi à ma gauche me file une baffe sur le front, là où la douleur irradie. Ni une, ni deux, je lui mords le bras. Il gueule comme un goret. J'ai droit à une grosse beigne et à un « sale chienne ». Même pas mal, je suis une dure à cuire.

Le vacarme alerte Pierre. Il s'approche.

— Qu'est-ce qui se passe encore ici ?

— C'est cette salope, elle m'a mordu.

— Bon, je pense que tu vas t'en remettre !

Pierre n'ose pas me regarder. Il fait comme si j'étais transparente, comme si je n'existais pas vraiment. Il n'a pas le droit. Il doit me voir. Il est responsable de ce que je suis, de la loque au crâne rasé que je suis devenue. Alors, j'ose :

— Ma fille, je dois aller la voir.

Toujours pas un regard pour moi. Il n'a pas les couilles d'assumer. Il se dévisse le cou, à droite, à gauche, puis il ordonne à l'un de ses acolytes qui le suit comme un toutou :

— Tiens, toi, tu conduis la fille chez elle récupérer son gamin. Tu as un quart d'heure.

Je réprime un sourire. Je jette un œil vers Maman. Toujours recroquevillée avec son vieux. Je ne sais pas si elle a compris que j'allais partir. Tant pis. Je me tourne vers le type qui doit m'emmener. Et là, mouvement de recul. Encore lui, Lucien, le doriotiste de la première heure. Celui qui était avec Antoine à Guéry et qui essayait de rameuter des filles dans son giron. Au début de la guerre, il a dû être un gentil « Maréchal nous voilà ». Et maintenant que le vent a tourné, voici qu'il rampe devant les sbires de ce de Gaulle. Il lorgne ses pieds, l'enfoiré. J'aimerais bien ricaner. Ou mieux : déclamer, devant tout le monde, qu'on se connaît bien tous les deux. Mais c'est pas le moment. Faut pas que je me loupe. Faut que je récupère Françoise.

27

Après les épreuves du bac, en juillet 40, j'ai l'impression de me réveiller d'un long coma. Madeleine fait des pieds et des mains pour que je prenne l'air. Paraît que j'ai une mine de papier mâché. Alors, en fin de journée, dans la chaleur déclinante, nous déambulons. Et là, je dois me rendre à l'évidence : le monde a changé. Impossible de les rater. Les Allemands sont partout. Ils peuplent le centre-ville de leurs uniformes gris-vert. Ils éclusent des pintes au café de la place Marceau. Ils habillent le fronton de la mairie avec leur swastika. Ils installent leur *Feldkommandantur* dans l'immeuble le plus cossu du boulevard Chasles.

J'ai mis une robe d'été, toute simple, toute blanche, avec juste une petite dentelle sur le col. Je m'agrippe au bras de Madeleine. Je suis encore un poil vasouillarde. Mais déjà, je sens que je remonte la pente. Car ils sont là. C'est comme s'ils avaient toujours été là. Ils rient, ils sont jeunes, ils sont beaux. Avec eux, c'est comme si la vie recommençait. Ce sont des conquérants, des vainqueurs, des invincibles. Chartres n'est plus la ville morte du temps de la guerre.

Tout à coup, lorsque nous parvenons place du Cygne, je la vois, là-bas, près du marchand de tabac. Alice. Ses cheveux soyeux, sa démarche de première de la classe. Je suis prise de tremblements, ma vue se brouille. Madeleine me retient par les épaules. Nous vacillons. Un homme s'approche. C'est un soldat allemand. Il demande, avec son accent reconnaissable entre mille :

— Tout va bien, mesdemoiselles ?

Nous levons la tête vers lui, Madeleine et moi. Il semble attendre une réponse, comme si ma santé le préoccupait au premier chef. Alors, je devance Madeleine et articule, en allemand :

— Tout va bien, merci.

Il écarquille les yeux. Puis, il sourit. Je regarde derrière lui. Alice a disparu. J'ai peut-être rêvé. Le soldat retire son képi, comme si je venais de lui rendre un hommage inouï en causant dans sa langue. Je me sens rougir. Il s'éloigne. Madeleine me tire dans le sens opposé.

— T'aurais pas dû, Simone.

— Pas dû quoi ?

— Lui parler en allemand. Il va s'imaginer je ne sais quoi… Que tu l'approuves, que t'es de son côté…

Je ne réponds pas et hausse les épaules. Je me cramponne toujours à ma sœur, mais je sais qu'à ce moment-là, une faille s'immisce entre nous. Car, j'ai beau chercher, je ne lui reproche rien, à ce soldat allemand. Ni à lui, ni à tous les autres qui se sont installés chez nous. Ce ne sont pas eux qui m'ont écrabouillée comme une merde. Ce ne sont pas eux qui m'ont tourné le dos lorsque j'avais besoin d'aide. Non, les Allemands, ils ont gagné face à une armée de bras cassés qui n'a pas su nous protéger. Ils ont rétabli la paix et nous promettent un monde nouveau, plus grand, plus fier. C'en est fini de cette France étriquée, peuplée de connards. Une France dans laquelle j'ai souffert atrocement. Je ne veux plus penser à ce passé boueux, cette litanie d'humiliations, la faillite de la crèmerie, mon avortement, ce salaud de Pierre. Toutes ces choses me révulsent. Je veux me tourner du côté de l'avenir. Et l'avenir, c'est l'Allemagne. Avec mon bachot, bien sûr.

Je dois l'obtenir, ce foutu papelard. Je passe l'été à me requinquer avec une Madeleine aux petits soins pour moi. En septembre, je suis d'attaque. Cette année, deuxième partie des épreuves : je bûche philo, mathématiques, sciences naturelles, allemand et anglais. Je sens en moi l'énergie de la réussite. Je suis une gagnante. « C'est bien ma Simone, ça va te permettre de passer à autre chose », me dit Madeleine. Il n'y a que Maman qui n'est pas très chaude pour que je continue. La veille de la rentrée, alors que je m'apprête à aller me pieuter, voilà qu'elle me sort :

— Tu es sûre que tu veux retourner au lycée Simone ?

Je la regarde, je ne comprends pas. Elle a les yeux bouffis de cernes violets.

— Pourquoi tu me dis ça, Maman ? Tu sais que c'est important pour moi d'avoir le bac…

— Oui, oui, c'est sûr. Mais la situation a changé. La paye de ton père et celle de Madeleine ne suffisent plus. Si tu rapportais un salaire à la maison, cela permettrait d'avoir plus à manger…

Oh, je sais bien ce qu'elle va me raconter, ma petite Maman. Les prix ont flambé, c'est la pénurie. Beurre, lait, sucre, café, c'est la foire d'empoigne pour récupérer les produits de base. Mais moi, je fais confiance à ma sœur. Madeleine tient les rênes. Elle va à la mairie chercher nos cartes de rationnement. Une fois sortie de son boulot, elle fait la queue à la boulangerie de la rue de la Pie, puis à la boucherie de la rue du Soleil-d'Or. Si elle ne parvient pas à se faire honorer un ticket, elle revient le lendemain, puis le surlendemain, jusqu'à obtenir sa miche de pain, son morceau de bidoche. Elle s'accroche, ma frangine. Souvent aussi, elle pédale jusqu'à la ferme de nos oncles et rapporte des courges, des épinards, des tomates. Grâce à Madeleine, on ne peut pas dire qu'on ait faim. Non, non, ma pauvre Maman, je sais trop bien que ce n'est pas le manque de bouffe qui te déchire les tripes. Sans réfléchir, je dégaine :

— Maman, arrête, tu peux plus me faire croire n'importe quoi !

Elle baisse les yeux, ma petite Maman, comme une môme prise la main dans le sac. Elle marmonne :

— Que veux-tu dire ?

Elle me fait de la peine. Je cesse l'assaut :

— Non, rien. Mais je ne peux pas abandonner. C'est tout réfléchi, j'aurai mon bachot. Tu comprends ?

Maman émet un grognement. Fin de notre discussion. Je sais bien que tu n'as rien pigé du tout, Maman. Tu ne peux pas comprendre que ta fille ait envie de réussir sa vie et que cette réussite passe par les études. Tu as oublié tout ça. Tu as oublié qu'un jour tu as souhaité plus que tout t'élever au-dessus de ta condition de prolétaire. Tu as oublié parce que tu t'es noyée dans la vase de ta rancœur et dans ton mauvais vin. Mais moi, je ne me tromperai pas de route, Maman. Je vais réussir.

En septembre 40, je suis donc retournée à Guéry. Cette année-là, la rentrée a été avancée d'un bon mois. Le Maréchal veut remettre la France au travail. Et les écoliers font partie de son plan. Fait nouveau : les professeurs ont dû certifier qu'ils ne sont ni francs-maçons, ni Juifs, ni communistes. Toute une ribambelle a dû plier bagage. Mme Saraud, elle, en revanche, est toujours là. Je l'aperçois, de loin en loin, mais elle n'est plus ma professeure. Elle n'enseigne plus aux futurs bacheliers. Elle s'est repliée sur les sixièmes et cinquièmes. Du reste, il faudrait que je sois bigleuse pour ne pas voir qu'elle m'évite. Quant à sa pétasse de fille : disparue de la circulation. Une vipère en moins.

À Guéry, il y a moins d'élèves qu'avant. Certaines de mes anciennes compagnes ne sont jamais revenues de leur périple de juin. Où sont-elles à présent. Que font-elles. Personne ne semble s'en soucier. Exactement comme pour Colette. Le règne du chacun pour soi. Enfin, moi, à vrai dire, je ne suis pas là pour me faire des copines. Rien à secouer des autres. Je vais au lycée comme on va à l'usine, rien ne me détournera de mon objectif.

Le seul truc qui me fait la misère et m'empêche de me concentrer, c'est ce salaud. Toujours lui. Je sens encore ses mains sur mes hanches et je me déteste d'avoir été heureuse de ce contact. J'entends encore les mots, horribles, qu'il a osé prononcer. Je contracte le ventre en repensant à la petite chose que j'ai dû expulser. Tout ce fatras tournicote, m'obsède. Il ne peut pas continuer à me hanter. Faut que je trouve un moyen.

28

Pas besoin d'avoir fait Saint-Cyr pour la dégoter, la bonne idée. Elle est là, sous mon nez, tous les jours. À la bibliothèque municipale. Y a trois officiers de la Wehrmacht qui viennent aux mêmes heures que moi, de seize à dix-huit. Moi, je me pointe là pour bosser mes cours. Mais aussi et surtout, parce qu'il fait chaud, dans cette bibliothèque.

Nous sommes au mois de janvier 41 et l'hiver mord dur. À la maison, plus de charbon. Impossible de nous en procurer malgré les tickets. Nous chauffons la cuisine grâce au poêle à bois. Mais les fenêtres des chambres sont recouvertes de givre à l'extérieur comme à l'intérieur. Le soir, je mets une brique réfractaire bien chaude dans mon lit et je me recroqueville. Le matin, mon nez gelé goutte et mes couvertures sont raides de glace. Peur de dormir et de ne jamais me réveiller.

À la bibliothèque, au moins, les radiateurs sont bouillants. Je l'aime bien, cette bibliothèque. Nichée dans une aile de l'hôtel de ville, elle est un coin hors du temps, comme si le bordel du dehors n'avait aucune prise ici. Tout n'est qu'apparat, un chouïa suranné : les étagères en chêne qui accueillent les bouquins du sol au plafond, les tables imposantes éclairées par des loupiotes à la lumière tamisée, le parquet glissant à force d'être ciré. Ça sent l'encre et le vieux livre. Ici, l'étude est reine. Et finalement, les seuls qui me rappellent que le monde n'est plus tout à fait le même, ce sont ces trois officiers allemands.

Je les épie, à moitié cachée dans mes livres. Fringants, le teint rosi, ils ont l'air bien nourris. Parce que ça aussi, ça devient problématique. Je n'ai pas que froid : je crève la dalle. Les combines de Madeleine ne suffisent plus. Pourtant, elle se démène, ma sœur. Elle s'est improvisée fille de queue : elle enchaîne les files d'attente pour d'autres ménagères, devant les boutiques, en échange de quelques pièces ou tickets. Mais les étals sont de plus en plus vides. L'argent ne sert plus à rien. Ou à alimenter un marché noir dont les prix sont inabordables pour nous.

Mon estomac broie du rien et ça fait un mal de chien. Dès que nous avons un quignon de pain, je me jette dessus sans même mâcher. Je le sens tomber au fin fond de mes entrailles, comme une pierre. Je ne suis même pas rassasiée. Madeleine rapporte parfois des racines de pissenlit qu'elle fait bouillir. C'est amer comme de la bile. Nous avons droit aussi aux carottes fourragères, aux raves, aux topinambours, tous ces légumes destinés au bétail avant la guerre. Je suis devenue un ruminant. Aux pattes maigrelettes, aux fesses osseuses et aux mamelles en voie d'avachissement. Pourtant, je n'ai pas encore vingt ans.

Alors, eux, tous les trois, dans cette bibliothèque, ils me font envie. J'ai envie d'être comme eux. Pour la panse garnie et la chaleur des draps, bien sûr. Mais aussi pour arborer le même air de supériorité tranquille. Je les observe en mordillant mon porte-plume. Ils étudient des manuscrits médiévaux, comme si de rien n'était, sûrs de leur bon droit. Rien à voir avec ces bouseux de Français, enfermés dans leurs existences étriquées.

Je rêvasse et une certitude s'impose : je veux être allemande. Pour ne plus jamais avoir honte. Je veux être allemande pour me sentir forte, pour croire en mon avenir. Je veux être allemande pour mettre de la grandeur dans ma vie. Je veux être allemande pour parler allemand, pour penser allemand. Je veux être allemande pour ne pas être comme toi, Pierre. Je veux être allemande pour te montrer que moi aussi, je suis capable de réfléchir et de choisir mon camp. Et, crois-moi, lorsque j'aurai été adoubée par les Allemands, tu regretteras de m'avoir traitée comme une putain. Une idée émerge de ce fouillis : je dois établir un contact avec les trois officiers. Je pourrais jouer mon va-tout, mon cul. Ce serait facile. Tous les hommes sont les mêmes, de toute façon. Je sais comment faire. Mais, il n'en est pas question. Je vaux mieux que ça. Je ne serai jamais une poule à Boches.

Un soir, lorsque je rentre à la maison, il y a un boucan du diable dans la cuisine. Maman hurle : « C'est la mère Fruchard ! J'en suis sûre ! Elle est tout le temps à me guetter ! » Le vieux met de l'huile sur le feu : « Tu n'as aucune preuve, Jacqueline. Tu ne peux pas accuser les gens comme ça… » Maman continue de vociférer. Madeleine essaye de la prendre par les épaules et se fait jeter : « Laisse-moi donc tranquille, ne me touche pas, je ne veux pas qu'on me touche. Je sais que c'est cette salope de Fruchard. » Maman se laisse tomber sur le banc, la tête entre les mains, et tremble comme pas permis.

J'interroge Madeleine du regard. Elle me tend un papier chiffonné. Je le déplie. À gauche, un texte en allemand. À droite, la version française. C'est une sorte d'avis : « Il a été constaté qu'il se trouve encore des citoyens français qui ne respectent pas la législation des jours sans alcool édictée par la loi du 23 août 1940. Des sanctions seront prises à l'encontre des personnes prises en flagrant délit. Pour rappel, la consommation d'alcool est interdite les mardis, jeudis et samedis. » Au crayon, quelqu'un a ajouté : « Fais gaffe à tes fesses, la Grivise. »

Je lis et relis ce torchon. En allemand, puis en français. Y a un truc qui me chiffonne, c'est la traduction française. Approximative. Carrément mauvaise, même. Je pourrais faire nettement mieux. Je lève les yeux vers

Maman. Elle est prostrée maintenant, les pupilles dans le vague, et toujours ces tremblements sporadiques. Ma pauvre Maman. Je sais que tu n'aimes pas ce que tu es devenue. Pour toi aussi, il vaudrait mieux que tu sois allemande. Plus personne ne te ferait de mal et tu pourrais boire tout ton soûl.

Le lendemain après-midi, à la bibliothèque, je me décide. Un des trois officiers se lève. Je me lève aussi. Mon cœur s'affole. L'officier passe la porte. Je ramasse mes cahiers et les enfourne dans ma sacoche. Mes mains sont moites. Vite, vite, la chance, il faut s'en emparer. Je me précipite hors de la salle de lecture. Sur le palier, en haut de l'escalier, je me heurte presque à lui. Je bégaye un : « Excusez-moi, je suis désolée. » Il me répond : « Je vous en prie, mademoiselle », dans un français presque sans accent. Je suis tout près de lui et je ne sais plus très bien ce que je voulais lui dire. Il me sourit. Pas un sourire franc, une sorte de sourire désolé. Je m'engouffre alors dans la brèche :

— Monsieur l'officier, j'aimerais travailler pour vous.

— Pardon, mademoiselle ?

— Je parle très bien votre langue. Je peux vous aider pour les traductions.

Il me fixe comme si je venais de proférer la dernière des âneries. Il ouvre des yeux ronds. Alors, tout à trac, j'ajoute en allemand :

— Je peux traduire dans les deux sens. J'ai un très bon niveau. J'étudie l'allemand depuis la sixième. Je suis en train de préparer le baccalauréat.

— Ah, très bien, mademoiselle. Vous m'en voyez ravi. Mais, nous n'avons besoin de personne pour nos traductions.

Il s'engage dans l'escalier. Je lance :

— Pourtant, j'ai vu que…

Il se retourne :

— Oui ?

Je m'embrouille, j'ai un coup de chaud tout à coup, ma voix chevrote :

— Non, non, c'est que… Je vous en prie… C'est très important pour moi. J'aime l'allemand plus que tout…

Il remonte les quelques marches pour revenir près de moi :

— Vous êtes étonnante, mademoiselle. Savez-vous ce qu'implique de travailler pour nous ?

J'essaye de me reprendre :

— Bien sûr, c'est un projet que j'ai longuement mûri.

L'officier tapote la rampe, puis me dit :

— Bon, bon, je vais voir ce que je peux faire. Je ne sais pas si c'est possible. Je ne vous promets rien, mademoiselle. Venez me trouver une fois que vous aurez obtenu votre baccalauréat. Je suis responsable de la librairie militaire du centre-ville. 26, rue du Bois-Merrain.

— Oh, merci beaucoup ! Je viendrai !

— Ah, j'oubliais : mon nom est Otto Weiss.

Je le regarde s'éloigner. Et c'est comme si un feu d'artifice venait d'exploser en moi. J'ai envie de rire, de faire la roue sur le palier, de glisser sur la rampe de l'escalier. Je me contente d'un sourire. Ce n'est qu'une première manche. Je rebrousse chemin et retourne dans la salle de lecture. Bûcher mon bachot.

29

Le messie. Oui, cet Otto Weiss, c'est le messie. Avec ses quelques mots, il m'a insufflé un espoir. Plus qu'un espoir, même : la conviction que bientôt, tout va s'arranger. J'aurai de quoi manger, Maman aura de quoi boire. Bientôt, je côtoierai les vainqueurs. Pierre, tu ne perds rien pour attendre. Et vous aussi, les Fruchard, connards de voisins, vous allez vous mordre les doigts d'avoir fait chier ma pauvre Maman. Je sais bien que sur votre poste de TSF, ce n'est ni Radio-Paris ni Radio-Vichy que vous écoutez. C'est Radio-Londres. Et ça, c'est pas très patriote.

Un sentiment de puissance émerge en moi. Il me porte. Je traverse les semaines qui suivent ma première rencontre avec Otto Weiss dans un état d'apesanteur que je n'ai jamais connu. Un seul sujet d'inquiétude me ramène sur terre : mon bac. Car, je le sais bien, tout dépend de lui. Dès le matin, les trois lettres s'allument dans mon cerveau et me poursuivent tout au long de la journée telles des lucioles clignotantes. Alors, je révise, je bouffe des pages et des pages d'algèbre, j'ingurgite des verbes irréguliers par dizaines, je me gave des écrits de Platon, Descartes et Kant. « Ménage-toi quand même, tu ne joues pas ta vie », me dit Madeleine. Sœurette, si tu savais. Bien sûr que si, je suis en train de jouer ma vie. À la bibliothèque, je continue de croiser l'officier Otto Weiss. Il me salue, de loin, d'un hochement de tête. Je réponds par un sourire vite esquissé, vite réprimé. Bientôt, nous nous reverrons, très bientôt.

Les révisions passent, les épreuves se profilent. Je les attends depuis si longtemps. Les versions, les thèmes, les problèmes, tout me paraît simple. Et brusquement, à la mi-juillet, tout s'arrête : c'est fini. Sensation de vide. Je ne sais plus occuper mes journées sans potasser. Je suis étonnée aussi. Je me suis fait une montagne du bac. Finalement, ce n'est guère qu'un parcours de santé. Il suffit de bûcher avec régularité. Je guette les résultats avec la certitude d'avoir réussi. Et je ne me trompe pas. 16,8 de moyenne générale. Mention très bien, une nouvelle fois. Une victoire totale. Tout pour me réjouir. Mais, je n'en fais rien. Déjà, c'est de l'histoire ancienne. Déjà, je suis passée à un autre chapitre.

Ce jour de juillet, lorsque je m'arrête devant la librairie allemande de la rue du Bois-Merrain, je sais que je vais franchir une étape décisive. Je l'observe, cette petite librairie. On dirait qu'elle fait partie du décor depuis toujours. Bien installée, entre une boutique de chaussures et une bijouterie. Au milieu de la devanture, une porte en chêne sculpté. De part et d'autre de la porte, deux vitrines. Je m'approche. Dans l'une des vitrines, il y a une carte de l'Europe. Des rubans rouges signalent l'avancée des troupes allemandes. Et ça grouille, en veux-tu, en voilà, à l'Ouest comme à l'Est. On dirait que la Wehrmacht grignote chaque jour des régions entières. Dans l'autre vitrine en revanche, la guerre n'existe pas. Plusieurs ouvrages d'art somnolent. Tous en allemand. Tous consacrés à la cathédrale de Chartres, ses vitraux, ses souterrains et ses mystères.

Autour de moi, dans la rue, derrière chaque réverbère, au creux de chaque porte cochère, il y a des yeux qui m'observent. Je les devine, je les entends cligner, presque. Ce sont des yeux pour me sermonner, pour me convaincre de renoncer. Car, je le sais bien, pénétrer dans la librairie, c'est pénétrer en territoire ennemi. Mais j'en ai rien à fiche. Je suis heureuse de défier tous ces crétins. Demain, ils me mangeront dans la main.

Ce jour-là, j'ai soigné ma mise. Comme je pouvais. Lavage intégral à l'eau et à la brosse. Socquettes presque blanches. Robe gris perle, rafraîchie à coups de fer à repasser. Je me sens présentable. Ce n'est pas un rendez-vous galant, mais faut pas être conne non plus : une fille jolie réussit plus facilement qu'un laideron. Il n'y a que mes poils, aux aisselles, qui me font douter. Mais je n'ai rien trouvé pour les couper. Impossible de mettre la main sur un rasoir dans cette foutue baraque. Pas grave, mes bras resteront collés à mon buste.

Je prends une grande inspiration et je m'appuie de tout mon poids sur la poignée de la boutique. Un carillon signale mon arrivée. Une odeur de tabac froid envahit mes narines. Ça y est, je le vois, il est là, au milieu de ses livres. Il me semble très grand. Il me sourit de son sourire qui ne sourit pas vraiment. Il me fixe de ses yeux noirs, sans ciller. Nous échangeons des paroles de politesse. En français. Puis, plus rien. Il ne relance pas. Il fait mine de classer ses bouquins. Et moi, qu'est-ce que je suis censée faire. Je ne vais pas jouer à la cliente quand même. Alors, je minaude.

— Monsieur, je suis venue pour vous annoncer une bonne nouvelle.

En le disant, je me trouve tellement niaise. Lui, il s'interrompt, lève la tête, l'air interrogateur. Alors, je continue, parce qu'il le faut bien :

— Je viens d'obtenir mon baccalauréat avec mention très bien.

— Ah, parfait, mademoiselle. Toutes mes félicitations. Ce n'est pas si courant qu'une jeune femme parvienne à obtenir ce diplôme. Vous avez dû travailler dur.

— Oui, les derniers mois ont été assez intenses.

Je me mords les lèvres. Pourquoi est-ce qu'il m'inflige ça. On peut aller au fait, tout de suite. Je voudrais que ce soit lui qui aborde le sujet. Pas envie de faire celle qui réclame. J'effleure du doigt la couverture d'un livre posé devant moi.

— Vous recherchez un ouvrage particulier ?

Je sursaute.

— Oh, non, pas du tout. Je suis venue… vous savez… pour le travail, les traductions…

Ça y est, c'est fait, le morceau est sorti. Otto Weiss me contemple, l'air ennuyé.

— Oui, oui, je me souviens de votre demande. Mais ce n'est pas possible.

Il est en train de m'enfoncer gentiment une dague en plein cœur. Je balbutie :

— Je… Pardon, mais je ne comprends pas…

D'un ton ferme, il explique :

— Ce ne serait pas vous rendre service.

— Mais si au contraire, j'ai besoin de travailler !

— Mademoiselle, n'insistez pas. Il vaut mieux que vous cherchiez un autre emploi.

Il me fixe toujours, son regard me crucifie. Je voudrais articuler quelque chose, mais les mots se bousculent sans pouvoir sortir. Il ne se doute pas qu'il vient de mettre en miettes mes espérances, de les écrabouiller d'un coup de talon. Je vois bien que la discussion est close. Alors, je titube, je recule, me cogne aux livres, et sors, hébétée, avec à peine un au revoir.

Je remonte la rue du Bois-Merrain et ses boutiques miséreuses. Avant la guerre, y avait toujours beaucoup de passage ici, des familles entières venaient faire leurs emplettes. Ça dépensait sec. C'est fini, ce temps-là. Y a plus de sous pour les prolos. Quelle idiote je suis. J'ai cru que c'était dans la poche. J'ai cru que je pouvais avoir mon bac et paf, tapis rouge. Ne jamais croire un homme, je devrais le savoir, merde. Les rares passants sont comme moi, à tirer la tronche. Pourtant, il fait beau, l'air est chaud, ça sent l'été. Qu'est-ce qu'il croit. Qu'il peut se permettre de me faire miroiter des trucs et me planter au milieu du gué. Je ne vais pas abandonner. Oh que non, c'est hors de question.

La rue du Bois-Merrain se termine. À ma gauche, il y a la mercerie Bruder que Madeleine adore. On y déniche du coton, du jersey, parfois même du satin. Aujourd'hui, les présentoirs sont vides. Y a une pancarte sur la porte: «Entreprise juive. *Judishes Geschaft*». Tiens, je ne savais pas que les Juifs devaient se signaler maintenant. Je n'ai pas suivi cette histoire. Pourquoi pas, après tout. Ça fait pas de mal de savoir à qui on a affaire. Colette. Je ne peux pas m'empêcher de penser à toi. C'est comme si je sentais ton souffle, là, dans mon cou. Tu me susurres que c'est un peu malsain, tout de même, d'étiqueter les commerces. Je te réponds que ça mange pas de pain. Mais je ne suis plus très sûre. Il faudra que j'y réfléchisse. Plus tard. Colette, tu as peut-être bien fait de te tirer.

Je parviens sur la place des Épars, la plus imposante de Chartres. En son centre, la statue du général Marceau semble toute petiote. Je passe devant l'hôtel du Grand-Monarque, pas la peine de m'attarder, c'est pas demain que je pourrai y entrer. Je m'engage sur le boulevard Chasles. Les platanes bien alignés me font une haie d'honneur. Ce sont bien les seuls. Un quarteron de soldats allemands me dépasse. Ils parlementent, ils n'ont même pas un regard pour moi. Je dois être invisible. Qu'est-ce qu'il a voulu dire par: «Ce ne serait pas vous rendre service.» Qu'est-ce qu'il en sait de ce qui est bon pour moi. On n'a pas gardé les cochons ensemble, à ce que je sache.

Je dépasse le théâtre, gigantesque cube de briques où, là encore, je ne peux pas m'aventurer. Trop chic, trop cher. Je parviens à une intersection. Sur ma gauche, face au théâtre, un bel immeuble, tout plein de grandes verrières, surmonté d'un clocheton. Avant, était inscrit dans la pierre, sur la façade « Les travailleurs français ». C'était le siège d'une compagnie d'assurances. Aujourd'hui, une banderole couverte de lettres gothiques annonce : « *Feldkommandantur* ».

Je m'arrête. Je suis devant le saint des saints, là où tout se décide, là où la vie de Chartres est réglée dans ses moindres détails. Les soldats qui me suivaient viennent de passer les hautes portes en fer forgé. Et si je faisais comme eux. Tout à coup, le soleil, qui était agréable tout à l'heure, me brûle le crâne. Mes aisselles dégoulinent. Allez, je vais pas rester plantée là. Oh, merde, y a un planton. Je l'avais pas vu. Il m'a repérée. Il vient vers moi. À sa ceinture, on dirait un pistolet. Qu'est-ce que je fais. C'est pas le bon moment pour détaler. Alors, je ne bouge plus. Il va vouloir savoir ce que je fabrique. Que faut-il que je dise. Des gouttes de sueur dévalent ma nuque. J'attends qu'il arrive à ma hauteur, j'attends qu'il m'aborde. C'est comme si ce moment durait une plombe, comme si tout se déroulait au ralenti. Je ferme les yeux. Le temps se suspend, la ville se tait, le soleil s'éteint.

30

Lorsque j'ouvre à nouveau les yeux, le planton est passé. Il continue ses cent pas. Rien à foutre de ma pomme. C'est un signe. Cette fois, plus d'hésitation, je fonce vers l'entrée de la *Feldkommandantur* et manque me vautrer dans le tourniquet. Je me retrouve en face d'un autre garde. Pas l'air commode, le vert-de-gris : il bombe le torse pour bien montrer sa carrure de balèze. Il m'apostrophe en allemand :

— Que faites-vous ici, mademoiselle ?

Et moi de lui répondre, en allemand également, avec tout l'aplomb dont je suis capable :

— Je viens vous proposer mes services en interprétariat.

Le soldat me lorgne, la lippe pendante. Puis, après quelques secondes, il se reprend et sort :

— C'est le colonel qui s'occupe de ces choses-là. Vous avez un rendez-vous ?

— Bah, non…

— Bon, attendez-moi là. Je vais aller voir ce que je peux faire.

Il me désigne une banquette en velours rouge sur le côté, dans un renfoncement. Il s'esquive. J'enfonce mes fesses dans un coussin. Je suis dans le hall du cœur battant de ma ville. On se croirait dans une cathédrale tellement le plafond est haut. La lumière entre à flots grâce aux immenses fenêtres. Les murs resplendissent comme s'ils étaient en marbre. Un escalier monumental trône au milieu du hall. Il est surmonté d'une gigantesque croix gammée. Je me sens toute frémissante et, à nouveau, pleine d'espoir. J'attends, peu importe le temps qu'il faudra.

Soudain, une porte située sur ma gauche, en retrait, s'ouvre avec fracas. Un rire de femme. Je n'ose pas me retourner. Je me tiens bien droite sur mon coussin, la tête baissée. La femme se campe devant moi. La première chose que je vois, ce sont ses pieds. Elle porte des escarpins à bride, à hauts talons, en cuir clair. Je n'en ai jamais vu d'aussi beaux. Je lève les yeux. Un tailleur écru, parsemé de pois noirs, moule ses cuisses. Ça doit être du lin. J'aimerais bien toucher, juste pour le contact de ce tissu hors de prix. Je lève encore plus haut les yeux. Son visage. Je ne savais pas que c'était Dieu possible, un tel visage.

— Que fais-tu là ma mignonne ?

Ses lèvres bougent et leur vermillon m'hypnotise. Elle parle un allemand mâtiné d'un accent indéfinissable. Je ne parviens pas à répondre. Elle continue :

— Oh, oh, ma petite, ça ne va pas ?

Elle s'approche. Elle a les yeux couleur émeraude, comme les pierres précieuses du bijoutier du centre-ville. Ses cheveux, très noirs, sont longs et libres. Elle me contemple, et à ce moment-là, je sais que la perfection existe. Elle me prend la main. La douceur de ses doigts me surprend. Je me mets debout, comme au garde-à-vous.

— Excusez-moi, madame. Je suis venue pour voir le colonel.

— Le colonel, rien que ça ! Et que lui veux-tu, au colonel ?

Je rougis. Ma robe en coton gris, qui me paraissait si seyante ce matin, ressemble à un sac à patates. Et mon parfum : j'ai l'impression d'empester un fumet nauséabond.

— Je souhaite lui proposer mes services.

— Tiens donc, tes services… Mais quel genre de services, dis-moi ?

Elle sourit. Elle découvre ses dents, petites, nacrées, comme des perles. Moi, j'ai l'impression de m'enfoncer dans un marécage. Je bredouille :

— Non, non, ce n'est pas ce que je voulais dire. Je souhaite travailler pour la *Feldkommandantur*. Je peux faire des traductions.

— Ah, je comprends mieux. Effectivement, je vois que tu parles parfaitement notre langue.

À ce moment-là, le gazier de tout à l'heure se ramène et s'interpose :

— Mademoiselle Mévole, ne vous inquiétez pas de ça. Je m'occupe de cette jeune personne.

— Caporal, cette jeune personne, comme vous dites, peut sans doute m'aider.

— Non, non, je viens de voir le secrétariat du colonel. Mademoiselle peut rentrer chez elle.

Il me montre la sortie. La femme fronce l'arc de ses sourcils parfaits.

— Caporal Meyer, depuis quand contestez-vous mes décisions ? Retournez à votre tourniquet, s'il vous plaît.

Le caporal recule, tout penaud. La femme se tourne vers moi. Elle me surplombe d'au moins dix centimètres. J'ai l'air d'une pauvresse. Elle me jauge, puis m'explique :

— Je suis traductrice-interprète à la caserne de la Manutention. En ce moment, je croule sous le travail, entre les Français qui viennent nous voir pour tout et n'importe quoi, les courriers divers et variés, les décrets à traduire, et je ne te parle pas de la propagande, bref, je ne m'en sors plus. Le colonel m'a donné carte blanche pour recruter quelqu'un et voilà que je te croise. Comme si tu tombais du ciel, ma doucette. Au fait, quel est ton nom ?

À ce moment-là de la conversation, je ne me souviens plus de grand-chose. Je sens juste qu'une vague d'une infinie volupté est en train de me submerger. Je baragouine une réponse. Elle continue :

— Ah, je sais ce que tu n'oses pas me demander. Le salaire ! Le nerf de la guerre ! Eh bien, figure-toi que tu fais une très bonne affaire. Tu vas pouvoir te racheter des vêtements présentables, ma toute douce. Allez, je ne te fais pas attendre plus longtemps. La *Feldkommandantur* offre cent cinquante marks aux traducteurs débutants.

Je bégaye, je remercie, je ne parviens pas à faire la conversion en francs, tout s'entortille. Je comprends que je peux commencer dès demain matin, qu'il faut que j'aille à la Manutention, dans le quartier des Comtesses. Je dis au revoir, je dis encore « merci madame », je recule, je prends congé, je m'éclipse. Une fois sur le boulevard, je retrouve le soleil de tout à l'heure. Mais à présent, il ne me brûle plus le crâne, il joue avec les feuilles des platanes et éclaire mon chemin de petites touches mordorées. Le planton est toujours là, j'aurais presque envie de l'embrasser. Je calcule, une fois, deux fois. Non, je ne me trompe pas : cent cinquante marks, c'est trois mille francs. Une somme incroyable. Madeleine, après sept ans aux PTT, ne touche que mille sept cent francs. Je suis riche. C'est la fin des emmerdes.

Le soir, lors du dîner familial, j'annonce la bonne nouvelle. Nous avons tous le nez dans notre potage clair, occupés à repêcher les bouts de pain noir. Je commence par le salaire. Je sais qu'il va plaire à Maman.

« C'est magnifique ma fille, tu vas nous sauver de cette vie de misère ! » Elle est prévisible, ma petite Maman, mais rassurante. En revanche, aucune question sur la nature du travail. Je peux très bien gagner ma croûte dans un claque : elle n'en a rien à secouer.

C'est Madeleine qui tique : « Mais Simone, que vas-tu faire exactement dans cette caserne ? » Je bafouille des trucs vagues, secrétariat, traductions, dossiers à classer. Madeleine revient à la charge : « Attends, ne me dis pas que tu vas travailler pour les Allemands ? » Ma sœur ouvre des yeux effarés. Je n'ai pas le temps de trouver une réponse acceptable. Le vieux tape du poing sur la table. La soupière manque de se renverser. Nous nous tournons toutes les trois vers lui, comme si nous venions de découvrir sa présence. Il s'essuie la bouche d'un revers de manche et articule, avec des tremblements dans la voix : « Je me suis battu contre les Boches en 14-18. Moi vivant, je ne peux pas accepter que ma fille travaille pour eux. »

Pff, pauvre type. Colère d'avant-guerre. Ça me fait presque plaisir de le faire bisquer, le vieux. J'ai envie de lui sortir que je ne suis plus sa fille depuis bien longtemps, mais Maman prend les devants : « La ramène pas André, l'argent n'a pas d'odeur, c'est bien connu. » Sur ce, le vieux se lève, marmonne un juron, et sort de la maison, la queue où je pense. Maman, Madeleine et moi étouffons un fou rire.

Mais j'en ai pas fini avec Madeleine. Je sais bien que ma frangine va revenir à l'assaut. Après avoir débarrassé la table et fait la vaisselle, elle vient me trouver dans ma chambre. Avec sa mine de fille battue qui m'énerve.

— Oh, non, Madeleine, j'en étais sûre ! Tu viens me faire la morale…

— Simone, c'est normal, non ? Tu fais vraiment n'importe quoi ! Tu viens d'avoir ton bac, brillamment, et tu vas t'acoquiner avec l'ennemi ?

— L'ennemi ? C'est pas ce que dit notre Maréchal. Les Allemands vont nous aider à construire une France meilleure. Et moi, je vais participer à cette belle aventure.

— Et faire des études, devenir professeur, tu as tout oublié ? Je te rappelle que si j'ai payé Guéry et tout le reste, c'était pour ça !

— Je n'ai pas oublié. J'ai juste remis à plus tard. Tu crois vraiment que je peux me permettre d'entamer des études alors qu'on crève la dalle ?

— Arrête, on s'en sort pas si mal avec mon salaire et celui de Papa.

— Non, on s'en sort pas bien ! Je n'en peux plus de tes salades aux herbes, de tes bouillons d'orties. Je veux du chocolat, de la brioche, du filet mignon. Alors, j'ai décidé de prendre l'argent là où il était.

— Au risque de perdre ton âme.

— Tout de suite, les grands mots ! Tu sais Madeleine, je n'ai pas envie d'une vie de sacrifices comme la tienne. Je veux le meilleur. Et je l'aurai. Les Allemands, c'est moi qui les manipule.

— Ça c'est que tu crois. Je m'inquiète, tu sais.

— C'est gentil, mais pas nécessaire. Attends un peu et tu vas voir !

Bientôt, tu seras sur le cul, ma sœurette.

31

Légèreté. Je crois que je ne me suis jamais sentie aussi légère. Nous sommes au mois d'août 41. Je viens d'avoir vingt ans. Tous les matins, à huit heures tapantes, j'enfourche ma bicyclette et je pédale jusqu'à la caserne de la Manutention. Boulevard du Maréchal-Pétain, hôtel du Grand-Monarque, rue du Docteur-Maunoury. Je traverse les rues de ma ville avec crânerie. Le vent s'engouffre sous ma jupe, mes cheveux volent dans mon dos et la vie ne m'a jamais semblé aussi radieuse.

Bien sûr, avant de partir, je dois me farcir les soupirs du vieux. Ancien combattant planqué qui pond son caca nerveux. Rien à fiche de ce jobard. En revanche, le regard réprobateur de Madeleine m'embête. Je ne le supporte plus, il me flanque des aigreurs. Il faut que je me magne de prouver à ma sœur que je ne me suis pas gourée, que je suis sur le bon versant de ma vie.

La Manutention n'est pas une véritable caserne. Plutôt un entrepôt de stockage. Au milieu d'une cour en gravier, trois bâtiments en brique forment un U. Dans le bâtiment de droite, un barda de casques, godasses et autres sapes militaires. Dans le bâtiment de gauche, des réserves de sucre, café, farine. Au centre, des services administratifs qui n'ont pas pu être logés à la *Feldkommandantur*. Ça grouille d'uniformes allemands. Ça crépite de voix gutturales.

Moi, au milieu de ce fourmillement, j'ai été bombardée « secrétaire-interprète ». Dès qu'un pékin français se pointe, je suis appelée à la rescousse dans le bureau d'un des lieutenants. Mon rôle : traduire. Et les ploucs n'hésitent pas à débarquer. Pour un oui, pour un non. « Je ne reçois plus de lettres de mon mari. Il est prisonnier en Allemagne. Que se passe-t-il, monsieur l'officier ? » ou « Je dois me rendre à Toulon pour un enterrement. Pouvez-vous me donner un *ausweis*, monsieur l'officier ? » Un défilé de pleurnicheurs. Un cortège de grugeurs. Ils me filent la honte. Plus ça va, et moins j'ai l'impression d'appartenir à cette horde. Chaque jour, grandit en moi le sentiment de faire partie d'une nouvelle famille. Chaque jour, je m'applique, j'écoute, je traduis. Je suis un petit rouage dans un grand tout. Je travaille pour la gloire de l'Allemagne.

Quand je ne traduis pas à l'oral, je le fais à l'écrit. C'est moins drôle. C'est fou ce qu'une administration peut produire comme paperasse. Des arrêtés, des ordres de réquisition et surtout des avis, des centaines d'avis à la population. *Bekanntmachung*. Interdiction des activités communistes. Interdiction de procéder à de l'affichage sauvage. Instauration du couvre-feu. Je traduis des pages d'allemand sans me poser de questions. Lorsque j'ai épuisé la pile du jour, je porte mon boulot à ma cheffe, pour relecture. Ma cheffe, c'est Eva Mévole.

— Tu es rapide et efficace, ma doucette ! Nous formons une bonne équipe toutes les deux !

C'est le premier compliment d'Eva. Moi, tout en me sentant rougir, je réponds :

— Voulez-vous que je reste pour la correction ?

— Pour la correction, non ! Ça peut bien attendre ! Mais pour discuter, oui, bien sûr ! Il faut que nous fassions connaissance, ma jolie.

Au fil des jours, Eva me parle d'elle. Elle dit qu'elle est suisse. Elle dit qu'elle a été mariée à un pilote, mais qu'il est mort au début de la guerre. Parfois, elle se dit divorcée. Parfois aussi, elle arbore une alliance, bien voyante, bien dorée. Eva a plusieurs vies, en fonction de son humeur, et de ce qui peut la servir. Son âge est un secret, elle ne veut pas en parler. Je lui donne peut-être dix ans de plus que moi. Elle est arrivée à Chartres par le jeu du hasard et de ses amours changeantes. Elle dit qu'elle n'aime pas cette ville de petits épiciers coincés, mais qu'elle a des affaires en cours qui l'empêchent de partir.

— Et toi, ma petite Simone, raconte-moi un peu ta vie.

Je n'ose pas encore me confier.

— Oh, il n'y a rien à dire.

— Et ta famille alors ? Parle-moi de ta famille.

— Ma famille va bien, surtout depuis que je travaille ici !

Je ne veux pas entrer dans les détails. Du reste, c'est vrai que ça va mieux à la maison. L'air est moins vicié. L'argent a ce don d'assainir les atmosphères puantes. Car oui, mon salaire est une manne. Grâce à lui, nous avons accès au marché noir, pour nous chauffer, nous laver et surtout bouffer. Ce n'est pas Byzance non plus, mais nous pouvons nous procurer du poulet, du chocolat, du beurre. Et tous les jours, je rapporte les restes de ma cantine allemande, poires du verger, haricots frais, melons juteux. Le vieux fait toujours la tronche, mais juste pour la forme, car il gobe tout ce qu'il peut. Même si c'est estampillé « boche ». Pauvre type. Aucun respect pour ses propres convictions.

Quant à Maman, elle a arrêté son sevrage forcé et repris une consommation quotidienne d'alcool frelaté. Elle maîtrise les doses, elle prend juste ce qu'il faut pour être bien, tenir le coup, ne pas s'effondrer. « Nos affaires s'arrangent», qu'elle dit, ma petite Maman. Elle est redevenue celle que je connais, toujours hargneuse, mais la tête haute.

Finalement, y a que Madeleine qui s'acharne à me faire des reproches. «Je t'en prie Simone, réfléchis à ce que tu fais. Tu ne peux même pas t'imaginer comment ça jacasse dans le quartier. Tu voudrais te mettre à dos tous les voisins que tu ne ferais pas mieux.» Je ne réponds même pas. Ma sœur vire à la vieille fille aigrie. Pour la première fois, je me sens bien dans ma vie, je vais pas tout arrêter juste parce que nous avons des voisins qui jactent. Insensiblement, je me détourne de Madeleine. Pour mieux me rapprocher d'Eva.

Elle est différente, Eva. Elle est lumineuse. Avec elle, tout est simple, tout est gai. Oui, elle rit pour un rien et découvre ses dents miniatures. Oui, elle s'assoit toujours de façon que sa jupe remonte un peu trop sur ses cuisses. Oui, le camé entre ses seins n'est là que pour rehausser l'échancrure de son corsage. Avec elle, la vie devient un jeu. Rien n'a vraiment d'importance, hormis son plaisir. Après le déjeuner, elle enduit ses lobes d'oreilles avec trois gouttes de Joy de Patou. Elle dit: «C'est le parfum le plus cher du monde et moi, je suis la femme la plus irrésistible qui soit!»

Elle n'a pas tort. Y a qu'à regarder les uniformes qui toquent à son bureau. Et ça tournicote autour du pot, et ça reluque et ça ne sait plus sur quel pied danser. Eva fait l'innocente. Au bout d'un moment, ces hommes ont tous les mêmes yeux. Vitreux. Je connais bien ces yeux-là. Ce sont ceux des hommes qui n'en peuvent plus de bander. Je les méprise. Ils sont tellement prévisibles. Eva, au contraire, est mystérieuse. Elle mène la ronde à sa guise sans que je devine ses intentions véritables. Mais, une évidence s'impose: auprès d'elle, je sais que je peux arriver à mes fins. Car oui, même si la petite boule de pus me fait moins souffrir, je ne l'ai pas oubliée. Elle est toujours là. Pour la faire disparaître totalement, il faut que Pierre souffre. Alors, j'observe Eva et j'attends la bonne occase.

À la fin du mois de novembre, un samedi matin, je crois défaillir. Comme si Eva avait eu vent de mes désirs, elle me dit :

— Il y a une sauterie, dans quinze jours, chez le colonel. Je voudrais que tu viennes avec moi.

Le ton est celui de la cheffe qui donne un ordre. Mais Eva, tu n'as pas besoin de me commander : tu me proposes d'entrer de plain-pied dans le monde des puissants. Pourtant, par réflexe, je fais la fille surprise :

— Mais je croyais que toutes les fêtes étaient interdites…

— Oh, comme tu es mignonne, ma Simone… Mais oui, les fêtes sont interdites aux crève-la-faim. Pas aux vainqueurs !

Eva glousse. Je continue sur ma lancée :

— Je ne sais pas… Je n'ai rien à me mettre…

— Si c'est que ça… Viens chez moi cette après-midi et tu vas voir, on va faire des étincelles ma chérie !

Mon cœur fait un bond dans ma poitrine. Elle va m'apprendre à chasser au milieu des huiles. Je souris bêtement. Je dis : « D'accord, d'accord, je viendrai tout à l'heure. »

32

Des croix gammées, partout, sur tous les murs du salon. Des petites, des moyennes. Et une énorme au-dessus de la cheminée. Le rouge et le noir dansent devant mes yeux. Je n'ai jamais vu un tel papier peint. Je reste bouche bée. Eva vient de m'ouvrir. Elle habite dans un appartement réquisitionné par l'armée allemande, à l'intersection de la rue de Beauvais et de la rue du Cheval-Blanc. À deux pas de chez moi.

Intriguée, elle suit mon regard. Elle comprend, elle sourit et s'en va saisir, sur une commode, une flûte remplie d'un breuvage pétillant. Elle lève son verre et déclame :

— À la gloire de notre Führer !

Puis, elle éclate de rire. Je suis gênée. Je ne veux pas me montrer irrespectueuse avec ceux qui me nourrissent. Je ne veux pas non plus agacer Eva. Alors, je lâche un petit bruit de gorge. Histoire de ne pas me mouiller. Eva n'est pas dupe. Elle me fait les gros yeux :

— Eh détends-toi, ma biche ! On est là pour s'amuser !

Elle porte un déshabillé aussi rouge que ses lèvres. C'est du satin sans doute, ou peut-être même de la soie, vu la brillance du tissu. Elle a toujours son verre à la main et son sourire en travers du visage. Je retire mon manteau râpé par plusieurs hivers. Ça commence à cailler dehors. Chez Eva, au contraire, chaleur douce. La chaudière doit fonctionner à bloc. Eva me tourne le dos et farfouille dans ses affaires. Puis, à tue-tête, la voix de Trenet éclate : « Y a d'la joie ; bonjour bonjour les hirondelles ; y a d'la joie ; dans le ciel par-dessus le toit... » Eva se déhanche, me prend par la main et nous entamons une valse maladroite.

— Comme tu es crispée, ma chérie ! Laisse-toi faire !

Je lui obéis. Je suis une poupée de chiffon. Nous tournons, encore et encore. À un moment, la ceinture de son déshabillé se dénoue, j'aperçois un sein, blanc, petit, haut perché. Je ferme les yeux. Je tourbillonne. Le temps dure. Puis, brusquement, le disque se raye. Eva me lâche la main. J'ai le tournis.

— Bon, c'est pas tout ça, ma caille. On a du boulot ! Alors, par quoi commençons-nous ?

Elle me jauge, me soulève les bras, touche mes cheveux, examine le rendu de mon postérieur. Je n'ai plus aucune volonté, je suis sa chose. Eva déclare :

— Enlève-moi ces nippes, c'est ni fait, ni à faire !

Elle s'esquive dans une pièce, à côté. Moi, je reste là, les bras ballants, pas très sûre d'avoir compris. Eva revient, chargée de cintres.

— Bah alors, qu'est-ce que tu fais ? Déshabille-toi, ma doucette !

— Là, devant vous ?

— Oh, arrête avec ce vouvoiement ! Et oui, tu te déshabilles ici ! Ne fais pas ta mijaurée. Tu sais, Dieu nous a toutes faites pareilles !

Eva rit. Et moi, lentement, je quitte ma jupe, retire mon chandail. Je me retrouve en bas et soutif au beau milieu du salon croix gammées. Eva me dit :

— Les bas en laine, tu oublies, c'est pour les fermières. Tiens, tu mettras ça, c'est de la soie.

Elle me tend un petit paquet ficelé. Puis, elle déploie devant moi plusieurs robes. Je n'ai pas le temps de me faire une idée que déjà, elle décide :

— Celle-là ! Elle t'ira à ravir. Enfile-la, pour voir.

C'est une petite robe noire, toute simple, avec dos dénudé et jupe plissée aux genoux. Je la passe et Eva bat des mains.

— Tu es sublime !

Je la crois. Eva a cette générosité de femme qui sait qu'elle restera toujours la plus désirable.

— Bon maintenant, il y a un autre gros chantier : tes cheveux.

Je remets mes frusques. Eva m'entraîne dans sa salle de bains : une vraie salle de bains, avec lavabo, bidet et baignoire. Elle m'assoit de dos, sur un tabouret, tout contre le lavabo. Je penche la tête en arrière. Et elle mouille mes cheveux. C'est tiède, c'est agréable. Eva passe ses mains dans mes boucles, elle appuie ses doigts sur mon crâne. C'est gênant, je relève la tête. Eva pose sa main sur mon front :

— Tout doux, ma jolie, je vais te faire du bien, tu vas voir.

Alors, je m'exécute, je ferme les yeux. Chaque pression sur mon cuir chevelu est une caresse qui se répercute au plus profond de mon ventre. Mon corps flotte. Le déshabillé d'Eva se frotte contre mon épaule, au gré des mouvements de ses mains. Je sens, à travers le tissu léger, la fermeté de sa cuisse. Mon esprit divague. Eva verse sur ma chevelure une crème au parfum exotique, jasmin ou patchouli, je ne sais pas. Elle continue de masser, langoureusement. Puis, tout à coup, au loin, le clocher de la cathédrale sonne quatre coups et Eva cesse tout mouvement :

— Oh, flûte, il faut que je me presse. Je vais manquer mon rendez-vous avec la voyante !

Eva me rince les cheveux, les essuie avec une infinie délicatesse puis sort un sèche-cheveux électrique Calor dernier cri. Mèche après mèche, elle entreprend de coiffer ma crinière. Je suis encore tout alanguie. Pourtant, j'ose demander :

— La voyante ?

Eva me zyeute, pleine de malice.

— Ah, tu ne la connais pas ? Je t'emmènerai la prochaine fois !

J'acquiesce. À ce moment-là, je pourrais dire amen à n'importe quoi, du moment qu'Eva le souhaite. Je me lève. Je m'apprête à quitter la salle de bains. Eva me dit :

— Va me chercher mon tailleur, il est sur le canapé dans le salon.

J'obtempère et, lorsque je reviens, Eva a fait glisser son déshabillé à ses pieds. Elle est face à moi, entièrement nue. Je me précipite hors de la salle de bains. Le fou rire d'Eva me poursuit. Je respire avec peine. La vision a duré une seconde, mais, au fond de mes méninges, je sais que la nudité d'Eva s'est imprimée pour toujours. Sa peau blanche, son sexe noir. Son corps menu, parfait. Sa toison épaisse, touffue. Je ne les oublierai pas.

33

Je continue à boulonner à la Manutention. Il fait de plus en plus froid. Moins dix, certaines nuits. L'eau gèle, les tuyaux pètent. La neige tombe, épaisse, collante. Elle blanchit les trottoirs puis se transforme rapidos en bouillasse verglacée. Impossible de pédaler. Ma bicyclette reste dans la remise.

Chaque matin, Eva et son chauffeur viennent me chercher, au pied de la maison. Chaque matin, je pénètre dans la Mercedes noire. Le menton relevé, les épaules en arrière : pleine de morgue. Et je m'enfonce dans la banquette en cuir. Les pouilleux qui grelottent dans leur taudis me regardent passer avec la mâchoire pendante. Je sais que je ne me fais pas des amis. Mais putain, je ne fais rien de mal non plus. Du boulot, du fric pour Maman, du charbon pour notre chaudière. Ils n'ont qu'à faire comme moi. Faut pas être con, après tout.

Et puis, je veux m'amuser. À vingt ans, c'est peut-être le moment ou jamais. J'ai en ligne de mire la réception chez le colonel Von Krümel. Selon Eva, tout le gratin sera là. Des lieutenants, des capitaines, des commandants. Pour passer du bon temps. Pour oublier qu'ils sont loin de chez eux. Et au passage, sans doute aussi, pour lécher les bottes de leur haut gradé. Moi, je veux briller, danser, rire. Je veux que les hommes me regardent. Je veux m'étourdir, ne penser à rien, vivre la magie de l'instant. Je veux me foutre de tout, oublier le froid, le gris, et les jérémiades. Au fond, je veux ressembler à Eva. À ce que je crois connaître d'Eva.

Deux semaines passent et, enfin, la soirée du 16 décembre arrive. Là, dans ma chambrette, devant mon miroir branlant, je m'attife. Bas de soie, robe moulante d'Eva, escarpins vernis. Sans oublier mes cheveux : domptés, sans aucune frisure, presque lisses. Et bien sûr, poudre de riz et rimmel. Je me sens pas trop moche. Il ne manque que le parfum. Mais pour ça, faudrait gagner le double de mon salaire pour m'en offrir.

Je sors de ma chambre. Eva doit venir me chercher en voiture d'une minute à l'autre. Je vais l'attendre dans la cuisine. Je descends l'escalier. J'arrive en bas. Et merde, Madeleine est déjà rentrée. Elle touille le potage. Comme une petite grand-mère. À l'odeur, je parierais que c'est choux et navets. Faudrait pas que mes sapes s'en imprègnent. Vite, vite. Je passe, l'air de rien, derrière ma frangine, en faisant le moins de bruit possible. Pas facile avec des talons. Manque de pot, Madeleine se retourne. Elle me fixe et la louche qu'elle tenait à la main s'écrase par terre. Un dégueulis verdâtre décore le carreau. Ma frangine bredouille :

— Simone, qu'est-ce que c'est que cette tenue ?

Je soupire :

— Quoi, cette tenue ? Je vais à une réception, c'est tout.

Je contourne la flaque de soupe pour atteindre la patère sur laquelle est accroché mon manteau. Un joli manteau en velours bleu nuit. Cadeau d'Eva. Madeleine me saisit le bras.

— Simone : tu ne peux pas faire ça.

Elle a les mains chaudes, ma frangine, c'est délicieux cette chaleur. Mais je me dégage.

— Et pourquoi donc que j'irais pas ?

— Mais tu n'as pas vu ce qu'ils ont fait hier ? Soixante-dix otages fusillés au Mont-Valérien…

— Je ne vois pas le rapport.

Je passe mon manteau. Je suis prête à sortir. Madeleine ne me lâche pas la grappe :

— Tu ne sais pas ce dont ils sont capables. Il suffit d'un mauvais pas et le malheur sera sur toi, ma petite sœur. Je t'en prie, reste tranquillement avec moi.

— Bah non, justement, j'ai envie de vivre et pas de moisir ici avec toi !

Les deux derniers mots m'ont échappé. Madeleine a les yeux qui s'embuent. V'là t'y pas qu'elle va chialer, la frangine. Oh, c'est pas le moment. Au-dehors, la Mercedes klaxonne. Deux coups, c'est notre code, à Eva et moi. Faut que je me sauve. Pourtant j'ajoute, comme pour me rassurer :

— Arrête de dire que les fusillés sont des otages. Ce sont rien que des pourritures de terroristes.

Contente de ma sortie, je m'apprête à ouvrir la porte d'entrée, lorsque Madeleine me cloue le bec. Avec une voix toute mouillée, elle assène, bien fort :

— Si être terroriste, c'est vouloir que les Boches s'en aillent, alors moi aussi, je suis une terroriste !

Je ne réponds pas. Je referme la porte derrière moi, me précipite dans la nuit et saute dans la Mercedes. Je reçois en plein nez le Joy de Patou d'Eva. Pas mieux comme remontant.

Eva est calée au fond de la banquette arrière. Son vison la rend lumineuse dans la pénombre. Elle s'exclame :

— Oh, ma chérie ! Une vraie princesse !

Je souris. La voiture repart à une allure d'escargot, faudrait pas faire une embardée. Les mots de Madeleine me poursuivent. Non, ma sœur n'est pas une terroriste. Pierre, lui, en est un. Un type capable de laisser tomber la fille qui attend un enfant de lui. Tout ça, pour aller combattre les Allemands. Alors que l'armistice est signé. Eva penche la tête vers moi :

— Tu as l'air toute pensive, ma bichette.

Eva s'empare de ma main. Me caresse. Son contact est glacé et me remonte directement au cœur, comme pour le pétrifier. Je retire ma main. Je souris, encore, toujours. Faire bonne figure. Pierre, même si tu es un terroriste, je ne souhaite pas que tu sois fusillé. Que tu souffres, ça oui. Comme tu m'as fait souffrir. Mais pas que tu meures exécuté par un peloton d'Allemands. Tout à coup, c'est comme si ma petite boule de pus, autrefois si boursouflée, avait fondu.

La Mercedes glisse à présent place des Épars, puis prend la direction du boulevard Chasles. Il n'y a plus d'éclairage public et les platanes dénudés forment une forêt dans laquelle nous nous enfonçons. Eva m'observe. Je me pelotonne sur le côté opposé au sien. Brusquement, je ne sais plus très bien pourquoi la perspective de cette soirée me réjouissait tant. Madeleine, et si tu avais raison. J'ai chaud, faut que je retire mon manteau. Je n'arrive plus à respirer, faut que je sorte. Je tente d'ouvrir la portière, elle résiste, elle est bloquée.

— Que fais-tu ma jolie ? Nous ne sommes pas encore arrivées, voyons.

Je me retourne vers Eva. Sa voix, doucereuse, m'insupporte. Le vermillon, sur ses lèvres, on dirait du sang. Elle me fixe en fronçant les sourcils. J'ai peur tout à coup. Il faut que je me calme. On va bien finir par s'arrêter. Ah, ça y est. Un soldat ouvre ma portière. Je me rue à l'extérieur, le froid me cingle le visage et me fait un bien fou. Sur le trottoir, Eva me rejoint, me prend par le bras. Nous sommes au bas d'un perron majestueux. Derrière nous, de l'autre côté du boulevard, c'est la *Feldkommandantur*. Devant nous, s'élève un hôtel particulier, tout de pierres blanches. Hier, demeure d'un notaire chartrain. Aujourd'hui, pied-à-terre du colonel

Von Krümel. Toutes les fenêtres sont allumées. La bâtisse est comme illuminée alors que les autres maisons, alentour, sont plongées dans le noir. On entend, au loin, la rumeur d'un piano. La neige recommence à tomber, les flocons tourbillonnent autour de nous.

— Eva, je ne vais pas venir.

Pour la première fois, je sens qu'Eva ne rit plus. Elle approche son visage du mien. Comme si elle serrait les dents, ses joues se crispent et je vois nettement sa peau se contracter par intermittence.

— Qu'est-ce que tu racontes, Simone?

— Je... je ne me sens pas bien... je crois que j'ai de la fièvre.

Je grelotte maintenant, la neige s'accroche à mes cheveux, je dois ressembler à un épouvantail. Eva resserre son étreinte sur mon bras et chuchote:

— Tu es impressionnée, c'est tout à fait normal. Mais je vais rester avec toi, tu n'auras qu'à faire tout comme moi.

Une deuxième berline s'arrête derrière la nôtre. Deux hommes, uniformes de la Wehrmacht, en sortent. Ils nous sourient, nous saluent et pénètrent chez le colonel. Eva m'entraîne à leur suite, dans l'escalier.

— Allez, viens. Nous ne pouvons pas rester là, c'est du plus mauvais effet. Et toi, tu ne peux pas te dédire. J'ai prévenu tous les galonnés, là-haut, que je serais en bonne compagnie.

Je tente de libérer mon bras.

— Eva, je suis vraiment mal, je t'en prie, laisse-moi repartir.

À cet instant, Eva me lâche, je vacille. Elle m'assène:

— Oh, et puis, vas-y, rentre chez toi, après tout. Je ne vais pas te forcer!

Je fais trois pas, le trottoir est une patinoire. Impossible de marcher avec des talons. Je me retourne et reviens vers Eva:

— Puis-je repartir avec ta voiture ?

Eva sourit :

— Et puis quoi encore ? Sûrement pas. Le froid te fera du bien et te remettra les idées en place.

Je fixe le boulevard, noir, profond, neigeux. Je sais que je ne vais pas m'aventurer là. À ce moment, un homme, en civil, sort sur le perron. Il apostrophe Eva, en allemand :

— Mademoiselle Mévole, ne restez pas dans le froid. Venez nous rejoindre. Et votre amie aussi bien sûr !

Eva, sans un regard pour moi, m'attrape à nouveau le bras. Elle me pince, elle me tire. Nous montons les marches du perron. Je ne résiste plus.

34

Un feu d'artifice. C'est l'effet que ça me fait lorsque nous entrons dans le vestibule. Des guirlandes argentées clignotent dans les airs, un sapin monumental scintille sous ses boules rouges et noires, un lustre bombé flamboie comme un astre.

— Mademoiselle Mévole, quel plaisir de vous accueillir ici !

L'homme se baisse pour poser ses lèvres sur la main d'Eva. Costume noir, chemise blanche. Il a de grosses joues flasques dont la chair gigote lorsqu'il parle. Vu le sourire d'Eva, ça doit être une huile de première.

— Mais présentez-moi donc votre amie !

Eva gazouille et j'ai droit, moi aussi, sur ma main, à ce contact à la fois mou et mouillé. Une limace m'aurait moins dégoûtée. Je lorgne le carrelage en damier noir et blanc. Je n'ose pas regarder cet homme. Lui continue à s'adresser à Eva, avec mille obséquiosités.

— Mettez-vous à l'aise, ma chère. Hans, aidez donc ces dames à se dévêtir.

Un jeune homme, en livrée, joue les laquais et attrape mon manteau par le col. De son côté, Eva fait glisser son vison. Lorsqu'elle découvre ses épaules, puis sa taille et enfin sa robe tout entière, il y a comme une seconde où la terre s'arrête de tourner. Impossible de détacher nos regards. Eva porte un fourreau vert brillant. La même couleur que ses yeux. Mais la couleur, on s'en fout, c'est pas ça qui fait baver. Non, ce qui est extraordinaire, c'est son décolleté. La peau d'ivoire, la courbe émouvante de la poitrine, le sillon profond entre les seins. Après s'être raclé le gosier, l'ami-limace se reprend :

— Vous êtes splendide ce soir, Eva. Vous permettez que je vous appelle Eva ?

Eva penche la tête, pleine de minauderies. L'homme se tourne alors vers moi :

— Vous aussi, mademoiselle Grivise.

Je tente un sourire. Puis, l'homme se rengorge et dit :

— Vous voudrez bien m'excuser, le devoir m'appelle.

Eva fait sa lippe boudeuse :

— Oh, lieutenant Schneider, vous n'allez pas nous abandonner ! La politique peut bien attendre !

— Pas toujours, ma chère ! Je vous retrouve tout à l'heure.

L'homme se dirige vers l'escalier, situé au fond du vestibule. Eva se tourne vers moi :

— Tu viens Simone ?

— C'est qui ce type ? Un lieutenant en civil ?

— Ce type comme tu dis, c'est le chef de la SIPO-SD. Le chef de la police allemande, si tu préfères. Autant dire que c'est l'un des hommes les plus puissants de la ville. Allez, maintenant, viens avec moi, nous allons nous amuser.

Eva me prend par le bras. Encore une fois, je n'ai pas la force de lui résister.

Nous pénétrons dans la salle de réception. Beaucoup de monde, des officiers, quelques civils, deux ou trois femmes qui font poules avec leur maquillage à la truelle. Ça parle fort, ça fume le cigare, ça boit du champagne. Dans un angle, le piano joue une mélodie sirupeuse. Je ne lâche pas Eva, un vrai mouton. Nous papillonnons de groupe en groupe. Eva pouffe, Eva rayonne. Elle a l'art de faire la conversation.

J'ingurgite une première coupe, puis une deuxième. Ça me fait un bien fou. Un plateau circule avec des saucisses enroulées dans une pâte feuilletée. Il y a aussi des babas au rhum, des éclairs, des religieuses. Et du foie gras. Je me goinfre, l'air de rien. Ça fond dans ma bouche. Ça me réchauffe les boyaux. Ça valait le coup de venir, finalement. J'avale ma troisième coupe, par petites lampées cette fois. Dehors, il neige. Dehors, il y a Madeleine qui tire la tronche, il y a les voisins qui aimeraient bien me dézinguer, il y a Maman qui se pochtronne. Non, vraiment, merci Eva : tu avais raison d'insister.

À un moment, un grand drap blanc descend du plafond et recouvre tout un pan de mur. Le piano s'arrête, le lustre s'éteint, les fauteuils sont rapprochés en cercle. Et le Führer apparaît, là, devant nous. Il défile, juché sur un char, et des milliers d'Allemands l'acclament, le bras levé, le visage subjugué. Il scande, lors d'un meeting, les mots de « Reich millénaire » et j'ai le cœur qui défaille. Il fait la revue d'une troupe de jeunes garçons en cravate et bras de chemise et j'ai presque les larmes aux yeux. Y a pas à chier, ça en jette. C'est quand même autre chose que la France et ses politicards véreux. À cet instant, l'image des fusillés du Mont-Valérien me submerge. Ils devaient le mériter. Les Allemands ne tuent pas au hasard.

Le film s'arrête, le lustre se rallume. Je sais que mes gestes sont un peu ralentis, que ma bouche est un peu pâteuse. Impression à la fois étrange et agréable. Soudain, je sens un regard, posé sur moi, là sur le côté. Je tourne la tête, je ne vois rien, juste les invités qui reprennent leur conversation. Pourtant, je pourrais le toucher ce regard, tellement il est perçant, presque pointu. Et c'est là que je l'aperçois, au fond de la salle, appuyé contre la cheminée. Otto Weiss. Son regard, c'est comme un seau d'eau froide, il me dégrise dans la seconde. Il me fait un signe de tête. Je me détourne vite fait. Pas question de me ridiculiser auprès d'un officier qui ne voulait pas de moi. Mais c'est trop tard : un coude dans les côtes et Eva qui me demande :

— Tu connais le lieutenant Weiss, ma chérie ?

— Non, non, pas plus que ça.

— Arrête, pas à moi s'il te plaît, il vient de te saluer ! Allons le voir !

Je sors, comme un cri du cœur :

— Je dois aller aux toilettes.

Et je me décroche d'Eva, je me faufile entre les grappes d'officiers, je sors dans le vestibule, je demande au laquais de m'indiquer les toilettes et je m'engouffre dans des cabinets aussi vastes que ma chambre. Mes doigts tremblent contre le rebord du lavabo. Otto Weiss, pas question d'aller lui cirer les pompes.

Lorsque je sors, je tombe sur Eva. Elle me prend entre quat'z'yeux :

— Simone, qu'est-ce que c'est que ce cirque ce soir ?

— Mais rien, simplement, cet officier, il ne m'inspire pas confiance.

Eva fulmine :

— Tu n'as rien compris, ma parole. Je me fiche de ce qu'il t'inspire. Si je te dis d'aller le voir, tu vas le voir. C'est un ordre. C'est clair ?

Je hoche la tête. Je ne vais pas lui expliquer, elle ne comprendrait pas.

— Eva, je souhaite rentrer. Je suis vraiment fatiguée.

Elle se tourne vers moi. Elle a les sourcils remontés haut sur son front. Pleine de dédain. Elle dit :

— D'accord, d'accord, pars, puisque c'est ton souhait.

— Puis-je prendre ta voiture ?

— Ma voiture ? Non, ce n'est pas nécessaire. Il y a une navette qui raccompagne les invités tout au long de la nuit.

J'en reste sans voix. Eva ajoute, en articulant chaque syllabe :

— Et demain, à la première heure, je te veux dans mon bureau. Nous devons clarifier certains éléments de notre contrat.

J'acquiesce, je ne savais pas que notre amitié était régie par un contrat. Je recule, je gagne le vestibule et sors dans la nuit glacée. Je descends les quelques marches du perron, lorsque derrière moi, une voix, un peu lasse, dit dans un français parfait :

— Bonne nuit, mademoiselle Grivise.

Je pivote. C'est lui, Otto Weiss, comme une apparition. Il fume, et la fumée de sa cigarette se mêle aux flocons de neige. Il a, sur les lèvres, ce sourire mélancolique. Je m'apprête à lui bredouiller un truc lorsque mon regard est attiré par un mouvement, derrière lui, à l'intérieur du vestibule. À travers la fenêtre, je distingue nettement le fourreau vert brillant d'Eva. Je me détourne. Je me sauve.

35

Chartres, 16 août 1944, 10 h 50

Ma Françoise, enfin, je vais te retrouver, ma toute petite. Je vais pouvoir te serrer contre moi, me gorger de ton odeur. Et je vais me tirer de ce trou qui pue la mort. Je me précipite vers l'escalier qui mène à la cour d'honneur. Pierre s'interpose. Avec le ton du chef qui se la joue magnanime, il me dit: « Non, pas par là. Sortez par la porte. » La porte, quelle porte. Je regarde à droite, à gauche. Lucien, l'ancien doriotiste déguisé en Fifi, m'attrape par la manche. Et là, dans un coin, comme encastrée dans le mur, j'aperçois une toute petite porte en chêne massif. Lucien l'ouvre, il sort dans la rue, il revient et me lance: « C'est bon, on y va. »

Il y a du monde. Des hommes surtout. Ça court, ça crie, ça transpire. Le soleil tape fort. Je mets les mains sur mon crâne, je veux pas cramer du cerveau. Personne ne semble faire attention à nous, à moi. Je rentre la tête dans les épaules. Je baisse le front. C'est pas que j'ai honte, non, c'est pas ça. C'est juste que j'ai pas envie que des cons m'empêchent d'avancer. Je trace, Lucien derrière moi, avec son fusil trop grand pour lui. Je suis déjà essoufflée. Nous dépassons les grilles de la préfecture. Je jette un œil, une estrade a été installée dans la cour d'honneur. Jour de fête pour les connards.

Je reprends ma route et là, je ne peux pas le louper, il vient d'arriver, il se gare sur la place Collin-d'Harleville. Un char. Des chenilles énormes qui pourraient m'écraser en moins de deux. Des étoiles blanches qui crânent sur les côtés. Les Amerloques sont là, au cœur de Chartres. Mais qu'est-ce qu'il fout ce putain de blindé. On dirait qu'il pointe son canon en direction de la cathédrale. En direction des clochers. Non, il va pas oser…

« Allez, qu'est-ce que tu chies, magne-toi ! » Je me retourne vers Lucien. Il est rouge, on dirait qu'il a la fièvre. Je lui en collerais bien une pour oser me parler comme ça. Tout à coup, des tirs. Je ne sais pas d'où ils proviennent. En une seconde, la place est vide. Tous les rats se sont planqués. Lucien a disparu. Y a plus que ce canon, menaçant, qui semble vouloir viser Notre-Dame. Et moi, je suis là, comme une cruche, haletante. Je me sens toute nue, au milieu du carrefour. Ça continue de canarder. On dirait que ça vient des clochers. Je lève la tête. Les Allemands sont sûrement là-haut. Une balle ricoche près de moi. Faut que je décampe ou je vais y laisser ma peau.

Je me mets à courir. Derrière moi, Lucien hurle : « Qu'est-ce que tu fous, reviens ! » Sur le trottoir en face, il y a un homme, accroupi, un appareil photo devant le nez. Lui ne va pas me dégommer. Je me réfugie à ses côtés. Les tirs se sont tus. Lucien me poursuit toujours, me rattrape et abat une paume poisseuse sur ma nuque. « Tu tentes de t'enfuir encore une fois et je te colle un plomb dans la cervelle, t'as compris ? » Je me dégage, dégoûtée par le contact de cette main de Judas. L'homme à l'appareil photo nous regarde, sidéré. Ma boule à zéro lui a coupé la chique. Il se recule. Il cadre. Il déclenche son appareil. Un souvenir de cette belle journée existera, quelque part. Déjà, le photographe se détourne. Déjà, je ne l'intéresse plus.

Lucien plaque le canon de son fusil entre mes reins. Il me pousse à travers la place. Nous nous engouffrons dans la rue du Cheval-Blanc. « Allez, arrête de lambiner ! » M'agace, cette raclure. Faut qu'il cesse de se croire tout permis.

— Lucien, tu te souviens qu'on se connaît ? Que je pourrais en raconter de belles sur ton compte ? Antoine, ton pote, le chef des doriotistes, ça te dit quelque chose ?

Là, il fait moins le malin, l'enfoiré. Il zyeute de tous les côtés. Des gouttes de sueur mouchettent la peau de ses tempes. Puis, tout bas, il assène :

— Arrête de m'appeler Lucien ! On se connaît pas ! J'ai jamais frayé avec les Boches comme toi !

Il me flanque un coup de crosse dans les omoplates. Je retiens un cri. À ce moment-là, ma brûlure au front se réveille. Elle palpite, elle s'embrase. Lucien continue de me bousculer. Nous prenons à droite. Tous les volets sont fermés. Pas un zig qui ose sortir. Pas encore. Je n'en peux plus. La douleur m'irradie. Je m'arrête. Net. Et dans un coup de délire, je supplie :

— Laisse-moi partir, Lucien !

Il crache, en secouant son fusil :

— T'es dingue ou quoi ! Pourquoi je ferais ça ! J'ai pas envie de me faire descendre, moi !

— Je te revaudrai ça, tu seras pas déçu.

— Mais t'es complètement cinglée, ma parole ! Tu crois encore que tu peux promettre quoi que ce soit ! C'est fini pour toi !

À ce moment-là, j'ai tellement mal au front que j'ai l'impression que ma cervelle va gicler et se répandre par terre. Je ferme les yeux. Mes seins sont trop lourds. Mes jambes s'affaissent. Je pique en avant. Ma tête heurte le trottoir.

« Arrête, putain ! Lève-toi ! » Une claque. Un coup de pied dans le ventre. Lucien me tord le bras. Je ne me dégage plus. Je me laisse faire. Il me relève. Je suis très vieille tout à coup. Harassée de fatigue, harassée de vie.

Lucien me traîne jusqu'à la rue de Beauvais, jusqu'à la maison.

— C'est là ?

J'acquiesce.

— Tu me la fais pas à l'envers, cette fois ! Tu prends ta gamine et on se tire.

Je ne réponds pas. Je pousse la porte. Pas verrouillée, du Madeleine tout craché, incapable d'envisager le mal. Nous pénétrons dans la cuisine. Il fait frais et sombre. Je me rue vers l'escalier. Je hurle :

— Madeleine ! T'es là-haut ?

Derrière moi, un bruit de verre qui se brise. Je me retourne. Madeleine est là, assise sur le banc de la cuisine, Françoise dans les bras. Ma frangine me fixe, les yeux exorbités. À ses pieds, le biberon est en mille morceaux, le lait se répand entre ses jambes. Je me précipite vers ma sœur. Je lui arrache Françoise et respire à grosses goulées le cou de ma petite fille. Elle dort comme si de rien n'était. Je lève les yeux vers Madeleine. On dirait qu'elle ne respire plus. Lucien intervient :

— Allez, on y va !

Madeleine se ressaisit et beugle :

— Mon Dieu, Simone ! Oh mon Dieu ! Mais qu'est-ce qu'ils t'ont fait ?

Elle m'entoure de ses bras. Elle me caresse le crâne. Elle chiale comme un veau.

— Tes cheveux, Simone, c'est horrible… Comment ont-ils osé ? Et où sont Papa et Maman ?

Lucien crie :

— Ça suffit maintenant, tu la boucles, la frangine, et on y retourne !

Madeleine se détache de moi, essuie ses yeux d'un revers de la main et me dévisage.

— Et qu'est-ce que tu as sur le front Simone ? Une cloque ! Une énorme cloque !

Cette fois, Lucien aboie tout ce qu'il peut :

— J'ai dit ferme ta gueule !

Il m'empoigne par l'épaule et m'expédie vers la sortie.

« Attendez ! » Madeleine a ravalé toutes ses larmes. Elle dit d'une voix presque assurée : « Il te faut des langes pour la petite. J'en ai pour une minute. » Lucien n'a pas le temps de s'y opposer. Ma sœur est déjà à l'étage, puis déjà descendue, avec un baluchon gonflé.

« Qu'est-ce que c'est que ça ? » Lucien croit qu'elle veut le couillonner. Il s'empare du barda, dénoue le drap. Et reçoit sur les pieds des couches et de la layette. Il hausse les épaules. Madeleine refait le nœud du baluchon. Elle me le tend. Ça m'encombre, mais je le prends. Je tente un sourire vers ma frangine. Elle ne dit plus rien. Elle a joint les mains. Je suis sûre qu'elle va prier.

Lucien me tire toujours vers la porte. Je sors et je reçois en pleine poire le soleil de cette matinée d'août. Je ne peux pas protéger la tête de Françoise, car ma deuxième main est prise par ce foutu baluchon. Heureusement, elle a beaucoup de cheveux, ma petiote. Elle a chaud elle aussi : je sens son petit dos mouillé. Mais elle continue de dormir, malgré tout.

Tout à coup, là-haut, les cloches de la cathédrale s'entrechoquent à pleine volée. Lucien et moi levons les yeux. Les clochers ont tenu le coup, Notre-Dame n'est pas tombée. Je serre Françoise un peu plus sur ma poitrine. Avec elle dans les bras, je me sens plus forte. Avec elle dans les bras, je tiens ma raison de vivre.

36

J'ai mal dormi. J'ai fait des rêves étranges, envahis par des uniformes réséda, des décolletés vertigineux et des limaces obèses. Et ça riait autour de moi, ça n'arrêtait pas de se gondoler. Eva surtout, elle était comme possédée par un ricanement sans fin. Le matin, je me suis réveillée en vrac, avec l'impression de ne pas avoir pioncé une seconde. Mal au crâne, mal au cœur, gueule de bois.

Mais au milieu de ce bordel, une certitude surnage : je n'abandonnerai pas. L'Allemagne nazie m'offre un avenir que ne m'a jamais laissé espérer la France moisie. Puissance contre décadence ; vainqueurs contre vaincus. Faut que je cesse de me triturer le cerveau, le choix est tellement simple. Je dois faire confiance à la seule personne qui m'a tendu la main. Eva. Je m'inclinerai devant chacun de ses désirs. Juré, craché, j'arrête la déconne.

Ce matin-là, la Mercedes noire vient me chercher comme d'habitude. Le chauffeur est seul, Eva n'est pas là. « Mademoiselle Mévole est déjà à la Manutention. » J'incline la tête, je me réfugie dans les coussins, le parfum d'Eva flotte dans l'habitacle. Dehors, le froid mord. La neige a fini de virevolter et a cédé la place à une purée de pois. La même que dans mon ciboulot. J'aurais pas dû sécher autant de coupes de champagne, hier. Ça me réussit pas. Je me file trois claques sur les joues. Faut absolument que j'aie les idées claires, faut pas que je me loupe devant Eva. Ma plus grande peur, ce serait qu'elle ne veuille plus de moi, qu'elle me vire. Pire encore : qu'elle me méprise.

Lorsque je me pointe devant elle, Eva me scrute, sans ciller. Ses pupilles sont comme des torches prêtes à fondre sur l'ennemi.

— Bon, Simone, nous n'allons pas nous mentir. Nous savons toutes les deux que ton attitude envers moi a été déplorable et je ne…

— Oui, excuse-moi, je…

— Ne me coupe pas la parole, s'il te plaît. Je te rappelle que je suis ta cheffe. Si tu veux continuer à travailler pour moi, tu dois obéir.

— Oui, pardonne-moi. Je ne sais pas ce qui m'a pris. Bien sûr que je veux continuer à travailler avec toi.

Eva tord son coupe-papier. Une ombre de sourire se redessine sur ses lèvres.

— Parfait. Sache que c'est la première et dernière fois que je supporte cela. Et écoute-moi bien maintenant. J'ai de nouvelles responsabilités. La *Feldkommandantur* me demande d'accomplir des missions qui n'ont rien à voir avec le secrétariat. Je serai moins souvent à la Manutention. Mais pour toi, ça ne change rien : tu continues à jouer les interprètes et tu continues à faire tes traductions. C'est bien compris ?

— Oui… D'accord… Et je ne peux pas t'accompagner dans tes nouvelles missions ?

Là, Eva s'esclaffe, comme si j'avais proféré la dernière des débilités.

— Ah, non, ma chérie, tu ne peux pas. Vraiment pas. Peut-être plus tard. Si tu y mets du tien… Ah oui, et j'oubliais : je n'aurai plus le temps de relire ton travail. Tu iras voir Otto Weiss. Tu sais où le trouver, il me semble ?

Je crois avoir mal entendu. Je bredouille :

— Quoi ? Otto Weiss ? Mais pourquoi lui ?

Eva serre les mâchoires et, d'un geste ample, plante son coupe-papier dans la table de son bureau.

— Ça suffit ! Si ça ne te plaît pas, la porte est derrière toi !

Je regarde le coupe-papier vibrer. Il s'est enfoncé dans le bois comme dans du beurre. Je secoue la tête :

— Non, ne le prends pas mal. C'est juste que je ne comprends pas. Otto Weiss est libraire…

Eva sourit. Ses dents me semblent tout à coup très effilées. Elle se met à débiter :

— Otto Weiss n'est pas que libraire. Il est aussi et surtout le chef de la propagande à Chartres. Tu comprends ? C'est un poste très important à la *Feldkommandantur*. C'est également un officier insaisissable, inaccessible, incorruptible. Et j'ai bien vu hier que tu lui as tapé dans l'œil. C'est inespéré. C'est l'occasion ou jamais de le harponner, tu vois ce que je veux dire ?

— Euh, non, pas vraiment.

Eva ricane maintenant.

— Ça ne fait rien ! Pour le moment contente-toi d'aller le voir le plus souvent possible pour qu'il vérifie tes traductions, ce sera déjà très bien !

Je baisse la tête. Nous savons l'une et l'autre que je ne suis pas en position de négocier. Lorsque je passe le pas de la porte, Eva me crie :

— Tu verras, tu me remercieras plus tard !

Noël passe. Cette année-là, je réussis à dégoter une dinde grâce à la cantine allemande de la Manutention. Semblant de repas de fête. Semblant parce que Madeleine fait toujours la tronche : elle met un point d'honneur à n'avaler aucune bouchée de la volaille. « Rien qui vient des Boches, tu comprends Simone ? » Droite dans ses bottes, la frangine. Elle me coupe l'appétit. Quant à Maman et le vieux, ils ingurgitent, à eux deux, toute la dinde.

Janvier arrive. Toujours ce froid sibérien, ce blizzard, cette neige tenace. Eva tient parole. Elle ne vient bosser qu'un jour sur deux, voire un jour sur trois. Le reste du temps, elle vaque à des occupations secrètes. Mais, à chacune de ses visites, elle ne manque de me demander : « Alors, tu y es allée ? Non, pas encore ? Ce n'est pas possible ! Tu ne peux pas faire attendre la *Feldkommandantur.* » Au bout de trois semaines, j'ai une pile de traductions non vérifiées. Je sais que je vais gripper le système et que, bientôt, je serai pointée comme une employée défaillante. Alors, je me fous un coup de pied au derrière.

Un jeudi de janvier 42, je fais sonner le carillon de la librairie allemande. Il est là, toujours le nez dans ses livres. Il lève les yeux vers moi, ne laisse paraître aucune marque d'étonnement, comme s'il m'attendait.

Après les politesses hypocrites, je veux expliquer pourquoi je viens. Au premier mot, il met un doigt en travers de sa bouche. « Ne dites rien. Je suis bien placé pour savoir que l'on ne fait pas toujours ce que l'on souhaite. » Il m'intimide ce type, c'est bien la première fois. On dirait qu'il connaît des choses que le commun des mortels ignore. Je lui colle mes traducs dans les mains. Nous nous mettons d'accord : je reviendrai le jeudi suivant. Je reflue alors vers la porte, en faisant bringuebaler le carillon.

Malgré mon malaise, je suis bien obligée d'y retourner, dans cette librairie. Mes traductions ne peuvent pas attendre. Une fois par semaine, parfois deux. Toujours un peu à reculons. Pourtant, Otto Weiss me complimente. Pas sur mes tenues, ou sur ma bonne mine. Uniquement sur mon travail. « Encore une fois, c'est parfait, mademoiselle Grivise. Votre allemand est irréprochable ! »

Au début, j'en mettrais ma main au feu : il se fout de ma gueule. Et puis, les jours passant, je n'en suis plus aussi certaine. Il semble si honnête. Il me parle toujours en français. Un français littéraire, avec des tournures d'un autre siècle. Il dit « plaît-il ? » à la place de « quoi ? » ou « il ne me souvient pas » pour « j'ai oublié. » Un français à la syntaxe parfaite dont pourraient prendre de la graine nombre de mes compatriotes. Dans sa bouche, jamais de « malgré que », « à cause que ». Un jour, il m'avoue : « Je suis francophile, j'aime votre langue ! Je ne me lasserai jamais de la parler ! » Je voudrais répondre quelque chose d'intelligent, quelque chose qui évoque en retour mon amour de la langue allemande, mais je ne trouve rien, tout semble fade. J'ai dit juste : « D'accord », comme une bécasse.

Une autre fois, sans que je lui demande rien, Otto me parle de lui. En Allemagne, il était bibliothécaire. En 1939, il a dû s'enrôler dans la Wehrmacht, comme tous ceux de son âge. « Je n'ai pas l'âme d'un guerrier », me confie-t-il. Malgré tout, il a été intronisé chef de la librairie et chef de la propagande, dans la préfecture beauceronne. « Je suis très heureux ici. Je trouve votre ville magnifique. Elle a un charme suranné qui est tellement rare. Et cette cathédrale, c'est une merveille ! » Il s'arrête, me sourit, d'un sourire qui pour la première fois ne me semble pas forcé. Je souris aussi.

Il continue : « Je n'apprécie pas vraiment les grandes villes. Trop bruyantes à mon goût. Chartres et sa tranquillité sont une bénédiction pour moi. Et pour être honnête, je dispose ici d'un temps précieux pour me consacrer à ma passion, la lecture, et, oserais-je le dire... l'écriture aussi. » Il émet un rire nerveux. Moi, je hoche la tête, consciente qu'il vient de me faire une confidence.

Je commence à m'habituer à cette routine. À l'apprécier même. « Tu vois que j'avais raison d'insister, me dit Eva. Il ne t'a pas mangée toute crue, le lieutenant Weiss. Et puis, entre nous, il est plutôt joli garçon. » Je fais la moue, pas persuadée que le terme « joli » puisse s'accorder avec Otto. Mais c'est vrai qu'il a un certain charme. Un truc indéfinissable que je ne m'explique pas. Pour autant, pas question d'en parler à Eva. Elle aurait vite fait de se monter le bourrichon. Alors, je la laisse pérorer, je suis contente comme ça, je veux que ça dure.

Mais patatras, tout se détraque. À partir de février 42, Eva ne met plus les pieds à la caserne. Alors, au bout de dix jours sans voir sa bobine, un soir après le boulot, je décide d'aller sonner chez elle.

Je file au 5 rue de Beauvais, je pousse la porte de l'immeuble d'Eva, monte les marches en rafale jusqu'au deuxième palier et je sonne. Personne ne vient. Pourtant, y a de la lumière sous la porte. Je sonne à nouveau. Je suis sûre qu'elle est là, qu'est-ce qu'elle fout. Faudrait qu'elle se décide à ouvrir, j'ai pas envie de tomber nez à nez avec un autre locataire. Mes mains sont moites. Je colle mon oreille contre la porte. Elle est là, j'entends son rire au fin fond de l'appart. À quoi elle joue, putain.

En bas, un grincement. Des pas lourds entament l'ascension de l'escalier. Merde. Je me précipite pour atteindre le troisième étage. Ouf, les pas s'arrêtent au premier. Je m'apprête à redescendre lorsque j'aperçois ce petit renfoncement, là, entre les deux étages. Si je parviens à y caler mes fesses, j'aurai une vue plongeante sur la porte d'Eva, sans que personne ne puisse deviner ma présence. Alors, je m'installe sur la pierre froide, serre mon manteau, plie mes jambes contre mon ventre. Et j'attends. Je veux savoir ce qu'elle trafique. Dehors, l'ombre grandit, la nuit vient. Je me gèle les miches. Mais je saurai.

37

J'ai poireauté. Peut-être une heure, peut-être deux. Et puis, brusquement, la porte de l'appartement s'ouvre, en grand. La lumière jaillit sur le palier. Un homme sort. Aucune hésitation, je le reconnais dans la seconde : c'est le type de la SIPO-SD, le gros limaçon libidineux. J'ose même pas imaginer ce qu'il foutait chez Eva. Rien que d'y penser, j'ai les tripes qui se retournent. Il descend les marches pour rejoindre le rez-de-chaussée. Je retiens ma respiration jusqu'à ce que le cliquetis du porche de l'entrée retentisse. Je me radine tant bien que mal au deuxième palier et je sonne.

Cette fois-ci, Eva m'ouvre sans attendre. Elle me sourit, même pas étonnée de me voir. « Ah, ma Simonette, tu as bien fait de venir ! » Une des bretelles de son déshabillé est en train de se barrer. Elle la remonte en se caressant l'épaule. De l'autre main, elle trimbale son éternelle flûte de mousseux. Elle me fait entrer dans son appart fleuri de croix gammées. Un gros boxon : la nappe en dentelle est à moitié par terre, des bouteilles vides traînent ici et là, des coussins s'étalent sur le parquet. Et cette odeur… Je la connais trop bien, cette odeur. Elle me parachute direct dans la chambre de Pierre. Je me tourne vers Eva. Elle a les joues rosies, les cheveux détachés, l'air pompette. Comment peut-elle faire ça avec ce mec immonde. Tout à coup, j'ai envie de déguerpir.

Je recule vers la porte. Eva m'agrippe le coude. « Que se passe-t-il ma chérie ? Tu ne m'as pas attendue tout ce temps pour te sauver comme une voleuse. » Je la regarde. Elle a raison. Je ne parviens plus à partir. J'ai les pieds cloués aux lattes du plancher. Eva prend son temps, retape le canapé. Elle met un disque en sourdine, toujours le même, Trenet et sa joie débordante. Impression de déjà-vu, sauf qu'aujourd'hui, je suis moins gaie.

Enfin, Eva se rassoit et, là, elle m'annonce tout à trac, avec l'air le plus nonchalant du monde, qu'elle est enceinte. « Je lui offre ce que sa bourgeoise n'a pas pu lui donner. Un descendant ! Il est content. Et moi, avec ce môme, j'ai une pension assurée ! » Sans que j'aie le temps de digérer, Eva m'assène un dernier coup de trique : elle ne retournera plus à la Manutention. « C'est trop loin. Dans mon état, c'est mieux que je travaille à côté de chez moi. Franz m'a promis une place rue de la Tonnellerie, au bureau de placement. »

Les bras m'en tombent. Je n'ai rien vu de ses combines. Et elle ne m'a pas jugée digne d'être mise au courant.

— Et moi, dans tout ça, je deviens quoi, tu me laisses tomber ?

Eva, mielleuse, allonge les jambes.

— Mais non, mon chou, tu pourras continuer à venir me voir. Quand Franz ne sera pas là, bien sûr !

Elle me considère, l'œil vicelard. Et ajoute :

— Quoiqu'une soirée à trois ne serait pas pour lui déplaire ! Et moi, ça me fera un peu de repos…

Non, c'est trop, je me tire. Je pose la main sur la poignée de la porte. Eva me rattrape. Elle fait tourner la clé dans la serrure et la fourre dans une des poches de son déshabillé. Elle ne rit plus du tout, elle souffle un vent glacial.

— Simone, arrête de jouer les saintes-nitouches. Je sais très bien ce dont tu es capable.

— Je ne vois pas de quoi tu parles. Je voudrais rentrer chez moi.

— Ne t'inquiète pas. Tu vas bientôt pouvoir sortir d'ici. Mais avant, écoute-moi bien. Je vais être crue, mais ça t'évitera les déconvenues. C'est la queue des hommes qui mène le monde. Alors, toi aussi, si tu veux continuer à avancer, il faut que tu te trouves une queue !

— Je n'ai aucune envie de coucher avec n'importe qui.

Eva reprend son habituel sourire.

— Mais qui te dit de coucher, ma poulette ? Il y a mille et une façons d'utiliser un homme sans te donner à lui. L'essentiel, c'est de lui faire croire qu'il pourrait peut-être, un jour, te mettre dans son lit. Tu es une fille intelligente, ma toute belle, tu peux parfaitement comprendre. Et en plus, le ciel a déjà mis sur ton chemin l'homme providentiel.

— Je ne vois pas de qui tu parles.

Je vois très bien. Mais je déteste la tournure de cette conversation.

— Allez, arrête tes bobards. Otto Weiss te mange des yeux depuis le début. Ce serait pécher que de ne pas lui faire miroiter un début d'amourette.

— Ah non, là, tu te trompes, s'il y en a bien un qui ne s'intéresse pas à moi, c'est lui.

— Eh, eh, eh, comme tu manques d'expérience, ma pauvrette ! Mais Otto Weiss, il ne rêve que de toi, ça se voit à des kilomètres. Simplement, le petit père, il est protestant rigoriste. Ou coincé, si tu préfères. Il ne tentera jamais rien. Mais, toi, tu dois agir. Crois-moi, Simone, l'occasion ne se présentera pas deux fois. Je ne te dis pas de tomber amoureuse de lui, je te dis de profiter de lui pour t'offrir la belle vie. Regarde-moi, tu trouves que je suis à plaindre ? Tu ne veux pas aller au théâtre ? Avoir de belles parures ? Être la reine de la fête ? Tu préfères rester embourbée dans ta fange ? Tu préfères vivre ta petite vie minable ?

Je dis, tout bas :

— Je dois rentrer maintenant, Eva.

— Mais bien sûr, rentre donc chez toi, retrouve ta joyeuse et formidable famille et embrasse-les bien tous de ma part !

D'un coup de clé, Eva déverrouille la porte et me voilà sur le palier, dans le noir le plus complet. Je descends l'escalier, la main sur la rampe. Dans la rue, pas un bruit, pas une lumière, pas âme qui vive. Dans ma tête, un vrai chambard. Le ricanement d'Eva me pourchasse ; la joie de Trenet me harcèle.

J'aspire l'air froid de la nuit à grosses goulées. Je n'ai pas envie de rentrer à la maison. Je sais ce que je vais y trouver et ça me bassine d'avance. Je fais des tout petits pas, histoire de retarder le plus possible mon retour au bercail. Au fond, la vérité me saute à la gueule. Ça ne peut plus continuer comme ça. Eva a raison. J'ai fait un choix, il faut que j'aille jusqu'au bout. Je ne peux pas me contenter de faire mes petites traducs dans mon coin. Je dois voir plus grand, plus loin.

Je longe la maison des Pelletier, à dix mètres de chez nous. Et là, j'entends distinctement le bourdonnement de leur TSF. Je m'arrête, juste en dessous de leur fenêtre. C'est bien la BBC et ses messages à la con. Je range l'info dans un coin de ma cervelle, on sait jamais.

Eva est rusée. La meilleure façon d'entrer dans une famille, c'est de nouer des relations privilégiées avec ses membres. Fréquenter un officier, c'est simple et efficace. Merci Eva. En revanche, là où ça déraille, c'est dans le choix du gazier. Otto Weiss, impossible, même en rêve. Ce n'est pas qu'il me déplaise, non. Mais il est obnubilé par la cathédrale, le voile de la Vierge, et le bleu des vitraux : il n'en a rien à cirer, de ma trombine. Faut que je trouve un autre pigeon.

38

Je suis retournée à la Manutention. Mais le plaisir a disparu. Sans Eva, la caserne est d'une tristesse à se tailllader les veines. J'en ai ma claque de jouer les interprètes pour ces imbéciles de Beaucerons, tous plus menteurs et resquilleurs les uns que les autres. Et puis, ce n'est pas dans ce trou que je vais rencontrer l'officier qui m'ouvrira les portes du gratin allemand. Que des petites mains, des sous-fifres, un ramassis de soldats que les chefs ne veulent pas voir à la *Feldkommandantur*. La Manutention, c'est un mauvais plan, vraiment.

Certains soirs, avant de rentrer à la maison, je passe voir Eva, au bureau de placement. Elle s'occupe d'envoyer en Allemagne les volontaires français qui cherchent à gagner des ronds. J'aimerais bien déblatérer avec elle ; j'espère rire un peu. Mais Eva a toujours l'air épuisée, par sa grossesse, par son travail : elle n'a plus de temps pour moi. Elle me demande juste, comme un disque rayé : « Alors, avec Otto Weiss, ça avance ? » Je lui réponds invariablement par la négative. Eva serre alors ses lèvres en un rictus qui signifie « pauv'fille ».

Je suis en train de perdre Eva. Le peu de joie qui est entré dans ma vie va s'évaporer. Non, c'est pas possible. Faut que je réagisse. Faut que je tente un truc, un tout petit truc. Mais l'idée ne me vient pas. Faut dire qu'Otto n'est pas très coopératif. Pas une once de parole équivoque, pas une ombre d'œillade séductrice. À force, c'en est vexant. Je sais que j'ai des atouts, que je suis jolie. Eva me l'a dit. Et Eva ne ment pas, sur ce terrain-là. Elle m'a assuré aussi qu'Otto bavait après moi. Faut que j'en aie le cœur net. De toute façon, j'ai rien à perdre. Au pire, il me fera comprendre que c'est niet et ce sera pas pire que la fois où il a refusé que je travaille pour lui. Au mieux, il est conquis et je pourrai aller me vanter auprès d'Eva. Après, il sera toujours temps de refuser ses avances. Je ne suis pas une marie-couche-toi-là. Je veux juste qu'Eva soit fière de moi.

À la fin du mois de février 42, une occase se présente. Nous sommes là, tous les deux, Otto et moi, dans la librairie poussiéreuse. Le jour décline. Impossible d'allumer la pièce, car, depuis le matin, coupure d'électricité. Toujours cette odeur de tabac. Des volutes de fumée de cigarette planent autour de nous. Faut qu'il fasse gaffe : un jour, il va foutre le feu. Otto commente mes traductions. Ça n'en finit pas. Je l'écoute d'une seule oreille, je me concentre pour réprimer mes bâillements. Et puis, tout à coup, il me sort, comme ça, au milieu de l'analyse du placement d'une virgule :

— Veuillez m'excuser, Simone, je ne suis peut-être pas très clair. Il faut dire que j'ai très peu dormi la nuit dernière.

Pour le coup, ça me réveille. Faut dire qu'il ne me parle pas souvent de lui. J'écarquille les yeux. Il continue :

— Je travaille en ce moment sur une nouvelle qui accapare tout mon esprit.

Je me racle la gorge et je saisis la perche :

— Ah oui, vous écrivez… C'est bien… Et de quoi parle votre nouvelle ?

Très vite, dans un souffle, il débite :

— Je ne m'en ouvre pas facilement, vous savez. C'est très personnel, mais à vous, je peux dire beaucoup de choses. Alors, voilà, j'écris des nouvelles érotiques. C'est mon jardin secret. Mais n'allez surtout pas croire que cela fait de moi un érotomane !

J'acquiesce, pas très sûre du sens d'érotomane. Mais en revanche, je suis certaine qu'Otto vient d'ouvrir une porte à un début d'intimité entre nous. Je suis alors prise d'un fol emballement. Des mots sortent de ma bouche et je m'en mords encore la langue :

— Je suis touchée que vous me fassiez cette confidence. Justement, j'aurais plaisir à faire plus ample connaissance avec vous. Je me demandais si vous accepteriez de… de… de venir dîner chez moi.

Voilà, c'est sorti. J'ai pas trouvé mieux. J'imagine tout de suite la tronche du vieux, la tronche de Madeleine, et je sais déjà que c'est une mauvaise idée. Quant à Otto, il me fixe, sans réaction, comme s'il ne percutait pas. Alors, pour aller jusqu'au bout de ma connerie, j'entreprends de poser ma main sur la sienne. Et là, Otto sursaute : tout son corps fait un bond en arrière. Moi, je suis incapable de bouger, mon bras pèse une tonne. Otto se reprend et me dit depuis son comptoir :

— Ne vous méprenez pas mademoiselle Simone. Je ne peux pas accepter une telle invitation. Nos relations sont professionnelles. Elles ne peuvent pas devenir plus personnelles. Que penseraient les gens autour de vous ?

Les images se brouillent, je vire au cramoisi, je ne sais plus très bien ce que j'ai répondu. En tout cas, je me suis tirée, le plus vite que j'ai pu. J'ai couru jusque chez moi, les guiboles en coton et le front en nage. Je me suis enfermée dans ma chambre.

Putain, mais quelle conne je suis. J'aurais dû me fier à mon intuition : il n'en a rien à battre de ma petite gueule de crétine. J'ai envie de hurler. Si j'avais un couteau, je planterais bien mon matelas dans tous les sens, histoire de me soulager. Je me contente de boxer mon oreiller jusqu'à la crevaison. Les plumes volent dans mes cheveux, dans mes larmes, dans ma morve. Je pensais pas que ça me ferait cet effet-là d'être repoussée. Parce que c'est ça qui s'est passé : il m'a virée comme une malpropre. Je n'y retournerai jamais.

Les jours qui suivent le souvenir de ma déconfiture me rattrape à tout bout de champ, lorsque je me brosse les dents, lorsque j'enfile mes bas. Pour l'évincer, je me mords l'intérieur des joues, je me laboure la paume des mains. La douleur physique éteint pendant quelques minutes le feu de ma honte. Quand c'est trop fort, quand l'humiliation me monte à la gorge et m'étouffe, je répète, tout haut, toute seule : « Quelle conne, quelle conne, quelle conne. » Jusqu'à ce que mon cerveau sature.

Au bout d'une semaine à ressasser, je reçois une lettre. Une toute petite lettre, format mouchoir de poche. L'enveloppe est couleur vieux vert, comme les toits de la cathédrale. Une écriture ronde indique mon nom, mon adresse. Je crois que c'est Colette, c'est sa façon de former les « S » majuscules. Mais l'oblitération ne vient ni des États-Unis ni d'Angleterre.

« Centre de tri de Chartres ». Ce ne peut pas être ma Colette. Elle ne serait pas partie pour revenir maintenant. Mais alors, qui. Je me précipite dans ma chambre, à l'abri des yeux de Maman et de Madeleine. Je déchire l'enveloppe et m'empare de la feuille pelure d'oignon.

« Chère Simone,

Je vois bien que je vous ai blessée. J'en suis affligé. Jamais, je n'ai voulu vous faire de la peine. Bien au contraire, croyez-moi. Sans doute ai-je été maladroit. Je vous dois des explications.

La vie n'a pas été clémente avec moi. Je ne rentrerai pas dans les détails, je ne souhaite pas vous importuner. Mais il y a une leçon que j'ai retenue : il ne faut jamais transiger avec ce que la morale des hommes réprouve. On croit bien faire, on croit être habité par des sentiments purs, mais si les hommes ont décidé que vous commettez un forfait, alors vous vous dirigez vers une catastrophe.

Votre main sur la mienne, l'autre jour, a été une caresse d'une douceur infinie. J'ai cru sentir comme un instant de grâce. Toutefois, ce moment ne pouvait pas durer. N'y voyez là rien qui va à votre encontre. Simplement, la vie qui est la nôtre en ce moment ne nous permet pas de laisser libre cours à la naissance d'une tendresse.

Vous êtes jeune, Simone. Peut-être ne verrez-vous dans cette lettre que les atermoiements d'un homme désabusé. Mais j'en doute. Je sais que vous êtes intelligente. Je sais que vous comprendrez.

Ne vous méprenez pas, ma lettre n'est pas un adieu, juste une ode à la patience. Comme vous, j'espère que les temps funestes que nous vivons prendront fin bientôt. Nous ne serons plus la jeune Française ni le soldat allemand, mais deux êtres qui n'aspirent qu'à la paix et la joie.

Malgré mes résolutions, je ne puis accepter de ne plus vous voir. J'ai tourné et retourné les possibilités restreintes qui s'offrent à nous. Je comprends que venir à la librairie soit une épreuve pour vous. Je sais bien que la rue du Bois-Merrain, en plein centre-ville, est exposée à toutes les rumeurs. J'ai réfléchi à votre invitation. Cette dernière me semble à présent la solution la plus convenable. Je viendrai chez vous, juste après le couvre-feu, avec mon ami Herbert. En venant à deux, nous écarterons tout propos malveillant. Et en venant le soir, nous serons moins visibles. Qu'en pensez-vous ?

J'espère vous lire bientôt, chère Simone. Je vous prie également de bien vouloir détruire cette lettre. Ne laissons rien qui puisse nous porter préjudice.

Votre dévoué Otto Weiss. »

Je lis cette lettre, la relis, la lis encore. Pour être sûre d'avoir bien compris. Pour analyser le sens de chaque mot. Je ne veux pas la faire disparaître ni la déchirer ni la brûler. Si elle n'existe plus, je ne serai plus certaine qu'elle ait existé. Il faut que je la garde, que je puisse la toucher, la respirer. Je la cache entre les pages de mon Gaffiot.

Je m'affale sur ma chaise de bureau. L'étau qui me comprimait la poitrine vient de se desserrer. Je n'étouffe plus. Le plus impénétrable des officiers allemands présents à Chartres vient de m'écrire. Et quelle lettre. Une déclaration. Je ne le laisse pas indifférent. Il a le béguin. J'ai presque envie de courir chez Eva, de tout lui déballer. Je sais qu'elle sera contente de moi, qu'elle m'offrira une flûte de champagne, que nous danserons une petite mazurka.

Mais je ne bouge pas. Mes fesses sont enracinées dans ma chaise. Je crois que je suis gênée. Au fond, je sais bien qu'Otto se trompe sur toute la ligne. La fille à qui il croit écrire n'est pas moi. Je ne suis pas tendre. Je n'espère pas la fin de l'occupation allemande. Pour moi, nous ne vivons pas des temps « funestes ». Et puis, j'en ai rien à fiche de la rumeur. Il se fourre le doigt dans l'œil. Je ne suis qu'une sale manipulatrice. Une imposture. Otto ne mérite pas ça.

Pourtant, dans un accès de folie, comme pour aller le plus loin possible dans ce jeu de poker menteur, comme pour me sentir vivante, j'écris sur une feuille volante : « D'accord pour mardi à vingt heures. » Demain, je mettrai ce mot dans la boîte aux lettres de la librairie, avec mes traductions des derniers jours. Advienne que pourra.

39

Je suis sûre qu'il va venir. En tout cas, j'agis comme s'il m'avait dit oui. Au boulot, j'ai demandé à partir plus tôt le jour du dîner, histoire d'avoir le temps de préparer un truc correct à becqueter. À la maison, j'ai mis Maman dans la confidence. Je sais qu'elle est ma plus fidèle alliée. Quant à Madeleine et le vieux, je les ai prévenus le matin même, au moment où nous lapions notre ersatz de café au goût immonde d'orge grillée. « Cela me permettra d'améliorer mon allemand », ai-je tenté. Le vieux a beuglé, mais comme d'habitude, ça beugle, ça riboule des yeux et ça ferme sa gueule.

En revanche, Madeleine me désole. Elle a pleurniché, la frangine. Puis elle a déclaré qu'elle avait la colique et qu'elle ne sortirait pas de sa chambre. « À force de bouffer du vert, elle a chopé la chiasse », a asséné Maman. C'est vrai que Madeleine a plus que jamais une passion pour les feuilles de toutes sortes. Elle a une collègue originaire d'une colonie lointaine, l'île Bourbon. Et cette collègue lui a appris à accommoder les « brèdes », comme on dit là-bas. Brèdes cresson, brèdes blettes, brèdes épinards, et j'en passe.

Enfin bon, je sais bien que si Madeleine a les intestins en vrac, les brèdes ne sont pas les coupables. Non, c'est moi qui lui retourne le bide. Et j'aime pas ça. C'est ma sœur tout de même, je lui dois tant. Alors, ce matin-là, dans la grisaille du mois de mars, au moment de filer à nos boulots respectifs, je pose une main sur le guidon du vélo de ma sœur :

— Il faut qu'on parle, Madeleine.

Elle hoche la tête. Au lieu d'asseoir notre derrière sur nos selles, nous cheminons côte à côte. Je ne sais pas trop par où commencer, mais faut que je lui explique. Quitte à m'en prendre plein les dents.

— Madeleine, tu sais, ça me ferait rudement plaisir si tu participais au dîner de ce soir.

Ma sœur me fixe, avec un regard plein de pitié détestable. Alors, dans un débit de mitraillette, je me lance :

— Madeleine, je t'en supplie, essaye de comprendre. Je fais ça pour le bien de la famille. Cet officier, c'est le chef de la propagande allemande, c'est un très haut poste, il a ses entrées partout. Avec lui dans la poche, on n'aura plus jamais faim, plus jamais froid, plus jamais peur. C'est la belle vie assurée. En plus, il vient avec un de ses amis. Peut-être que tu le trouveras à ton goût et que tu…

Là, Madeleine s'arrête au beau milieu de la butte des Charbonniers, juste avant le monument aux morts. D'un ton dur, que je ne lui connais pas, elle me coupe :

— C'est qui pour toi exactement ?

— Quoi ?

— Ton amant ? Ton maquereau ?

— Mais arrête, rien de tout ça, évidemment !

— C'est pas ce que raconte la locataire qui habite derrière la librairie.

— Ah oui, et qu'est-ce qu'elle dit ?

— Elle dit que les cloisons sont minces et qu'elle entend des bruits de baisers. Elle dit que vous riez et qu'elle mettrait sa main au feu que vous faites la chose dans l'arrière-boutique.

À ce moment-là, j'ai le cœur qui part en cavalcade. Je hurle presque :

— Quoi ? Mais Madeleine, tu vas pas croire ça, c'est… c'est… n'importe quoi ! C'est qui cette grognasse, que je lui ferme sa grande gueule ? Je te jure sur la tête de sainte Bernadette qu'il ne se passe rien de tout ça avec Otto !

Madeleine a repris sa trotte, elle ne m'écoute pas. Nous arrivons place Châtelet, là où, avant la guerre, il y avait le marché aux bestiaux. Comme si elle se parlait à elle-même, Madeleine continue :

— Tu sais, à la limite, je m'en fiche que ce soit un Boche. Non, ce qui me fait peur, c'est que tu tombes encore enceinte. Je ne pourrai rien faire pour toi, cette fois. Plus personne ne veut se mouiller maintenant. Avec les nouvelles lois, c'est trop risqué.

— Mais Madeleine, puisque je te dis qu'il n'y a rien ! Tu me fais chier à la fin !

— Je répète ma question : c'est qui pour toi ?

— C'est un ami, rien qu'un ami. Il est très respectable. Viens dîner avec nous ce soir et tu cesseras de croire toutes ces ordures.

Madeleine s'arrête à nouveau. Nous venons de traverser le boulevard du Maréchal-Pétain. Nous sommes presque arrivées à la poste. Ma sœur me fixe toujours. Ses yeux sont en train de se remplir : elle va encore se répandre. Elle murmure :

— J'ai toujours été honnête avec toi, Simone. J'ai toujours tout fait pour toi. Et toi, pour me remercier, tu ne me dis même pas la vérité ? Comme si j'étais trop sotte pour comprendre ?

Et voilà qu'elle chiale. Je ne supporte pas de la voir comme ça. Alors, pour qu'elle s'arrête, je dis :

— C'est bon t'as gagné. C'est mon fiancé ! Voilà, t'es contente ?

J'ai sorti ça, comme une bombe, et j'ai pris la tangente, sans un regard pour Madeleine. J'ai enfourché mon vélo et j'ai pédalé comme une folle jusqu'à la Manutention.

Pendant toute la matinée, impossible de me concentrer. Impression d'avoir dit une énorme connerie. Impression de m'enfermer dans une histoire dont je ne veux pas vraiment. Mais c'est la faute de Madeleine, aussi. Je lui ai dit ce qu'elle voulait entendre. Elle doit être rassurée. Peut-être même qu'elle viendra dîner ce soir. Non, il ne vaut mieux pas qu'elle vienne. Sa grise mine gâcherait tout. Oh, et puis merde, je ne sais plus trop quoi penser. On verra bien.

Après le boulot, faut que je prenne l'air, faut que je respire. Ça tombe bien, j'ai les courses à faire. J'arrive rue de la Pie. Ça fait un bail que je ne suis pas revenue. L'odeur grasse du poulet s'est évaporée. Les ananas ont déserté l'étal du père Émile, l'épicier. Sur sa vitrine, il a accroché un panneau. « En vente : rutabagas, choux, topinambours. » Que des trucs dégueulasses. « Manquant : Pâtes, pommes de terre, sel, margarine, œufs, confitures, légumes secs, savon, chocolat, huile, riz. » Grosse dèche. Je ricane toute seule. Je sais bien que c'est un beau salaud, le père Émile. Déjà du temps de la crèmerie de Maman, il se trompait souvent lorsqu'il rendait la monnaie. À présent, il est passé à la vitesse supérieure. Une cave qui dégueule de victuailles. Empereur du marché noir.

Je pénètre dans la boutique. À cette heure-ci la queue des cartes de ravitaillement est finie. Je suis la seule cliente. Autour de moi, les étagères sont quasi vides. Le père Émile me salue. Échalas tout sec avec une pomme d'Adam qui fait l'ascenseur lorsqu'il ouvre la bouche. « Ah, mademoiselle Grivise, comme vous le voyez, ce n'est pas brillant en ce moment… » J'agite sous son nez mes billets de vingt marks. Il frétille, le père. « Justement, j'ai mis de côté six filets de hareng marinés, au cas où. » Ni une, ni deux, je paye et j'embarque la poiscaille. Au-dessus de la caisse, le Maréchal nous surveille de son œil sénile. J'ajoute aussi de l'huile de tournesol et des pommes de terre. « Merci monsieur Émile, sans vous, je ne sais pas comment nous ferions ! » Toujours flatter les gens qui peuvent me servir. Le dîner du soir s'annonce pas mal.

Je rentre à la maison, mon cabas sous le bras. Dans la cuisine, je tombe sur Maman. Heureusement qu'elle est là, ma petite Maman. Elle ne prend pas ce dîner à la légère. Primo, elle s'est confectionné un chignon et a enfilé sa robe beige qui semble propre et repassée. Secundo, elle s'est lancée dans une redécoration de notre salle à manger. Nappe en toile de Jouy, chandeliers de Bonne-Maman, coussinets sur les chaises. Et surtout, le service du mariage est de sortie. Lui qui n'a jamais été étrenné, faute d'occasion assez grande, vient d'être disposé sur la table. Les bergères au fond des assiettes me semblent un peu godiches, mais c'est l'intention qui compte. « Merci, Maman, c'est parfait. » Pour être raccord avec cette maison en fête, je m'empresse de me poudrer la figure, de passer la brosse dans mes cheveux et de remplacer mes bas en laine bouillie par la soie d'Eva.

À vingt heures tapantes, ils sont devant notre porte. Otto et son pote Herbert. Leurs uniformes sont restés au clou. Otto semble plus jeune. Pour la première fois, je remarque ses yeux bruns veloutés, ses longs cils. Maman s'empêtre dans une formule de bienvenue. Son émoi culmine lorsqu'elle découvre qu'Otto a apporté non pas une, mais trois bouteilles de champagne. Elle bredouille : « Par les temps qui courent, c'est un exploit de pouvoir s'en procurer. »

Le vieux, quant à lui, dans un réflexe de soldat issu du rang, s'est figé, comme au garde-à-vous. Il ne parle pas, ne bouge pas. Otto tente une approche: «Je suis heureux de faire votre connaissance, monsieur Grivise.» Le vieux branle du chef, esquisse une sorte de salut. Je n'en attendais pas moins de lui. Il a un don inné pour faire des courbettes devant toute forme d'autorité. Et lorsque Herbert lui annonce qu'il lui offre une vieille TSF, «qui fonctionne encore très bien», ses prunelles s'allument et c'est comme s'il avait oublié qu'un jour, il a été germanophobe.

Nous nous mettons à table dans une ambiance un peu empruntée. Otto fait la causette avec Maman à propos «des cépages français exceptionnels». Je laisse fondre les pommes de terre sous ma langue pour en profiter le plus longtemps possible. J'évite de regarder le vieux qui mâche son hareng avec des bruits de succion. Un instant, j'oublie que Madeleine est dans sa chambre à me faire la gueule. Je me laisse bercer par la conversation.

Tout à coup, des pas dans l'escalier. Madeleine paraît dans l'encadrement de la porte. Gros blanc. Tous les regards convergent vers elle. Belle, je la trouve belle: les yeux travaillés au khôl, les cheveux coiffés en arrière. Belle, mais menaçante. Yeux plissés, lèvres pincées. C'est Otto qui rompt le silence:

— Bonjour Mademoiselle. Vous devez être Madeleine. Simone m'a beaucoup parlé de vous.

Ma sœur ne daigne pas répondre, il y a juste ses pupilles qui s'agitent de manière désordonnée: je ne la reconnais pas. Elle a bu ou quoi. Maman intervient:

— Regarde Madeleine, ces messieurs nous ont apporté une radio.

Madeleine considère l'objet en hochant la tête. Puis, elle lance:

— Tiens donc! Pour que nous écoutions Radio-Paris, sans doute!

— Oui, dit le vieux, toujours corniaud.

Madeleine continue :

— Vous savez ce qu'on dit de Radio-Paris, messieurs ?

Là, je supplie ma frangine :

— Arrête, Madeleine, ne gâche pas tout !

Ma sœur m'ignore :

— Eh bien, on dit : « Radio-Paris ment, Radio-Paris ment, Radio-Paris est allemand ! »

Maman se lève et gronde :

— Madeleine, comment oses-tu ?

Otto, très calme, s'adresse à Maman :

— Laissez, madame Grivise. Je comprends votre fille.

Puis, il se tourne vers Madeleine :

— Notre présence vous incommode, mademoiselle. Si c'est votre souhait, nous partons sur-le-champ, n'est-ce pas Herbert ?

Herbert acquiesce. Madeleine s'assoit à table et dit :

— Ce n'est pas nécessaire. Vous êtes là. Le mal est fait. Votre départ ne changera rien. Et puis, nous avons à parler de vos intentions vis-à-vis de ma petite sœur.

Contre toute attente, Otto répond, d'un ton apaisé :

— Bien entendu, mademoiselle Grivise.

Je n'ose plus respirer. À côté de moi, Maman est tremblante. J'ai envie de foutre une beigne à Madeleine, histoire qu'elle rabaisse son caquet. Mais la sérénité d'Otto me désarme. Ma sœur se radoucit, elle aussi :

— Simone est toute jeune. Elle a vingt ans. Vous devez en avoir dix de plus, je me trompe, monsieur Weiss ?

— J'ai trente-deux ans, mademoiselle.

À ce moment-là, le vieux juge qu'il peut reprendre le cours de son repas. Il coince sa serviette dans son col. Et se remet à mâchouiller son hareng. Madeleine continue :

— Ma sœur a traversé des épreuves difficiles. Elle mérite le plus grand respect.

— Ne vous inquiétez pas. Mes intentions sont les plus honorables qui soient.

Madeleine le coupe :

— Simone m'a dit que vous étiez fiancés, c'est bien cela ?

Là, je frôle l'apoplexie, j'ai envie de disparaître sous la table. Herbert soulève les sourcils en m'observant. Maman s'étrangle avec son vin. Otto marque un temps d'arrêt, interloqué l'espace d'une seconde. Puis, très vite, il reprend :

— Oui, bien sûr que nous sommes fiancés. Je n'ai pas encore les papiers officiels, mais c'est tout comme, je me suis engagé auprès de Simone et je ne me dédirai pas.

— Ah, fait Madeleine avec une moue dubitative.

Alors, pour bien enfoncer le clou, Otto continue et je crois rêver :

— Et bien sûr, lorsque je serai démobilisé, nous pourrons nous marier.

Qu'est-ce qu'il raconte, bordel, il est complètement cinglé. J'ai chaud, je vais tourner de l'œil. Ça va beaucoup trop loin cette histoire. Je cherche un truc à dire, mais Madeleine me devance, tout sourire :

— Je suis rassurée, monsieur Weiss. Ma sœur ne doit encourir aucun déshonneur.

— Mademoiselle Madeleine, j'admire votre préoccupation sororale. Sachez que j'estime trop Simone pour lui causer du tort.

Ohé, du navire : ça ne vous fait rien de parler de moi comme si j'étais pas là. J'arrive toujours pas à décrocher un mot. Je suis paralysée. Madeleine me regarde avec tendresse. Elle est moins belle, son khôl a coulé, ses cheveux se sont affaissés. Elle est redevenue la fille gentille que je connais.

Ce jour-là, je comprends que Madeleine possède la bonté, la vraie bonté, cette faculté de s'oublier pour le bien des autres, un sentiment que je ne pourrai jamais atteindre. Ma sœur m'aime. Elle vient de me le prouver. Elle veut sauver ma réputation. Peu importe, au fond, que l'homme qui promet le mariage soit un Allemand. Pourvu qu'il me respecte. Maman se sent obligée de déboucher la troisième bouteille de champagne. Madeleine prend sa part du dîner, avec voracité. Le vieux a trop bouffé et baille en gonflant les joues. L'atmosphère paraît tout à coup légère, joyeuse même. Moi, j'évite le regard d'Otto. Mais sa présence m'enveloppe, me rassure. Pour la première fois depuis longtemps, je me sens bien. Plus envie de réfléchir, de calculer, d'échafauder.

40

Le lendemain, y a pas à tortiller, faut que je dézingue cette mascarade. Faut que je parle à Otto et lui dise la vérité. Je vais passer pour une grosse baratineuse. Mais tant pis, j'peux pas le laisser s'emballer : c'est pas parce que j'ai posé ma main sur la sienne qu'il peut me mettre la corde autour du cou.

Alors ce matin-là, vaille que vaille, je pars plus tôt, je monte sur mon vélo : direction la librairie. Lorsque j'arrive place des Épars, tout de suite, je sais qu'il se passe un truc pas normal. Une foule accourt et s'agglutine dans la rue du Bois-Merrain, là où je vais, là où se trouve la librairie. Un pressentiment me serre le cœur.

Ça vocifère dans tous les sens. Il est même pas huit heures. Qu'est-ce qu'ils foutent tous ces ploucs. C'est pas jour de foire, à ce que je sache. La Saint-André, c'est en novembre. Une vieille en robe de chambre, des types en casquette, d'autres en chapeau melon, la marchande de marrons, des gosses morveux : ils se précipitent tous là-bas. Je m'approche aussi. Avec mon vélo, impossible de passer, trop de monde. Alors je le pose, là où je peux, le long de la bijouterie. Et c'est à ce moment-là que l'odeur m'emboucane les narines. Le brûlé, ça pue le brûlé. Mon cœur fait un bond. Presque en même temps, j'aperçois le camion des pompiers. C'est pas possible. Non, non, tout, mais pas ça.

Me voilà à m'enfoncer dans la masse des badauds, j'écrabouille des pieds, je pousse des mégères. Je me faufile telle une anguille. Enfin, j'y suis. Aux premières loges.

Juste derrière les barrières que les pompiers viennent d'installer. Et là, désastre. Y a plus de librairie. La vitrine a été soufflée, jonchant le sol de milliers d'éclats de verre. À la place de la vitrine, un fourbi à moitié cramé et des flaques d'eau un peu partout. Mon cœur ne bondit plus, il est parti au grand galop. Je savais bien qu'il ne fallait pas qu'il fume avec tous ces papelards autour de lui.

Dans l'une des flaques, j'aperçois des rubans rouges. Ils marquaient la progression des troupes allemandes sur le grand atlas. Y a plus d'atlas. Juste des cendres. Je n'arrive pas à décoller mon regard de ces petites taches rouges. Autour de moi, plus de cris, plus de foule, juste la sensation d'un vide immense. Ne pas penser, pas tout de suite. Ne pas envisager qu'il lui est peut-être arrivé malheur. Otto. Où es-tu.

À ce moment-là, une voix forte ordonne : « Ne restez pas là, dispersez-vous, y a rien à voir. » La populace, docile, commence à se replier. Moi, je bouge pas d'un iota. Je cherche à qui appartient la voix. Ah, ça y est, là, au niveau de la dernière barrière : un képi. Je me glisse vers lui et tente :

— Monsieur l'agent, que s'est-il passé ?

Il me regarde et hausse les épaules :

— Bah, ma p'tite dame, vous voyez bien, des terroristes ont mis le feu.

— Il y a des… blessés ?

J'ose pas dire « morts », peur que ça porte la poisse.

— Non, non, il manquerait plus que ça ! C'est juste les bouquins qui ont morflé.

Mon cœur reprend une cadence supportable. Je continue :

— Et le responsable de la librairie, vous savez où il est ?

— Eh, vous êtes bien curieuse ! Est-ce que je sais moi ? Allez, circulez maintenant, c'est pas un spectacle.

Je fais mine de rebrousser chemin. Où est-il, sacré nom de Dieu. Otto, tu peux pas me faire ça. J'veux pas t'épouser, mais je veux pas qui t'arrive de pépin. Devant la bijouterie, plus trace de mon vélo. Les gens sont vraiment des enflures. Mais je me fous de mon vélo. Je veux juste voir Otto, être certaine qu'il n'ait rien. J'ai envie de hurler. Je me retourne. Et là, je l'aperçois. Grand. L'air grave. Tellement imposant dans son uniforme. Instantanément, la rue me semble ensoleillée. Envie irrépressible de lui sauter au cou. Je vole vers lui. Arrivée aux barrières, je m'apprête à l'apostropher. Mais ses yeux m'arrêtent net. Il me fait un imperceptible « non » de la tête. Je regarde autour de moi. La marchande de marrons n'en perd pas une miette. Otto a raison, pas de connivence en public, trop risqué.

Alors, cette fois, je fais machine arrière pour de bon, à pied, direction la Manutention. En fait, ça ne me dérange pas de marcher, c'est même plutôt agréable. Le printemps est bien là, les platanes du boulevard Chasles arborent des feuilles toutes neuves, la douceur de l'air me réchauffe le visage. Au creux de moi, une braise est en train de se raviver. Je croyais que Pierre avait tout pris, que je ne pourrais plus jamais aimer. Peut-être que je me suis gourée.

Le lendemain, 16 mars 1942, *La Dépêche d'Eure-et-Loir* titre : « Attentat contre la librairie allemande de Chartres ». J'achète le journal. « Les terroristes n'ont pas choisi cette librairie par hasard. Outre le fait qu'elle abrite de nombreux ouvrages en langue allemande, elle est aussi le siège de la Propagande de la Wehrmacht pour notre département. Fort heureusement, aucune perte humaine n'est à déplorer. Une centaine de livres, tout au plus, a brûlé. En revanche, le local est à présent inutilisable. C'est la raison pour laquelle les autorités allemandes n'ont pas tergiversé. Dès hier, l'intégralité des publications a été déménagée dans une nouvelle librairie, située au numéro 6 de la place des Épars.» Ouf, c'est encore plus proche de chez moi, je pourrai continuer à voir Otto. L'article se termine sur «la nécessité de faciliter les recherches de la police afin de découvrir les auteurs de l'attentat».

Quelques jours plus tard, j'apprends que quatre communistes ont été arrêtés. Ils ont avoué leur forfait. Ils vont pourrir quelque temps en prison. Grand bien leur fasse. On ne s'attaque pas impunément aux symboles allemands. Pour moi, le chapitre de l'incendie est déjà de l'histoire ancienne. Je n'y pense plus.

Jusqu'au jeudi 30 avril 42. Ce soir-là, Otto doit venir dîner à la maison. C'est devenu une habitude. Une habitude des plus respectables. Alors même que toute la rue de Beauvais est persuadée que nous couchons ensemble, nous n'avons même pas échangé un baiser. Nous faisons mieux : nous apprenons à nous connaître. Ce jeudi-là, je dois le rejoindre à la librairie et de là, nous irons chez moi. Dès que je passe le pas de la porte, je comprends qu'un événement a eu lieu. Otto est assis, derrière son comptoir, la tête entre les mains. Il ne m'adresse pas ce sourire empreint de douceur dont il est coutumier. Il lève à peine les yeux. Je lance :

— Otto, tu es malade ?

Il me répond, avec un débit pâteux :

— Je ne pourrai pas venir ce soir, Simone. Pardonne-moi.

— Mais que se passe-t-il ?

Otto me regarde alors bien en face. Et, là, tout à trac :

— Ils les ont fusillés…
— Qui ? De qui parles-tu ?
— Je devrais dire : « Nous les avons fusillés. »

Tout au fond de mon cerveau, une lumière s'est allumée. Je sais très bien de qui il parle. Les terroristes. La bande des quatre cocos. Les incendiaires de la librairie allemande. Otto me raconte : « Tout s'est accéléré il y a dix jours. Un des nôtres s'est fait tuer à la station de métro Molitor à Paris. Un coup de couteau. On n'a pas réussi à arrêter le coupable. Alors un chef, là-haut, a décidé de fusiller dix otages. Pour l'exemple. Et les quatre jeunes qui avaient lancé une bouteille enflammée dans la vitrine de la librairie ont été désignés. »

Après un temps qui me semble durer trois plombes, il continue, en murmurant presque : « Ce matin, aux aurores, j'ai été appelé par le chef de la SIPO-SD, le lieutenant Schneider. Il voulait que je vienne assister à l'exécution. J'ai décliné. Il a insisté. J'ai obéi. Ça s'est passé dans la clairière, à l'orée du bois de Chavannes, à Lèves. Le lieutenant a dit aux otages que les nôtres ne feraient pas feu tout de suite, qu'ils pouvaient courir et que ceux qui atteindraient la forêt verraient leur exécution reportée. Alors, les pauvres enfants se sont mis à cavaler. Comme des lapins terrorisés. Et les nôtres ont tiré. Lentement, un par un, ils les ont abattus. Le lieutenant Schneider souriait à chaque fois qu'un corps trébuchait et s'abattait contre le sol. Et moi, moi, j'étais là, je n'ai rien fait, je n'ai rien dit. J'ai laissé faire. » Otto plante ses yeux dans les miens et termine son monologue : « Simone, je n'en peux plus de toute cette horreur. »

Je reste bouche bée, incapable d'aligner trois mots. Tout s'emmêle, les corps des quatre communistes, les remords d'Otto : je m'enfonce en plein marasme. Pour ne pas perdre pied, je réplique :

— Otto, je ne comprends pas bien. C'étaient des terroristes, non ? Ils vous haïssent, ils seraient prêts à vous trucider, à te trucider. Et puis, à mon avis, s'ils ont été fusillés, c'est qu'ils ont fait pire que de brûler des livres. Tu ne crois pas ?

— Non, Simone, rien de plus. C'étaient des enfants, Simone. Ils étaient à peine majeurs.

— Et alors ? L'âge n'est pas une excuse. Ils savaient très bien ce qu'ils faisaient. Regarde, moi aussi, j'ai vingt ans, et je n'ai aucun doute, je connais mon camp.

— Non, Simone, tu n'as pas tous les éléments. Si tu savais, tu ne resterais pas une minute avec moi. Je te dégoûterais, comme je me dégoûte moi-même.

Les mots se précipitent sur mes lèvres. Mais plus aucun son ne sort. Je commence à comprendre ce qu'il veut dire. Car, plus ça va et plus y en a, des indices, là, sous mes yeux, qui me narguent. J'entrevois des bribes de vérité et ça me fait mal au bide. Je veux pas la voir, cette vérité.

41

Je me souviens du 14 juillet 1942. Madeleine voulait à tout prix aller se promener au cimetière Saint-Chéron. Drôle de balade. J'avais rien d'autre à glander, alors je l'ai accompagnée, la frangine, dans sa lubie de cimetière.

Lorsque nous sortons nos miches de la baraque, la lumière nous prend par surprise et nous aveugle un court instant. Au-dessus des toits, le ciel est d'un bleu limpide. Les fenêtres de notre rue sont toutes grandes ouvertes. Une brise chaude fait gigoter les rideaux. Nous nous prenons par le bras, Madeleine et moi, comme au bon vieux temps. V'là ti pas qu'on se mettrait presque à sautiller. Il faut pas grand-chose, dis donc, pour voir le verre à moitié plein.

Nous enfilons dare-dare la rue du Cheval-Blanc. Et bientôt, nous débouchons devant la préfecture. En sens inverse, un type arrive, à petits pas, violon dans une main, archet dans l'autre. Cheveux gris, catogan, nœud papillon et complet veston. C'est quoi cette dégaine. Il vient de s'échapper de l'asile de Bonneval ou quoi. L'homme se poste pile sous le drapeau-croix gammée, celui qui vole au vent, tout en haut de la grille en fer forgé de la préfecture. Qu'est-ce qu'il trafique, l'artiste. Je m'arrête. Pour voir. Juste pour voir ce qu'il a dans le ventre. Madeleine me tire par la manche :

— Qu'est-ce qui se passe Simone ? Tu fais quoi ?

— Bah tu vois pas ?

Je pointe l'homme. Tout petit sous l'immense bannière. Il est en train de caler son violon. Il a plié un foulard bleu-blanc-rouge entre sa tête et son instrument. Madeleine jette un œil. Puis elle s'empare de mon bras et me force à reprendre notre vadrouille.

— Simone, je t'en prie, viens. On va avoir des ennuis…

Je ne bouge pas d'un centimètre. Madeleine tourne la tête à droite, à gauche. Elle danse d'un pied sur l'autre comme si elle avait envie de pisser. Puis, tout à coup, elle cesse tout mouvement. Elle est happée. Moi aussi. Le vieil homme vient d'égrener des notes. Pas n'importe lesquelles. *La Marseillaise*.

Le violoniste joue, les yeux mi-clos, bougeant la tête par saccades. Sa mélodie semble s'envoler, égratignant au passage les murs de la préfecture, puis rejoignant l'azur du ciel. C'est solennel. C'est gai. Je sens monter dans ma gorge un rouleau de larmes. Non, pas possible. Le 14 juillet et tout le tsoin-tsoin, rien à fiche, ça me passe au-dessus. Je me mords les joues. Et je reste, les yeux agrippés au petit bonhomme qui me file les poils.

Madeleine non plus ne semble plus pressée de se tirer. Elle me tient la main et la serre. Autour de nous, d'autres passants s'attardent. Surtout des hommes. Beaucoup se trimbalent avec une gaule sur l'épaule. Comme s'ils s'étaient donné le mot. Comme s'ils allaient à une partie de pêche géante. Bientôt, une foule compacte entoure le violoniste. Des mains commencent à battre la mesure. Des bouches commencent à fredonner.

Et, tout à coup, une voix éclate et entonne les paroles de l'hymne national. Une voix claire, haut perchée, une voix de gamin qui n'a pas encore mué. À ce moment précis, je ne retiens plus rien, les vannes ont lâché. Tant pis, ça soulage. Pour la première fois depuis des lustres, je me sens française. À travers mes pleurs, un sourire s'empare de ma bouche. Madeleine me regarde, surprise. Puis elle me prend par les épaules. Tout près de nous, des dizaines de lèvres frémissent et reprennent le refrain en chœur. Le chant gonfle, prend de l'ampleur et envahit toute la place. On dirait une chorale de pêcheurs. On dirait une communion patriotique.

« Dégagez, dégagez, y a rien à voir ! » Cinq poulets viennent de débarquer, là, par-derrière, par la rue Sainte-Même. Ils braillent, ils dégueulent leurs bronches. Personne ne les entend. Personne ne veut les entendre. Les chanteurs continuent de chanter. Le violoniste continue de violoner. Les poulets dégainent leur matraque. Et ça tournoie au petit bonheur, éborgnant un zig, en assommant un autre. Ça y est, la panique souffle, le chant cesse, les gaules fuient.

Madeleine me broie les doigts et me crie avec une voix de crécelle : « Viens, vite, on part, maintenant, ça sent mauvais ! » Je ne parviens pas à décoller. Je suis hypnotisée par les raclées, par le sang qui pleut, par les corps qui tombent. Et surtout, je ne peux lâcher des yeux le musicien. Il s'obstine à faire courir son archet sur les cordes de son violon, comme si de rien n'était. Comme s'il n'entendait pas le charivari de la meute. Comme s'il ne voyait pas le tumulte qui risque de l'emporter.

« Simone, mon Dieu, ne reste pas là ! » Madeleine chiale, hurle. Elle me tire par la ceinture. Elle m'arrache le bras. Ça court de tous les côtés. Chacun essaye de sauver sa carcasse. Je ne peux plus résister. La marée autour de nous est plus forte que ma volonté. Nous sommes emportées vers l'esplanade de la cathédrale. « Surtout, ne perds pas ma main », glapit Madeleine.

Je me retourne une dernière fois. L'homme aux cheveux gris ne joue plus. Il a les deux bras levés. Malgré ce signe de soumission, un des poulets le frappe, un coup sur la nuque, un autre sur la tête. Le violoniste s'agenouille, les mains toujours vers le ciel. Du sang dégouline sur son front, dans ses yeux. Et ça cogne encore, sur la tête, sur le dos. Le musicien cette fois s'écroule, la face contre le sol. À ses côtés, son violon gît, brisé en deux morceaux. Madeleine m'entraîne dans une dernière secousse.

42

Un samedi matin, fin août 42, j'ai une de ces envies de calendos : une folie. Jusque-là, je ne suis jamais retournée dans l'ancienne crèmerie de Maman. C'est Madeleine qui s'y colle. Pas possible pour moi de voir un guignol s'en mettre plein les fouilles à la place de notre mère. Mais ce matin-là, j'sais pas, le calendos coulant est plus fort que mes réticences. Je décide d'aller chez le crémier de la rue de la Pie.

J'entre dans le magasin de mon enfance. La clochette tinte. Y a la queue, trois ou quatre personnes. Derrière le comptoir, un bonhomme ventripotent. Son front luit, ses commissures produisent une mousse blanchâtre. Dans sa vitrine, rien, à part deux crottins de chèvre qui se battent en duel. Ça sent l'arrière-boutique qui croule sous les frometons. Ça pue le marché noir. Exactement comme chez le père Émile, l'épicier. Une vraie bande de sangsues.

Juste devant moi, une femme blonde donne la main à une petite fille. Elles ont de la chance. Moi, Maman, elle ne m'a jamais tenue par la main. Toujours, elle me prenait par le poignet. Je tâte ma poche, boursouflée par mes marks, billets et pièces mélangés. J'ai au moins ça, l'oseille. Tout à coup, la voix caverneuse du crémier me fait sursauter. « Non, non, plus de beurre. Faudra repasser la semaine prochaine. Suivante, s'il vous plaît. »

C'est mon tour. Je m'avance, ricanant à l'idée qu'on ne peut pas tout avoir : du beurre ou la tendresse d'une mère, faut choisir. Je suis stoppée net : la femme et la fillette viennent de se retourner, tête droite, cabas vide. Sur leur veste, une étoile jaune cousue à points serrés. Au centre de l'étoile, le mot « Juif » en lettres noires dégoulinantes. Cette étoile, elle leur troue le cœur. Cette étoile, elle leur pète au visage. La femme regarde loin devant elle. Sa fille lève les yeux vers moi. Ils sont remplis de larmes. De grosses larmes d'enfant. J'ai envie de hurler : « Gros lard, aboule ton beurre ! Y a une gosse dans l'histoire ! » Je me réfrène, faudrait pas que je me grille. Et déjà, la petite et sa mère sont sorties.

Je croise le sourire narquois du crémier. Il me file la gerbe, ce salaud. Je lui flanque trois billets de dix marks sur son comptoir. Et là, tout mielleux, il me sort : « Que puis-je pour vous mademoiselle ? » Je le fixe et lui réponds très haut, très fort : « Deux grosses mottes de demi-sel ! » Il acquiesce, il passe dans sa pièce froide et il me rapporte le beurre. Je fourre le tout dans mon panier et je claque la porte en criant : « Gardez la monnaie. »

Il faut que je les retrouve. Je sais pas pourquoi, c'est comme ça. À la Manutention, j'ai traduit les affiches « Les Juifs assassinent dans l'ombre, marquons-les pour les reconnaître ». Ça m'a fait ni chaud ni froid. À la maison, Maman répète à longueur de journée que c'est la faute de tous les Blum de la Terre si notre crèmerie a dû être vendue. Je veux bien la croire. Mais là, une enfant a faim. Je peux pas, c'est insupportable, faut que je fasse quelque chose.

Où sont-elles passées, bon Dieu. Dans la rue de la Pie, aucune chevelure dorée. Face à moi, l'étroite rue Noël Parfait. Je m'y engouffre. Bonne intuition, elles avancent à petits pas, se tenant toujours par la main. Je ralentis, je reprends mon souffle, je cherche ce que je vais dire. Je ne peux pas les aborder comme ça. Si un mouchard me voit et me balance aux Allemands, je suis mal. Alors, je les suis. Elles trottinent, rue du Soleil-d'Or, place de la cathédrale et elles se dirigent droit vers le jardin de l'Évêché, juste derrière Notre-Dame. Ça tombe bien, jamais un pékin là-bas, juste l'ange Gabriel, là-haut, sur son clocheton.

Une fois passée la grille du jardin, c'est le moment. Je cours et j'interpelle la femme :

— Madame, madame !

La mère et sa fille se retournent dans un même mouvement.

— Oui ?

Je chuchote :

— Vous devriez cacher ça.

Je pointe l'étoile. La femme recule comme si je venais de lui cracher à la figure.

— De quoi vous mêlez-vous, jeune fille ?

— C'est à cause de cette étoile que vous n'avez pas pu avoir de beurre.

Les yeux bleus de la femme me toisent. Elle me dit en articulant chaque syllabe :

— Vous croyez que je suis stupide ?

Et elle me plante là. Je les regarde partir. La petite se retourne une dernière fois vers moi. Son regard est rougi et brillant. Elle se retient de pleurer, je le sens. P'tite mère courageuse. À ce moment-là, j'ai comme un vertige : cette fillette, avec ses cheveux dorés, je l'ai déjà vue, elle m'a déjà parlé. C'était où, je me souviens pas. Pas le temps de triturer ma mémoire. Dans un élan, je me rapproche à nouveau et une fois près d'elles, je balbutie :

— Attendez, j'ai acheté beaucoup de beurre, on peut partager !

J'ouvre mon panier pour qu'elles voient les deux mottes. La femme hausse les épaules, et continue son chemin. La voix de sa fille, aiguë, retentit :

— Mais, maman, tu ne peux pas dire non ! J'en veux moi, du beurre !

— Viens, Marion.

La mère repart en tirant la main de sa fille. Je me retrouve comme une conne, avec mon beurre qui ramollit. À ce moment-là, la petite Marion lâche sa mère et s'avance vers moi. Je vérifie, autour de nous, personne. Je colle le beurre dans les bras de la fillette et je murmure : « Reviens samedi prochain, à la même heure : j'aurai une surprise. » La petite me sourit, elle a une fossette adorable, elle court rejoindre sa mère.

Moi, faut pas que je m'attarde. Au loin, un couple se tient par la taille. Il ne regarde pas dans ma direction, mais on ne sait jamais. Je fais machine arrière, je me grouille de déguerpir et là, bim, je bute sur une petite vieille, moustachue. Merde, je l'avais pas vue, la grand-mère. Qu'est-ce qu'elle fout, là, juste derrière moi. Elle m'espionne ou quoi. J'ai un coup de chaud tout à coup. Les vieilles, ce sont les pires pour bavasser. Lorsque je passe près d'elle, elle chevrote :

— Rien ne sert de courir, jeune homme.

Ça va, elle est bigleuse, la mémé. Je respire.

La semaine qui suit, la petite Marion fait le siège de mes pensées. Sa chevelure, son minois, son air un peu bravache : je sais que je les ai déjà vus. Mais toujours impossible de me souvenir où. Ça vire à l'obsession, ça m'agace. Heureusement, le samedi arrive, je vais la revoir, elle ne peut pas me faire faux bond.

Dix heures tapantes, je me pointe au jardin de l'Évêché. Pas un chat. Mon panier pèse son poids, on dirait une hotte de Noël. Brioches du boulanger de la rue Marceau, beurre d'Isigny et confiture de framboises d'Ermenonville-la-Grande. Les brioches viennent de sortir du four, elles embaument la mie chaude et moelleuse. Ça m'a coûté un bras, ce bazar, mais je suis contente de le faire. Je traverse le jardin et m'approche de la balustrade en pierre qui surplombe la ville. Je me penche. Juste à mes pieds, un ancien verger. Avant la guerre, on pouvait cueillir des pommes, des poires. On pouvait aussi contempler un labyrinthe de buis, cousin végétal du labyrinthe de la cathédrale. Aujourd'hui, un fouillis d'arbustes et d'herbes folles a pris le pouvoir.

Je reviens sur mes pas. Des amoureux se bécotent, là-bas, dans l'angle. Mais, j'ai beau me dévisser la tête, à droite, à gauche, pas de Marion. Je pose mes fesses sur un coin de banc, en évitant les fientes de pigeon. Je sais qu'elle va venir, c'est pas possible autrement. J'aurais dû apporter un bouquin, ça m'aurait donné une contenance. J'attends. Je regarde les nuages qui passent, je frissonne. Je trifouille dans mon panier. Les brioches sont froides à présent. Je devrais peut-être rentrer. Mais j'sais pas pourquoi, je mettrai ma main au feu qu'elle va venir.

Et, tout à coup, mon cœur cogne : je la vois. Oui, c'est bien elle, Marion, ses cheveux blonds. Elle est accompagnée d'un jeune garçon. Ils s'avancent vers moi. Tous les deux portent l'étoile. Son frère, peut-être. Elle me fixe, ils s'approchent, ils s'assoient près de moi, à l'autre extrémité du banc. Je dépose mon panier entre nous. « C'est pour toi. » Marion me sourit. Elle s'apprête à parler, mais le garçon à ses côtés se lève, prend le panier et entraîne la fillette. Il a raison, pas la peine de s'éterniser. Je me lève aussi, j'inspecte les alentours, personne ne nous a vus. Je suis les deux enfants et me dirige vers la sortie.

« Contrôle des papiers ! » Non, je crois rêver : deux flicards, toujours là où il ne faut pas, à croire que je les attire. Ils ferment la grille du parc. Ils se ruent sur nous. Marion et le garçon se serrent l'un contre l'autre. Moi, je brandis ma carte de travail. Un des deux képis la zyeute. « C'est bon, mademoiselle, désolé du dérangement, vous pouvez y aller. » J'ai les mains qui tremblent. Je fais mine de me tirer. « Et vous les chiards, pas de papiers ? Et c'est quoi, ce panier ras la gueule ? Allez, vous venez avec nous. » Je m'arrête. Les deux enfants baissent la tête, on ne voit plus que leur étoile jaune sur leur manteau sombre. Ils pourraient dire que le panier, c'est moi. Mais non.

« Mademoiselle, il y a un problème ? » qu'il me sort, cet enfoiré de poulet. Je voudrais lui aboyer dessus pour lui faire sentir que oui, il y a un énorme problème. Depuis quand on arrête des gosses. Je me contente d'un non de la tête. Aucun mot ne sort. Je voudrais, mais je n'y arrive pas. J'ai du mal à respirer, ma langue est comme empâtée, ma mâchoire, bloquée. Ils s'éloignent. Deux petits dos encadrés par les salopards en noir. Je détourne les yeux. C'est à ce moment que je la vois, la vieille de l'autre jour. La sorcière de mes deux. Elle me fait une grimace hideuse. Je suis sûre que c'est elle qui a alerté les flics. Je crache par terre, dans sa direction. Je sais bien que c'est pas ça qui va ramener les enfants. Mais qu'est-ce que j'ai foutu, bon Dieu. Pourquoi n'ai-je pas réagi quand il était encore temps. Une trouillarde, je ne suis qu'une trouillarde.

Je suis revenue, au jardin de l'Évêché. Plusieurs samedis de suite. Toujours vers dix heures. J'ai déambulé, cherchant les traces invisibles laissées par la petite Marion. Mais rien. Je ne l'ai jamais revue. Ni elle, ni sa mère, ni le garçon qui l'accompagnait. J'espère que les flics les ont relâchés vite fait. Mais j'ai comme un doute qui m'empoisonne. Il y a ce bruit qui dit que plusieurs milliers de Juifs parisiens ont été raflés chez eux en juillet et envoyés Dieu sait où. Mais ici, on n'est pas à Paris, on est en pleine cambrousse. Et les arrestations ne concernent que les hommes en âge de travailler. Pas les femmes ni les enfants. Enfin, je ne suis pas très sûre de tout ça. Faut que je demande à Otto. Lui doit savoir.

Je me suis mise à attendre le bon moment, celui où le sujet pourrait venir sur le tapis. Je vois souvent Otto. Il dîne à présent tous les mardis soir à la maison avec son ami Herbert. Et moi, je me rends à la librairie au moins deux jours par semaine. Mais le sujet ne vient pas. Otto répugne à parler de ces choses-là. Seuls la cathédrale et ses secrets ont le don de délier ses paroles. Le reste, c'est motus. Mais moi, j'ai besoin de savoir. Alors, un mardi soir de septembre, à la librairie, après avoir remis mes traductions, je me lance.

— Otto, il paraît qu'il y a des Juifs qui sont arrêtés et qu'ils disparaissent…

Otto se fige. Il écrase dans le cendrier sa cigarette à peine commencée. Puis, dans son français parfait, il me répond, presque en chuchotant :

— Je savais qu'un jour tu me poserais la question, Simone.

— Est-ce que c'est vrai, ces disparitions ?

Otto hoche la tête, l'air accablé.

— Et où les emmène-t-on ?

— En Allemagne.

— En Allemagne ? Mais où en Allemagne ?

— Dans des camps de… travail.

— Ça ne concerne que les hommes alors ?

À cette question, Otto ne répond pas : il ferme les yeux, il baisse le visage. Je ne vais pas en rester là :

— Otto, les enfants aussi vont travailler dans les camps ?

Il rouvre les yeux. Ses doigts tapotent le comptoir. Et d'une traite, avec une boule en travers de la gorge, il me dit :

— Non, Simone. Les enfants ne travaillent pas. Ils sont tués lorsqu'ils arrivent.

Je crois avoir mal entendu. Il a prononcé cette phrase tellement vite, comme si elle lui brûlait la langue.

— Tués ? Tu as dit « tués » ?

Ma tête tourne. Tout à coup, le souvenir de Marion m'envahit. Je revois nettement ses cheveux de fils d'or, sa fossette, son sourire. Je sais où je l'ai déjà vue : c'était à la cathédrale, lors des bombardements du début de la guerre. Elle voulait voir la Vierge noire. Petite Marion. Personne ne peut te vouloir du mal. Et surtout pas l'Allemagne, ce pays que j'admire, cette belle nation, cette terre d'écrivains et de musiciens. L'Allemagne ne peut pas assassiner des enfants. Je me mets à crier :

— Je ne te crois pas Otto !

À cet instant, la porte de la librairie s'ouvre. Un officier allemand entre, moue salace aux lèvres. Il s'imagine sans doute qu'il vient d'interrompre une séance de pelotage. Pauvre con.

43

Ces histoires d'enfants assassinés, ça me poursuit, j'y pense sans cesse. Je suis d'une humeur massacrante. Un rien me met en rogne. Un soupir de Madeleine. Un demi-sourire d'Otto. Pourtant, je ne suis pas au fond du trou. Pas encore. Mais ça, je ne le sais pas.

J'en ai ma claque de la Manutention et son cortège de geignards. Je ne supporte plus de faire le trajet à pied, c'est vraiment à perpète. L'hiver va s'amener, avec ses nuits interminables et ses trottoirs verglacés. Je ne me vois pas continuer à user mes godasses pour aller là-bas. Et impossible de me payer un nouveau vélo. Mon salaire de cent cinquante marks, c'est presque une misère à présent. Les prix du marché noir ont flambé. Il me faudrait gagner le double pour espérer trouver une bicyclette en état de marche. Tout envoyer valser, voilà ce qui me démange.

Otto voit bien que je bous. Mais il pige tout de travers. Il me pousse à reprendre mes études. « Pour devenir professeur. Tu as beaucoup de talent. Tu es jeune. Tu dois devenir ce que tu as toujours voulu être. » Je n'ose pas le contredire. Mais ce discours est tellement à côté de la plaque. Impossible de me passer du flouze que me filent les Allemands. J'en ai besoin, rien que pour bouffer.

Maman aussi s'ingénie à trouver des solutions : « Et pourquoi que tu demandes pas à Mlle Mévole ? Elle t'a déjà aidée, y a pas de raison qu'elle ne continue pas… » Pauvre Maman, pas le courage de lui avouer qu'Eva est capable de m'embringuer dans des partouzes. Y a un château, du côté de Jouy, où il s'en passe des bonnes. Des fêtes déguisées qui se terminent en orgies. Des officiers en mal de baise qui se tapent tout ce qui accepte d'ouvrir les cuisses. Jamais je ne m'abaisserai à ça. Je préfère encore végéter. Mais c'est sans compter le flair d'Eva. À croire qu'elle me piste.

Un jeudi, elle m'appelle au bureau et m'intime l'ordre de venir la voir au plus vite. Et moi, petite fille encore docile, je rapplique dès le lendemain.

— Alors, alors, je vois que tu suis mes conseils, ma Simonette ! Félicitations ! Tu en rends jalouse plus d'une !

Il est huit heures et demie du matin, au bureau de placement de la rue de la Tonnellerie. Eva est maquillée comme si elle allait faire la bringue, yeux charbonneux, bouche vermillon. Pour la première fois, je la trouve vulgaire.

— Tu veux parler d'Otto ?

— Ah parce qu'il y en a d'autres ?

Eva éclate de rire. Sa dentition est toujours aussi parfaite. Je sens que le chemin que nous prenons n'est pas le bon.

— Eva, ce n'est pas ce que tu crois avec Otto…

— Tatata, je ne crois que ce que je vois. Et ce que j'ai vu me semble prometteur !

Sourire comblé de la maîtresse à son élève. Je suis sur une planche savonneuse. Faut que je m'en dépêtre.

— À part ça, tu voulais me voir pour quoi ?

Eva cesse de sourire.

— Simone, pas ce ton-là avec moi, nous en avons déjà parlé.

Je me mets alors à bredouiller, une vraie gamine.

— Excuse-moi. Je te demande juste pourquoi tu m'as fait venir.

Eva me dévisage, les sourcils froncés.

— Tu as de la chance, je suis dans un bon jour. Mais je ne te le répéterai jamais assez : fais attention. Ne gâche pas notre belle amitié, ma chérie. Ce serait tellement dommage…

J'acquiesce, de toute façon, qu'est-ce que je peux faire d'autre. Je ne suis pas de taille. Je fais mine de tourner les talons.

— Attends, ma jolie, je ne t'ai pas donné le signal du départ ! J'ai une excellente nouvelle pour toi. Je vais devoir arrêter de travailler. Je suis trop fatiguée par ma grossesse. Je te propose de me remplacer ici. Le temps que j'accouche, que je prenne du repos. J'ai négocié, tu auras trois cents marks par mois. Tu verras, ce n'est pas bien compliqué. Ce sera dans tes cordes.

C'est inespéré, j'attends ce changement depuis six mois. Adieu les ploucs plaignards. Finis les trajets à pied par tous les temps jusqu'à la Manutention. La rue de la Tonnellerie, c'est à deux pas de la maison. Et le salaire, mirobolant : même en rêve, je n'aurais pas osé m'octroyer une somme pareille. Que des nouvelles à sauter de joie. Pourtant, y a un truc qui passe pas. J'aimerais dire : « Non merci, je ne peux pas. » Juste pour voir Eva se décomposer. Juste pour qu'elle arrête de me piétiner.

Car je sais bien qu'elle me méprise. Je ne suis qu'un pion pour elle. Si je lui suis utile, tout va très bien, Mme la Marquise. Si je ne sers plus, elle me jette aux chiottes. Amitié mirage. Qu'est-ce que j'ai pu être naïve. Colette. Toi seule, tu as été mon amie. Ton intelligence, ta franchise, ta grandeur d'âme me manquent tellement.

Mais ce vendredi matin, ma langue ne suit pas ma pensée : j'accepte de remplacer Eva. Je feins un ravissement sans borne. Je remercie à m'en tarir la salive.

Quelques jours plus tard, lorsque j'apprends qu'Eva a accouché d'une petite fille, je n'ai pas envie d'aller la voir. Pas envie de flatter, de sourire, de mentir. C'est maman qui me serine : « Simone, tu dois lui faire une visite. C'est grâce à Mlle Mévole, tout de même, que tu as cette nouvelle place. Et puis, elle est bien vue par ces messieurs les officiers. Ce serait bête de se priver d'une telle relation, si tu vois ce que je veux dire… » Oui, pas besoin de me faire un dessin. De toute façon, quand Maman a décidé, ça devient difficile de s'opposer. Elle est capable de revenir en boucle sur un sujet. En même temps, je suis curieuse de voir à quoi ressemble la petiote. Alors je me laisse convaincre. En me promettant que ce sera la dernière fois.

C'est Eva qui nous ouvre. La Eva des grands jours, celle de l'esbroufe et des rires tonitruants. « Quelle merveilleuse surprise, madame Grivise ! Je suis honorée, plus que vous ne le pensez ! » On dirait qu'elle reçoit Mme la Maréchale Pétain en personne. Maman n'en peut plus de sourire, toute ragaillardie par ces flatteries. Le papier peint lui fait un effet bœuf, elle ne parvient pas à en décoller ses mirettes. « Voulez-vous boire quelque chose, madame Grivise ? Thé ? Café ? Ou un remontant ? J'ai un petit cassis, un délice… » Là, je crois que Maman va défaillir. Eva sait y faire, comme toujours. Son ventre a dégonflé, elle porte un déshabillé couleur violine qui fleure bon le commerce interlope. « Bon, si vous insistez, pourquoi pas un peu de liqueur, mais juste une lichette, il ne faudrait pas que je rentre soûle ! » Maman et Eva gloussent comme deux amies ravies de leurs facéties. À ce moment, là, je n'y tiens plus :

— Et ta fille, Eva ? Où est-elle ?

Eva est en train de déboucher la bouteille. Elle interrompt son geste.

— Ma fille ? … Ah oui, ma fille ! C'est vrai que c'est pour elle que vous êtes venues ! Elle dort dans la chambre.

— Je peux aller la voir ?

— Pourquoi ? Il n'y a rien à voir, je te dis qu'elle dort.

Maman laisse échapper un ricanement nerveux. Eva hausse les épaules et lâche :

— Vas-y, si ça te fait plaisir... Mais surtout, ne la réveille pas ! Je veux être tranquille. Je n'en peux plus de la changer, lui donner le biberon. Ça ne s'arrête jamais. Vous devez savoir ce que c'est, madame Grivise ?

Je me précipite vers la chambre. Tout plutôt que le spectacle de Maman et Eva entrechoquant leurs verres. Je pousse la porte avec mille précautions. Les rideaux ne sont tirés qu'à moitié. Un lit à baldaquin, les draps défaits, les oreillers à terre. Dans un coin, un couffin. Je m'approche, je marche sur un bas esseulé, je bute sur une bassine en fer-blanc. Un dong résonne. Le couffin bouge. Je m'arrête. Tout est calme. Je reprends ma progression, veillant à ne plus rien heurter. Enfin, j'y suis. Je me penche, je m'agenouille. Et là, je découvre un petit être, couché sur le dos, les yeux clos, les bras relevés en couronne autour de sa tête. Je n'ai jamais vu un bébé d'aussi près. Ses paupières striées de veinules bleues, ses joues couvertes d'un duvet blond, ses mains minuscules, ses ongles parfaits. J'ai une furieuse envie de prendre la petite fille dans mes bras, de la respirer. L'enfant que je n'ai pas eu s'échappe tout à coup des limbes et flotte autour de moi.

Soudain, la porte s'ouvre et se referme. Eva chuchote, dans mon dos :

— Que fais-tu, Simone ? Tu es bien longue...

— Je regarde ta petite.

— Ah... Viens maintenant. Ne me laisse pas toute seule avec ta mère, j'ai bientôt épuisé les sujets de conversation. Et elle, elle va me sécher mes réserves de liqueur.

— J'arrive.

Je ne bouge pas. Je reste agenouillée près du couffin. Eva pose sa main sur mon épaule et, en détachant chaque syllabe, me dit tout bas :

— Tu viens tout de suite, Simone.

Je ne me lève toujours pas. Je marmonne, entre mes dents :

— Elle est vraiment très belle…

Eva retire sa main comme si je l'avais pincée.

— Elle ? Belle ? Tu veux rire. Elle est toute fripée.

La petite ouvre les yeux dans son sommeil. Cette fois, je me remets debout. Je suis face à Eva. À ce moment-là, entre ses dents, comme une messe basse, elle me crache à la figure :

— N'aie jamais d'enfant, Simone. C'est un calvaire. Elle a bousillé mon sexe, tu te rends compte ? Elle en a fait de la charpie. Je ne peux plus faire l'amour. Ça me fait un mal de chien. Et puis, elle est tout le temps après moi. Elle pleure sans arrêt, la nuit, le jour. Je n'ai plus une minute pour moi. J'ai parfois envie de… de… de la balancer par la fenêtre.

Je regarde la petite fille endormie dans son couffin et tout à coup je la vois voler dans les airs et s'écraser sur les pavés de la rue. J'ai un haut-le-cœur. Je tousse. Eva fulmine, toujours tout bas :

— Qu'est-ce qu'il te prend, Simone ? Je t'ai dit de ne pas faire de bruit. Je te préviens, c'est toi qui la rendors. Enfin, bon, avec ce que je lui ai mis dans son biberon, il faudrait qu'il y ait une bombe pour qu'elle se réveille !

J'écarquille les yeux à m'en faire loucher. À ce moment, une certitude s'impose à moi : cette femme est capable du pire. Je n'ai pas envie d'en savoir plus. En deux enjambées, je me retrouve hors de la chambre, dans le salon.

Maman sirote sa gnôle, avachie dans le canapé, sa capeline à moitié écrabouillée sous ses fesses. Eva est sur mes talons. Nous nous jaugeons toutes les deux. C'est moi qui prends la parole.

— Maman, tu verrais, le bébé est adorable !

Maman hoche la tête, on dirait qu'elle va piquer du nez. Je continue :

— Au fait Eva, comment l'as-tu appelée, ta petite merveille ?

Eva serre les dents. Ses yeux verts virent au noir.

— Elle s'appelle Victoire.

— Oh Victoire, c'est magnifique ! Elle est ta victoire, ta plus belle victoire !

Je ricane. Je sais qu'Eva aurait bien envie de me filer une gifle. Moi, je suis prise dans un tourbillon, je ne peux plus m'arrêter :

— J'ai une idée, Maman ! Oh, Maman, tu m'écoutes ?

Maman grogne une sorte de oui et je sens d'ici son haleine chargée. Je me tourne vers Eva :

— Si tu veux, on peut te garder Victoire cette nuit. Maman sait y faire avec les enfants. Comme ça, tu pourras te reposer.

La mâchoire d'Eva se détend d'un seul coup. Elle n'hésite pas une seconde :

— Oh vous feriez cela, c'est chou !

En deux temps, trois mouvements, je me retrouve avec les anses du couffin dans les mains. Maman, elle, est affublée d'une sacoche dans laquelle s'entassent un biberon, une boîte de lait, de la layette, des langes, une bouteille d'eau-de-vie. Dans un sursaut de lucidité, elle s'enflamme :

— Ne vous inquiétez pas pour votre petiote, mademoiselle Eva. Elle est entre de bonnes mains !

Eva acquiesce de manière machinale. Elle semble pressée. Elle nous pousse vers la sortie. Dans l'escalier, je dois veiller à ce que Maman ne se casse pas la margoulette, tout en tenant le couffin à l'horizontale.

De retour à la maison, Maman s'empresse de planquer la bouteille d'eau-de-vie au fond du bahut. Puis, elle part pioncer dans sa chambre. Moi, je reste avec Victoire, dans la cuisine. Elle dort toujours, d'un sommeil profond. Je ne peux pas détacher mon regard. Elle respire par à-coups. Sa fontanelle palpite. À un moment, la nuit arrive et avec elle, Madeleine et le vieux reviennent de leurs boulots respectifs. Nous dînons, avec Victoire dormant près de nous.

Plus tard, j'emmène la petite fille dans ma chambre. Vers trois heures, elle se réveille enfin. Elle chouine. Je la prends dans mes bras. Elle sent le lait, la même odeur que la crèmerie de mon enfance. Je la change. Je lui prépare un biberon. Elle en boit la moitié puis s'assoupit à nouveau. Je la mets près de moi, sur mon lit, du côté du mur. Je l'écoute respirer le reste de la nuit. Son souffle délicat m'apaise. Je me sens plus légère. Moins oppressée, plus maîtresse de mes choix. Comme si le fait de prendre soin de la fille d'Eva, alors qu'elle-même n'en a rien à foutre, me permet de me libérer de l'emprise de cette femme. Pour la première fois, ce n'est pas elle qui me dicte ma conduite. À partir de maintenant, je sais que je ne lui obéirai plus. Mais il y a une chose que j'ignore encore : personne ne peut échapper à la vengeance d'Eva.

44

Mardi 3 novembre 1942. Impossible d'oublier cette date. Ce jour-là, comme tous les jours depuis un mois, je me débats dans un bordel sans nom. Ce bureau de placement, un vrai pot de pus. Je suis censée faciliter le départ des volontaires français vers l'Allemagne. Sauf que les dossiers, faut le voir pour le croire : entassés dans un coin, à même le sol, feuilles volantes, sans aucun ordre. Sauf que les entreprises allemandes n'envoient plus de demandes. Ne recevant jamais de propositions, elles ont dû penser que le bureau de placement avait tiré le rideau.

Qu'a donc fichu Eva pendant ces derniers mois. Étaler son décolleté plantureux, laisser entrevoir son porte-jarretelles, faire la noce avec le chef de la SIPO-SD : de ce côté-là, on peut dire qu'il y a eu du rendement. Mais question boulot, c'est le vide intersidéral. Ce qui est sûr, c'est que je n'ai aucune envie de remettre à flot le bureau. Bientôt, Eva reviendra, reprendra sa place. Je ne vais pas travailler pour sa gloire.

En même temps, si j'en fous pas une, ça va me retomber dessus. Je ne suis pas protégée par un grand ponte, moi. Je n'ai qu'Otto, et avec son honnêteté entêtée, il ne me couvrira jamais pour ce genre de trucs. Non, y a pas à dire : quand on est quantité négligeable, faut bosser. Alors, ce mardi-là, encore une fois, je me coltine un classement de dossiers qui me sort par les yeux.

Le facteur enfonce une lettre dans la boîte. Je m'empresse d'aller la chercher, c'est pas si souvent que du courrier se pointe. Tiens, c'est pour moi.

Tiens, on dirait l'écriture d'Eva et sa manie de mettre des ronds à la place des points. Je déchire l'enveloppe. Deux lignes. « Ma chérie, je suis désolée, je n'ai rien pu faire. Je serai toujours là pour toi si tu as besoin. » De quoi qu'elle cause. Je pige pas. Ou alors, si, je sais : je suis virée. Non, c'est pas possible, j'aurais senti venir la vague. Qu'est-ce qu'elle me pond, putain, Eva. Va falloir que je retourne chez elle pour éclaircir ça. Et merde. Je froisse la lettre et la fourre dans ma poche. On verra plus tard.

À ce moment, un visiteur pénètre dans le bureau. Herbert. Il m'annonce avec une mine de trois pieds de long qu'il ne viendra pas dîner ce soir. Je suis sur le point de lui dire que ça vaut pas le coup de se ronger les sangs pour ça. Mais, il ne me laisse pas le temps, il enchaîne :

— Sinon, toi, tu vas bien, Simone ?

Il me voit comme une pauvre petite chose fragile. Il n'est pas comme ça d'habitude. Je lui réponds au quart de tour :

— Ah non, on ne peut pas dire que ça soit la joie. Tu vois ce bazar ? Je ne m'en sors pas. Je classe, je range et y en a toujours autant.

Herbert ne daigne même pas jeter un œil à mes papelards. Il me fixe, toujours avec cette mine déconfite.

— Pourquoi fais-tu cette tête ?

Herbert baisse les yeux.

— Je ne te parle pas de ton travail, Simone. Je te parle d'Otto…

Je recule. J'ai comme une pointe qui pénètre mon cœur. Je bredouille :

— Otto, quoi Otto ?

— Tu n'es pas au courant ?

— Quoi ? Ne me dis pas qu'il y a eu un autre attentat ?

Je crie presque, maintenant. Herbert remue la tête à droite, à gauche.

— Ah, non, non, pas du tout. Rien de cet ordre-là.

— Alors quoi ?

— C'est mieux que ce soit lui qui te le dise. Il viendra dîner ce soir, de toute façon.

Après, Herbert a dû partir, je ne m'en souviens pas. Moi, je passe la matinée à ruminer. Je voudrais quitter ce foutu bureau, mais si un gradé s'en aperçoit, là, ça fait pas un pli, je serai vraiment virée. À midi, je n'y tiens plus. Au lieu de retourner becqueter avec Maman, je me rue à la librairie allemande. Fermée. Porte cadenassée. Ça ne ressemble pas à Otto. Je sais qu'il apporte une gamelle et qu'il déjeune sur place. Qu'est-ce qu'il se passe. Je secoue la poignée. J'appelle. Rien. J'attends. Il va peut-être revenir. Une femme passe en tirant son môme et me regarde d'un drôle d'air. Le pied de grue, pas pour moi. Je me barre. Je verrai bien au dîner, même si je sais d'avance que l'après-midi va être très longue.

Le soir, à la maison, je guette les aiguilles sur l'horloge de la salle à manger. Je reviens dans la cuisine. Je piétine. Vingt heures quinze. Il est en retard. « Simone, arrête, un quart d'heure, ça peut arriver à tout le monde, voyons ! » Madeleine rit, persuadée de me surprendre en pleine impatience amoureuse. Elle a peut-être pas tort du reste.

Ça toque. Je me précipite vers la porte. J'ouvre. C'est lui. Il me sourit, de ce beau sourire que je connais trop bien. J'ai envie de me jeter dans ses bras, j'ai envie qu'il me rassure et me dise qu'il ne se passe rien, que tout est comme avant. Je me retiens. Pas question de me donner en spectacle devant Maman, devant Madeleine, devant le vieux. Y aura bien un moment où je pourrai lui chuchoter à l'oreille. En attendant, je fais comme si de rien n'était. Et lui aussi, d'ailleurs. Toujours aussi charmant avec Maman. Il sort de son pardessus une bouteille de Veuve-Clicquot, ça fait toujours son effet. Maman la débouche et s'enfile deux verres. Madeleine et moi savourons. Les bulles pétillent sur ma langue. C'est vrai que ça se boit bien.

Otto parle, raconte l'histoire du vitrail de Notre-Dame de la Belle-Verrière. J'écoute à peine. J'avale une autre coupette. Je me laisse bercer. Madeleine a préparé un gratin de patates et un riz au lait. À côté de moi, le vieux mastique sans mot dire. Moi aussi, j'ingurgite, j'ai faim. La chaleur du poêle m'engourdit. Faudrait que ce moment dure longtemps. J'ai plus du tout envie de savoir ce qui me vrillait les neurones. Si c'est pour déglinguer ma vie, non merci. L'autruche, c'est bien aussi. Mais déjà, c'est la fin du dîner. Otto se lève et, droit dans les yeux, il me sort :

— Si nous faisions quelques pas dehors, Simone.

C'est même pas une question, presque un ordre. J'essaye de m'accrocher encore un petit peu à ma torpeur :

— En pleine nuit ? Dans le froid ? Tu es sûr ?

— C'est important, Simone.

Dans mon dos, y a trois paires d'yeux qui n'en loupent pas une miette. Alors, j'attrape mon manteau et je suis Otto. Dans la rue, il me prend par le bras et m'entraîne vers la cathédrale.

— Qu'est-ce que ça veut dire, Otto ?

Il ne répond pas, il continue sa marche, j'ai du mal à le suivre. Autour de nous, nuit profonde. Aucun lampadaire, pas de lune, volets clos. Nous débouchons sur le portail nord. Notre-Dame, au-dessus de nous, est une montagne de ténèbres. Je frissonne. Otto fonce vers les marches, moi derrière. Sous le porche, il s'arrête.

— Tu n'as pas trop froid ? Prends mon manteau. Il m'affuble de son pardessus.

— Otto, ça rime à quoi tout ça ? On pouvait pas se voir demain, à la librairie ?

— Il n'y aura pas de demain, Simone, c'est fini.

Il prend une de ces voix mélos, je ne comprends rien. J'arrive pas bien à distinguer son visage.

— Qu'est-ce qui est fini ? Je suis virée, c'est ça ? J'en étais sûre… Mais c'est à cause de cette salope d'Eva…

Otto me coupe :

— Je pars, Simone.

— Comment ça, tu pars ? Ça veut dire quoi ? Explique-toi !

J'ai une suée, tout à coup. Il murmure :

— Je suis muté sur le front de l'Est.

— Le front de l'Est ? Mais pour y faire quoi ?

— Me battre.

— Je croyais que tu n'étais pas un combattant…

— Je suis un bibliothécaire. Mais je suis aussi un soldat et un soldat doit aller au front. Même s'il répugne à utiliser les armes.

— Que s'est-il passé ? Pourquoi cette mutation ?

— Oh, personne n'est venu m'en donner les raisons. Je suppose que mon travail ici n'est plus une priorité. Que la guerre contre Staline a besoin de renforts. Et puis, il y a toi…

— Quoi, moi ?

— Une relation suivie avec une jeune Française n'est pas très bien vue.

— Pourquoi ? Nous ne faisons vraiment rien de mal…

— Je sais, Simone. Ne t'inquiète pas, je t'ai donné ma parole. Dès que tout sera fini, je reviendrai et nous pourrons nous marier.

Il m'entoure les épaules. Premier moment de tendresse. Première fois qu'il ose me toucher. Je devrais savourer. D'un geste sec, je me dégage. S'il part, je vais me retrouver toute seule, sans appui, sans protecteur. S'il part, je n'ai plus personne. Otto me regarde, avec des yeux que je devine résignés malgré la pénombre. Tu es trop obéissant, Otto. Tu es trop bon. Tu n'es pas fait pour ce monde de salopards. Je dévale les marches. Otto me suit. Il me dit :

— Je comprends ta réaction. Je t'en supplie, ne m'en veux pas.

Je trace, je veux rentrer chez moi. Otto me prend par la main :

— Il faut que nous gardions le contact, Simone. Je ne pourrai pas t'écrire, je n'en ai pas le droit.

Je ne réponds pas. Je retire ma main. Otto m'explique alors un système, avec Herbert dans le rôle de la boîte aux lettres. Ça ne m'intéresse pas. Il m'a trahie, il m'abandonne, je ne vois rien d'autre. Ça y est, nous parvenons sur mon perron. Je me tourne vers Otto, j'avale ma salive et je dis, avec la voix la plus détachée du monde :

— Bonne chance pour la suite.

— Simone, je t'en prie.

Il hésite, il ne part pas. J'en profite pour lui rendre son pardessus. Ne pas garder de souvenirs qui feront mal. Il chuchote alors :

— Simone, profite de mon départ pour cesser toute activité pour nous. Ne travaille plus pour l'armée allemande.

— Non, je ne peux pas.

— Tu te salis les mains, Simone.

— Pas du tout. Je fais juste des traductions.

— Tu cautionnes un régime abominable.

— Et toi, alors ?

— Pour moi, c'est trop tard. Mais toi, tu as encore une chance.

— Une chance ?

— Oui, une chance d'échapper à l'ignominie.

À ce moment-là, un volet grince, quelque part dans la rue. Nous nous regardons, Otto et moi. Puis, très vite, il me caresse la joue et dit :

— Rentre, ne prends pas froid.

Je regagne la maison. En me déshabillant, dans ma poche, je tombe sur la lettre fripée d'Eva. « Je n'ai rien pu faire. » Sale menteuse. Je suis sûre que tu n'es pas étrangère à cette mutation. Je sens monter en moi une vague. Je ne contrôle plus rien, je chiale, je ne peux plus m'arrêter, un déferlement de larmes.

45

Chartres, 16 août 1944, 11 h 15

Les cloches de la cathédrale continuent de se balancer, elles ne vont jamais s'arrêter, elles font un de ces boucans, même à Pâques, elles ne s'excitent pas autant. Faut croire qu'aujourd'hui est un jour de fête. Tu parles. Moi, je suis là, comme une conne, à retraverser au trot la rue du Cheval-Blanc. Avec toujours cette chaleur de dingue qui rend ma robe toute poisseuse de sueur. Derrière moi, dès que je ralentis la cadence, Lucien m'imprime le canon de son fusil dans le dos. M'en fous, j'ai le cuir solide, je sens pas la douleur. Même ma brûlure au front a cessé d'irradier.

Maintenant, j'ai Françoise avec moi, et je suis invincible. Ma petite fille. Rien que toi et moi, le reste n'a plus d'importance. Ta tête bringuebale, de-ci, de-là, et tu continues de dormir, bienheureuse que tu es. Je te serre encore plus fort sur ma poitrine, je ne me lasserai jamais de ton parfum de petit être tout neuf. Le souvenir de Victoire, la fille d'Eva, me happe, l'espace d'une seconde. Elle va bientôt avoir deux ans, pourvu qu'il ne lui soit pas arrivé malheur.

« Allez, putain, arrête de traîner. » Je ne me retourne même pas, rien à foutre de ce connard. Les cloches ont cessé de carillonner. Dans la rue, les volets s'entrouvrent, les portes se déverrouillent, des visages apparaissent. Bientôt, ils vont tous vouloir sortir. Bientôt, ils vont tous faire la bamboche. Ça sera sans moi. Je presse le pas, je distance Lucien, son canon cesse de s'enfoncer entre mes côtes.

Lorsque nous débouchons place Collin-d'Harleville, le soleil m'éblouit. Je clignote des yeux tout en continuant à avancer. Et là, je le vois tout de suite. Au loin, sur le fronton de la préfecture. Un drapeau bleu blanc rouge. Un truc immense, j'sais pas où ils ont réussi à le dégoter. Dommage pour eux, il fait triste mine leur bazar : y a pas un souffle d'air, le drapeau pend comme une serpillière.

Nous nous rapprochons. Devant la préfecture, plus trace du char américain. À la place, la foule a grossi. Nous sommes tout près. Les gens nous tournent le dos, ils sont collés contre les grilles. Y a des hommes, bien sûr, mais aussi des femmes et même des gamins. Personne ne fait attention à nous. Ça saute pour mieux voir, ça rit, ça applaudit à s'en péter les phalanges. On dirait qu'un cirque vient de s'installer dans la cour d'honneur. Manque plus que les cacahuètes. Je ralentis le pas. Je suis trop petite pour apercevoir quoi que ce soit. Mais je me doute bien que c'est le coiffeur qui a remis le couvert.

Dans mon dos, Lucien ricane : « Te gêne pas, si tu veux aller sur la scène toi aussi ! » Sa voix, c'est comme un électrochoc : je cours presque sur les derniers mètres qui nous séparent de la porte dérobée de la cour des communs. Lucien me rattrape. Il ouvre. Me voilà à nouveau dans l'antre des assassins.

Ici, on tire la gueule. Les hommes et les femmes arrêtés depuis ce matin sont alignés contre le mur du fond. Y en a plus que tout à l'heure, on dirait. Quinze, vingt peut-être. Faut que je retrouve Maman. « Allez, va moisir avec les autres collabos et ne fais plus chier. » Lucien me bouscule une dernière fois. Je manque de trébucher. Où est Maman, je la vois pas. Françoise se réveille. Sur les pavés, des boules de cheveux parsèment la cour. On dirait des cadavres de chats.

Françoise se met soudain à pleurer et ses cris résonnent dans cette cour dépouillée. Elle cherche mon sein, comme un animal qui fourrage. Je ne peux pas résister : je m'accroupis, là, dans un coin. Je déboutonne ma robe. Et je plante mon sein dans la bouche de ma fille. Elle tète. Ma poitrine dégonfle, j'avais oublié à quel point je douillais. Je tente un regard autour de moi. Je fouille des yeux la brochette contre le mur. Et je la vois. Maman. Dernière femme, dans l'angle à droite. Je ne l'avais pas reconnue. Crâne rasibus. Ça me fout un coup au cœur. À ses côtés, bras contre bras, le vieux : on dirait presque qu'ils forment un couple tous les deux.

Françoise a délaissé mon sein. Elle s'est à nouveau assoupie, indifférente aux événements, repue. Je me relève. Je traverse la cour. Je foule ces milliers de cheveux qui volettent et viennent se coller sur mes mollets. J'arrive près de mes parents. Ma pauvre Maman, elle n'a vraiment plus un poil sur le caillou. Ça fait ressortir ses pattes-d'oie. Et ses yeux se sont élargis, comme des calots. Elle se met debout, vaille que vaille et elle tend les bras pour prendre Françoise. Elle murmure : « Ma petite fille. » Je ne sais pas si elle s'adresse à moi ou à Françoise. Toujours est-il que ces trois mots me chavirent. En un instant, mes yeux se gorgent d'eau. Je dépose Françoise dans les bras de Maman, et toutes les trois, nous nous assoyons, près du vieux, les fesses sur mon baluchon. Les larmes ruissellent sur mes joues, l'eau salée se mêle à ma salive. Je me vide et ça me fait du bien.

Autour de moi, autour de nous, la fureur continue. Je regarde en spectatrice, je ne fais plus partie de cette mascarade. À quelques mètres, deux FFI empoignent la jeune fille vêtue en femme de chambre. On dirait que le tablier de soubrette a le don de déchaîner ces chiens. « Allez, à ton tour, la petite garce ! Traitement de faveur ! Tu vas avoir droit à des spectateurs ! » La jeune fille se laisse faire, sans un mot, sans un regard pour ses tortionnaires. Ça les met en furie. Ils lui assènent trois claques. Elle garde la tête haute. « Tu vas pas faire la maligne longtemps, sale pute ! » Ils l'emmènent vers la cour d'honneur.

Pierre n'est plus dans les parages. Il a laissé ses sbires gérer les réjouissances. Dans un coin, la femme à la voilette. Recroquevillée, la tête entre les mains, le dos secoué de sanglots muets. Elle n'a pas été tondue, elle. Privilège de classe. Au-delà des murs de la cour des communs, la rumeur de la foule de dehors se fait tout à coup plus intense. La jeune fille a dû monter sur l'estrade. Le coiffeur va commencer son œuvre. Je colle mon visage contre l'épaule de Maman. Mes larmes se sont taries. Je tremble malgré moi. Nous ne distinguons pas les invectives qui doivent fuser. Juste un grondement, et des clameurs plus fortes que les autres par intermittence. Ce doit être le signal de chaque coup de ciseau. Je me redresse. Je reprends Françoise des bras de Maman. Les braillements continuent. À présent, certains cris me parviennent. « À poil, à poil, la salope ! On rase tout ! On rase la chatte ! » Ils en veulent toujours plus. L'ivresse du moment fait d'eux des monstres. Brusquement, la fille est ramenée dans la cour. Elle a échappé au déshabillage. Ses cheveux, eux, n'ont pas pu résister au tondeur. Elle paraît toute maigre sans son chignon. Mais ils n'ont pas réussi à lui faire baisser la tête.

Je caresse les cheveux de ma fille. Ils sont doux et drus à la fois. De l'autre main, je tâte mon crâne. Il n'est pas lisse : il est hérissé de milliers de bulbes qui bientôt germeront encore et me feront oublier l'ignominie. Je touche mon front. Là, ça fait une crevasse. Ça sera difficile à cacher. Maman se rapproche. « N'y mets pas tes doigts. Tu vas infecter la plaie. » Je dis oui. Je n'ai pas envie de parler. J'ai le pressentiment que je ne parlerai plus jamais de ce qui s'est passé aujourd'hui.

Au moins je suis certaine d'une chose : Otto ne saura pas. Otto. Ton visage s'agrippe à ma rétine, ta présence me suffoque. Mon chéri. Mon amour. Tout à coup, je comprends que tu n'es plus de ce monde. Inutile de continuer à me mentir. Tu ne reviendras jamais. C'était une folie de croire que nous nous retrouverions, que tu connaîtrais Françoise. Tu n'es plus là et pourtant tu m'envahis. Tu es en moi comme jamais tu ne l'as été. Je t'aime Otto, je ne cesserai jamais de t'aimer, même par-delà la mort. Maman marmonne une comptine. La foule, au loin, entonne *La Marseillaise.*

Le monde tangue autour de moi. Je ferme les yeux.

46

Je suis en train de glisser au fond du trou. J'en veux à Otto. Il m'a laissée en plan. Le monde entier me fait chier. Surtout les voisins. Surtout la mère Fruchard. Un dimanche soir de décembre, je balaye la neige accumulée sur notre perron. Mes yeux s'arrêtent sur la maison d'en face. Deux cœurs ont été découpés au centre des volets. Je ne les ai jamais remarqués. Ils sont beaux. La porte à côté des volets grince et s'ouvre, la mère Fruchard se poste devant chez elle, tablier noué autour de la taille et mains sur les hanches.

— Je te vois depuis tout à l'heure. Qu'est-ce que t'as à regarder par chez nous ?

— Je regarde pas chez vous. Je balaye devant chez moi.

— Ah, ah, ah, tu balayes ! Qu'est-ce qu'il faut pas entendre !

La vieille peau ricane, ses nichons tressautent, sa bouche fume dans l'air froid. Mais je vais pas me laisser faire, oh que non.

— Qu'est-ce qui vous fait rire ?

— Tu verrais ta bobine ma petite !

— Qu'est-ce qu'elle a ma bobine ?

— Elle a peur ! Elle pue la peur ! Parce que le vent tourne. Les Alliés sont en Afrique du Nord. Bientôt ils débarqueront ici. Et ce sera fini pour toi la belle vie. Kaput, la Simone !

Je vois rouge. Je lui balancerais bien mon balai dans la tronche.

— De quoi je me mêle, la vioque ? Fais gaffe à ce que tu dis !

— Sinon quoi ? Tu vas me dénoncer à ton frisé ? Mais tout le monde sait qu'il a filé. Le navire coule, et les rats quittent le navire !

La Fruchard se gondole de plus belle, cette vieille conne. Elle fait un de ces raffuts à elle toute seule. Il faut que je coupe court. Pas question qu'elle ameute tout le quartier. Je m'enfonce chez moi en claquant la porte.

Je ne parle à personne de cette altercation. Le seul qui pourrait me conseiller n'est plus là. Otto. Un mois qu'il est parti. Un mois sans aucune lettre. Cela ne lui ressemble pas. Ou alors, si. Il est comme les autres. Il doit conter fleurette à une fille crédule du Caucase ou de Crimée. Lui promettre les fiançailles, le mariage, une famille heureuse. Menteur. Je m'en fous. Otto, il n'y a jamais rien eu entre nous. Il faut que je passe à autre chose.

Le lendemain, lundi 21 décembre 1942, je retourne à la Manutention. Plutôt, je me traîne jusqu'à la Manutention. Le remplacement d'Eva est terminé. Je ne me suis pas racheté de vélo. De toute façon, vu la neige, je pourrais pas pédaler. La température a dégringolé en dessous de zéro ce matin, j'ai les pieds gelés malgré mes chaussettes en laine. Lorsque j'arrive enfin, je suis reçue par mon nouveau chef. Le capitaine Hofman, moche comme un cul, le visage semé de cicatrices, un truc immonde. Il me fait entrer dans son bureau. Sur le mur, un portrait en pied d'Hitler, grandeur nature. Dès la porte refermée, il me sort, en allemand :

— Vous êtes en retard, mademoiselle Grivise. Vous savez que la ponctualité est une obligation sur laquelle nous sommes intransigeants.

Je baisse la tête, je réponds rien, je bous. Il embraye :

— Je dois être honnête avec vous. Votre cas a été beaucoup discuté. Nous avons longuement hésité à vous garder après ce qu'il s'est passé. Heureusement que vous avez, disons… des appuis.

Je lève les yeux, pas sûre d'avoir bien entendu.

— Je ne comprends pas…

— Allons, réfléchissez un petit peu…

Je ne parviens pas à me concentrer. Je sens la sueur couvrir mon front. L'image de Marion danse devant mes yeux. Non, il ne peut pas tout savoir, il n'est pas Dieu le Père. Le téléphone sonne. Il décroche et écoute un long moment un interlocuteur excité. Il me scrute. Il raccroche en promettant à son interlocuteur de venir. Il se lève. Je chevrote :

— Non, vraiment je n'ai rien à me reprocher…

Il s'approche de moi, il est tout près, je vois nettement les cratères qui le défigurent. Il pose son postérieur sur le coin de son bureau, il se racle la gorge, et avec un imperceptible sourire au coin de la bouche, il me dit :

— Et Otto Weiss ? Ce nom ne vous dit rien ?

— Oui, bien sûr, mais je ne vois pas le rapport, je…
D'un ton sec, il me coupe :

— Tout cela ne m'intéresse pas mademoiselle Grivise. Prenez cette petite mise au point comme un avertissement. À présent, nous avons du travail. Voici votre bureau.

Il pointe une table dans un angle. Je comprends que je vais devoir me farcir sa face en continu. J'acquiesce parce que je n'ai pas le choix, il me faut du fric. Je passe le reste de la journée penchée sur mes traductions. Je ne peux pas m'empêcher de penser à Otto. Son sourire si doux, son regard si attentif : quel gâchis qu'il soit parti.

Le soir, dès cinq heures, je me barre, pas question de faire du rab. Dehors, la nuit a déjà envahi les faubourgs. La lumière des réverbères tremblote. Ça y est, j'y suis, au fond du trou. Ce n'est plus une lente glissade, c'est comme si on m'avait foutu des coups de pelle sur le carafon. Les rues sont désertes, je trottine le plus vite possible, en évitant les congères. L'air glacé me tire des larmes et me cisaille la peau. Otto, tu n'aurais pas dû me laisser.

Maman m'accueille, la tête échevelée, le blanc des yeux strié de sang. Elle a dû boire un coup de trop, la plaie. Elle tempête, tape du poing sur le buffet. Au début, je ne comprends pas de quoi elle cause. J'essaye de l'asseoir, de la calmer. Et là, les mots deviennent audibles. Une querelle de voisinage. Encore. Avec Jeannine Fort, cette fois-ci, une voisine du bout de la rue.

— Elle m'a traitée d'embochée, cette raclure ! Tu te rends compte ? Oh, mais je vais pas en rester là, c'est moi qui te le dis !

— Oui, oui, Maman, ça va aller.

Je hoche la tête, je suis crevée tout à coup, j'ai envie d'aller me coucher, pour oublier cette journée. Je m'apprête à monter quand Maman ajoute :

— Heureusement, ce soir, nous avons de la visite.

Tout en moi se raidit.

— Comment ça de la visite ?

— J'ai rencontré Mlle Eva. Elle avait besoin de quelqu'un pour sa petite. Je lui ai dit de venir.

Oh, non, Maman, putain, t'as pas fait ça…

47

— Je t'avais dit que je ne voulais plus la voir ! Arrête de faire des trucs dans mon dos, occupe-toi de tes oignons !

Maman essaye de crier plus fort que moi :

— Et depuis quand que tu me donnes des ordres ? Tu ferais mieux de fermer ta petite gueule, ma fille !

— Tu sais ce qu'elle te dit ma petite gueule ? Elle te dit que toi, tu ferais mieux d'arrêter de picoler, ça te remettrait les idées en place !

— Comment… comment oses-tu ?

Elle halète. Elle cherche une repartie. À ce moment-là, le heurtoir de notre porte résonne. Maman se recoiffe à la va-vite. Je lâche, tout bas :

— Je ne veux pas la voir, je ne la verrai pas !

Je me planque vite fait dans le salon adjacent, toutes lumières éteintes. De là où je me trouve, je ne vois rien, mais j'entends tout.

Maman ouvre :

— Rentrez, mademoiselle Eva. Il fait pas bon rester dans cette rue de salopards.

— Oh vous y allez fort ce soir, madame Grivise ! Que se passe-t-il donc ?

Je perçois les petits vagissements de Victoire. J'imagine Eva collant sa fille dans les bras de Maman, comme on se débarrasse d'un paquet encombrant. Et Maman, trop contente de continuer à cracher sa colère :

— Oh là, là, si vous saviez ! Je n'en peux plus de mes voisins ! Ils me mènent la vie dure, ils m'insultent, ils disent que je les espionne.

Eva émet un petit rire de gorge :

— Oh, mais il n'y a pas de mal à espionner ses voisins ! En ces temps troublés, c'est même plutôt recommandé !

— Mais ce n'est pas vrai, je ne les espionne pas. Je vois et j'entends des choses, mais c'est bien malgré moi.

Eva ne rit plus :

— Et qu'entendez-vous donc, madame Grivise ?

— Des choses… pas très catholiques, si vous voyez ce que je veux dire…

— Soyez plus précise.

— La radio anglaise par exemple.

— Ah oui, je vois. Et quels voisins exactement ?

— Ceux d'en face, ceux de droite, ceux de gauche. Ça cause angliche dans tous les coins !

Maman ne sait pas à qui elle parle. Mais je laisse faire. Le dégoût à l'idée de voir Eva me paralyse. Et puis, les voisins, c'est vrai qu'ils nous font chier. Je suis pas certaine qu'ils écoutent tous la BBC. Mais là où il y a pas de doute, c'est qu'ils nous détestent. Si Eva pouvait leur flanquer la frousse, ce serait peut-être une bonne chose. En attendant, Eva poursuit, d'une voix dure.

— Donnez-moi des noms, madame Grivise.

Maman doit hésiter, car il y a un silence pendant lequel j'entends distinctement les babillages de la petite Victoire. Puis, elle énumère les noms de cinq familles qui vivent dans des maisons proches de la nôtre : Fruchard, Fort, Lambert, Pelletier et Barzac. Eva ne répond pas. Au bout de quelques instants, d'un ton enjoué, elle demande :

— Simone n'est pas là ?

Maman marmonne un non. Eva continue :

— Tiens, c'est étonnant, à cette heure-ci… bon, vous lui direz qu'elle me doit des remerciements. Je lui ai sauvé la mise.

— Qu'a-t-elle donc fait ?

— Ne vous inquiétez pas, madame Grivise, rien de grave. Simone saura très bien de quoi je veux parler.

Eva sort, je me précipite pour récupérer Victoire, sans un regard pour Maman. Je passe la nuit à écouter le souffle de la petite fille, à respirer son odeur aigrelette, à caresser son duvet de cheveux. Ma chambre est un havre et pourtant, je suis sur mes gardes. Pour la première fois, j'ai peur. Peur pour Victoire, petite innocente qui a une hyène pour mère. Peur pour moi, qui ne parviens pas à me défaire de cette hyène. Eva est toujours là, elle sait tout, elle organise ma vie. Et Otto qui a foutu le camp, qui m'a laissée dans ce bourbier…

Cette nuit-là, une envie impérieuse me saisit. Je descends dans la cuisine, furète dans le buffet, saisis la liqueur de poire et bois à même le goulot. Une toute petite gorgée. Qui se répand dans mon ventre. Qui réchauffe mes entrailles.

Le lendemain, impossible de me lever. Pas la force. Madeleine prend sur elle pour téléphoner depuis son boulot et prévenir la Manutention que je ne suis pas en état de travailler. Dehors, le ciel est plombé. Un temps à rester couchée. Maman s'occupe de Victoire, la change, lui donne le biberon. Pas une seule fois, elle ne vient me voir. Quand elle fait la gueule, ça peut durer des plombes. Dans la matinée, j'entends Eva venir chercher sa fille. Plus tard, vers midi, Madeleine toque à ma porte. Elle s'assoit sur son lit, pose sa main fraîche sur mon front. « Qu'est-ce qu'il se passe, Simone ? Tu es malade ? Ne me dis pas que tu es enceinte ? » Tout de suite, comme si c'était une maladie qu'on attrapait au coin de la rue. « Arrête avec ça. Je suis très fatiguée, c'est tout. »

Au fond, je ne sais pas moi-même ce qu'il m'arrive. Juste envie de rien. Pourtant, je n'ai pas à me plaindre. J'ai conservé mon boulot. Un poste au cœur du pouvoir, huit heures par jour dans l'antre d'un officier de la Wehrmacht. Bientôt, je connaîtrai certains secrets réservés aux initiés. Bientôt, j'aurai toute latitude pour me venger de tous ceux qui m'ont pourri la vie, Pierre en tête. J'ai toujours rêvé d'en arriver là. Je devrais m'en réjouir. Et pourtant, rien. Pierre, je n'ai plus de haine à présent. Le temps a passé. La boule de pus est purgée. Je me sens juste accablée. Lasse, vide, éteinte. Et seule. Sans Otto. Lui aurait pu me redonner le moral, lui aurait pu me faire aimer l'avenir.

Pendant trois jours, je reste au lit. Je mange ce que Madeleine me monte. Et je descends en douce le soir, m'emplir le cerveau de mon somnifère préféré. Jusqu'au 24 décembre. Ce jour-là, il y a une enveloppe à mon attention dans notre boîte aux lettres. Elle n'a pas transité par la poste de Chartres. Quelqu'un l'a déposée.

Grand format, mon prénom et mon nom écrits à la main, écriture inconnue. Pour la première fois depuis longtemps, je sens mon cœur. Il tape dans mon sein, il bourdonne dans ma tempe. Je palpe l'enveloppe, il y a plusieurs plis à l'intérieur. Je n'ose pas l'ouvrir. Peur d'être déçue. Que ce ne soit pas lui. Car, je m'en rends compte maintenant, le fait qu'il ne m'ait pas écrit me mine, m'anéantit à petit feu. Otto. Je n'attends que ça, depuis le moment où tu es parti : une lettre de toi.

Dans un sursaut, je déchire l'enveloppe, au risque d'abîmer les missives qu'elle contient. Quatre petites lettres tombent sur le parquet. Aussitôt, je sais que c'est lui. Ses belles majuscules déliées. Une bouffée d'une émotion inconnue me saisit à la gorge. J'ai envie de rire, de chanter, de crier. Je me contente de pleurer. Pas des petites larmes insignifiantes. Des bouillons de larmes. Des hoquets de larmes. Comme si je me vidais de mes aigreurs, et faisais de la place, enfin, pour la joie.

Je lis chacune des lettres d'Otto. En prenant mon temps, en décortiquant chaque phrase. Il m'a écrit dès le lendemain de son départ. Il me dit qu'il pense à moi chaque jour, chaque heure, chaque seconde. Il me dit qu'il veut me présenter à sa famille, que je m'entendrai bien avec sa sœur. Il me dit que mon intelligence, ma gaieté, ma franchise lui manquent. Dans ses lettres, la guerre n'existe pas.

C'est mièvre à souhait, mais ça me fait un bien fou. Je veux croire de toutes mes forces à l'idée qu'il se fait de moi. Grâce à lui, je ne suis plus celle qui un jour a traversé la cour de son école la jupe relevée, ni celle dont les parents ont fait faillite, ni enfin la gourde qui a cru conquérir l'amour en se faisant déflorer par un connard. Mes humiliations me paraissent lointaines, elles ne me font plus mal. À leur place grandit une nouvelle Simone. La Simone qui est aimée d'Otto. La Simone qui aime Otto.

Car oui, il a fallu qu'il parte pour que je découvre à quel point il compte. La vie est mal faite. J'ai rencontré un homme bon, un homme qui me respecte. Et je l'ai laissé s'échapper. Bêtise crasse. J'ai envie de me taper la tête, de m'arracher les cheveux. Il n'est plus auprès de moi, mais tout à coup, il prend toute la place. Ce soir-là, après avoir bien chialé, je sèche mes larmes. Je ne peux pas en rester là. Il faut que la vie me propose une seconde chance. Quitte à la provoquer.

48

Revoir Otto. C'est devenu mon obsession. Mon unique but. Le reste, Eva, les voisins, Maman, je m'en tamponne. Otto, Otto, mon idée fixe. Je sais pas comment je vais m'y prendre. Mais faut coûte que coûte que je réussisse. Et ce n'est pas en restant au pieu que je vais avoir une illumination. D'autant que Madeleine, toujours après moi, m'horripile. Alors, je m'extirpe de mes draps, je me fous des coups de pied au cul et, dès Noël passé, je retourne bosser à la Manutention. Là-bas, j'aurai peut-être la bonne idée qui me sautera au visage.

Chaque matin, une pile de courriers m'attend. Je traduis. Enfin, pas tout le temps. Quand mon chef Hofman n'est pas là, je rêvasse. À la prochaine lettre d'Otto. Tous les dix jours, il y en a une nouvelle, déposée par Herbert. Chaque soir, en rentrant à la maison, j'ouvre la boîte aux lettres, en croisant les doigts. J'ai interdit à Maman et à Madeleine de s'en charger. Quand j'aperçois une lettre d'Otto, je ne l'ouvre pas tout de suite, je me laisse envahir par une sensation que je n'ai jamais connue : un mélange d'excitation et de douceur.

À chaque fois qu'Hofman revient dans son bureau, il me sort avec fracas de mes visions enamourées. Il claque la porte, il gesticule, il vocifère. Je me replonge dans mes traductions. Bien vite, je m'aperçois qu'Hofman n'en a rien à cirer de mon travail. La propagande, ça lui passe au-dessus. Il ne pige pas un traître mot de français. Je pourrais écrire n'importe quoi, ce serait pareil.

Son vrai boulot à Hofman, c'est le ravitaillement des troupes allemandes. Et plus ça va, plus ça coince. Des trains qui n'arrivent pas, des commandes qui ne sont pas honorées et des embrouilles de reventes au marché noir. Hofman hurle dans le combiné de son téléphone, il ferme rageusement ses tiroirs, pendant que derrière lui, le portrait du Führer tressaille. Moi, je fais semblant de me concentrer. En réalité, j'écris à Otto, en douce.

Un jour de janvier 43, vers huit heures, lorsque j'arrive au bureau, y a déjà deux Français plantés devant Hofman. Le plus petit baragouine un allemand lamentable, en butant sur chaque mot. Hofman tente de comprendre, le front tout plissé. Dès qu'il m'aperçoit, il m'alpague pour que je traduise. Les deux zigs se retournent, et là, coup au cœur, je les connais bien. Antoine et Lucien, les germanophiles de Guéry, ceux qui voulaient m'enrôler dans leur parti, ceux qui n'aimaient pas Colette.

Instant de silence. On se jauge, on fait semblant de s'être jamais vus. Ils portent tous les deux un uniforme ridicule : chemise bleue, pantalon bouffant, béret noir et brassard avec un symbole que je n'ai jamais vu. Une croix ou une francisque ou les deux mélangées. Qu'est-ce qu'ils peuvent bien foutre dans cet accoutrement. Ils doivent se les cailler avec le froid qu'il fait en ce moment.

Mon chef me fait sursauter : « Mademoiselle Grivise, dépêchez-vous de me dire ce que veulent ces deux hommes ! » Antoine se tourne vers moi, et, tout sourire, il m'explique, en français, qu'ils sont membres du Parti populaire de Doriot, qu'ils font le tour des administrations allemandes pour proposer leurs services. « Quels services ? » soupire Hofman en regardant sa montre. Antoine n'hésite pas à me tutoyer : « Parle-lui des mauvais Français, on en connaît un paquet, si ça l'intéresse.» Je m'arrête net de traduire. Je les fixe, ces pauvres types, et du ton le plus méprisant possible :

— Il est beau votre parti de mouchards !

Hofman intervient. Il veut savoir ce que j'ai dit. Je lui indique :

— C'est une erreur. Ces messieurs se sont trompés de bureau.

Antoine ne sourit plus :

— C'est quoi le problème ? De quoi tu te mêles ?

Avec l'air le plus détaché du monde, alors que mes mains sont gagnées par une tremblote aiguë, je lui réponds :

— Il faut vous adresser à la SIPO-SD pour ce genre de choses. Ici, on s'occupe de propagande.

Je leur indique la sortie. Hofman hoche la tête, pressé de se débarrasser de ces Français qui lui font perdre son précieux temps. Au moment de franchir le seuil, Antoine chuchote à mon attention : « On se retrouvera. » Une fois la porte refermée, mon chef me remercie :

— Je ne sais pas trop ce qu'ils voulaient, mais vous avez bien fait de les envoyer à la Police. Faut qu'ils travaillent un peu là-bas. D'ailleurs, à ce sujet, savez-vous que votre amie, Mlle Mévole, vient d'être nommée interprète principale de tout le service de la SIPO-SD ?

Je ne réponds pas. Je n'en savais rien. Eva n'est plus mon amie, si tant est qu'elle l'ait été un jour. Je n'ai aucune nouvelle. Hofman ajoute, comme pour lui-même :

— Une bien belle promotion…

Ce soir-là, j'ai beau me triturer les méninges, j'sais pas pourquoi je me suis comportée comme ça avec Antoine et Lucien. Il vaudrait mieux que je me fasse des amis, par les temps qui courent. Je suis conne parfois. J'crois que ce qui m'a révulsée, ce sont ces histoires de délation. Ça me rappelle Maman avec Eva, l'autre jour. Je l'ai pas digéré. Peuvent pas faire les choses en face, sont obligés de manigancer dans le dos des gens. Otto n'approuverait pas, ça, c'est sûr. Otto, tu me manques tellement. Et dire que je n'ai toujours pas de solution pour te faire revenir. Pas de permission avant plusieurs mois, m'as-tu dit. Madeleine me serine d'en causer à Hofman. Elle ne comprend pas que c'est impossible, que je dois naviguer en sous-marin : une relation officielle avec un officier de la Wehrmacht n'est pas admise, surtout par un type comme Hofman.

Parfois, j'ai peur. Peur d'avoir laissé passer ma chance, peur qu'Otto ne revienne jamais. Je palpe mon tas de lettres et je me dis que j'aurais eu au moins ça, des mots d'amour. Je m'agace aussi parce que le visage d'Otto commence à m'échapper. Ses yeux, son regard, je ne parviens pas à les retrouver, tout est flou.

En février 43, je crois un instant, que c'est terminé, que je ne reverrai jamais Otto. Un matin, le gros titre de *La Dépêche d'Eure-et-Loir* me cloue sur place. « L'héroïque résistance de Stalingrad a pris fin. Le sacrifice de la sixième armée servira d'exemple aux générations futures. Trois jours de deuil national en Allemagne. » Mes mâchoires se contractent, ma respiration se bloque. Ainsi, c'est possible que les Allemands essuient des revers. Mais, à la limite, maintenant, je m'en contrefous que leur régime se casse la gueule. Si je suis tétanisée, c'est pour Otto. Comme d'un fait exprès, je n'ai plus de lettres depuis quinze jours… Où est-il. Que fait-il. Je l'espère prisonnier. Avant de partir au boulot, je me réconforte à la gnôle. Une petite rasade pour tenir la journée.

À la Manutention, c'est le branle-bas de combat, Hofman aboie encore plus fort que d'habitude et le portrait d'Hitler manque de se fracasser. Ce jour-là, mon chef ne me dit pas bonjour, le téléphone sonne sans cesse, on dirait que le monde est au bord de l'implosion. Moi, je suis incapable de me pencher sur mes papelards. Je prétexte une migraine pour quitter le boulot plus tôt.

Le soir, boîte aux lettres toujours vide. Je me barricade dans ma chambre sans manger. La nuit, impossible de fermer l'œil. Il y a urgence. Je dois trouver une solution. Je me tourne et me retourne dans mon lit. J'ai les cheveux collés de sueur. Je résiste à la tentation d'avaler une petite lampée, j'ai déjà bu ce matin, faudrait pas que je ressemble à Maman.

Tout à coup, dans la rue, des bruits de voix. Pas très forts, comme des gens qui parlent. Je farfouille sur ma table de chevet pour trouver ma montre. 23 h 30. Le couvre-feu est dépassé. Ils vont avoir droit à la police s'ils se font chopper. Ça continue à parlementer. Je me lève, j'entrouvre ma fenêtre. Évidemment, je ne vois rien, les volets sont fermés. Mais je peux entendre. L'air glacial pénètre sous ma chemise de nuit et me transit en une minute. C'est alors qu'une sonnette retentit dans la rue. Comme un long cri strident. Tout le quartier doit être réveillé à présent. J'écoute. Le vieux Lambert, de l'appartement mitoyen, dit : « Qu'est-ce qui se passe à cette heure-ci ? C'est pas fini de déranger les honnêtes gens ? » Quelqu'un répond, je n'entends pas. Je grelotte. Des pas se précipitent dans l'escalier de la maison en face de chez nous, chez les Fruchard. Une porte claque. Les pas repartent dans la rue. Une autre sonnette, un peu plus loin, déchire la nuit. Il faut que je sache. J'écarte mon volet avec d'infinies précautions, juste pour glisser un œil. Tout est noir. Très vite, mes pupilles s'habituent aux ténèbres et je reconnais le gros SS, l'amant d'Eva, le chef de la SIPO-SD. À ses côtés, deux soldats. Devant eux, deux hommes dont les mains sont entravées : mes voisins Fruchard et Lambert.

Vite, je repousse mon volet, je referme ma fenêtre, je ne veux pas qu'ils me voient, ils auraient tôt fait de croire que je suis de mèche avec ce grabuge. Je retourne me coucher. Je me recroqueville, gelée. Tout s'obscurcit. Otto tué, une balle dans la poitrine, son corps dans la boue, ses yeux grands ouverts. Le père Fruchard jeté au fond d'une cellule, lapant une écuelle de clébard, les pieds enchaînés. Tout tourne, je sombre.

Le lendemain matin, Maman déboule dans ma chambre sans frapper.

— Simone, ils ont tous été arrêtés ! Tous les cinq ! Ennemis de la nation allemande !

— Arrêtés…

— Oui, les voisins ! On dirait que ça te fait pas plaisir !

Je hausse les épaules. Maman continue :

— En tout cas, ils ne me feront plus chier. Ils ont vu à qui ils avaient affaire ! Et ils ne vont pas revenir de sitôt, ça c'est sûr !

Maman ricane, sautille sur place. Je ferme les yeux. J'ai une sensation d'oppression dans la poitrine. Je n'ai jamais voulu ça, je n'aurais jamais dû faire entrer Eva chez nous. Maman me secoue l'épaule :

— Ça va Simone ? T'es toute blanche.

— Laisse-moi, s'il te plaît.

Maman recule et avant de partir, elle lâche :

— Tiens, j'ai croisé Herbert ce matin. Voilà une lettre pour toi.

J'arrache le courrier des mains de Maman. J'attends qu'elle sorte. Mon cœur tambourine comme un fou. Je déchire l'enveloppe. Devant mes yeux, l'écriture d'Otto danse la farandole. Il est vivant. Petit à petit, je déchiffre. Il a été blessé. Il a pu être rapatrié en Allemagne. « J'ai un bras et une jambe en piteux état, mais il n'y a rien de dramatique. Une convalescence est nécessaire, au moins jusqu'à la fin de l'année. » Ça doit être sérieux. Mais il est vivant, y a que ça qui compte. Il est soigné dans un hôpital de Munich. Tout à coup, c'est l'illumination : je sais ce qu'il me reste à faire. Pour que ma seconde chance existe. Pour échapper à cette ambiance mortifère qui règne ici à Chartres. Je vais partir en Allemagne. Je vais rejoindre Otto.

49

Ce soir-là, dans la cuisine, après la vaisselle, je décide de parler à Madeleine. Ma sœur m'écoute, ses épaules tombent, ses yeux s'agrandissent. Elle dit, avec une voix un peu plus aiguë que d'habitude :

— T'es complètement folle ! Tu ne vas pas partir comme ça, dans un pays que tu ne connais même pas !

Moi, je respire un bon coup et j'explique :

— C'est pas si loin. Et je parle la langue.

— Et la guerre, t'en fais quoi de la guerre ?

— Mais il n'y a pas de combats à Munich.

— Ça, t'en sais rien. Et tu vas aller où ? Tu vas loger où ?

— Otto me donnera des adresses.

— Tu lui en as parlé au moins ?

— Non, pas encore. Mais je sais qu'il sera d'accord. Nous allons nous marier et…

Madeleine me coupe :

— Je rêve, Simone… Tu crois encore aux promesses d'un homme. Après ce qui t'est arrivé…

Là, faut pas qu'elle m'agace. Je la coupe moi aussi, je parle plus fort qu'elle :

— Mais c'est Otto, tu le connais ! Il ne veut que mon bonheur.

Madeleine s'affale sur le banc. Puis, refoulant des sanglots, elle murmure :

— Moi aussi, je ne veux que ton bonheur, Simone.

Je veux bien la croire, la sœurette. Je devrais p'têt l'embrasser, la rassurer. Mais c'est vraiment pas le bon moment.

— Si tu veux que je sois heureuse, alors aide-moi à partir de ce trou à rats.

Madeleine hoche la tête :

— Je ne sais pas quoi te dire, Simone. Tu m'auras tout fait…

Cette dernière phrase, ça signifie qu'elle accepte que je parte. Mais de toute façon, d'accord ou pas d'accord, j'en ai rien à secouer. J'ai pas besoin de Madeleine. J'ai vingt et un ans, personne ne peut me dicter ma conduite. Je vais partir que ça te plaise ou non, ma chère frangine.

Ce soir-là, je bois deux petits verres d'eau-de-vie, histoire de me donner de l'inspiration et j'écris à Otto. Je lui détaille mon voyage, les changements à effectuer, les villes à traverser. Je lui demande quelle est la meilleure date pour mon départ et lui parle de la félicité que seront nos retrouvailles, de ma joie de connaître la Bavière.

La réponse d'Otto, dix jours plus tard, me douche. « Tu ne peux pas partir sans l'aval des autorités. » Bien sûr, il me dit aussi qu'il est ému par mon projet, qu'il a très envie de me revoir. « Mais sans laissez-passer en bonne et due forme, c'est impossible. Tu vas te faire arrêter. » Ah, tiens, c'est vrai, je n'y avais pas pensé à ce truc-là. Qu'à cela ne tienne, Otto, je vais l'obtenir, ce sacro-saint *Ausweis*. Faut juste que je trouve la bonne combine.

Le lendemain, après ma journée de travail, je décide d'aller acheter un sauciflard, un truc bien gras pour m'emplâtrer l'estomac et calmer ma hargne. Mars va bientôt se terminer, quatre mois sont passés depuis le départ d'Otto. Et je suis toujours là, dans cette ville remplie d'enfoirés. Depuis l'arrestation des cinq chefs de famille, c'est la haine.

J'entends d'ici le venin des voisines : « Tous les hommes de la rue ont été arrêtés sauf le père Grivise. Il n'y a pas de hasard. C'est cette sale traîtresse. Cette embochée. Elle, et sa soûlarde de mère. Judas en jupons. Famille de balances. » Je m'en fous, j'ai ma conscience pour moi. Mais faut vraiment pas que je pourrisse ici.

Le soleil s'est installé, il s'infiltre partout, il fait chanter les moineaux, il colore les roses trémières. Il m'insupporte, ce soleil. Il pourrait pas être raccord avec mon humeur. Je veux du gris, du gris foncé, du gris plombé.

Juste avant de m'engouffrer dans la rue de la Pie, je traverse la place Marceau, je longe la brasserie du même nom. Sur la terrasse, des buveurs de bière sont attablés. Quelqu'un m'apostrophe :

— Salut Simone !

Je m'arrête, je regarde d'où vient la voix. C'est Antoine, seul devant sa chope, sans Lucien. Déguisé comme l'autre jour : béret basque et chemise bleue. Il se met à dégoiser :

— Au fait merci pour l'idée de la SIPO-SD, remarquable. On abat un travail de dingues. Et ton amie Eva Mévole, une maîtresse femme, avec des idées très… affirmées.

— C'est pas mon amie. Ça ne m'intéresse pas ce que tu fais là-bas. Salut.

Je me barre, direction rue de la Pie, pas envie de tailler une bavette avec ce mariole. Mais j'ai pas fait trois pas, que déjà, il s'est levé, il m'a saisi le poignet et tout bas, il me déverse son haleine de stout :

— Tu joues à quoi ? On dirait que t'as pas les idées claires. Tu bosses pour les Boches, mais tu coopères pas avec nous. C'est louche…

Je tente de me dégager, mais il ne desserre pas sa paluche, ce malade. Alors, en ouvrant à peine la bouche, je lui crache ce qui me passe par la tête :

— Lâche-moi. Va plutôt retrouver ton petit chienchien, celui qui te suit partout.

À ce moment-là, Antoine libère mon poignet :

— Tu veux parler de Lucien ? Figure-toi que le parti voulait l'envoyer bosser en Allemagne et il s'est enfui, ce con. On le recherche, et crois-moi que si on le trouve…

Antoine mime avec son pouce un égorgement. Et il ajoute, au cas où j'aurais pas pigé :

— Et on fera pareil avec tous les mauvais Français, tu vois ce que je veux dire ?

Rien à foutre de ses menaces. Mais y a un truc qui me turlupine :

— Tu veux dire que ton parti envoie des Français travailler en Allemagne ?

Antoine me fixe, la bouche rigolarde.

— Ah, ça t'intéresse ? Viens à l'intérieur, on pourra causer tranquilles.

Je jette un œil autour de nous. Personne n'a l'air de nous moucharder. J'ai aucune envie d'aller m'asseoir en face de ce minable. Je suis sur le point de refuser, mais, au moment d'ouvrir les lèvres, je me ravise. Après tout, ça mange pas de pain. Alors, va pour la brasserie.

C'est la première fois que j'y mets les pieds. Ambiance enfumée et tamisée. Les banquettes – faux cuir couleur caca d'oie – sont disposées de telle sorte qu'elles forment des dizaines de petites alcôves. On dit que toutes les affaires importantes de Chartres se concluent ici. Antoine me devance, nous nous posons dans un angle. Je commande un café et lui, il reprend une mousse.

— Alors, Simone, explique-moi ce que tu trafiques.

— Je ne trafique rien du tout. Je voudrais aller travailler en Allemagne. Tu peux m'avoir un *Ausweis* ?

— Je vois, je vois… En théorie, y a rien de plus simple, l'Allemagne a des besoins énormes. Et le STO ne suffit pas à remplir les usines. Alors, si tu es volontaire, tu es la bienvenue. Mais, dis-moi, ton Boche, il peut pas te tuyauter ?

— Quel Boche ?

— Celui de la Manutention.

— Non.

— Ah, c'est bizarre. Bon… bon… je vais voir ce que je peux faire.

— Comment ça, tu vas voir ? Je croyais que c'était facile !

Antoine me sert son sourire de faux jeton.

— Bah, disons que… c'est donnant-donnant.

— Tu veux quoi ?

— Arrête de le prendre comme ça ou je vais vraiment me faire des idées à ton sujet. J'ai besoin de garanties, c'est normal, non ?

Antoine se lance alors dans tout un baratin sur son parti, le PPF, le Parti populaire français ; sur son chef Jacques Doriot, parti combattre les Soviétiques aux côtés des Allemands. « Tu vas voir qu'il va obtenir la Croix de Fer ! » J'écoute d'une oreille, je bois une lampée de mon café, un truc amer à me dézinguer les boyaux, j'attends la chute. La voilà : si je veux obtenir un *Ausweis* pour l'Allemagne, je dois adhérer au PPF. Sans hésiter, je réponds à Antoine du tac au tac :

— C'est d'accord.

Il me zyeute, sourcil levé :

— D'accord pour quoi ?

— Je m'inscris à ton parti.

Son sourcil retombe, il se frotte les mains.

— Eh, eh, attends que je t'explique un peu nos idées quand même !

— Arrête, je les connais parfaitement.

— Je t'écoute…

— Une France unie, un homme nouveau, un chef puissant…

— Pas mal… N'oublie pas non plus que nous allons purger notre beau pays de tous ses parasites ! J'ai nommé les Youpins, les métèques et les rouges !

— Oui, oui, je sais tout ça. Je signe où ?

Antoine ricane, comme s'il venait d'attraper un gros poisson. Moi, j'ai tout à coup une suée. Je suis prise de tremblements, je cache mes mains sous la table entre mes genoux. Je crois voir Otto débouler dans la brasserie. Je m'imagine, me jetant à ses pieds, suppliant : « Pardonne-moi. C'est pour toi que je fais tout ça ! »

Antoine tapote la table avec un stylo-plume. Il vient de poser entre nous un document dactylographié. « J'en ai toujours plusieurs sur moi, au cas où ! » Je lis : « Au nom du peuple et de la patrie, je jure fidélité et dévouement au Parti populaire français, à son idéal, à son chef. Je jure de consacrer toutes mes forces à la lutte contre le communisme et l'égoïsme social. » Je m'empare du stylo. J'appose ma signature. Ma suée est retombée.

Ce soir-là, je suis rentrée directement à la maison, je n'ai pas acheté mon saucisson. J'en avais plus besoin. Je savais que j'allais partir. Et tant pis si j'avais adhéré à un parti qui pratiquait la délation et, qui sait, les assassinats. Moi, je ne suis coupable de rien. Juste d'un griffonnage au bas d'une feuille. Rien de bien méchant.

50

Ma valise est prête. Je m'imagine déjà dans ma cabine de train, près de la vitre, à compter les gares qui me séparent d'Otto. Manque plus que ce satané papelard. Antoine me fait mariner. Un matin, il débarque à l'improviste, à la Manutention. Hofman n'est pas là. Il l'aurait sans doute envoyé se faire pendre ailleurs. En l'absence de mon chef, on dirait qu'Antoine se sent comme en terrain conquis. Il tournicote autour du bureau, trifouille la paperasse, fait le salut nazi devant Hitler. Je lui flanquerais bien des coups de pied au cul. Mais il me tient, ce salaud. Je lui demande, en me contenant le plus possible :

— Qu'est-ce que tu viens faire ici ? Tu as une bonne nouvelle à m'annoncer ?

— Ah, Simone, ta détermination est une qualité rare !

— Arrête de te foutre de ma gueule.

Antoine me fixe d'un regard dur.

— Simone, tu ne peux pas me parler de cette façon. Sache que tu as devant toi, le chef du PPF pour tout le département.

Il se rengorge, ce con. Lui manque plus que la crête. Il continue :

— On organise une réunion, mardi prochain, chez moi. Il faut absolument que tu viennes, si tu vois ce que je veux dire…

Je n'ai pas le temps de réagir que déjà, il balance un tas de vêtements sur ma chaise.

— Tiens, je t'ai apporté le costume de ma sœur. Il devrait t'aller.

J'aperçois la cocarde du PPF cousue sur ce qui ressemble à une chemise. J'aurais voulu l'arracher, cette cocarde, pour l'enfoncer dans la gorge de ce connard. Lui, tout sourire :

— Bon, à mardi alors ! Tu te souviens où je crèche ?

Je réponds pas. Il sort. J'enrage. Je m'empare des habits, jupe, cravate et chemisette, je les roule en boule et les fourre en tapon dans ma sacoche.

Non, non, je n'irai jamais à cette réunion. Sortir fringuée comme ça, c'est comme signer mon arrêt de mort. La mère Fruchard, elle va pas me louper, elle a un poste d'observation derrière son rideau et elle n'en décolle jamais. Impossible, c'est impossible. Et puis que dirait Otto. Il ne s'en remettrait pas, c'est certain. Il faut que je trouve une autre combine.

Toute la semaine, je gamberge, je soupèse les possibilités. Mais y en a pas trente-six. Si je veux revoir Otto, faut que j'aille jusqu'au bout. Le mardi de la réunion, en fin d'après-midi, dans ma chambre, je n'y tiens plus, j'enfile à toute allure la jupe et la chemise de la parfaite doriotiste.

J'ai du mal à fermer les boutons de la chemise au niveau des seins. Faut pas que je respire trop fort, le bazar est tout prêt de craquer. La cravate cache la misère. Je n'ai pas un regard pour mon miroir. Je dévale l'escalier. Dans le vestibule, j'attrape la cape d'hiver de Madeleine et je m'emmitoufle dedans. Pas question qu'on voie mon accoutrement. Je m'arrache. Dehors, l'air est doux, presque chaud. L'été arrive. Je m'enquille la place Châtelet, puis le boulevard Pétain, au pas de course, le nez collé au trottoir. Lorsque je parviens à hauteur de l'hôtel du Grand-Monarque, je suis en nage. Qu'est-ce que je fous là. C'est pas du tout ici qu'il habite, Antoine. J'oblique vers la rue Noël-Ballay, direction la place Billard. Les gens doivent me prendre pour une folle, avec ma cape en laine par ce temps. En attendant, ma chemisette est en train de se gorger de sueur, une vraie serpillière.

Ça y est, j'y suis, numéro 12. Lorsque j'appuie sur la sonnette, le souvenir de ce jour lointain où je suis venue, ici, avec Colette, me saisit. Colette, tu m'avais fait promettre de ne jamais m'acoquiner avec ces ordures. Heureusement que tu n'es plus là pour voir ça. Antoine m'ouvre: «Je savais que tu viendrais. Entre, on n'a pas encore commencé.» J'ai droit à un clin d'œil de sa part. Nous sommes les meilleurs amis du monde. Enfoiré.

Je pénètre dans le salon. Je reconnais les tapis, les tableaux, tous ces trucs tape-à-l'œil. Je retrouve les fauteuils disposés autour d'un pupitre. Il y a des banderoles aussi et l'insigne du PPF, accrochés aux murs. Et partout, des clowns de doriotistes de-ci, de-là, qui discutent, qui complotent. On me regarde. Je retire ma cape. On se détourne. Ils ne sont pas beaucoup, vingt-cinq, trente, pas plus. Je me cale au dernier rang. Je fixe l'aigle gravé sur le pupitre. Un mauvais moment à passer.

Les discours commencent. Ça jacte à n'en plus finir: le bolchévisme, les francs-maçons, les élites, la démocrassouille, les zazous, les Juifs, les métèques, les gaullistes. On touille bien tout ça et on obtient: la ruine de la France, sa lente agonie, sa mort certaine. Je réfrène un bâillement. Dire qu'un jour, j'ai applaudi à cette tambouille. Dieu qu'ils me paraissent tous bornés à présent. Comme si c'était si simple, comme si les coupables, c'étaient toujours les autres. Peuvent pas se regarder le nombril en face, pour une fois. Au bout d'une heure à vomir de la haine, voilà que quelques-uns entonnent un chant. «Libère-toi, France, libère-toi. Secoue le joug des luttes fratricides, que l'étranger apporte sous ton toit, sous le couvert de promesses perfides. » Et c'est reparti pour un tour. Aucune envie d'écouter ce dégueulis. Je zyeute le vestibule. Pas moyen de m'éclipser, ce serait trop visible. Autour de moi, ils sont tous là, à l'unisson, main sur le cœur. Ridicules.

Enfin, c'est fini. Chacun décolle son cul de sa chaise. Je me lève aussi. Je ne peux pas m'empêcher de chercher Antoine des yeux. Où est-il ce fumier. Tout à coup, une main sur mon épaule. Je me retourne. C'est lui.

« Voici ton billet de train, ton contrat de travail et ton *Ausweis*. Tu pars lundi prochain. » Je lui arrache les papiers sans un merci – et puis quoi encore – et je me taille vite fait. Je me retrouve sur la place du marché couvert, sonnée. Je ne sais pas si je suis contente, si j'ai honte. Je ne sais plus. Je lève la tête vers le ciel, j'aspire l'air du plus profond de mes poumons. À ce moment-là, sous la cravate, un craquement : ma chemise se déchire, les boutons ont lâché. Je souris. Je remets la cape sur mes épaules et je file à la maison.

Dimanche 20 juin 1943, veille de mon départ. J'ai chargé Madeleine de donner ma démission demain à Hofman. Pas envie de voir sa tronche. Pas envie qu'il cherche à me retenir. Je ne lui dois plus rien. Je n'ai pas dit au revoir à Eva, de toute façon, ça fait un bail que je l'ai éjectée de ma vie. Au dîner, Maman est tout excitée.

— Tu vas rencontrer la famille d'Otto ? Tu lui transmettras mon bonjour ! Tu n'oublies pas de nous envoyer des cartes postales !

Madeleine soupire :

— Maman, arrête ! À t'entendre, on dirait que Simone part en voyage de noces…

Le vieux demande ce qu'il se passe. Lorsqu'il a compris, il dit, en redressant le cou :

— Je m'y oppose.

Là, j'ai envie d'exploser de rire. Je me réfrène :

— Je suis majeure, je fais ce que je veux.

— Je suis ton père, je m'oppose à ce départ.

Je hausse les épaules. Il continue.

— Que vont dire les voisins ?

Maman intervient :

— Les voisins, ça fait belle lurette qu'ils nous chient à la face, si t'avais pas remarqué !

— Ah parce que tu soutiens ta fille, Jacqueline ?

— Je suis triste qu'elle parte, mais si j'avais son âge, je ferais la même chose. Y'a plus rien de bon dans ce pays.

Le vieux se tourne alors vers moi :

— Si tu pars, tu n'es plus ma fille. Ne t'avise pas de remettre un jour les pieds ici.

Qu'est-ce qu'il croit ce con. Je crache :

— Je n'ai jamais été ta fille. Et ne t'inquiète pas, je ne reviendrai jamais.

51

Il pleut. Je pars. Pas de parapluie, ma capuche fera l'affaire. Un baiser à Madeleine, un autre à Maman et je m'évapore, ma valise à la main. J'évite les flaques, surtout celles contenant des arcs-en-ciel d'essence. Faudrait pas que je me vautre dans cette eau poisseuse. J'arrive à la gare, c'est la première fois que je vais prendre le train toute seule.

Je palpe mon *Ausweis*, dans la poche intérieure de ma veste. Je traverse le hall et parviens sur le premier quai. Il y a un train qui est déjà là. Ça doit être le mien. Je cherche un contrôleur pour savoir si je ne me goure pas. En me retournant, je tombe sur une mosaïque représentant le blason et la devise de Chartres. « *Servanti civem querna corona datur* – À celui qui sauve un citoyen est donnée une couronne de chêne. » Drôle de devise. Ah, ça y est, j'alpague un type avec son képi de la SNCF. « Oui, ma petite dame, c'est bien le train pour Montparnasse. »

J'escalade le marchepied. Je suis en avance, plus d'une demi-heure, il n'y a pas encore foule, je peux choisir ma place. J'inspecte les wagons. Ça sclingue le chien mouillé. Je dépasse les bancs de troisième classe. Je parviens dans la rame des secondes. Les compartiments sont séparés du couloir par des portes vitrées. J'avance, je zyeute, je voudrais être seule, mais à chaque fois, y a toujours au moins un zig. Fait chier.

Au milieu du wagon, une des fenêtres du couloir a été laissée ouverte et une flaque s'étale sur le sol. J'enjambe l'eau, je donne un coup d'œil au compartiment à droite :

il est vide. Je me précipite. Je fourgue ma valise dans le filet au-dessus des sièges et je m'installe sur la banquette près de la vitre, dans le sens de la marche. Y a plein de flotte par terre, ici aussi. Pas grave. Si ça peut dissuader les autres voyageurs de s'installer à côté de moi, c'est le panard.

Dehors, la pluie continue de tomber, le quai se gorge de gens, tous plus dégoulinants les uns que les autres. Une voix annonce le départ imminent du train. À cet instant, une jeune femme brune pousse la porte de mon compartiment. Et merde, je pourrai pas être tranquille. La femme est chargée, une valise dans chaque main. Elle a un bref instant de recul lorsqu'elle me voit. Elle se ravise, place une des deux valises à côté de la mienne, dans le filet, garde l'autre avec elle et s'assoit en face de moi. Elle déboutonne son imperméable. J'ai tout à coup une pointe au cœur. Cette jeune femme, aux traits si parfaits, à la peau magnifique, c'est Alice, la sœur de Pierre. Il y a longtemps, je l'ai détestée. Aujourd'hui, elle aussi m'a reconnue. Elle tente un sourire vers moi. Je détourne la tête. Pas envie de faire semblant.

Une autre femme entre à son tour, accompagnée de ses deux marmots, un garçon et une fille. Leurs godasses font floc floc dans la flaque d'eau. Ils entament une partie de sept familles pendant que leur mère nous dévisage, Alice et moi, l'air de rien. Il reste une place libre dans notre compartiment. Le train s'ébranle, enfin.

Avec mon mouchoir, j'essuie la buée sur la vitre. Dehors, je devine que nous traversons des prés, des bois, des villages, Jouy, Maintenon, Épernon. La pluie efface les contours, escamote les couleurs. Et la buée revient. Alice semble plongée dans un bouquin, on dirait un manuel de maths. La mère de famille n'arrête pas de me scruter, c'est agaçant. J'espère qu'elle ne va pas me parler. Vraiment pas envie de déblatérer. Son garçon s'est endormi sur sa cuisse. Ouf, elle ne va pas risquer de le réveiller en me faisant la conversation.

Nous arrivons en gare de Rambouillet. Le train s'immobilise et ne repart pas. Sur le quai, une armada d'hommes en noir. Des agents de la Gestapo, sans doute. J'ai le cœur qui s'emballe, je voudrais l'arrêter, j'ai rien à me reprocher. Je tripote mon laissez-passer. Devant moi, Alice range son livre dans sa valise, reboutonne son imperméable. Ses mains tremblent. Elle me regarde. Cette fois, je ne détourne pas les yeux. Elle se lève. Dans le couloir, des piétinements. Alice recule et se rassoit.

La porte de notre compartiment s'ouvre à toute volée. Un type, Borsalino sur le crâne, aboie, dans un français teinté d'accent allemand: « Contrôle des papiers, contrôle des bagages. » Il porte la même moustache que son grand chef. Le petit garçon se réveille et se met à chouiner. Le gestapiste inspecte la carte d'identité de la mère de famille, il compare la photo avec la réalité. Rien à dire. Puis, c'est au tour d'Alice. Rien à signaler non plus. Lorsqu'il voit mon *Ausweis*, il hoche la tête en souriant. « Volontaire, bravo, vous avez raison, mademoiselle! » Je sens les prunelles de mes consœurs de voyage s'élargir. Je voudrais disparaître sous terre.

— Ouvrez vos valises, maintenant!

Chacune de nous obéit. Le gestapiste ricane lorsqu'il aperçoit chez moi, des culottes et chez Alice, un soutien-gorge. Sale vicelard.

— Et celle-ci, c'est à qui?

Il désigne à présent la valise qu'Alice a entreposée dans le filet. Aucune de nous ne répond. La petite fille dit:

— C'est pas à ma Maman!

Le gestapiste continue de sa voix nasillarde:

— Ah oui ? Eh bien, c'est ce qu'on va voir !

Il entreprend de sortir la valise, il s'emberlificote avec le filet, lâche un juron en allemand. Et là, le cœur toujours aux abois, je sors :

— Monsieur, si vous me permettez, cette valise appartient à un jeune homme qui était avec nous il y a encore cinq minutes. Il est parti lorsqu'il vous a vus. Regardez, il a sauté par la fenêtre ouverte, là !

Le gestapiste tourne les yeux vers moi. Son regard est chargé de haine.

— Un jeune homme, dites-vous ?

J'acquiesce. D'un coup sec, il arrache la valise du filet. Il tente de faire jouer les fermoirs, mais rien à faire, la valise est cadenassée. Il sort alors un poignard et, d'un geste, lacère le cuir. À l'intérieur, un appareil noir étincelant. On dirait une radio. Le gestapiste se redresse, crache une bordée de saloperies et me demande, haletant :

— Comment est-il ?

Sans hésitation, je réponds :

— Grand, brun, avec des lunettes rondes et une veste bleu marine.

L'animal embarque l'émetteur, rameute ses collègues et part en courant. Nous nous retrouvons toutes les trois, avec nos bagages ouverts, n'osant pas nous regarder. Des cris nous parviennent depuis le quai. C'est alors que la petite fille chuchote : « Maman, pourquoi la dame a dit qu'il y avait un jeune homme ? C'est un mensonge… » Sa mère lui assène une tape sur la main, assortie d'un : « Tais-toi, ça ne te regarde pas ! » Le train repart. Nous nous rassoyons. Nous ne nous parlons pas. J'ai l'impression que mon cœur fait un bruit de malade. Alice a posé ses mains bien à plat sur ses genoux, histoire de les empêcher de tressaillir.

Au bout d'une demi-heure, Montparnasse. Je me lève dès que le train entre en gare, je me rue hors du compartiment sans un mot pour mes compagnes. Envie folle de sortir, de respirer l'air du dehors, d'échapper à cette atmosphère suintante de méfiance. Je suis la première à me pointer devant la porte. Une fois le train stoppé, je saute sur le marchepied. Je me faufile sur le quai, entre les voyageurs et les soldats. Je monte dans un vélo-taxi. Direction la gare de l'Est. Il pleut, ici aussi. Paris est toute ruisselante. Je ne reconnais aucun monument, aucune église, aucune avenue. Une eau grise déborde des caniveaux. Une boule de poils se jette devant le vélo. Nous pilons. C'est un rat qui se carapate.

À la gare de l'Est, je demande mon chemin. Un contrôleur m'indique ma voie. Des dizaines de locomotives arrivent ou repartent, le tout dans un immense crissement métallique. Je trouve mon train. Cette fois, c'est le grand voyage. Plus de changement, juste des arrêts. Les compartiments dégueulent de gens, certains sont assis à même le sol. Je cherche où m'installer, je contourne des corps et des sacs en tout genre. Je m'étonne de trouver une place vacante, toute seule, entre deux wagons. Personne pour m'emmerder. Quelle veine.

Je m'assois. Je comprends mon erreur. Les toilettes sont juste à côté. Un relent de pisse froide s'insinue sur mes vêtements, pénètre mon nez, ressort par ma bouche. Une odeur immonde. J'enfouis mon visage dans ma veste. Je ne bouge pas de mon siège. Je sais qu'on s'habitue à tout, même à la puanteur.

Les heures passent, les gares se succèdent. Mon cerveau ne me laisse pas en paix. Je vais droit vers l'inconnu, j'aurais dû écouter Madeleine et rester à Chartres, je ne sais pas comment je vais être accueillie à Munich, je ne connais personne, il est peut-être encore temps de renoncer… Ma gorge se serre. Un peu avant Strasbourg, je suis à nouveau contrôlée, rien à dire, tout est en ordre. Faut que j'arrête de paniquer. À Munich, il y a Otto. Mon amour, c'est pour toi que je fais tout cela. Je vais enfin te retrouver, je n'ai aucun doute. Pour toi, je ne flancherai pas.

J'ai la dalle maintenant. J'ouvre ma valise, je sors du pain et du saucisson, glissés par ma frangine. J'avale sans mâcher, juste pour me caler l'estomac. Alice vient assaillir mes pensées. Je ne sais pas pourquoi je lui ai sauvé la mise, c'est venu comme ça, comme un réflexe. Que fait-elle à présent. Elle n'est pas très prudente. Tout se brouille dans ma caboche, le cliquetis du train me berce, je somnole.

Enfin, ça y est, les panneaux, dehors, sont tous en allemand, nous avons dépassé la frontière. Fouler le sol de ce pays: mon rêve depuis tant d'années. Mais je sais que mon rêve n'est plus tout à fait le même. Elle a disparu, la jeune Française qui applaudissait devant les Jeux olympiques de Berlin. Elle est morte, cette petite illuminée qui voulait voir Munich parce que c'est là qu'est né le national-socialisme. À la place de cette fille, il y a moi, qui ne pense qu'à toi. Otto.

Je perds la notion du temps, je m'endors, je me réveille, j'ai mal à la tête, j'ai envie de me dégourdir les guiboles, je dois rester assise, être le plus transparente possible. Un jour, une nuit se passent. Et puis, il y a ce coup de frein plus strident que les autres. Le dernier du voyage. Nous sommes à Munich. J'ai un mal de chien à me lever, mes jambes pèsent des tonnes, mes yeux piquent. Je sais que mon front est luisant, je sens que je pue, je rêve d'une bassine d'eau pour me laver, et d'un peu de poudre pour être présentable.

Une fois extirpée du train, je suis bousculée par des milliers de fourmis qui vaquent dans tous les sens. Il faut que je trouve mon point de rassemblement. Antoine m'a dit : « Tu ne pourras pas le louper. Il y aura une grande pancarte avec écrit "Travailleurs volontaires" ou quelque chose comme ça. » J'avance, je cherche, je monte quelques marches pour avoir une vue d'ensemble. Et je trouve. Je me joins au groupe. Il n'y a que des femmes. On se regarde en coin, on essaye de se tenir droites, on respire par la bouche pour ne pas être asphyxiées par les effluves de transpiration.

Un homme, en civil, nous parle, en allemand. Nous devons monter dans un bus. Il fait chaud là-dedans. Mon mal de crâne descend dans ma nuque. J'essaye de bouger le moins possible. Je regarde Munich, à travers la vitre. On se croirait en France. Les mêmes drapeaux croix gammées au fronton des édifices, les mêmes uniformes de la Wehrmacht, la même pluie sale. Bientôt, on quitte le cœur de la ville pour arriver dans un faubourg. Il y a des immeubles, des jardins, des usines. Le bus s'arrête. Notre guide crie des noms, des femmes descendent. On repart. Au deuxième arrêt, j'entends « Grivise Simone ». Vite, je fais lever ma voisine, je prends la tangente.

Nous passons une grille. Le sol n'est pas goudronné, mes chaussures sont toutes crottées par la boue. Il y a trois baraquements blancs aux toits rouges. Une femme, uniforme gris, cravate décorée d'un éclair, fait l'appel. Je me retrouve dans une chambre avec trois autres filles et des lits superposés. Chacune défait ses affaires. Aucune ne cause.

Nous allons dans un réfectoire. J'avale comme une crève-la-faim une potée de pommes de terre et de navets. Autour de moi, ça mastique et ça lape. La femme de tout à l'heure entre et prend la parole. En allemand toujours. Elle dit qu'elle s'appelle Gertrude Wagner. Elle est auxiliaire féminine de la Wehrmacht. Elle explique que nous sommes toutes sœurs, que la lutte qui nous unit est la plus belle qui soit. J'ai envie de rire.

Elle dit aussi que nous commencerons à travailler dès le lendemain, un bus nous conduira au siège de la BMW. Je tends l'oreille: «Votre rôle consistera à dessiner des moteurs automobiles.» Là, je pige pas, qu'est-ce qu'elle raconte, c'est pas ce qui était prévu. Je n'ai plus du tout envie de rire. La femme conclut: «Puisse notre Reich durer mille ans!» Un silence. Deux ou trois applaudissements épars. Chacune épie ses voisines. On se sent alors toutes obligées de battre des mains. Gertrude Wagner sourit et sort du réfectoire. Une fois qu'elle s'est tirée, les applaudissements se taisent net, les bruits de bouche reprennent.

À la fin du dîner, je me coule entre les tables, je traverse le couloir central du baraquement. À l'entrée, il y a une chambre plus petite que les autres. La porte est ouverte. Une table, un lit. La dénommée Gertrude est là, en train d'écrire. Je me lance.

— Excusez-moi, madame, je crois qu'il y a erreur. Je suis venue à Munich pour être interprète, pas pour être dessinatrice.

Mon interlocutrice se lève, elle me toise, elle doit mesurer au moins deux mètres, une vraie armoire à glace. D'un ton pincé, elle me dit:

— Bonsoir, vous êtes mademoiselle?

Je lui donne mon nom, je n'ose pas la regarder en face, je lui répète juste que je n'ai aucune aptitude pour le dessin. Et voilà qu'elle me sort son baratin:

— Mademoiselle Grivise, ce qui nous réunit ici, c'est notre désir à toutes de servir notre bien-aimé Führer. N'est-ce pas ce qui vous a amenée à Munich?

Je suis bien obligée d'acquiescer. Elle termine son bourrage de crâne:

— Il se trouve que notre très respecté Führer a besoin de dessinatrices industrielles. Est-ce clair ?

Le lendemain, et tous les jours qui suivent, nous sommes trimbalées en bus dans une usine en béton gris, un vrai bunker. Je me retrouve dans une grande salle, sans fenêtres, avec des dizaines d'autres volontaires. Devant chacune de nous, un pupitre, un crayon de bois, une règle en fer. Nous devons recopier des enchevêtrements de lignes. Paraît que ce sont des moteurs. Paraît que ce boulot débile sera déterminant pour la victoire du national-socialisme. Va pour cette besogne.

Au fond, ça ou autre chose, j'en ai rien à foutre. Je compte les nuits qui me séparent de dimanche. Encore trois. Dimanche, c'est le jour de la quille. Dimanche, je pourrai aller voir Otto. L'hôpital n'est pas très loin de mon baraquement. Une petite heure à pied. Rien que d'y penser, j'ai mon ventre qui frémit.

52

Dimanche 27 juin 1943. Enfin. J'enfile ma plus jolie robe, celle que je préserve, celle qui n'est pas fanée, pas tachée. Bleu pastel, plissée en bas, échancrée en haut. Je mets aussi du rouge sur mes lèvres, sur mes joues. Pas trop quand même, faut pas que je fasse poule. Je prends ma besace en toile pour y fourrer mes papiers. Je pars, je passe la grille des baraquements, je ne suis plus la Française volontaire pour dessiner des moteurs, je suis juste moi qui vais te retrouver.

Je marche assez longtemps, dans ce faubourg de Munich. Personne dans les rues. Je longe plusieurs commerces, tous fermés par un rideau de fer. Je passe à côté d'un terrain vague où gît le cadavre rouillé d'une bicyclette, au milieu des herbes hautes. J'arpente le dédale d'un lotissement peuplé de maisonnettes à un étage, toutes plus décaties les unes que les autres, volets arrachés, jardinets cramés.

Enfin, au bout de trois quarts d'heure, je l'aperçois. Mes compagnes de chambrée m'ont assuré que je ne pourrais pas le louper. C'est vrai. Immense bâtiment blanc posé au milieu d'un parc. Un aigle géant sur le frontispice. Hôpital nord. Tu es à l'intérieur. Installé dans une chambre. Tu m'attends, je le sais, je n'ai aucun doute. Ma salive se coince dans ma gorge, mes mains deviennent moites.

J'entre dans le parc. Des marronniers, comme à Chartres. Une pelouse, bien verte. Des chemins gravillonnés, avec des malades promenés, çà et là, en fauteuil roulant. Devant moi, l'allée centrale, bordée de bancs. Au bout, un perron imposant. Je m'avance, je gravis les marches. En haut, deux gardes s'interposent. L'un d'eux me réclame mes papiers. Je dégaine mon attirail, carte d'identité, *Ausweis*, contrat d'engagement à la BMW. Le type fait la moue. Il grogne : « C'est bon, vous allez vous présenter à l'infirmière, là-bas. » J'ai pas le temps de voir la direction qu'il m'indique que déjà, il me pousse au beau milieu du hall. Autour de moi, un va-et-vient de gens disparates, des militaires, des civils, des gosses. Sans les cornettes des infirmières, on pourrait se croire dans une gare. Au fond, une foule plus dense. Je m'approche. Des familles font la queue, devant un bureau, avant d'être dirigées au chevet de leur malade. Dimanche, jour des visites. Je me glisse, moi aussi, au milieu de ces mères, de ces pères. Mon tour arrive. J'étale tous mes papiers devant la femme. Elle regarde même pas. Je prononce mon nom, puis celui d'Otto. Là, ni une ni deux, elle me pond, droit dans les yeux :

— Non, vous ne pouvez pas aller le voir. Suivant, s'il vous plaît.

Je me cramponne des deux mains au bureau. Je demande, en sentant mon menton qui commence à trembloter :

— Pardon, madame, mais je ne comprends pas ?

— Je répète : votre visite n'est pas possible.

— Mais pourquoi ?

— Pourquoi ? Parce que, vu l'état du lieutenant, seule la famille proche est autorisée à le voir.

Mes yeux s'embuent. Je me mets à bégayer :

— Son état ? Comment ça son état ?

Pour toute réponse, l'infirmière claironne, histoire que toute la queue soit au courant :

— Mademoiselle, maintenant, vous partez, ou j'appelle du renfort !

Je recule. Les larmes m'aveuglent. J'ai tout à coup très peur pour toi. Tu es si mal en point que je ne peux pas te voir. Non, impossible, je ne peux pas repartir comme ça. Il faut que je trouve un moyen, il faut que je connaisse ton numéro de chambre. Tout à coup, une main légère se pose sur mon épaule.

— Excusez-moi, vous vous appelez Simone, n'est-ce pas ?

Je me retourne. Une jeune fille me fait face. Je m'essuie les yeux d'un revers de manche. Je balbutie :

— Oui… Comment le savez-vous ?

— J'étais dans la queue, derrière vous. J'ai entendu votre conversation avec l'infirmière. Je suis Elizabeth, la sœur d'Otto. Il nous a tellement parlé de vous… Venez.

Je ne bouge pas. C'est un rêve. Je vais me réveiller. Je me frotte à nouveau les yeux. Elizabeth est toujours devant moi, tout sourire. Elle prend ma main dans la sienne. Ses doigts sont fins et chauds. Je ne résiste pas, elle m'entraîne. Mon cœur se dilate. Nous rejoignons un homme âgé et un adolescent. Elizabeth, pleine de gaieté, explique :

— Papa, Hans, c'est incroyable ! Je vous présente Simone, la fameuse Simone, la fiancée française d'Otto !

Le père hoche la tête et me glisse un bonjour. Le garçon ouvre tout grand ses mirettes. Elizabeth pouffe. Puis, nous montons trois volées d'escalier, à petits pas, pour ne pas perdre le vieux monsieur. Elizabeth ne lâche pas ma main, j'ai l'impression d'être une petite fille dont on prend soin. Au troisième étage, nous empruntons le couloir. Arrêt devant la chambre 312. J'ai des palpitations, je vais te retrouver, enfin.

Elizabeth pousse la porte sans toquer. Tout de suite, ton souffle, rauque. Pendant un instant, j'ai moi-même du mal à respirer. Et il y a cette odeur d'hôpital, ce mélange de désinfectant et de cuisine. Je m'approche de ton lit. C'est bien toi, mon amour. Tu dors, tes paupières tressautent. Tu n'as pas l'air de souffrir. Et pourtant, ton corps est bandé de part en part. Le torse, les bras, sans doute les jambes aussi, mais je ne peux pas les voir, un drap les recouvre. Je suis saisie. Je ne peux plus faire un geste, plus penser, juste te regarder.

Elizabeth me prend par les épaules. Elle me chuchote que tu as été brûlé par un éclat de bombe. On t'a administré morphine et sédatif, pour que tu cesses de souffrir, pour que tu puisses dormir. C'est temporaire. On te sortira bientôt de ce coma. Je remercie ta petite sœur, elle te ressemble tant, avec son regard si doux. Ton père et ton frère ne m'adressent pas la parole, mais je sens comme un assentiment muet de leur part. Elizabeth me dit, en souriant :

— Oh, Simone, ne faites pas attention à ces ours, ils ne savent pas tenir une conversation !

Elle me confie que ta chambre ne changera plus. « Vous pourrez venir tous les dimanches, vous n'aurez pas besoin de passer par l'accueil. Et ne vous inquiétez pas, nous ne serons pas là à chaque fois ! Notre jour à nous, ce sera le samedi ! » Elle sourit toujours.

Je me tourne alors vers la fenêtre. Le ciel est complètement dégagé, d'un bleu limpide. Au loin, on voit des montagnes. Les Alpes, peut-être. Je ressens comme une bouffée de tendresse, pour toi, pour ta sœur, pour la vie.

Ce moment cesse. Ton père souhaite partir à présent, ta sœur tente de le retenir : « Encore cinq minutes, Papa. » Juste avant de passer la porte, je sens qu'Elizabeth me fourre un papier dans la paume. Elle m'adresse un clin d'œil : « Pour que vous sachiez où nous trouver. » La porte se referme, ta famille est partie. Au creux de ma main, une adresse, une petite ville près de Munich, Dorfen, j'ai déjà vu ce nom sur les panneaux. Je plie la feuille et l'enfonce dans mon sac.

Je m'assois sur la chaise à côté de ton lit. Nous sommes seuls, toi, moi, et ta respiration sifflante. Je scrute les spirales que dessine sur tes joues ta barbe de quelques jours. Pour la première fois, je vois la fine ligne violette qui ourle ta bouche. Ton visage est jeune, plus jeune que dans mon souvenir. Je te regarde dormir. Je ferme les yeux. Le sommeil me prend, moi aussi. Un sommeil d'une grande douceur. Lorsque je me réveille, tu n'as pas bougé, mais le crépuscule a grignoté la moitié de ton visage, la moitié de ton corps. La nuit nous rattrape, je ne dois pas tarder. Il faut que je retourne à mon réfectoire, à mon dortoir, à ma semaine de dessin. Il faut que je me coltine encore les yeux de fouine de Gertrude Wagner. Mais tout cela n'a aucune importance. Je sais que je peux te voir, à présent. Je sais que, bientôt, je pourrai te parler. Et cette certitude a la force d'envoyer valdinguer tout le reste.

53

Je passe la semaine en automate. Les levers aux aurores, les journées de griffonnage sur ma feuille de dessin, les dîners aux navets bouillis, les nuits entrecoupées des gémissements de ma compagne de lit superposé. Tout glisse sur moi. Je ne parle à personne. Je ne pense qu'à toi.

Dimanche se pointe. Au petit matin, j'avale un breuvage nommé café qui n'en a ni le goût, ni l'odeur : seulement la couleur, noir profond. Un truc amer et brûlant. Puis, je m'en vais, à pinces, dans les rues de Munich. Je connais le chemin désormais. Il fait doux, l'été s'installe.

J'arrive dans le parc de l'hôpital. Le cœur battant, je m'engouffre dans l'escalier, sans un regard vers la queue des familles qui serpente au fond du hall. Troisième étage, chambre 312. Personne dans les parages. Je frappe. Pas de réponse. Au loin, une chaise roulante couine. Je frappe à nouveau, toujours rien, la chaise se rapproche, j'ai chaud tout à coup. Sans trop réfléchir, je pousse ta porte et la referme derrière moi. Là, mon cœur se décroche : tu n'es pas dans ton lit.

Pourtant, on dirait que tu viens de te lever, il y a encore la forme de ta tête imprimée sur l'oreiller. Le couinement de la chaise roulante passe dans le couloir et s'arrête pile devant ta porte. Je cesse de respirer. Un bruit de voix. Je regarde autour de moi, je me précipite vers la penderie et je plonge à l'intérieur, tête la première. La porte s'ouvre. Je me recroqueville. Il n'y a aucun doute, c'est toi, je t'entends. Je serre mes genoux de toutes mes forces pour m'empêcher de sauter hors de la penderie. Tu fais :

— Merci, c'était difficile, mais je sens que j'ai progressé.

Une voix féminine, pas toute jeune, te répond :

— Très bien, mon lieutenant. Des efforts comme ça tous les jours et bientôt, vous pourrez marcher à nouveau.

Le bruit de ton corps qui s'enfonce dans le matelas. La femme te dit à bientôt. Le couinement repart. La porte se referme. Nous sommes seuls. J'attends quelques minutes. J'entrouvre la penderie. Je te vois. Et c'est comme si le monde devenait plus lumineux.

Les bandages sont toujours là, enroulés sur tes bras, ton torse. Ta respiration a cessé de siffler. Tu as les yeux tournés vers la fenêtre. Je déplie mes guiboles, je sors de ma cachette. Tu tournes la tête, tu tires ton drap à toi, comme un réflexe de défense. Tu me vois, tes yeux roulent un instant, j'espère que tu ne vas pas faire une attaque. Et puis, tu me souris. Ce sourire sans arrière-pensée, ce sourire si pur, ton sourire. J'ai une décharge dans la poitrine. Bien vite, tu fronces les sourcils.

— Simone, ma chérie, tu n'aurais pas dû, tu prends des risques inconsidérés.

Je m'approche de ton lit, les jambes chancelantes.

— Je suis tellement heureuse, Otto.

— Moi aussi, Simone. Ma sœur Elizabeth m'a prévenu de ton arrivée. Je n'arrivais pas à la croire. Mais je me suis souvenu que tu ne renonces jamais !

Tu ne parviens pas à te fâcher vraiment, je vois bien l'étincelle dans tes yeux. Alors, je prends une grande inspiration et je ris. Pas un rire de frileuse qu'on lâche pour cacher une gêne. Non, un vrai rire qui abat les remparts, qui retourne les boyaux et qui fait un bien fou. Tu me regardes, interdit. Et, toi aussi, tu cèdes à l'appel de ce rire.

Ce dimanche-là, je m'assois à ton chevet et je te raconte ma vie sans toi, depuis ton départ. À un moment tu me dis : « Parle moins vite, j'ai du mal à te suivre ! » Alors, je me tais, un peu confuse de t'avoir fatigué. J'ai l'impression d'être une dinde qui glougloute. Je regarde un instant les marronniers du parc, témoins imperturbables de nos retrouvailles. Tu murmures : « J'ai quelque chose pour toi. »

Tu plonges ton bras sous ton oreiller et tu sors une petite boîte argentée. Tu fais jouer le fermoir : deux anneaux en or apparaissent. «Voici les bagues de fiançailles de mes parents. Je te propose que nous les portions, en attendant que notre mariage puisse être célébré… » Je saisis la plus petite des deux. À l'intérieur, un prénom est gravé, Wilfried. Tu me dis : « C'est la bague de ma mère. Et le nom de mon père. » Tu prends ma main et tu enfiles cet anneau à mon annulaire droit. Le contact de tes doigts sur les miens me donne des frissons. C'est la première fois que tu me touches ainsi. Je lâche :

— Ça me gêne, Otto, de porter une bague qui n'est pas à moi.

— C'est juste le temps de nos fiançailles…

— Oui, mais le prénom de ton père, ça me fait drôle…

— Je te jure que pour notre mariage, je t'offrirai une alliance avec mon prénom. Et je te la passerai à la main gauche !

Je garde l'anneau appartenant à ta mère. Il me brûle le doigt. Mais si ça peut te faire plaisir. Tu sembles attaché aux symboles. Tu m'expliques que tu vas entreprendre toutes les démarches possibles pour que nous puissions nous marier au plus vite. « Je veux que tu sois ma femme aux yeux du monde, aux yeux de ma famille, aux yeux de ta famille. Je veux que tu puisses entrer dans cet hôpital sans avoir à te cacher. Je veux que ton honneur soit sauf. » Je suis d'accord sur tout, même si, pour moi, te voir me suffit.

Plusieurs semaines filent. Je ne sais plus combien exactement. Les semaines de juillet puis d'août. Je bosse en ne pensant à rien, en ne pensant qu'à toi. J'écris deux ou trois lettres à Maman et Madeleine. Histoire de les rassurer. Tu vas de mieux en mieux. Tu ne peux pas encore te lever. Tu as toujours tes bandages de momie. Mais la dose de morphine a diminué : un jour sur deux, c'est suffisant à présent.

Je passe toute la journée du dimanche à tes côtés. Je te raconte ma semaine, des trucs insignifiants. Tu me parles de tes lectures. J'aimerais prendre ta main, la porter à mes lèvres. Mais tu sembles si peu disposé à toute effusion physique que je n'ose pas. Je sais que le mariage est primordial pour toi.

Un dimanche de la fin août, une première digue, entre nous, cède. Tu es en train de partager un cake apporté la veille par ta petite sœur. Tu as du mal à manier le couteau. Je prends les choses en main, tout en bavardant :

— Elle est vraiment adorable, ta sœur.

Tu souris.

— Oui, je suis si heureux que tu aies pu la rencontrer !

Ton sourire est contagieux, je m'emballe :

— Tu vois que ce n'était pas une mauvaise idée que je vienne, alors !

— Je persiste à croire que tu as pris trop de risques.

— Il ne manque plus que ta mère et je connaîtrai toute ta famille !

Là, une ombre passe sur ton visage.

— Ma mère n'est plus de ce monde. Elle est morte, il y a six mois.

— Oh, je suis désolée, Otto…

— Oui, c'est bien triste.

— Mais pourquoi tu ne m'en as jamais parlé?

— Parce que, c'est compliqué… Elle…

Tu tâtonnes, tu baisses les yeux. J'essaye de t'aider:

— Rien ne t'oblige à m'en parler.

— Si, si, à toi, je peux tout dire… Maman s'est pendue dans notre grange. C'est mon père qui l'a trouvée.

— Oh, c'est terrible Otto…

— Elle n'a pas supporté ce qui est arrivé à mon autre frère, Erich.

Tu te mets à parler, plus rien ne peut t'arrêter. Ton petit frère, le dernier de la fratrie, celui qui faisait des études à Munich, celui qui allait devenir un brillant avocat. Erich. Assassiné par la Gestapo. «Parce qu'il a dénoncé ce qui se passe vraiment, ici, sous nos yeux à vingt kilomètres de cette chambre, dans la plus parfaite impunité.»

Tu prononces le nom d'un endroit situé au nord de Munich, un endroit au nom guttural, Dachau. Officiellement, un camp de travail. En réalité, un camp de la mort. «Mon frère rédigeait des tracts pour que le monde connaisse la vérité. Il a été arrêté en février, au sein même de l'université, ses tracts à la main, avec cinq autres étudiants. Une semaine après l'arrestation, mes parents ont appris qu'un procès avait eu lieu, qu'Erich avait été condamné à mort et exécuté. Mes parents ont demandé à récupérer le corps. Impossible. On ne rend pas la dépouille d'un traître. Pas de trace, fin de l'histoire.»

Tu détournes ton visage vers la fenêtre. Je sais que tu as les yeux emplis de larmes. Un silence s'installe. Je repense à Colette, à la petite Marion. J'ai la vision, très nette, de leurs corps morts, à toutes les deux. Assassinées, elles aussi. À cet instant, je trouve enfin les mots pour te confier tout ce qui encombre vraiment mon cœur. Pêle-mêle : Maman, qui n'a pas su tenir sa langue devant Eva et que je n'ai pas cherché à faire taire ; l'arrestation des cinq pères de famille pour une histoire de BBC ; mon adhésion au PPF et mon costume de doriotiste. Toutes ces choses qui me révulsent. Je n'ai pas peur de ton jugement, je n'ai pas peur de te décevoir. Je sais que tu m'aimes. Tu me dis : « Tu n'as rien à te reprocher, Simone. » Je te crois.

54

Le dernier dimanche de septembre, je sens que quelque chose cloche. Pourtant, même chambre blafarde, même odeur entêtante de vieille bouffe, et au loin, même paysage montagnard. C'est toi qui n'es plus tout à fait le même. Je m'assois près de ton oreiller. On t'a enlevé tes bandages et retiré ta perfusion de morphine. Tu devrais t'en réjouir. Pourtant, ton sourire, en m'accueillant, semble forcé.

— Il se passe un truc, Otto ?

— Tu me devines bien, Simone.

— Qu'y a-t-il ?

— Simone, je suis tellement déçu. Nous ne pourrons pas nous marier. Pas tout de suite en tout cas. Mon colonel m'a fait comprendre que la Wehrmacht voyait d'un très mauvais œil le fait d'épouser une Française. Il me demande des documents que je vais mettre des mois à réunir. Je pousse un soupir : si c'est que ça, pas de quoi se faire un ulcère.

— Ce n'est pas grave, on se mariera plus tard.

Tu hoches la tête. Je vois bien que ça te contrarie au plus haut point. Tes doigts pianotent sur le rebord du lit. Tu me confies :

— Simone, j'aurais tellement voulu que notre mariage soit officialisé avant que…

Les mots ne sortent pas de ta bouche. Mes mâchoires crissent, malgré moi. Je savais que nous aurions cette discussion, un jour ou l'autre.

— Avant quoi, Otto ?

— Mes blessures cicatrisent. Je vais bientôt être sur pied. Et qui dit sur pied, dit…

— Non, ne me dis pas que… ils vont te renvoyer au front ?

— Oui, mais pas tout de suite, d'ici deux mois, sans doute.

J'ai beau le savoir, ça me donne quand même des envies de tout fracasser dans la chambre. Je respire un bon coup.

— Tu vas aller où ?

— Je retourne à l'Est, le front soviétique.

— Je viens avec toi.

— Simone, voyons…

— Mais qu'est-ce que je vais devenir si tu n'es plus là ?

— Tu as ton travail à la BMW. Mais peut-être que le mieux, serait de…

— Quoi ?

— De rentrer chez toi, retrouver ta famille.

— Otto, tu es sérieux ? Revenir à Chartres ? Après être partie en Allemagne ? Non, non, il faut que toi, tu restes ici. Il doit bien y avoir un moyen.

Nous nous regardons. Nous sommes si proches. Je vois ton cœur battre au creux de ta gorge. Deux mois, il ne nous reste que deux mois, deux tout petits mois, huit dimanches. Je sais que ton départ est inéluctable. Quand la Wehrmacht décide, le soldat exécute. Je sens comme un vacillement en moi, puis un vide, dans mon ventre.

Je saisis ta main. Je pose ma tête sur ton épaule. Mon dos est tout mal fichu. Alors, pour ne plus avoir mal, pour rester près de toi, je m'allonge à ton côté. Je retire mes godasses, je fourre mes jambes sous ton drap, et je me colle contre toi. Mes pieds sont mélangés aux tiens, mes genoux sont encastrés dans les tiens, mon bassin accueille tes fesses, ma poitrine effleure ton dos et mon nez plonge dans ta nuque. J'inspire ton odeur. Pour ne jamais l'oublier.

Nous restons longtemps dans cette position. Je te crois endormi. Moi-même, je flotte dans un brouillard bienheureux. À un moment, tu te tournes vers moi. Au début, tes mains sont froussardes, hésitant entre mon visage, mes seins, mon ventre. Dehors, la pluie se met à tomber et à taper doucement sur le carreau. Tu mets ta bouche sur ma bouche. Je ferme les yeux. Tu mélanges ta langue avec la mienne, je goûte ta salive.

Tes mains s'enhardissent, elles se glissent sous mon corsage. L'eau de pluie s'infiltre par la fenêtre et commence à goutter sur le sol. Tes paumes sont bouillantes. J'enfouis mon visage contre ton torse. Je n'entends plus que le rythme lent, régulier, des gouttes s'écrasant sur le carrelage d'hôpital. Tu hisses ton corps sur le mien. Tu n'es pas lourd du tout. Pendant un instant, j'oublie que nous sommes sous un drap d'hôpital, que nous pouvons être surpris à tout moment. J'oublie aussi que je suis française et toi allemand, que nos deux pays se font la guerre. Nous sommes juste Simone et Otto, pour l'éternité. Et la cadence de la pluie s'accélère.

Quand cet instant est passé, je me lève. La pluie a cessé. Elle a laissé une mare entre le lit et la fenêtre. Je n'ai rien pour éponger. Tu me dis: « Viens Simone, cela n'a pas d'importance. » Je retourne près de toi, dans tes bras, dans ton cou. Impression cotonneuse d'un apaisement de tout mon corps. Au fond de mon esprit, une lueur s'est allumée. Si seulement je pouvais tomber enceinte. Ce ne serait sans doute pas suffisant pour que tu restes. Mais au moins, j'aurais un enfant à chérir. Un enfant de toi. Je cesse de penser au reste. J'ai cette unique espérance en tête.

Je confonds les dimanches qui ont suivi, tant ils se ressemblent, tant ils sont lisses et doux. J'entre chambre 312, tu es allongé sur ton lit. Je me réfrène pour ne pas me jeter dans tes bras. Tu me contes les menus événements de ta vie alitée. Je plaisante sur mes talents de dessinatrice. Je t'explique que la BMW doit se mordre les doigts de m'avoir recrutée. Je te raconte aussi que la grande bringue de Gertrude Wagner fait chier tout le baraquement avec ses envolées lyriques. Tu ris. Puis, je me souviens que bientôt, tout cela n'existera plus. Je me pelotonne contre toi. Tu poses tes mains sur mes hanches et j'ai le sentiment d'être en vie. Tu m'embrasses derrière l'oreille, et je me dis que c'est peut-être la dernière fois.

Brusquement, fin octobre, tout s'arrête. Un mois plus tôt que prévu. Pas pour les raisons que nous avons imaginées. Je tombe malade. Tout d'un coup, un mardi matin, des crampes abominables au ventre, une envie de dégobiller mes tripes. Je sais très bien ce que ça veut dire. Ces douleurs me sont familières. Je suis heureuse. Même si je douille. Ce matin-là, je me lève malgré mes boyaux tordus. Il faut que j'aille dessiner. Sans boulot, impossible de rester ici, à Munich, près de toi. Alors, vaille que vaille, je me fagote, pliée en deux.

Au moment de passer mon chandail, haut-le-cœur. Je vomis. Dans ma main. Je ravale, c'est acide, j'ai l'impression de me percer l'œsophage. Je vais à la BMW avec les autres filles. Devant ma table de travail, je ne peux pas cacher longtemps mon état. La douleur me scie les intestins. Je dégobille à nouveau, un liquide jaune, un peu mousseux. Il y en a sur mon pupitre, sur mes crayons, sur ma jupe. Vite, vite, on me ramène au baraquement, on m'isole dans une petite pièce sombre, on me couche de force. Peur de la maladie contagieuse. Peur de l'épidémie.

Gertrude Wagner vient prendre ma tension. Je savais pas qu'en plus d'être garde-chiourme, elle était aussi infirmière. Elle me pique le bras avec sa seringue, j'ai l'impression qu'elle me l'enfonce jusqu'au coude. Puis elle me laisse seule, tout le reste de la journée, toute la nuit suivante. J'ai juste une bassine pour gerber. Je voudrais t'écrire, je voudrais que tu saches, je suis incapable du moindre mouvement. Je peux seulement vomir mes entrailles.

Le lendemain matin, j'ai soif, une soif à me faire délirer, comme si j'étais en proie à des hallucinations d'oasis dans le désert. Lorsque la Wagner entre, je crie : « De l'eau ! » Elle m'assoit en me tirant par les bras, elle me met un verre sur les lèvres, je bois et je réussis à ne pas rendre. La surveillante me regarde de haut. Elle me dit, en martelant chacune de ses syllabes :

— Vous ne pouvez pas rester ici.

— Oui, je sais, je vais retourner travailler.

— Non, vous devez quitter l'Allemagne.

Mon corps se fige. Je bafouille :

— Quoi ? Mais pourquoi ? Je vais me rétablir. Je vais déjà mieux. Ce doit être une indigestion.

— Arrêtez de discuter, ce n'est pas une indigestion. Vous êtes enceinte.

Là, j'essaye de réprimer un sourire. Gertrude Wagner continue à me fixer, avec son air de mère supérieure. J'articule ce qui me vient :

— Enceinte, non, ce n'est pas possible, vous vous trompez.

— Nous avons fait des analyses de votre sang, il n'y a aucun doute. Vous devez rentrer chez vous le plus rapidement possible.

Je pige pas, tout se mélange, la joie, la peur. Je bredouille :

— Même si je suis enceinte, pourquoi devrais-je rentrer ? Je peux encore travailler !

Gertrude Wagner frappe ses mains l'une contre l'autre. Elle lâche un juron.

— Vous ne comprenez donc rien ? Je suis en train de vous aider !

— M'aider ? En me demandant de partir ?

Elle approche son visage tout près du mien. Je vois la couperose de ses joues en gros plan. Elle chuchote :

— Vous savez ce que nous faisons avec les travailleuses qui se font engrosser ? Avortement et stérilisation. C'est ce que vous voulez ?

Je me mets à trembler.

— Oh, non…

— Le Reich ne peut pas se permettre de laisser naître des enfants impurs comme celui que vous portez.

— Mais il n'est pas impur. Il…

— Et remarquez bien que je ne vous demande pas qui est le père, parce que lui aussi risque gros.

Je ne réponds plus rien. Je me revois sur cette table de cuisine à Meslay, en train d'écarter les cuisses. Gertrude Wagner conclut :

— Écoutez-moi bien. Vous allez prendre vos affaires et vous allez venir avec moi. Une voiture nous attend dehors. Je vous emmène à la gare. Et on ne se revoit plus jamais. Demain, il sera trop tard. Demain, je devrai rendre des comptes et vous envoyer à la clinique. Est-ce que c'est clair ?

J'obéis. Dans un état second. Sans te prévenir. Sans réfléchir. J'enfourne mes habits dans ma valise, je prends ma besace en toile. Je veux à tout prix fuir cette possibilité qu'on me charcute le ventre pour en extraire l'enfant. Cet enfant que j'aime déjà. Notre enfant. À la gare, la Wagner me met dans le premier train en partance pour Strasbourg. Il n'y a pas de place, je m'assois par terre, entre deux wagons, au milieu des valises. Mon estomac se tord toujours, jusqu'à épuisement. La bile fait des va-et-vient, et explose, par intermittence, dans ma bouche.

Au bout de quelques heures de voyage, la nausée me laisse tranquille. Et c'est là que je me rends compte de mon immense connerie. Je suis en train de me carapater à Chartres. La honte absolue. L'échec le plus total. Les voisines de la rue de Beauvais ne vont pas me louper. Sans parler du vieux qui va faire son fier-à-bras et qu'est bien capable de me jeter à la porte. Et je suis enceinte, par-dessus le marché. Je vois d'ici Madeleine en train de chialer. Et, Otto, que je n'ai même pas prévenu.

Peu à peu, au milieu des balancements du train, une idée germe. Quand j'arriverai à Strasbourg, je repartirai dans l'autre sens. J'irai à Dorfen, dans la famille d'Otto. Ça, c'est très bien, c'est une excellente idée, j'sais pas pourquoi je n'y ai pas pensé plus tôt. Ils seront ravis de m'accueillir. Et l'enfant aussi, ils vont l'adopter, ils vont l'aimer. Au milieu de ce boxon, s'il y a bien un truc dont je suis sûre, c'est que cet enfant est un cadeau du ciel. Cet enfant, il est la preuve tangible de mon amour pour toi, Otto. De notre amour. Cet enfant, il est ma raison de continuer.

Je fourrage dans ma besace pour retrouver l'adresse de Dorfen. Je l'apprends par cœur et je déchire la feuille en petits morceaux. Je balance le tout par la fenêtre. Ne pas laisser de traces. On ne sait jamais. À un moment du voyage, je pionce. Lorsque je me réveille, c'est Strasbourg, le terminus. J'ai un mal de tête carabiné et des remugles de vomi plein le nez. Je dois pas être belle à voir. Je m'extirpe de mon wagon, je cherche un guichet pour racheter un billet pour Munich. Une fois que c'est fait, je me traîne sur le quai pour trouver mon train. Au moment d'escalader le marchepied, une voix me hurle dessus : « Contrôle des papiers ! » Devant moi, une tripotée de gestapistes filtre les voyageurs. Je sors mon laissez-passer. Et là, le type me crache : « Cet *Ausweis* n'est plus valable. Vous allez nous suivre, mademoiselle. »

55

Chartres, 16 août 1944, 14 heures

Je rouvre les yeux. *La Marseillaise* s'est éteinte. Elle a été vociférée un long moment par une chorale de brutes, là-bas, par-delà les murs, devant la grille, dans la rue. Un véritable dégueulis de sang, de mugissements et d'égorgements.

Nous sommes toujours assises à même le sol. Dans cette cour des tortures. Maman, Françoise et moi. Trois générations de femmes d'une même famille. Je nous regarde. Ignobles, il n'y a pas d'autre mot. Deux crânes rasés et un bébé trop chevelu. Tiens, ils auraient pu la tondre aussi, ma fille de trois mois. Après tout, c'est elle, le fruit du crime. Ma pauvre Françoise, ma petite chérie, je suis folle, ne m'écoute pas. C'est la chaleur qui me fait délirer. C'est le soleil qui me cuit la cervelle. Je te serre contre moi, ma toute petite. Je te respire, encore et encore. Ton parfum m'apaise.

À côté de Maman, y a le vieux qui gémit. Je l'avais presque oublié. Je ne vois pas sa tête, elle est perdue au milieu de ses genoux. S'il pouvait se cacher sous les pavés, je suis sûre qu'il aurait déjà commencé à les desceller. Pauvre chiffe molle. Il s'est bien empiffré quand Otto venait dîner. Et maintenant, plus personne, queue basse. Il me fait plus pitié qu'autre chose. Maman lui tapote le bras. Il cesse ses gémissements. Ils font la paire, tous les deux.

J'ai soif. Un truc terrible. Le gosier en feu. Ma salive qui s'est évaporée. Ma langue comme du plomb dans ma bouche. Je rêve d'une menthe à l'eau bien fraîche. Si seulement je pouvais boire, ne serait-ce que quelques gouttes, je me sentirais mieux. Mais pas possible de réclamer et de me faire encore remarquer. Tout ça ne tient qu'à un fil, tout peut dérailler très vite. Je lorgne les toilettes. Plus aucune trace des doriotistes qui ont été butés ce matin. Mais je sais bien que leurs cadavres n'ont pas bougé.

Quatre Fifis montent la garde devant l'escalier qui mène à la cour d'honneur. Et autour de nous, tous les traîtres à la nation sont avachis le long des murs, suant comme des bêtes, écrasés par la canicule. J'essaye de les compter. Plutôt, j'essaye de nous compter. Faut bien que je m'inclue dedans. Je me goure. Je recompte. Nous sommes vingt-neuf. Dix-neuf femmes, neuf hommes et un bébé. Je compte encore. Faut bien passer le temps. Je compte différemment. Onze boules à zéro. Uniquement des femmes.

Dehors, *La Marseillaise* a laissé place à une rumeur sourde. Qui va s'amplifiant. On dirait que Chartres tout entier s'est donné rendez-vous à la préfecture. Le dernier endroit à la mode, celui où l'on coupe les tifs gratis. On dirait même qu'il y a des rires, des explosions de joie. Une liesse a contaminé la ville. Mais c'est une liesse de haine pour les vaincus. Vaudrait mieux pas sortir maintenant. On risquerait d'être piétinés. Ou lapidés. Finalement, l'attente est préférable.

Au-dessus de nos têtes, les fenêtres du vestibule. Tout à coup, une conversation commence. Maman et moi sommes juste au bon endroit pour percevoir les échanges. Deux voix masculines. Excitées.

— Qu'est-ce qu'on fait maintenant, bordel? On va pas poireauter là pendant des plombes. Faut agir!

— Tu proposes quoi?

— Un défilé de tondues! La population n'attend que ça dehors. Ils sont gonflés à bloc. Ça promet un de ces cirques!

Ricanements. Maman et moi échangeons un regard. S'il ne s'agit que de défiler… Les voix continuent:

— Et après, on en fait quoi de tous ces collabos?

— J'sais pas, on va quand même pas les descendre, ils sont trop nombreux.

— Ouais… Y a du lourd quand même. Paraît que la fille avec le gosse a donné ses voisins. Ils ont été arrêtés par les Boches et ils ne sont jamais revenus. Si ça, ça mérite pas le peloton d'exécution!

Maman me serre la main. C'est alors qu'une troisième voix, mesurée, intervient. Pierre.

— Du calme, les gars. Vous n'avez aucune preuve. Et fermez-moi cette fenêtre!

Un claquement. Plus de son. Maman continue à me broyer les doigts. Contact moite et chaud. Je lui retire ma main. J'ai confiance, je ne sais pas pourquoi, mais j'ai confiance. Je pense à toi Otto. Tu m'as toujours dit que tu me protégerais.

Françoise réclame le sein. Je le lui donne. J'ai encore une fibre de vie en moi. Autant la partager. Maman me sert un pauvre sourire. Puis, nos yeux sont happés par la petite porte dérobée qui donne sur la rue. Elle s'entrouvre et laisse passer deux types: l'un porte un fusil et l'autre, un appareil photo autour du cou. Je reconnais le photographe de tout à l'heure. Celui qui m'a tiré le portrait au milieu des balles. Très grand, très brun, tignasse hirsute. Qu'est-ce qu'il vient foutre ici.

L'homme au fusil s'approche. Il porte une cotte verte de cul-terreux. Il marche en bombant le torse. Ça sent le crétin à plein nez. Il vitupère à la cantonade: «Allez, debout les enfoirés. On va immortaliser vos faces de rat. Vous aurez un souvenir du plus beau jour de votre vie!»

Je me lève, Françoise sur un bras, mon baluchon dans l'autre main. Et déjà, clic-clac. Je me tourne. Le photographe vient de me coller dans sa boîte. Faut croire que je lui ai tapé dans l'œil avec mon bébé. Le symbole même de la traîtresse. Celle qui a couché avec l'ennemi. Celle qui a commis l'innommable. Lui aussi, il va pouvoir rouler des mécaniques en montrant ses clichés pourris. Si ça se trouve, je ferai la une des journaux. Je serai celle par qui le malheur est arrivé, celle à qui il ne faut surtout pas ressembler. La sorcière des temps modernes. J'essaye d'accrocher son regard, à ce maudit photographe. Mais déjà, il s'est détourné, déjà il prend d'autres photos. Je ne suis qu'une figurante au cœur d'une vaste mise en scène.

« Allez, plus vite que ça, en rang d'oignons ! » Cul-terreux s'énerve et tape du pied. Nous nous alignons, docilement, comme pour une photo de classe. Les petits devants, les grands derrière. Sourire non obligatoire. Et, ça y est, va que je te mitraille. C'est machiavélique. Je cache mon visage dans le cou de Françoise. Et j'entends : « La fille, à gauche, tu regardes l'objectif ! » Rien ne lui échappe à cet abruti. Je redresse la tête. Encore quelques prises, sous un autre angle. Bientôt, la besogne est terminée. Le photographe remercie le cul-terreux. Il a un fort accent anglais. Puis, il se taille. Bon vent l'artiste, j'espère ne jamais te revoir.

56

« Pourquoi voulez-vous aller en Allemagne ? Qui vous a remis cet *Ausweis* ? Vous avez une adresse à Munich ? Qui vous attend là-bas ? » Ils sont deux à me pressurer. Deux moustachus, un gros, un maigre, des Laurel et Hardy version sadique. J'ai la tête qui tourne, toujours ce mal de cœur harassant. Ils m'ont emmenée dans un bureau, au sein même de la gare de Strasbourg. Au loin, on entend le brouhaha des voyageurs mêlé aux sifflements des locomotives. Et moi, je suis là, je sais pas quoi répondre. En dire le moins possible pour ne pas compromettre Otto ou sa famille. Mais convaincre ces deux types de me laisser repartir en Allemagne. Je tente le tout pour le tout :

— C'est juste une erreur de date. Mon *Ausweis* m'a été remis par les autorités allemandes. Je suis une travailleuse volontaire. Je souhaite œuvrer pour la grandeur de l'Allemagne. Gloire à Hitler !

Je dis ça et je sais que ça sonne faux. Les deux gestapistes se regardent, l'air méfiant. À ce moment-là, j'ai une suée. Ils me prennent pour une menteuse. Ou pire : pour une terroriste. Ils vont me foutre en taule. Je fais alors la fille au bord du malaise, pour les amadouer :

— Je suis très fatiguée. J'ai soif. Pourrais-je boire, s'il vous plaît ?

Pas de réponse. Le gros s'empare de ma besace et de ma valise. Le petit sort et revient avec un verre d'eau qu'il flanque sur la table. Puis, toujours sans un mot, ils s'éclipsent. Ils me laissent moisir pendant des heures dans cette salle sinistre.

Je veux prier, mais je ne sais plus le faire, aucune parole ne me revient, même le «Je vous salue Marie» a décampé de ma cervelle. Alors, je pense à toi, Otto. Je m'accroche à ton souvenir. Tes yeux, ton sourire. Ta confiance en nous, en notre avenir. Tu ne sais encore rien de mon départ, je ne t'ai même pas dit au revoir. Il faut que je t'écrive. Il faut que je te dise pour l'enfant. C'est la seule chose qui compte. À cet instant-là, je sais ce que je dois faire: protéger notre bébé, envers et contre tout. Quitte à abandonner pour le moment le projet de revenir en Allemagne. Quitte à retourner à Chartres. Lorsque le gros gestapiste se ramène, j'ai préparé un laïus pour expliquer mon revirement. Je n'en ai pas besoin. Le fumier me tend mes bagages et me dit:

— C'est bon, vous rentrez chez vous, maintenant. Vous n'avez rien à faire en Allemagne. Et estimez-vous heureuse qu'on ne vous jette pas en prison. On l'a fait pour moins que ça!

Je suis projetée au milieu de la salle des pas perdus. Titubante, mais libre. Nauséeuse, mais bientôt mère. Ça vaut tout l'or du monde. J'avance, vaille que vaille, sur le quai. Autour de moi, des gens, partout, des bonnes femmes qui crient bon voyage à leur jules, des gosses qui piaillent, des troufions qui disparaissent sous leur barda. Une vraie transhumance. Au loin, il y a toujours les types en noir qui contrôlent les voyageurs en partance pour l'Allemagne. Dès que je les aperçois je leur tourne le dos. Je monte dans un train pour Paris. Je m'assois sur un banc de troisième classe. Et je m'endors. Avec, pour la première fois, une main sur mon ventre.

Lorsque j'arrive à Chartres, c'est étrange de constater que rien n'a changé. Toujours le même ciel brumeux, les mêmes maisons bourgeoises, les mêmes rues vides. La seule différence, c'est la neige. Nous sommes au début du mois de novembre 43 et elle est déjà là, bien installée, blanche sur les trottoirs, grise sur les routes. Une fois parvenue place Châtelet, au lieu de prendre le chemin de la maison et de longer la Butte des Charbonniers, je bifurque vers la rue Sainte-Même. Une envie impérieuse. Retrouver ma cathédrale.

Je lève les yeux. Elle est là, à la fois immense et gracile. Ses toits verts. Ses deux clochers imperturbables, l'un ciselé de sculptures, l'autre un peu rustre, sans fioritures. Je ne sens plus mes pieds, mais, étrangement, je n'ai pas froid. Je veux mettre un cierge. Pour le petit enfant qui grandit en moi. Je pousse la porte du portail royal. Je m'attends à l'obscurité habituelle. À la place, je suis saisie par une clarté aveuglante. Je crois vivre un miracle. Je revois la petite fille ardente que j'étais, celle qui espérait rencontrer la Sainte Vierge. Je me frotte les yeux. Et je comprends. La neige est entrée dans la nef. Elle s'est déposée dans les allées, elle forme des coussins blancs sur les prie-Dieu, elle veloute les contours des statues. Les panneaux de bois qui remplaçaient les vitraux depuis 1939 n'ont pas tenu le choc face aux intempéries. Des trous béants laissent passer le jour. Et la neige.

Je me dirige vers le chœur, il n'y a pas un chat. C'est surréaliste de fouler ce tapis neigeux, quasi immaculé. Je prends à gauche, et je m'avance dans le déambulatoire. Je m'arrête devant la première chapelle. Il n'est pas là, bien sûr. Le voile de la Vierge. Trésor inestimable de la chrétienté. Trésor qu'Otto révérait par-dessus tout. Il a été mis à l'abri. Mais sa place demeure, vacante. Je revois le morceau de tissu gris, exposé autrefois dans une chasse dorée, sertie de deux anges.

Sur le côté, quelques bougies, toutes éteintes. Sauf une, dont la flamme hésite, se recroqueville, se ravive, au gré des courants d'air. Je mets une piécette dans le tronc et allume ma propre lumière. « Sainte Marie, je vous en conjure, protégez l'enfant que je porte. » Puis, je fais le chemin inverse, au milieu de ma cathédrale blanche. Je peux rentrer à la maison et affronter tout ce qui m'attend.

Au moment où j'arrive devant chez moi, une sirène jaillit. Puis un énorme fracas retentit au loin, suivi d'un long pilonnage. J'essaye d'ouvrir, la porte est fermée à clé. Je sonne, je tape, mais personne pour m'entendre. Je file des coups de pied dans le chambranle. Le vacarme continue là-haut. Maman, Madeleine, par pitié, bougez-vous le fion. Au loin, les sifflements diminuent, une vague odeur de brûlé me revient aux narines. Enfin, Maman daigne ouvrir la porte.

Elle pointe son museau. Quand elle m'aperçoit, elle sursaute. Ses yeux s'agrandissent. Puis, elle me tire à l'intérieur et claque la porte derrière nous. Nous nous retrouvons dans la cuisine, l'une en face de l'autre, ne sachant pas par où commencer. Je reprends mon souffle. J'aspire l'odeur familière, douceâtre, indéfinissable. Maman ne me serre pas dans ses bras, elle n'a jamais su le faire. Elle constate simplement : « Tu es revenue Simone. » Je ne réponds pas. Elle continue : « Tout va bien ? » Je n'ai pas dormi dans un lit depuis deux jours, j'ai des glaçons à la place des pieds, je n'ai quasiment rien pu croûter depuis mon départ. Je vois d'ici ma gueule de déterrée. Et elle me demande si ça va. Pour toute réponse, je m'avachis sur le banc. « Tu n'es pas blessée au moins ? » Je secoue la tête.

Maman s'approche de moi, elle sent le pinard. À ce moment-là, j'ai envie, moi aussi, de boire à même le goulot, d'inonder mes entrailles de flots d'alcool. Pour retrouver des forces. Pour me réchauffer. Maman me sort :

— T'as pas l'air bien. Tu veux un petit remontant ma fille ?

Je n'ai pas le temps d'accepter que déjà, elle me sert un verre de liqueur de poire. Au moment de plonger mes lèvres dans le liquide doré, je dégobille. Sur la nappe, le banc, ma jupe. Maman fait un saut en arrière. Elle crie presque :

— Qu'est-ce que tu as Simone ? Parle-moi ! Tu es malade ?

J'ai juste envie d'aller me pieuter. Maman me zyeute, les bras ballants. Puis, elle s'empare d'un torchon et enlève le gros du vomi tout en m'interrogeant :

— Tu as eu peur de la sirène ? C'est ça ?

Je balbutie, à bout de force :

— Je vais aller me coucher…

Je me lève, la cuisine tangue autour de moi. Maman continue :

— Tu sais, les Amerloques ne bombardent pas ici. Ils visent Champhol et le terrain d'aviation. Alors, moi, je reste bien tranquillement à la maison et j'attends que ça se passe. Je suis pas comme tous ces moutons… Je murmure, tout en me cramponnant à la table :

— Maman, je suis vannée…

Je fais deux pas, je ne vais pas pouvoir atteindre la porte de l'escalier. Je me rassois. Maman rince son torchon plein de dégueulis dans l'évier. Elle me tourne le dos et poursuit ses questions :

— Simone, pourquoi tu es revenue ?

Elle va pas me lâcher ma petite mère. Faut que je lui crache le morceau. Dans un sursaut, je me lance :

— J'ai été obligée.

Maman se retourne.

— Comment ça ? Tu as fait une bêtise ?

— En quelque sorte, oui.

— Qu'est-ce que tu as fait ?

— Un bébé.

— Quoi ?

— Je suis enceinte, Maman.

Là, plus de son. Maman ouvre la bouche, la referme aussi sec. Son torchon mouillé lui tombe de la main et fait ploc sur le carrelage. Elle s'affale à son tour sur le banc, en face de moi.

— Qu'est-ce que tu me chantes là ?

— Aucun doute, j'ai fait des analyses.

— Mais, mais... tu te rends compte de ce que tu me dis ?

— Tu peux m'aider à aller me coucher, maman ? Je me sens pas bien du tout.

Elle ne bouge pas d'un pouce.

— C'est ton Allemand, c'est ça ?

— Oui, Otto, oui.

— Quelle galère, Simone, un mioche, tu te rends compte ? Pas mariée... Avec un Allemand en plus... C'est pas Dieu possible... Tu aurais mieux fait de rester en Allemagne...

— Je t'ai dit que je n'ai pas pu. Mais quand tout sera fini, j'y retournerai, j'épouserai Otto et il reconnaîtra notre enfant. C'est juste une question de temps.

Maman balance la tête de haut en bas, comme frappée par la sénilité. J'essaye à nouveau de me lever pour échapper à ce spectacle. Un bruit de clé dans la serrure m'arrête. Madeleine et mon père entrent. Dès qu'elle me voit, Madeleine se jette sur moi et m'embrasse. « Ah Simone, qu'est-ce que je suis contente ! Je savais que tu allais revenir ! Tu vas bien ? C'est quoi cette odeur ? »

Le vieux lui coupe alors la parole : « C'était pas si bien que ça chez les Boches, on dirait ! » Il ôte sa casquette, crache un glaviot dans l'évier, et se poste dans le coin près du poêle. On dirait qu'il a oublié ses menaces de me mettre à la porte. Tant mieux, un truc de moins à gérer. Maman intervient :

— Simone, c'est moi ou c'est toi qui leur dit?

— Pas maintenant…

Mais Maman ne peut s'en empêcher:

— Simone est enceinte de son Allemand.

Je vois la phrase se dessiner sur les murs de la cuisine. De grosses lettres noires qui entament une farandole maléfique. Madeleine porte une main à sa bouche, les yeux épouvantés. Je voudrais tant aller pioncer. Tout à coup, derrière moi, des paluches froides et humides se posent autour de mon cou. C'est le vieux. Ce contact me glace au plus profond de moi. Qu'est-ce qu'il fout. Je tente de me lever pour me dégager de cette emprise qui me révulse. Mais c'est qu'il a la poigne lourde, ce con. Et voilà qu'il se met à serrer. De plus en plus fort. Je veux crier, je ne parviens qu'à happer une dernière goulée d'air. Je n'entends plus rien, je ne vois plus que des points brillants qui virevoltent autour de moi. J'étouffe.

57

Lorsque je reprends connaissance, je suis dans mon lit. Madeleine se penche au-dessus de moi et me passe un gant d'eau tiède sur la figure. « Ah, Simone, enfin, tu te réveilles ! » Ma sœur a le visage barbouillé de larmes. Brusquement, la sensation répugnante des mains moites et glacées enserrant mon cou me revient. Je me mets à trembler, comme une petite vieille. « Chut, repose-toi ma Simone. » Madeleine me caresse les cheveux. « Tu as froid ? Mets bien tes pieds sur la bouillotte. Tu ne vas tarder à te réchauffer. »

C'est à ce moment-là que je prends conscience que Madeleine a dû me déshabiller et m'enfiler ma chemise de nuit. Et puis, je me souviens : mon bébé. Je fourre mes deux mains sous ma couette pour tâter mon ventre. Impossible de savoir si tout va bien. Je tremble de plus belle. Mes dents claquent. « Tu veux manger, Simone ? » Je fais non de la tête. Et là, un cri m'échappe : mon cou, un vrai supplice. « Repose-toi, alors. Je t'apporterai une tisane tout à l'heure. »

Madeleine sort. Elle ferme ma porte à clé. Je suis prisonnière, mais je m'en fous. Je me palpe l'abdomen, encore et encore. Tout a l'air comme avant. Je m'assois dans mon lit en faisant gaffe de ne pas tourner la tête. Je remonte ma chemise de nuit, baisse ma culotte. Rien. Juste le coton blanc. Je me rallonge. S'il lui était arrivé quelque chose, je le saurais. Une mère sent ces choses-là. Peu à peu mes tremblements s'espacent. La chaleur prend possession de mon lit. Autour de moi, mes objets de toujours me paraissent émouvants, car immuables. Les marguerites bleues de mon papier peint, mon couvre-lit en crochet, mes rideaux à pompons, mon bureau riquiqui. Tout ce qui a fait ma vie, toutes ces choses qui me sont fidèles. Je ferme les paupières. Le sommeil me fauche.

Lorsque Madeleine revient, il fait nuit. Elle pousse les volets. Elle s'assoit sur le rebord de mon lit. Puis, elle me fait ingurgiter un bouillon vert, sa spécialité. C'est bon, c'est chaud. Je l'avale d'une traite, sans aucune nausée. Mon cou me fait moins mal. Je réussis à articuler :

— Il est encore là ?

Madeleine se raidit.

— Qui ? Papa ?

— Ne l'appelle pas comme ça ! Il a voulu m'étrangler !

— Écoute, Simone. Je comprends que tu sois remontée contre lui, mais je te promets qu'il regrette. Dès que nous l'avons éloigné de toi, il a repris ses esprits et il ne comprenait même pas ce qu'il était en train de faire. Il a eu un coup de folie. Et grâce à Dieu, tu vas bien. Il faut lui pardonner, tu veux bien ?

— Jamais. Je ne m'appelle pas sainte Simone.

Madeleine fronce les sourcils. Et d'un ton un peu plus dur que d'habitude, elle entreprend de me faire la morale.

— Voyons, Simone, mets-toi à sa place, juste cinq minutes. Il se fait traiter de collabo à tout bout de champ, par les voisines, par ses collègues. Il n'en peut plus. Il m'a même dit qu'il aurait préféré être arrêté et partir en camp de travail. La vie aurait été plus supportable.

Je n'en crois pas mes oreilles.

— Et ma vie à moi, tu penses qu'elle est supportable ?

— Tu veux parler du bébé ? Ne t'inquiète pas. J'ai déjà trouvé une solution.

— Une solution ?

— Oui, grâce à une postière dont la sœur travaille à la pharmacie de la place des Halles, j'ai récupéré une canule et une poire, et…

— Arrête ! Tu dérailles ou quoi ?

— Non, non, je m'en sens capable ! Je pratiquerai l'opération et Maman m'assistera.

— Mais qui t'a dit que je voulais faire passer mon enfant ?

Madeleine s'arrête net. Elle me considère, la bouche en cul de poule et les yeux clignotants. Elle se met à bredouiller :

— Simone, tu vas pas le garder ? Tu n'es pas sérieuse ? Un enfant de Boche !

Je vocifère :

— Mais arrête avec ça. C'est l'enfant d'Otto, c'est mon enfant, et jamais, tu m'entends, jamais, je ne m'en séparerai.

Madeleine se lève. Son visage a perdu toute couleur. Elle chuchote :

— Simone, tu as perdu la raison. Tu ne te rends pas compte.

Je ne réponds pas. Je suis crevée. Je me recouche et je tourne le dos à ma frangine. Elle sort. Mais je sais bien qu'elle n'a pas fini de me faire chier.

Dès le lendemain, en début d'après-midi, la sonnette retentit dans toute la maison. Le crissement de la porte d'entrée. Puis les chaussons de Maman qui montent lourdement l'escalier. Derrière elle, un léger cliquetis. Devant ma porte, des murmures. Enfin, Maman frappe et claironne :

— Simone, je peux entrer ? J'ai une surprise pour toi !

Je fais la morte. Mais elle insiste :

— Simone, je vais entrer !

Maman ouvre la porte, je me terre sous mon édredon. Et là, une voix que j'avais oubliée, résonne :

— Simone, ma chérie, je suis contente que tu sois revenue !

Les talons se rapprochent. Non, ce n'est pas possible, pas elle, Maman, tu m'as tout de même pas fait ce coup-là... Je me tourne du côté du mur. Mais je ne peux échapper à son parfum. Ce parfum si entêtant. Joy de Patou. Toute une époque m'envahit. Une époque révolue. Je rabats mon édredon. Et je la vois : Eva.

Elle est debout devant mon lit, elle me surplombe. On dirait une actrice de cinéma. Ses pommettes hautes, ses yeux verts, ses cheveux bruns ramenés en chignon. Je me fige. J'avais oublié que le démon peut prendre des allures de Vénus. Eva braque son sourire sur moi. Ses lèvres s'étirent, ses dents brillent.

— Alors Simonette, tu as perdu ta langue on dirait !

Elle se penche vers moi, ses seins à hauteur de mes yeux, j'ai envie de disparaître. Dans l'embrasure de la porte, Maman toussote et fait :

— Bon, je vous laisse. Vous devez avoir des tas de choses à vous dire !

Eva se retourne :

— Oui, merci, madame Grivise, vous êtes bien aimable.

Puis, elle ajoute, plus bas, toujours à l'attention de Maman :

— Ne vous inquiétez pas, j'en fais mon affaire, je vous dois bien ça !

La porte se referme. Eva a rétréci son sourire. Elle promène un regard dédaigneux sur mon armoire, mon lit, mon tapis. Puis elle s'empare de ma chaise de bureau, la déplace jusqu'à mon chevet et pose ses fesses dessus.

Je n'ai toujours pas décroché un mot. Elle me fixe. Je détourne les yeux. Elle commence à parler. Sans même la regarder, je devine que ses prunelles ont viré au gris.

— Simone, on ne va pas se mentir. Je suis venue ici uniquement parce que ta mère et ta sœur m'ont suppliée.

Elle s'arrête. Je ne réponds pas. Elle ajoute :

— Tu peux me regarder s'il te plaît quand je te parle ?

Je me tourne et les mots fusent hors de ma bouche :

— Je n'ai pas d'ordre à recevoir de ta part !

Eva se lève. Ses yeux sont noirs à présent.

— Je savais que tu filais un mauvais coton. Mais je ne pensais pas que c'était à ce point, ma pauvre ! Et il paraît que tu es enceinte, en plus ? Il faut que tu sois bien sotte pour t'être laissée engrosser et pour revenir ensuite ici.

J'ai le cœur qui commence à cogner.

— Et toi ? Tu ne t'es pas fait engrosser, comme tu dis ?

Eva part dans un rire plein de mépris.

— Mais moi, je ne suis pas française ! Ne l'oublie pas ! Je te croyais plus maligne. Je me suis bien trompée sur ton compte. Tu n'es qu'une dinde sans cervelle.

À ce moment-là, je m'assois dans mon lit. J'ai une de ces envies de lui foutre une tarte et de lui amocher sa gueule de diablesse. Elle continue :

— Bon, parce que ta mère me l'a demandé, j'ai consenti à t'apporter des capsules d'apiol. Tu prends les cinq en même temps, et normalement, le fœtus tombe dans la journée. Mais il faut que tu les avales rapidement. Plus tu attends, plus il va s'accrocher.

Elle pose un pilulier sur ma table de nuit. Elle ajoute :

— Je ne te cache pas que ça vaut une fortune.

Je me hisse hors de mon lit. D'un revers de main, je fais valser la petite boîte par terre et je crie :

— J'en veux pas de ta merde ! Tu comprends pas que cet enfant, c'est tout pour moi ? Non, ça, tu ne peux pas ! Tu n'as jamais aimé personne !

Je pose les deux pieds par terre. Nous sommes face à face. Je sens en moi comme une ivresse. Enfin, je parviens à dire ses quatre vérités à cette saloperie. Les pommettes d'Eva sont cramoisies. Je sais qu'il va se passer un truc. Puis, son regard s'abaisse vers mon ventre. Et à nouveau, cet ignoble sourire qui étire ses lèvres. Elle me susurre :

— Tu as raison. Je vais reprendre mes capsules. On dirait bien que tu n'en as plus besoin…

Je ne comprends pas. Je suis son regard. Et là, du rouge, partout, sur mon bas-ventre. Ma chemise de nuit est imbibée. Du sang, c'est du sang. Dans un geste dérisoire, je plaque mes mains sur mon sexe. Eva, tout en se dirigeant vers la porte, murmure entre ses dents :

— Tu as de la chance, petite garce. J'aurais préféré que tu perdes cet enfant dans des souffrances atroces.

58

Je reste allongée des jours et des jours. Dans l'incertitude la plus totale. Je ne sais pas si mon bébé est vivant ou si mon ventre héberge un cadavre. Madeleine ne veut faire venir ni le médecin ni la sage-femme. « Je ferai le nécessaire si tu as encore des saignements. Pour le moment, personne ne doit être au courant de ton retour et de ta… situation. Tu comprends ? » Je fais oui, oui. Je n'ai plus la force de m'opposer. Je suis lessivée. Et le chouïa d'énergie qu'il me reste, il est pour mon bébé. Pour qu'il vive. Plus les jours passent, plus je reprends espoir : il n'est pas mort, j'en suis certaine. La preuve : j'ai toujours des nausées matinales.

Ma chambre est devenue mon univers. J'y suis entrée le 19 novembre 1943. Je n'en suis ressortie que le 23 mai 1944. Six mois d'enfermement volontaire. Ma petite piaule. Mon nid. À l'abri du monde. Je ferme la porte à clé et le malheur ne peut plus m'atteindre.

Très vite, des rituels s'installent. Il faut combler le gouffre du temps. Maman m'apporte le matin une tasse de lait. Le midi, elle me monte une assiette de ratatouille ou des œufs brouillés. Le soir, c'est Madeleine qui toque à ma porte avec un bol de potage. Lorsqu'elle passe la tête par l'entrebâillement, je sens comme un relâchement dans mes épaules. Apaisée de voir ma frangine. Elle me donne des nouvelles du dehors. « Les voisins ne sont toujours pas revenus de leur camp de travail. Les Américains vont venir, par les airs, par les mers, on ne sait pas, on attend. La Gestapo fusille à tout-va, même des Français honnêtes qui n'ont pas la radio anglaise. Les Anglais bombardent, on dirait qu'ils veulent que la France soit réduite en cendres. » J'acquiesce, tout me parait loin, tout se mélange, je m'en fous. Il n'y a plus que mon enfant qui compte. Et mes retrouvailles avec Otto.

Début décembre, je me sens ragaillardie, j'entreprends de m'extraire de mon lit pour me mettre à mon bureau. Écrire à Otto. C'est une priorité. Lui expliquer pourquoi je suis partie. Lui annoncer la grande nouvelle, notre enfant. Une fois que j'ai fini de rédiger, je me retrouve comme une conne. Impossible d'envoyer une telle missive en Allemagne. Elle ne passera pas le barrage de la censure gestapiste. Pire, elle mettra Otto dans une mauvaise position.

Ce soir-là, j'attends la venue de Madeleine avec une impatience décuplée. À peine ma frangine a pointé son minois dans ma chambre que je lui saute dessus :

— J'ai écrit une lettre à Otto. Je ne peux pas la lui envoyer directement. Il faut absolument que tu ailles trouver Herbert pour qu'il la lui fasse parvenir.

Ma sœur me regarde, la bouche ouverte. Alors j'insiste :

— C'est vital, Madeleine. Otto doit savoir. Je suis partie sans le prévenir.

Ma sœur reprend ses esprits, ferme la bouche et, tout en hochant le menton, me déclare :

— Je comprends Simone. Mais Herbert, je n'ai plus aucun contact avec lui depuis bien longtemps.

— Il travaille à la *Feldkommandantur*. Tu peux l'attendre, au moment de la sortie des bureaux…

— Simone, tu te rends compte de ce que tu me demandes ? Tu n'as pas compris que m'afficher avec un Allemand maintenant, c'est signer mon arrêt de mort ? Et puis, de toute façon, il a dû quitter Chartres à l'heure qu'il est.

— Tu ne veux pas essayer ?

— Non, Simone, c'est trop risqué.

— Bon, alors c'est moi qui irai.

Madeleine pousse un gros soupir et se laisse tomber sur la chaise.

— Le pire, c'est que je sais bien que tu es capable d'y aller.

Je ne réponds pas. Madeleine s'approche de mon bureau.

— Bon, elle est où cette lettre?

— Tu vas m'aider?

— Je vais voir ce que je peux faire, d'accord? Je ne te promets rien.

Je réprime un sourire. Je sais bien que Madeleine va remuer ciel et terre pour mettre la main sur Herbert. Trois jours plus tard, ma frangine m'assure que ma missive arrivera à bon port, à l'hôpital de Munich. Elle ne m'explique pas comment elle est arrivée à ses fins et je ne le lui demande pas. J'ai confiance en elle. Madeleine ne ment jamais.

Commence alors une période d'attente. Une période compliquée. À la fois vide d'événements et pleine d'angoisses. Je suis cadenassée dans ma chambre. Seule. En proie à mille démons qui me taraudent. Pour tenir le coup, je me raccroche à Otto. J'essaye de faire tourner autour de mon annulaire la bague de nos fiançailles. Elle est déjà bien scellée dans ma chair. Otto ne m'abandonnera pas. Jamais. Un jour viendra, nous nous installerons en Bavière, nous élèverons notre enfant, nous en aurons peut-être d'autres, il n'y aura plus la guerre. Cette guerre qui nous a réunis. Cette guerre qui nous sépare à présent. Je la déteste, je ne la comprends plus. Je ne me souviens plus pourquoi, à un moment de ma vie, j'ai tant admiré l'ordre nouveau promis par les nazis. Je sais que j'ai été cette fille-là. Mais cette fille-là a disparu. Je n'aspire plus qu'à retrouver Otto.

Une fois, Madeleine me sermonne :

— Et si Otto meurt ? Tu y as pensé ? C'est très possible. Tous ceux qui vont à l'Est se font massacrer par les Russes.

— Pourquoi tu me dis ça ?

— Je veux juste que tu te prépares au pire.

— Le pire, Madeleine, ce n'est pas qu'Otto meure. Le pire, ce serait de ne l'avoir jamais connu, jamais embrassé, jamais aimé.

Madeleine hausse les épaules, comme si elle ne pouvait rien face à ce qu'elle prend sans doute pour de la naïveté, ou pire, de la bêtise. Moi, je sais que c'est ma vérité.

Enfin, la veille de Noël, la lettre tant attendue arrive. C'est Madeleine qui me l'apporte. Je la décachette, les doigts tremblants. Je la lis avec avidité, sans même reprendre ma respiration.

« Ma chère Simone,

Quel soulagement de te savoir en sécurité, chez toi ! Depuis ton départ, j'étais dans un état second. Je n'avais plus le goût à rien, je vivais dans une anxiété permanente. Quand ta lettre est arrivée, j'ai ressenti une joie immense. À présent, je lis et je relis tes phrases et je suis bouleversé. Tant de sentiments contradictoires me submergent. Je suis le plus heureux des futurs pères. Savoir qu'un petit être nous arrivera bientôt me comble. En même temps, j'ai peur pour toi, pour lui. Nous ne sommes pas encore mariés. Dans ce monde fou où nous vivons, notre enfant ne sera pas le bienvenu. J'aimerais être auprès de toi, pour que rien ne t'arrive, pour que tout se passe bien. Je repars dans une semaine sur le front. Je souhaite que cela ne soit l'affaire que de quelques semaines et que bien vite, tout soit réglé.

En attendant, j'ai écrit une reconnaissance de paternité. Tu la trouveras au dos de cette lettre. Notre enfant n'est pas un enfant sans père, tu ne seras jamais une fille-mère. Tu es ma future femme. Ce n'est qu'une question de temps.

Je te laisse à regret, je t'embrasse, avec tout mon amour. Otto. »

L'espace d'un instant, je suis envahie par une vague d'une douceur infinie. Toutes les angoisses des semaines passées ont disparu. Cette lettre, je la garde comme un talisman, sous mon oreiller. C'est mon porte-bonheur, la garantie que tout ira bien. Je réponds dans la journée. Mais dès le lendemain, dès ma missive partie, rebelote : je me remets à attendre. Sauf que cette fois-là, l'attente s'éternise.

Noël passe, dans la plus parfaite indifférence. Janvier se pointe. Lugubre, venteux et glacial. Je n'arrive à rien faire. Madeleine m'apporte des enquêtes de Sherlock Holmes ou des aventures d'Arsène Lupin. Elle me prend encore pour une gamine de douze ans. Mais, de toute façon, je sais bien que même si elle m'avait passé du Zola ou du Balzac, j'aurais été incapable de m'y intéresser. Impossible de me concentrer sur des histoires qui ne sont pas la mienne.

Un jour, ma frangine m'apprend qu'Eva a disparu. Tout le quartier bruisse de cette nouvelle. Un matin, une camionnette s'est pointée rue de Beauvais. Deux troufions ont chargé des valises qui devaient être pleines de vêtements. Eva est descendue de son appartement, sa fille dans les bras, sa voilette baissée. Elle s'est engouffrée dans la camionnette. Et on ne l'a pas revue. Madeleine me déclare : « Elle a senti que le vent tournait. » Pendant quelques minutes, l'image d'Eva, en manteau de fourrure, devant un chalet suisse, entourée de neige, vient me titiller. Elle a toujours ce sourire qui vous ensorcèle. Et qui, probablement, la sauvera. Je secoue la tête. Eva, je ne veux plus penser à elle. Elle n'est plus rien pour moi.

J'attends. Je ne sais qu'attendre. Attendre le soir, attendre Madeleine, attendre une lettre. Mais rien ne vient. Jusqu'à ce soir de février où je le sens pour la première fois. Mon bébé. Il n'était jusqu'à présent qu'une idée vague, il se rappelait à moi le matin, lorsque mon estomac se tordait et que je dégueulais de la bile. Mais c'était tout. Et puis, le premier coup de pied arrive, me déforme le ventre. Ma perception des choses change. Un petit être minuscule est en train de pousser. Il est vivant. J'en ai à présent la certitude. Mes nausées cessent. Mon ventre se met à gonfler. Et l'attente se fait moins insupportable.

Je me prends de passion pour la layette. Moi qui ai toujours dédaigné les activités de couture, je demande à Maman de me montrer le point mousse. Et je détricote un chandail pour tricoter un bonnet et des chaussons. Madeleine me rapporte des patrons d'avant-guerre dénichés je ne sais où. Je taille les draps, j'assemble, je cous jusqu'à épuisement. Et, tous les jours, je parle. À mon bébé. « Je t'aime, mon amour, plus que tout au monde. Je te protégerai, tu n'auras rien à craindre. Nous retrouverons ton Papa et nous serons heureux. »

Un jour, en entrant dans ma chambre, Madeleine me surprend :

— Tu causes toute seule ?

— Non, non, je parle à ma fille.

— Ta fille ? Parce que tu sais que c'est une fille ?!

— Tu ne peux pas comprendre.

— Je comprends que tu perds les pédales, ma Simone. Ouh, là, là, vivement que tout ça finisse. Il paraît que c'est imminent, maintenant.

— Qu'est-ce qui est imminent ?

— Je te l'ai déjà dit, les Anglais et les Américains arrivent.

— Ah oui.

Ma sœur me regarde, l'air désolé que je n'attache pas plus d'importance à cette grande nouvelle. Elle ajoute :

— Bon, Simone, je voulais te dire…

— Oui ?

— Pour Otto, j'ai du nouveau.

Mon corps se raidit.

— Une lettre ?

— Non, malheureusement, non. Je crains que tu ne puisses plus en recevoir. J'ai appris que Herbert avait été envoyé lui aussi sur le front de l'Est. Depuis un bon moment déjà. Cela explique que tu n'aies rien reçu.

Je ressens comme un court-circuit dans mon cerveau. Je bégaye :

— Ah… Je… D'accord…

— Tu ne réagis pas plus ? Parce que, si tu réfléchis bien, en soi, ce n'est pas une mauvaise nouvelle. Tu n'as rien reçu, non pas parce qu'il ne t'écrit plus, mais parce que tu ne peux pas recevoir ses lettres. Tu comprends ?

— Oui, oui, je suis fatiguée, Madeleine…

À cet instant, j'ai le pressentiment que le fil est rompu. Que je ne recevrai sans doute plus de lettres d'Otto avant un long moment. Mais je ne veux pas y penser. Pas tout de suite. Pas maintenant. Trop de souffrance. Je veux continuer à confectionner mes petits habits, à préparer le berceau. Je veux continuer à parler à ma fille.

59

Le 23 mai se pointe. Ce matin-là, au moment de me lever, je sens un ballon qui se dégonfle en moi. Très vite, un liquide chaud coule sur mes cuisses. Impression délicieuse. Comme un soulagement. Comme si mon ventre, tendu par les mois de grossesse, se relâchait enfin. Je me mets debout, je me sens fébrile. Tu vas arriver, ma toute petite. Je vais enfin connaître ta frimousse. C'est juste un peu tôt. Un mois d'avance.

J'ouvre ma porte et je crie : « Madeleine ! » Un bruit de tiroir qui se ferme de l'autre côté de la cloison. Ouf, elle n'est pas encore partie au boulot. Ma sœur déboule dans ma chambre. Quand elle voit ma chemise de nuit trempée, elle comprend. « Va te recoucher, je vais chercher la sage-femme. » Madeleine dévale les marches. Je m'étends à nouveau sur mon lit, je palpe mon ventre. Ça parlemente dans la cuisine. Sans doute Maman. Tout à coup, des cris. C'est le vieux. Je me relève pour comprendre. J'entrouvre ma porte. Il hurle : « Pas question, pas de ça chez moi ! Le mioche, c'est à l'Hôtel Dieu qu'elle le pondra ! » Madeleine remonte, essoufflée.

— Bon, on n'a pas le choix. Habille-toi. Prépare tes affaires. Je t'emmène.

— Non.

— Quoi, non ?

— J'accoucherai dans ma chambre. Comme Maman.

Madeleine pousse un soupir :

— Simone, ne fais pas ta tête de mule. Il ne laissera pas entrer la sage-femme. Et c'est pas moi ni maman qui allons t'accoucher…

— Non, pas question. Je vais pas aller à l'hosto comme les filles-mères.

Madeleine lève alors la voix et me darde des yeux furieux :

— Simone, tu veux que le bébé crève ? Tu veux y passer aussi ?

Je ne parviens pas à répondre. Ma première contraction arrive. Elle m'enserre tel un étau et me comprime l'abdomen. Je suis prise au piège, ma respiration s'arrête. Je titube. Madeleine me prend par les épaules. Je ne peux pas parler. Je suis entrée dans une autre dimension dans laquelle les sons, les couleurs, les odeurs ne m'atteignent plus. Il faut juste que ça cesse, cette souffrance. Je me mords les joues jusqu'au sang. Doucement, la vague se retire, l'étreinte se desserre. Je retrouve mon souffle. C'est alors que Madeleine m'assène :

— Bon, maintenant, ça suffit, c'est moi qui décide.

Ma frangine entreprend de m'habiller. Je sens mon ventre se durcir à nouveau. J'essaye d'aspirer l'air, de ne pas me pétrifier. Madeleine m'entraîne dans l'escalier, je n'ai plus de volonté, la douleur prend toute la place. Nous sortons.

Le soleil me tombe en plein sur la figure. Ça faisait tellement longtemps. Plaisir incroyable. Madeleine me prend par le bras. Nous descendons ensemble les marches du perron. Maman nous zyeute depuis le pas de la porte. Nous nous éloignons.

Nous arrivons à la Butte des Charbonniers. Nous bifurquons comme deux petites vieilles vers le boulevard Pétain, puis la rue Maunoury. Une contraction me vrille le bas du dos. Je m'arrête, je me cramponne à Madeleine, je sens ma figure se tordre sous l'effet du supplice. Puis, la douleur passe, nous repartons. Encore quelques pas.

Ça y est. L'Hôtel-Dieu est devant nous. Toujours aussi impressionnant. Une grille monumentale. Une allée de tilleuls rectilignes. Au bout, l'hosto, comme un palais aux mille fenêtres. Je vais bientôt voir ma fille. Notre fille. Otto, tu vas être tellement heureux, je le sais.

Nous nous dirigeons vers l'aile droite, celle qui abrite la maternité, et entrons par la première porte venue. Nous tombons sur une religieuse en cornette. Elle grogne :

— Que faites-vous ici ?

Madeleine balbutie :

— Ma sœur va accoucher… Elle a perdu les eaux… La bonne sœur se gratte le menton et dit :

— Oui, d'accord, je vois. Mais les admissions, ce n'est pas ici, il faut…

Madeleine la coupe en criant :

— Ma sœur accouche, je vous dis !

Le cri de ma frangine se répercute dans mon ventre qui se serre encore une fois. Je me plie, la tête en avant, les deux mains sur les reins. Je ne peux plus ni avancer ni parler. Enfermée dans ma souffrance. Une autre femme arrive. Je ne vois que ses pieds, des mules blanches qui trépignent devant mes yeux. Elle demande :

— Que se passe-t-il sœur Rémonde ?

— Oh, mademoiselle Alice, pardonnez-moi, mais ces deux filles sont entrées par là, sans être passées par les admissions, et…

La voix de la femme l'interrompt :

— Mais vous êtes en train d'accoucher, ma parole !

Les mules se tournent vers moi. Madeleine me soutient, une main sur mon bras, l'autre sur mon dos. La voix continue, énergique :

— Ma sœur, transférez cette jeune femme dans la salle de travail. J'arrive tout de suite. On verra plus tard pour les admissions.

La religieuse maugrée. Elle m'assoit avec rudesse sur une sorte de siège roulant. Je me laisse transbahuter. La douleur me fait tout oublier. Je geins. Je ne contrôle plus rien. Dans la salle de travail, l'odeur de désinfectant me prend à la gorge. Je dois m'allonger, Madeleine m'aide à monter sur la table. Sœur Rémonde tripote des ustensiles métalliques. On dirait qu'elle touille ses casseroles. Et là, la porte s'ouvre, les mules blanches passent l'encadrement, je lève les yeux. Mon cœur s'arrête de battre pendant une seconde. Alice Saraud me fixe. Elle a dû me reconnaître, elle aussi. La vague de douleur me noie à nouveau. Je laisse échapper un long miaulement. Alice se ressaisit :

— Ma sœur, que faites-vous ? Il faut la déshabiller pour que je puisse l'examiner !

Je sens les paumes rugueuses de la religieuse entreprendre de faire glisser ma culotte. Alice se tourne vers Madeleine :

— Et vous, mademoiselle, vous êtes ?

— Je suis sa sœur.

— D'accord, mettez-vous plutôt de ce côté.

Madeleine se poste près de mon visage. Elle me prend la main. Je m'agrippe à ses doigts. Les contractions ne me laissent plus aucun répit, elles sont permanentes maintenant, elles me broient les entrailles. Je suffoque :

— Je vais mourir…

Alice s'est postée entre mes jambes et me répond :

— Mais, non, bien sûr que non, vous n'allez pas mourir. Vous êtes très courageuse.

Les gants d'Alice fourragent mon sexe. Je me mets à chialer.

— J'ai mal, j'ai mal… Faites que ça s'arrête…

— Le bébé est bien engagé. Je vois ses cheveux. À mon signal, vous allez pousser.

— Je peux pas…

— Allez, je sais de quoi vous êtes capable. Allez-y, poussez ! Maintenant !

Je serre encore plus fort la main de Madeleine. Mes larmes se mêlent à ma morve. Je prends une inspiration et je pousse tout ce que je peux, je vais expulser mes tripes. Autour de moi, tout bouge de manière cotonneuse, comme au ralenti. J'ai l'impression que la fille qui pousse, ce n'est pas moi. Je suis comme spectatrice de ce cirque. Alice me raccroche à la vie :

— C'est bien, c'est très bien, vous faites du bon travail. Le bébé arrive. Encore deux poussées et ce sera fini.

Sa voix résonne dans ma cervelle et décuple mes forces. Je pleure de plus belle. Et je pousse encore et encore. Je suis une machine à pousser. Je contracte tout mon corps. Puis, à un moment, j'ai la sensation très précise que je me vide, qu'une masse, longue et gluante, glisse hors de moi. Avec un bruit de succion.

— Le voilà ! Bravo ! C'est très bien ce que vous faites !

Instantanément, la douleur cesse. Un vagissement éraillé monte de mon bas-ventre.

— Simone, c'est une fille !

Ce sont les derniers mots qui me parviennent. Après, je sombre.

60

À mon réveil, je baigne dans le gris. Les draps qui me bordent, les rideaux qui font office de cloison entre les accouchées, le berceau de mon bébé. Tout est couleur blanc sale. Je me lève sur un coude pour voir ma fille. Mais mon lit est trop loin, je distingue juste une forme allongée et emmaillotée. Je me tourne alors de l'autre côté : Madeleine est là, très droite sur sa chaise, un doigt dressé devant sa bouche. Elle chuchote :

— Elle dort…

J'acquiesce et m'étends sur mon oreiller. Madeleine continue ses murmures :

— Comment te sens-tu ? Pas trop mal ?

— Ça va, ça va. Et pour Françoise ? Tout est normal ?

— Françoise ?

— Oui, ma fille, ma Françoise.

— Ah, oui ! Tout va bien, oui !

Je suis exténuée. Je referme les paupières. Dormir encore un petit peu. Autour de nous, bourdonne une rumeur diffuse, constante, parfois entrecoupée par une plainte lointaine. Madeleine semble réfléchir tout haut :

— Françoise, ça fait un peu… France, non ?

— Oui, et alors ? Elle est à moitié française, non ? Pourquoi elle ne pourrait pas s'appeler Françoise ?

— Oui, c'est ta fille, c'est toi qui décides. Je trouve juste que c'est un peu… provocateur.

Je ne réponds pas. Madeleine soupire et me dit :

— Tiens, l'infirmière a donné cette fiche à remplir. C'est pour l'état civil.

L'infirmière. Tout à coup, je me souviens. Alice Saraud. La sœur de Pierre. Elle m'a vue toute nue, elle a plongé ses mains dans mon sexe, elle m'a entendue gémir. Mon corps tout entier se crispe à l'évocation de ce qui s'est passé hier. Je veux disparaître sous terre. Alice. La petite pimbêche de Guéry. Elle a sorti Françoise de mon ventre. J'ai encore du mal à le croire. Mais elle n'a pas fait que ça. Elle m'a encouragée aussi. Sa voix me revient. Une voix énergique et calme, ne doutant jamais de mes capacités. Plus j'y pense et plus mon corps se dénoue. Cette fille, je n'arrive plus à la détester comme avant. Il y a eu l'épisode du train. Puis, maintenant, la naissance. Ce n'est plus la même Alice. La petite bêcheuse est loin. Et moi aussi, sans doute, j'ai fait du chemin.

Je prends la fiche et le crayon que Madeleine me tend. J'écris avec application. Nom : Weiss. Prénom : Françoise. Un seul prénom, c'est très bien, c'est suffisant. Père : Otto Weiss, officier de la Wehrmacht. Mère : Simone Hortense Grivise, traductrice. Ça claque. Je remets le tout à Madeleine. Elle ne regarde pas ce que j'ai inscrit. Elle me dit : « Je le donnerai en sortant à l'infirmière. Bon, il est tard. Je vais rentrer. » Ma frangine nous laisse, Françoise et moi. Mes paupières clignent quelques instants. Je me rendors.

Plus tard, au creux de la nuit, je suis réveillée en sursaut. La sœur Rémonde me braque une lampe torche dans la figure et me postillonne dessus : « Allez, on se bouge, c'est l'heure de la tétée ! » Sans ménagement, elle empoigne mon bébé et me le colle sur la poitrine. C'est la première fois que je te touche, Françoise. J'aurais préféré que ça se passe autrement. Avec plus de douceur. Sœur Rémonde allume la loupiote de la table de chevet et nous plante là, toutes les deux. J'entends le pas de la bonne sœur s'éloigner et sa phrase, répétée à l'infini à chaque mère qui a un nourrisson.

Nous sommes là, toutes les deux, dans ce lit. Moi, à moitié réveillée. Toi, les yeux grands ouverts. Nous nous regardons. Avec intensité. J'ai la sensation très nette de t'avoir déjà vue. Toi, tu ne manifestes aucune surprise, tu es là où tu dois être. À cet instant, une certitude s'impose : ton existence, Françoise, ne doit rien au hasard. J'ai désiré ta naissance, plus que tout au monde. Parce que j'aime ton père, comme je n'aurais jamais pensé aimer un jour. Tu te mets à frotter ton nez contre ma chemise. Je découvre mon sein. Tu cherches mon téton en vagissant. Une fois que tu l'as trouvé, tu le gobes.

Le lendemain, Madeleine arrive avant même que le soleil ne soit levé. Je lui raconte ma nuit, les premières tétées. Françoise chouine dans son berceau. Madeleine la prend dans ses bras. Ma petite se calme. « Regarde, elle s'est endormie. Elle est bien avec sa tantine ! » Madeleine est jolie quand elle sourit. À cet instant, Alice entre dans le box. Qund je la vois, mon cœur ne peut s'empêcher de s'agiter. J'ai envie de me cacher sous le drap, comme un réflexe incontrôlable.

— Bonjour. Tout va bien ?

Elle lance ces quelques mots avec une assurance incroyable, en me regardant en face, comme si de rien n'était. Je suis bien obligée de lever les yeux vers elle, de voir sa peau veloutée, ses yeux en amande. Je murmure :

— Oui, ça va. Je suis fatiguée.

Elle, d'un ton doux, me réplique :

— C'est tout à fait normal. Hier, c'est comme si vous aviez couru un marathon. Un accouchement, c'est une épreuve de force. Et vous avez vraiment été admirable. Grâce à vous, tout s'est fait vite, sans accroc, je n'ai même pas eu besoin de recoudre. Bravo.

J'articule un « Merci », à peine audible. Madeleine se dandine d'un pied sur l'autre. Je sens qu'elle cherche un truc à dire. Alice ne lui en laisse pas le temps :

— Bon, et la petite Françoise ? On dirait que ça va aussi ?

Madeleine, en bonne mère de substitution, se lance dans un rapport détaillé sur le nombre de tétées de la nuit. Alice opine et dit à ma frangine :

— C'est parfait tout ça. Il faudrait maintenant la porter dans la salle d'examen pour la peser et lui donner son premier bain. Vous pouvez vous en charger ? Sœur Rémonde vous aidera.

Madeleine ne se fait pas prier. Elle embarque Françoise et disparaît.

Alice s'approche alors de moi.

— Simone, il faut que je te parle…

Dans un ultime sursaut, comme si, malgré moi, je ne pouvais pas encore admettre que nos relations aient changé, je sors :

— Moi, je voudrais voir un médecin. Un vrai médecin.

Alice me sourit. Et dans ce sourire, je comprends, définitivement, que je n'ai plus affaire à la même fille qu'autrefois. Elle me dit :

— On fait venir le médecin quand ça se passe mal. Tu sais, il faut les économiser, nos médecins. Ils sont réquisitionnés en permanence pour les blessés des bombardements. Moi, j'ai appris sur le tas, à gérer les accouchements classiques. Et ça va plutôt bien. Surtout quand on a des parturientes aussi courageuses que toi.

J'acquiesce. Je n'ai plus envie de jouer à la Simone perfide. Alice continue :

— Simone, je ne sais pas si nos routes se croiseront à nouveau. Je voulais te remercier. Sans ton intervention dans le train, je ne serais sans doute plus là aujourd'hui. Ils m'auraient emmenée, Dieu sait où. Je sais que je n'ai pas toujours été agréable avec toi. Je sais que mon frère t'a fait souffrir. Je sais que ma mère t'a mise à la porte. Malgré tout ça, tu m'as sauvé la vie. Alors, merci, du fond du cœur.

Elle saisit ma main et la serre. Elle ajoute :

— L'officier de l'état civil est venu à l'instant. Je me suis permis de lui faire enregistrer une modification.

Elle me tend la fiche raturée et me sourit, une dernière fois. Puis, elle sort. Je contemple le document. Je sais bien de quoi il s'agit. Otto Weiss a disparu sous un pâté d'encre noire. Au-dessus est écrit, en lettres majuscules : « Née de père inconnu. » Ma vue se brouille. Je me mets à pleurer. Doucement, sans faire de bruit.

61

Le 26 mai 1944, jour de retour à la maison. En catimini. Le matin, très tôt. Sur le chemin, j'interroge Madeleine :

— Et le vieux, il va pas me sauter à la gorge ?

— Non, pas de souci de ce côté, on lui a augmenté ses doses.

— Ses doses ?

— T'as bien vu. Il n'arrive pas à se contrôler. Il souffre de bouffées délirantes. Maman le bourre de Gardénal. Quand elle arrive à en dégoter. Mais, là, c'est bon : on a de quoi voir venir. Et tout ça, grâce à l'infirmière qui t'a accouchée. Elle m'a donné en douce quelques boîtes. On a de la veine de l'avoir rencontrée !

Je hoche la tête et dis :

— Oui, tu as raison, c'est une chic fille.

Ce matin-là, je me réinstalle dans ma chambre. Le berceau de Françoise tout près de mon lit. L'enfermement peut recommencer. Mais cette fois-ci, je ne suis plus seule. J'ai un petit être à chérir. Mes journées seront remplies. Je n'aurai plus le temps de penser, de ruminer, de m'angoisser. Françoise, tu vas devenir le centre de ma vie. Je pourrai te parler à loisir, sans que Madeleine y voie à redire. Je pourrai passer des heures à te regarder, ma toute petite. Mais y a un truc que j'ai négligé : le monde autour de nous continue sa course. Une course de plus en plus folle.

Dès l'après-midi de mon retour, vers dix-sept heures, la sirène se déclenche. Toujours aussi stridente. Françoise se met à pleurer. Je la prends dans mes bras. Nous descendons à la cuisine. Maman est là, en train de fermer les volets, comme si cela pouvait nous protéger. Bientôt, le bourdonnement des avions. Nous levons les yeux, Maman et moi. Et là, c'est bizarre. Les avions ne s'éloignent pas, ainsi qu'ils le font d'habitude. On dirait qu'ils tournoient au-dessus de nos têtes. Comme s'ils allaient larguer leurs bombes sur nous.

Maman riboule des yeux. Elle se met à répéter en boucle : « C'est pas normal, ça, c'est pas normal, ça... » Françoise hurle désormais. Je la serre contre moi. Je sens son petit cœur affolé. Ou alors, c'est le mien qui tressaute, je ne sais plus. Tout à coup, un fracas d'une puissance inouïe s'abat, quelque part, tout près. La sirène cesse. Dehors, des éclats de voix. Je ne réfléchis plus, j'ouvre notre porte, Françoise toujours contre moi. « Maman, viens, on reste pas là ! » Je me précipite vers la cave des Fruchard, juste en face de chez nous. Je ne suis pas la seule. Des femmes et leur marmaille accourent. Au-dessus de nous, les avions tournicotent encore et encore. Et font pleuvoir leurs bombes. On dirait qu'ils attaquent le centre-ville, derrière la cathédrale.

Je m'engouffre dans l'escalier qui descend vers les ténèbres. Juste derrière une famille de la rue des Lisses. Quatre gamins et leur mère. Maman ne m'a pas suivie. Qu'est-ce qu'elle fout, c'est pas croyable. Ça y est, j'y suis, il fait sombre, ça sent l'humidité. Dehors, les bombes s'écrasent. À chaque fois, un choc sourd. Je tombe nez à nez avec la mère Fruchard. Elle me regarde de haut et me sort : « Rentre chez toi. Pas de pute à Boches chez moi ! »

Je pige pas tout de suite. J'essaye de la contourner. « Tu comprends plus le français ? Dégage ! » Elle me repousse vers les marches. Françoise pleure toujours. J'articule entre mes dents : « Vous voyez bien que j'ai ma fille ! Je dois la protéger ! » Pour toute réponse, la Fruchard crache au sol, quasiment sur mes pieds, et lève la main. Je recule. Elle en profite alors pour claquer la porte de la cave. Je me retrouve comme une conne, avec toujours ces explosions qui me broient les oreilles. Alors, je fais machine arrière. Je remonte l'escalier en quatrième vitesse.

Dans la rue, une odeur de brûlé. Je me précipite à la maison. Maman n'a pas bougé. Elle se tient près de l'évier, tétanisée. Je me colle contre elle. Nous sommes là, toutes les trois, perdues au milieu d'un déluge de bombes. Puis, au bout d'un temps qui me semble très long, les détonations cessent. Maman se sert un verre de gnôle. Je remonte dans ma chambre. Depuis ma fenêtre, j'aperçois des colonnes de fumée noire qui s'élèvent vers le ciel.

Le lendemain, Madeleine m'apprend que cinquante personnes ont été tuées, que la place des Halles a été entièrement détruite, ainsi qu'une aile de l'hôtel Montescot. « Là, où il y avait la bibliothèque, tu vois à peu près où c'est ? » Je ne réponds pas. La bibliothèque, c'est là que j'ai rencontré Otto. Notre premier souvenir commun n'existe plus. Madeleine continue à pérorer. « C'est une erreur, ce bombardement. Les Américains se sont trompés de cible. Ils n'auraient jamais dû frapper ici. »

Je ne l'écoute plus. J'imagine les incunables et les enluminures de la bibliothèque réduits en cendre. Je revois la bouche de la voisine Fruchard me jetant sous les bombes, comme une merde, sans aucune pitié pour Françoise. Pour la première fois, je sens une sueur froide dégouliner entre mes omoplates.

Après ce 26 mai, les bombardements ont continué. Le 4 juin, cataclysme sur les Trois-Ponts, en basse-ville. Au moins une centaine de bombes, neuf tués et tout un quartier anéanti. « Ils préparent leur arrivée », me dit Madeleine. Elle a raison. Le 6 juin arrive. Ce n'est pas de l'esbroufe, ils l'ont fait, les Américains et les Anglais ont posé le pied sur le sol français.

À partir de ce jour, ma vie est en sursis. Chaque heure qui passe me rapproche d'un précipice. Je suis prise au piège. Je me mets à rêver à des châtiments du Moyen-Âge. Brûlée sur un bûcher. Écorchée vive comme une criminelle. Noyée dans l'Eure, les poches pleines de pierres. Il aurait fallu que je prenne la tangente à ce moment-là. Mais pour aller où, bordel. Avec un nourrisson, en plus. Personne ne m'attend nulle part, ni mon pays de naissance que j'ai soi-disant trahi, ni mon pays de cœur que j'ai mal servi. Personne ne veut de moi.

Alors j'attends, encore et toujours. C'est ce que je sais faire de mieux. Le moins de bruit possible, une main sur la bouche de Françoise lorsqu'elle crie, des chuchotements en guise de conversation avec Madeleine. Il faut qu'ils m'oublient, qu'ils me croient morte. Juin passe. Juillet s'étire. Il fait de plus en plus chaud. Une chaleur lourde, sèche. Je passe mes journées à éventer Françoise, à lui donner des bains. Et à la contempler.

Ma Françoise. Tes petits pieds parfaits, chaque orteil émouvant, chaque ongle ciselé. Tes yeux étonnés qui s'accrochent aux miens lorsque je te mets dans la bassine pour le bain. Ta façon de te jeter sur mon sein comme une goulue. Tes cheveux fins et noirs, un peu huileux, comme si tu avais mis de la gomina. Ton ronronnement bienheureux lorsque tu dors. Tes cris déchirants et sans raison lorsque vient le soir. Ton odeur de peau, fraîche et potelée. Françoise, ma toute petite. Mon amour. Tout cela n'aura pas été vain puisque tu es là.

Grâce à Françoise, je tiens bon. Je réussis cette prouesse. Je ne peux pas la laisser. Madeleine aussi me réconforte. C'est elle qui vient tous les soirs me raconter la marche du monde. Et bien sûr, il y a Otto. L'espoir de retrouver Otto. Je n'ai plus aucune nouvelle depuis Noël, plus le moindre signe de vie. Juste une sorte de certitude absurde. Il est là, quelque part dans le grand Est. Il pense à moi, il sait que Françoise est née, il l'aime aussi. S'il lui était arrivé malheur, je l'aurais su, d'une manière ou d'une autre. Je l'aurais senti.

Fin juillet, j'ai l'idée d'écrire à la sœur d'Otto. Comment n'y ai-je pas pensé avant. Il faut que je sois cruche : bien sûr qu'Elizabeth doit avoir des nouvelles de son frère. Je rédige une lettre dans mon plus bel allemand. Je fais attention à ne pas mettre trop de détails, je sais que la censure veille. J'écris de la manière la plus détachée possible. Je la questionne sur l'état de santé de son frère. Je lui dis que j'ai eu une fille, qu'elle s'appelle Françoise. Sans jamais faire le lien avec Otto. Je lui demande si elle veut bien devenir la marraine de ma petite. C'est une lettre assez légère, dans laquelle aucune émotion ne transparaît. Je sais Elizabeth assez fine pour lire entre les lignes.

Dix jours après, elle me répond.

« Ma très chère Simone,

Vous ne pouvez pas imaginer l'immense bonheur que nous avons ressenti, mon père et moi, en lisant votre lettre. Vous savoir chez vous, en sécurité, nous apaise. Savoir que le bébé se porte à merveille nous comble de joie. Lorsque les événements nous le permettront, vous viendrez nous voir, à la ferme. Je gâterai la petite Françoise et mon père sera ravi. Il me tarde de vous serrer dans nos bras ! Et c'est avec beaucoup de fierté que j'accepte d'être la marraine de Françoise.

Concernant notre cher Otto, je constate que vous n'avez pas été mise au courant. Aussi me revient le terrible devoir de vous annoncer qu'Otto n'est plus de ce monde. Nous en avons eu la confirmation le mois dernier. La Wehrmacht nous a retourné ses affaires, ses livres, son courrier, ses bottes. Il y avait aussi une photo de vous. »

À cet instant, je dois arrêter ma lecture, ma chambre tourne autour de moi, je n'ose pas croire ce que je suis en train d'apprendre. Comme lors de mon accouchement, j'ai l'impression de ne pas être celle qui vit cette scène, d'être quelque part au-dessus de la mêlée. Je me force à reprendre ma lecture, avec dans la gorge, un sanglot qui ne demande qu'à éclater.

« À vrai dire, chère Simone, nous nous étions préparés à cette horrible nouvelle. Otto ne nous avait plus écrit depuis février. Nous nous raccrochions à de vaines espérances comme celle de croire que son silence était dû à la désorganisation des services postaux. Mais, au fond de moi, je savais.

Dans sa dernière lettre, Otto nous annonçait votre grossesse. Il me demandait de prier pour vous et son futur enfant. Il semblait très heureux d'être père. Il avait hâte de vous retrouver.

Je pense à vous et à votre Françoise. Vivement que reviennent des jours meilleurs.

Avec toute mon affection.

Votre sœur de cœur, Elizabeth Weiss. »

Je lâche la lettre qui virevolte quelques secondes avant de glisser sous mon lit. Je sens en moi comme un effritement. Un bout de stuc qui se détache, qui tombe, qui explose en mille morceaux. L'espoir auquel je m'accrochais est en miettes. Mes épaules se contractent. Je ne parviens plus à avaler ma salive. Nous sommes le 10 août 1944. Otto ne viendra pas me sauver.

62

Chartres, 16 août 1944, dans l'après-midi

Je suis desséchée. Mon front continue à faire des siennes. La brûlure me lance des pics par intermittence. Un vertige me saisit lorsque j'essaye de me mettre debout. Alors, je me rassois, là, sur les marches du perron. À mes côtés, Maman et Papa, ratatinés l'un contre l'autre. Unis. Je ne les ai jamais vus ainsi. Je regarde Françoise. Elle dort, repue, au creux de mes bras. Je voudrais juste rentrer chez moi. Mettre mon visage dans l'eau fraîche. Coucher Françoise dans son berceau. Et dormir à ses côtés. Pour oublier cette atroce journée qui n'en finit pas. Mais je sais bien que le calvaire n'est pas encore achevé. Je ferai face. Je me relève.

Autour de moi, les figures sont à l'affût, comme des bêtes traquées. Depuis le départ du photographe, on se jauge, on guette la suite, on imagine le pire. Les hommes sont avachis à même la poussière. Les femmes sont adossées au mur. Dignes. Dehors, les clameurs n'ont jamais cessé. Nous sommes attendus. Il n'y a aucun doute, nous allons devoir nous mesurer à cette foule. Les jeux du cirque vont commencer.

Soudain, branle-bas de combat. Un ordre a été donné, par quelqu'un, quelque part. Et c'est l'effervescence. Un aboiement résonne : « Allez, finie la sieste ! C'est l'heure de la potence ! » Chacun s'ébroue, reprend conscience, comme après une longue période d'absence. Maman se met au garde-à-vous. Papa récupère mon baluchon. La bourgeoise à la voilette supplie :

— Non, non, s'il vous plaît, pas dehors, ils vont nous tuer !

Un Fifi rétorque, goguenard :

— Ah, bah comme ça, on n'aura pas à le faire !

Ricanements obscènes. Tout peut se produire, tout peut aller très vite, rien n'est écrit. Je serre Françoise. Elle me protégera du malheur. Grâce à elle, je parviens à maîtriser ma frayeur. Autour de moi, les autres se mettent en ordre. Sans trop se toucher, sans trop se regarder. Je suis prise dans la masse avec Maman et Papa. Nous formons bientôt un troupeau. Nous allons à l'abattoir.

Lorsque nous pénétrons dans la cour d'honneur, c'est l'hystérie. Les clameurs assourdies par les murs de la préfecture deviennent des hurlements de sauvages. Partout, des gueules grimaçantes, hilares et surexcitées. Des poings levés. Des yeux exorbités. Des bouches tordues. Ça piétine, ça s'agrippe aux grilles, ça injurie. Salopes. Collabos. Crevures. Ma tête va exploser. Les insultes résonnent en moi, vibrent dans ma poitrine. Le soleil me grille le crâne. Je sens que tout valse. Je me raccroche à la balustrade de l'escalier. Je tiens Françoise de l'autre main. Je ne peux plus avancer.

Derrière moi, un Fifi bien intentionné me pousse en glapissant : « Allez, ne te fais pas désirer ! » Je ne peux pas résister. Je descends les marches. Je piétine les pavés de la cour d'honneur. Je passe les grilles de la préfecture. Je suis la première dans l'arène. Devant moi, trois gendarmes écartent la populace. Derrière moi, Maman et Papa me suivent. Ça y est, nous sommes dans la rue. C'est l'explosion. Des rires, des applaudissements et des menaces de mort. Je tremble.

« C'est fini, tu n'ouvriras plus les cuisses ! On va te la couper, ta petite tête de pute ! Lâche ton mioche, il peut pas te sauver ! Charogne, ordure ! » J'avance. Je sens leurs museaux tout près du mien. Je respire leurs haleines de rat crevé. J'essuie leurs postillons sur ma joue. Ils sont venus au spectacle. Ils ont accroché des drapeaux tricolores à leurs fenêtres. Ils ont mis leurs plus beaux habits. Cravates, chemisiers blancs et jupes fleuries. Sans même les regarder, je les devine.

La mère Fruchard, sur ma droite. Elle ne louperait ce carnaval pour rien au monde. Ça ne lui suffit pas de clamer partout que j'ai dénoncé son mari. Elle veut assister au bouquet final.

Derrière elle, y a le crémier de la rue de Pie. Costume trois pièces, il s'emmerde pas. Le marché noir, ça rapporte. Mais il sourit jaune, le truand. Il sait bien qu'il aurait pu être à ma place. C'était moins une, dis donc. T'as choisi le bon camp à temps, mon cochon. Pas comme moi. J'ai pas été assez maligne sur ce coup-là. C'est vrai que j'ai cru au nationalisme-socialisme et à ses promesses de grandeur. Cette Simone-là a existé. Mais c'était il y a longtemps. C'était avant Otto. J'ai compris que je m'étais trompée de chemin. Mais ça, tout le monde s'en fout.

À côté du crémier, y a ces trois gourdes, là, qui viennent de rappliquer et qui n'en peuvent plus de glousser. Des filles de Guéry. Bêtes comme des oies. Même pas le bac. Ne riez pas trop fort, petites cervelles : on ne sait jamais ce que la vie nous réserve. Mais au fond, je ne parviens pas à leur en vouloir. Ni au crémier d'ailleurs, ni même à la Fruchard. Je ne leur ferai pas cadeau de ma haine. Ils ne la méritent pas. D'ailleurs, de haine, je crois que je n'en ai plus. Au fond du cœur, je possède un truc plus grand, plus beau, qui a pris toute la place et qui a crevé à jamais la boule de pus qui m'empoisonnait. Ce truc, ça doit s'appeler l'amour. Amour d'Otto. Amour de Françoise. Je ferme les yeux un instant, pour échapper à toutes ces figures. Puis, tête haute, je longe mon ancien lycée.

Et là, je l'aperçois à nouveau. Le photographe. Grand, brun. Il court devant moi, il court devant Maman et Papa. Il s'arrête, il se retourne, il cadre, il cherche le bon angle. Et il appuie sur son bouton. Je baisse les yeux sur Françoise. Ma toute petite, toi seule compte. Je ne veux pas faire la une. Je ne veux pas être une vedette. Pitoyable vedette aux cheveux ras. Je veux juste qu'on m'oublie. J'avance toujours. Mais je sens qu'il continue à prendre ses satanés clichés. Il appuie, encore et encore, comme un dératé. Il veut la photo parfaite, celle qui embrasse toute la scène.

Tout à coup, au beau milieu des rires de la foule, un homme crie : « Tous aux Grands Prés ! Aux Grands Prés ! À mort ! Qu'on en finisse ! Qu'on les fusille ! » Maman s'arrête, effarée, la tête comme une girouette, le souffle court. Maman, ma pauvre Maman, tu n'es pas si forte que ça. Tu n'as jamais su me protéger. Mais je ne t'en veux pas. Papa pose sa main sur ton épaule pour t'intimer l'ordre de continuer. Tu t'exécutes. Parce qu'au fond, tu n'es rien sans lui. Je ne le comprends que maintenant. Vous formez un couple bancal. Mais un couple quand même. Moi, j'ai toujours les yeux rivés sur mon bébé. Bientôt, nous allons parvenir dans la rue du Cheval-Blanc.

C'est alors qu'une autre voix, féminine cette fois, fend le charivari : « Arrêtez de vous en prendre à cette femme ! Allez plutôt combattre les derniers Boches ! » Je décroche les yeux de Françoise pour apercevoir celle qui me défend. Alice, je suis certaine que c'est elle. Elle est assez forte pour ne pas hésiter à s'opposer à la multitude grégaire. Ou bien c'est Colette, ma Colette, qui est revenue, enfin. Je cherche, je scrute, mais je ne vois personne, rien que cette foule aux mille visages odieux.

Je ne vois rien, mais je sais qu'elle existe, cette femme qui veut me protéger. Elle me donne de la force. Je continue à marcher. Je n'ai plus peur. Je me souviens de cette matinée où j'ai traversé la cour de mon école, la jupe soulevée. Ce jour-là, vous n'avez pas réussi à broyer ma liberté d'être moi. Aujourd'hui, vous m'avez rasé le crâne, vous m'avez marquée au fer rouge et maintenant vous m'insultez comme une chienne. Mais vous ne me détruirez pas. Vous n'aurez pas cette étincelle qui me pousse à continuer, envers et contre tout. Car, aujourd'hui, encore plus qu'hier, je suis forte d'un trésor inestimable. Un trésor que beaucoup d'entre vous passerez toute une vie à chercher et n'obtiendrez jamais. J'ai aimé. Et j'ai été aimée. Alors, allez-y, dégainez vos plus belles injures, crachez vos mollards. Peu importe ce qui m'arrivera au bout de cette journée. Je vous plains, vous qui me haïssez sans savoir. Car vous ne connaissez rien de moi.

Remerciements

Merci à Constance Trapenard, mon éditrice. Je t'ai envoyé le manuscrit par la poste, tu l'as lu, tu m'as appelée et cette belle aventure a commencé.

Merci à mes premiers lecteurs : Catherine Andreucci, Nadège Camelio-Agard, Noéline Gadonna, Clara Héraclès, Claire Laurent et Aurélien Tartrat. Votre lecture attentive m'a été très précieuse.

Merci aux écrivains Hemley Boum et Jean-François Samlong, rencontrés lors d'un atelier d'écriture à La Réunion. Vos encouragements m'ont portée pendant toute l'écriture du livre.

Merci à Julie Fuster des Artisans de la fiction. Ton enseignement m'a ouvert les yeux.

Merci à Philippe Frétigné et Gérard Leray. Votre enquête historique « La tondue, 1944-1947 » a été une source d'inspiration.

Merci à mes parents. Votre présence, constante, est un roc.

Merci à mes fils. Votre patience et votre enthousiasme m'émeuvent.

Et merci à toi, Stéphane, pour ton soutien indéfectible et ta relecture sans complaisance. Sans toi, ce premier roman ne serait pas né.

CET OUVRAGE A ÉTÉ COMPOSÉ
PAR SOFT OFFICE
POUR LE COMPTE DES ÉDITIONS J.-C. LATTÈS
17, RUE JACOB – 75006 PARIS
ET ACHEVÉ D'IMPRIMER SUR ROTO-PAGE
PAR L'IMPRIMERIE FLOCH À MAYENNE
EN AOÛT 2023

PAPIER CERTIFIÉ

JC Lattès s'engage pour l'environnement en réduisant l'empreinte carbone de ses livres. Celle de cet exemplaire est de :
700 g éq. CO_2
Rendez-vous sur www.jclattes-durable.fr

N° d'édition : 01 – N° d'impression : 102990
Dépôt légal : août 2023
Imprimé en France